中国当代文学
研究与批评书系

社会分层与当代小说现代性

牛学智 著

作家出版社

牛学智

1973年8月出生于宁夏西吉县，汉族，现任宁夏社科院文化研究所所长、研究员，兼任银川市作协副主席，宁夏回族自治区人民政府特贴专家；致力于中国当代文学及文化研究；出版《话语构建与现象批判》《当代批评的众神肖像》《当代批评的本土话语审视》等十部理论著作，在《文学评论》《文艺理论研究》等刊物发表学术论文百余篇；主持国家及省部级课题五项；入选宁夏哲学社会科学领域"领军人才"培养工程、宁夏宣传文化系统"四个一批"人才培养工程；获得宁夏文联"德艺双馨"荣誉；曾获第二届"茅盾文学新人奖"、宁夏哲学社会科学优秀成果一等奖等奖项。

该著作受到2018年宁夏哲学社会科学领域"领军人才"培养工程项目资助。

出版说明

当代中国的文学史,是当代中国社会史的重要组成部分。当代中国文学的发展从来都是与文学批评紧密相连的。自中国改革开放以来的 30 年间,中国作家们创造了一个具有中国特色的社会主义文学的新历史辉煌,这中间文学批评发挥了应有的特殊作用。

文学批评的繁荣与批评的质量,既受时代和社会环境的影响,又取决于批评家队伍的集体力量和批评家个人的独特思想与水平。在当代文学批评家队伍里,有一批非常优秀的、能真诚和负责任地表达自己观点,并能让作家和读者信服与敬佩的批评大家,他们的独立思想与独立人格,形成了他们的批评风格,取得了相当的研究成果,是我们当代文学史的宝贵财富。在文学批评中,遵循文学批评的自身特点和规律,既是这门学科的内在需要,又是繁荣文学和促进文学朝着正确的方向发展的关键所在。郭沫若先生说过:"文艺是发明的事业,批评是发现的事业。文艺是在无之中创造,批评是在砂中寻出金。"

今年是中华人民共和国建国六十周年,值此,为了回顾和总结中国当代文学批评家的理论研究与批评的历程,以及他们为中国当代文学所作的贡献,也为了进一步推动我国的文学事业,我社特别组织编辑出版了这套"中国当代文学研究与批评书系",选择了有代表性的当代十余位评论家的作品,这些集子都是他们在自己文学研究与批评作品中挑选出来的。无疑,这套规模相当的文学研究与批评丛书,不仅仅是这些批评家自己的成果,也代表了当今文坛批评界的最高水准,同时它又以不同的个人风格闪烁着这些批评家们独立的睿智光芒。相信本丛书的出版,既是中国当代文学史的一个里程碑,更是广大作家和文学爱好者的一次精神盛宴,也是从事当代文学研究者必不可少的参考资料。

由于时间紧迫,本丛书难免挂一漏万,在此,我只能向那些被遗漏的优秀批评家和读者朋友深表遗憾,并致衷心的感谢。

作家出版社社长 何建明
2009 年 1 月 1 日

前　言

　　这个选题，最终形成一本书，具有一定的偶然性。

　　在此之前，本人所出版的一些文学理论批评著作，文学及其理论批评的"现代性"问题，本来就一直是关注的重要问题之一。所不同只是，之前所论，似乎总有更迫切的现实的、理论的热点难点最先跳出来，牵引人不得不去梳理、分析和审视。如此，"现代性"便只作为论评的一种价值支点而存在，它自身并没有机会上升为研究对象。尽管像拙著《文化现代性批评视野》（黄河出版传媒集团阳光出版社2015年版）和《文化自觉与西部现代性》（社会科学文献出版社2021年版），从书名看似乎是对"现代性"的研究，然究其实质，前者只是为着突出文学创作和批评中普遍存在的文化传统主义与现实社会的脱节现象，而使用了"现代性"，"现代性"只是一个相对而言的价值镜鉴；后者的研究内容则更杂，涉及多种学科，尤其是涉及西部现实社会的观察，为着彰显特色化，当人文构造的西部人文、西部话语、西部形象、西部符号与切实西部现实存在诸多错位之时，势必会用到解构主义方法。基于如此审视，所谓"西部现代性"，在文化自觉的角度看，一定意义上"西部"仅是一种学术话语形态，其"现代性"只是削足适履的后果。

　　如此等等，这样的"外围"研究，直到2018年才得以改变，这便是本书写作的缘起。

　　立志于完成这样一本书，动议于申报课题项目。本书最初以《当代社会分层与重要作家文学叙事思想研究》为题目，先后获得2018年宁夏哲学社会科学领域"领军人才"培养工程和宁夏哲学社会科学规划项目（项目编号：19NXBZW02）的立项资助，拟定的最终成果只是一篇"调研报告"。调研报告自然有它自己的文体限制，一般不会允许个人深度模式的阅读和微观化纵深分析，因此也就没有太多考虑把"现代性"置于前台。但随着资料收集的不断增多和阅读的逐渐加深，渐觉研究"文学叙事思想"并不是一个具有强烈针对性和指向性的命题。弄不好，很容易走向泛化。那样的话，便与当代文学批评中的某些潮流没什么两样了。这种潮流的实质是，表面看好像谁都离不开"现代性"，谁都愿意搬出"现代性"来表明自己的"新"，可仔细研读，"现代性"却又好像与谁都没切身关系。换句话说，在当代中国文学批评中，几十年来，很多时候，"现代性"只是一种价值的调味品，表明批评所在的时代和价值持见的不陈腐。至于"现代性"是不是内化为批评话语方式以及生成批评意识形态本身，显然不在批评的逻辑考虑范围，更遑论把"现代性"作为日常之必需、价值之必要、社会机制之必然了。

　　出于对这等文学"现代性"研究思维的警觉，也出于对调研报告文体的不满，研究范围和对象调整之后，也就直接聚焦到当代小说叙事的"现代性"上来了。这时候，另一疑虑不得不有所解释。那就是当代小说叙事的"现代性"，是不是自觉的和必然的？这既关涉作家文学思想的倾向，又考验研究的视角选择。就本书所选择的七位作家的小说文本而言，随着社会变迁、创作历史积淀和经验积累，共同点是，他们的小说叙事主题都在经历慢慢聚焦的过程。这个过程一边基于自身关注点的自然调整，一边得益于整个社会文化思潮的推动。即是说，当语境不再支持自我作为叙事对象时，叙事的社会化便出现了。然而，社会化却又必然会遭遇"熟悉"的自我经验的消解，这是自我作为叙事对象的又一次形式变异，其中所蕴含的社会判断，完全不同于把自我作为叙事素材的阶段，也正是研究该进入的地方。

　　从社会分层的视角来审视这种集体无意识，不同作家小说叙事从自我作为对象到社会化，再到"自我化"，恰好对应着"一体化"、"一体化"解体和社会分层（包括新的社会分层）的形成，乃至阶层固化的日剧这样一个历史阶段。目的无不指向个人命运错位，而导致个人命运错位的最重要方面，又不能不是阶层固化及其背后蛰伏着的一系列相关因素的综合制约力量。值得强调的是，在小说中，对不同层化中个体价值诉求的叙事，作家肯定首先是通过消化进自我经验世界来实现的。但是作为价值建构，在社会分层与"现代性"之间，小说叙事却正好释放了充分的阶层普遍性和个体普遍性诉求，从而形成了当代小说现代性的最大公约数。这个峰值，分散到作家个人，体现的是对某个具体阶层及其个体的代言；合起来置于社会分层的大语境，则无疑共同指向无论处于哪种低端阶层和低端个体，都呼唤积极向上流动的可能性。即是说，不同作家潜意识里都是面向完善的现代社会机制和完整的现代文化体系的叙事。

　　内置于社会分层，来审视当代小说叙事中的现代性问题，比较理想地打破了长期以来文学"现代性"批评一直停留在对五四启蒙现代性概念的挪用、化用和改造，甚至寄托于特殊个体怪异体验来实现目的的单面化和僵局。如此研究，也就从实践层面推动现代性向世俗日常深层进行转化，使其成为世俗日常个人价值生活的主要方面，进而以其应有的情感模式、话语方式和意义期许，积极作用于固化阶层。应该说，这样的研究本身，也是对已成惯例的文学知识规定性、文学批评意识形态规定性和审美现代性规定性的修正和超越。

　　作为一种实证分析，更作为一种理念和理论叙事，乐观一点看，在深化细化文学现代性批评的同时，或许还会对既有社会分层理论有所补充和深化。

2023 年 1 月 10 日于银川
牛学智

目　录

引论　社会分层视角对小说现代性研究的革新 ……………… 1
第一章　革命分层叙事与回到日常的难题 …………………… 21
第二章　自传式知识分子叙事与中国式个人主义 …………… 65
第三章　路遥的"现实主义"与农村青年文化人 …………… 114
第四章　现代性个体叙事与市民社会"常识" ……………… 150
第五章　被符号化的王朔小说与新时期青年思想状态 ……… 188
第六章　莫言："民间立场"的农民与当下"无声"的农村 ……… 212
第七章　阎连科小说叙述的城镇化与中国农村社会现代化难题 ‥ 247

参考文献 ………………………………………………………… 270
后　记 …………………………………………………………… 286

引论　社会分层视角对小说现代性研究的革新

如果把范围无限度扩大到"中国当代小说",问题就太复杂了,根本不是这里妄想能解决的问题。即使仅限于"中国当代小说的现代性",恐怕也非这里能胜任,因为前面还有个"中国当代小说"。慎重起见,也为着论题相对比较集中,这里的社会分层,仅作为一个视角来使用。那么,通常用来描述个人内在欲求和以自我为中心表达个人精神价值获得的"现代性",在社会分层的结构框架内,就变成了缘起于个人诉求却绝不仅限于个人的指向现代社会机制完善与否的追问。引入社会分层视角,文学艺术常用的审美现代性自我设限就会被打破,从而进到现代社会机制、现代文化系统来衡量现代意义的人的问题。只有内在于社会学所谓的不良社会分层结构,才能看到人为制造的弱势阶层的整体处境,才能看到居于弱势阶层中个人的价值诉求被压抑的窘境,也就才能看到小说叙事对弱势阶层或弱势阶层中个人被动现状的呈现。因为内在于社会分层这样一个思考问题的姿态,就决定了不再把对现代性的检验标准放在某个设定的特殊"体验者"身上,而是在社会总体性中来思考现代性的整体水平。即使把目光投向具体个人,思考的也是卢卡奇意义"成问题的个人"。既不像抽象的理想主义那样凌空蹈虚,也不像幻灭的浪漫主义那样消极无为,而是如何为"成问题的个人"提供一条切实可行的成长路径。那么,作家究竟是总体上具有现代性意识,还是局部有现代性意识,便一目了然了。总体上有,则他的小说叙事一开始便是介入层化社会并能动于层化的,人性、阶级、国家民族叙事内在于前者而存在;局部有,则他的小说叙事关于个人能动于层化的努力,必然是以问题意识的方式提出来,这个问题意识则是撑破他本来贯彻的叙事方式而存在。

这种兼有个人与社会双重视野的叙事,终极目的在于人的现代化(文化现代性),然而人走向现代化的过程却是关注的核心,阶层固化所造成的普遍性后果成了思想中心,这就从根本上扭转了个人中心主义的狭隘。

作为个案的"当代小说的现代性"就变成了一个不断被筛选、过滤,甚至干脆就是筛选、过滤后的结果。这样一个限定,对于"中国当代小说"这个全称而言,采取的便是一和多的折射关系,也取典型与一般的辩证关系。再加上"中国当代"与"现代性"在时间上具有的某种必然的同步性质,此处"当代小说现代性"的特征,自然辐射到其他同类小说叙事,并产生互文性关联,就大体能形成关于中国当代小说叙事的现代性诉求,或非现代性叙事的判断来。至于其中表现出的"现代性"能否成为衡量"中国当代小说"叙事的某种共同性和普遍性,则是另一个问题。不过,话说回来,无论何种倾向的小说叙事,只要是"当代小说",必然内在于"现代性"思想框架,即使反现代性,也是"现代性"使其被辨识为反现代性,这一点恐怕是毋庸置疑的事实。如此,理论上讲,以当代中国小说叙事的某些典型性和代表性个案,来分析和研判"现代性"程度,应该可以达到窥斑见豹、牵一发而动全局的效果。然而,这些个案究竟能不能代表"中国当代小说现代性"的普遍性状态,那就看读者怎么理解、怎么看待了。倘若按照多数文学理论批评刊物经常刊发的论文,比如,可能评的是某一部新出炉的长篇小说,有时题目会赫然用"当代中国"或"中国当代";再比如,明明"纵论"的是新发表的某几篇同类题材小说,立论起点也绝不含糊,动辄便是"中国当代文学史"的"进步"或"突破";另外还有径直"以某某某为例"来考察"中国当代文学""新动向"的。诸如此类的全称性研究,不消说,"现代性"意识或"现代性"思维,都是作为批评话语和价值期许之重要组成部分隐含其中的,是批评流程的题中应有之义。如果只把这些研究现象视为不得不如此的方法,那么,以小角度、某个侧面进入,来审视"中国当代小说"的"现代性"进展水平,不是没有可能，这也是稍微让人有所安慰的地方。

把聚焦点放在对"现代性"的思考上，在社会分层的视角来审视当代中国小说家的小说叙事，目的无非是想让当代小说叙事研究中的"现代性"更深入细化，从而矫正文学批评中一度被泛用乃至泛化的"现代性"。可是就本书所审视七位小说家的小说而论，伴随他们小说创作而生的研究文字，有些甚至远远超过作家创作量的研究文字，若以这里的"现代性"来衡量其实多数并不很充分。非但如此，还很薄弱。这个判断前提，是基于小说叙事中有且比较自觉的"现代性"意识而来。这就有必要先简要归纳一下批评界给予这些小说叙事的"现代性"内涵，然后方可知晓其真实情况。

第一节 "现代性"在当代小说研究中的基本现状

这里有个前提必须先加以说明，自二十世纪八十年代以来的中国文学研究，或多或少、或自觉或不自觉，几乎不可避免都受到"现代性"的深刻冲击。中国古代文学研究是这样，中国现代文学研究也这样，中国当代文学研究更不用多说，尤其如此。当然，与此同时，所谓"反现代性"研究思潮也几乎同时兴起，有时候声势还相当大，这是怎么一回事呢？人们或许会说，这恰好反映了"现代性"的不可靠性。但是，倘若换个角度来理解，如果没有"现代性"，哪有"反现代性"？不管"反现代性""反"的是什么，总之，因为"现代性"而引起的"反"，其思维本质上仍然是"现代性"的。套用乔纳森·卡勒《文学理论入门》一书中的一句名言，实际上是"现代性"使"反现代性"变得可能了，而不是相反。这样的一个基本语境，倘若再来从头说起，重新再界定一遍"现代性"，显得既愚笨又好笑。所以，这里所说的"现代性"在当代小说研究中的基本现状，除了本书通过社会分层视角看到的现代性之外，还包括仍用"现代性"但并非本书所认可的那种也被称之为"现代性批评"的批评和研究。既然"现代性"不同程度散落、镶嵌在"中国当代小说"研究当中，那么，以本书所论七位小说家的研究文本为基本圆心，进行适当延伸，大体就可以代表其在中国当代小说研究中的基本状况了。

按照本书研究实践显示，自二十世纪八十年代至今长达四十多年的中国当代小说批评与研究中，对"现代性"概念的使用，随着时代阶段及政治经济意识形态话语变迁，应该至少存在七种相对应的值得进一步再讨论或厘清的问题和现象。但是，诚如本书正文所梳理的那样，实际情况是，无论对于不同小说家同一时期的小说文本，还是同一小说家不同历史阶段的小说文本，抑或不同小说家不同历史时期的小说文本，批评和研究使用"现代性"概念的地方，都表现得比较含混和泛化，就是说，尽管小说家文学思想倾向很不相同、叙事意图也有巨大差异，但批评和研究嵌入"现代性"的地方却并没有多少差异。这不能理解成文学批评或研究在该概念使用上的统一规范。正好相反，表明在当代小说批评和研究中，人们思维中的"现代性"其实多半是基于自身经验和感觉的发挥。"现代性"大体用来指涉与古典、传统，特别是与经典现实主义、写实主义不同，却又难以用先锋、意识流等新概念概括的现象。"现代性"划过之处，通常的替代性符号就是人物的各种孤独意识、另类体验、反常规言语特征和不知所踪左冲右突的行为，这些东西一经哲学附丽，再加上相关时代对应物，就成了所谓的"现代意识"。这样大同小异的"现代意识"，倘若再深入去追究，深处很有可能是当代文学批评合流于古代文学研究的地方，因为至少古代文人狂狷、耿介一类个性，总是与此处的"现代意识"沾点边的，尽管古代文人的个性与现代性根本没有通约性。

如此琐碎而没有明确针对性，如此貌似新异实则空洞无物遍地皆是的"现代"的"意识"，是不大好概括的。虽然在我写这个引论及更早之前，为着了解情况，找来了几乎所有公开发表过的关于中国当代文学的"现代性"批评总结和概述认真学习过，可是依然没有从根本上动摇我对中国当代文学中"现代性"批评的整体印象。索性说，它们是一些话语的碎片和非连续性思维观念断章，厕身于主流政治经济学的夹缝当中，以思潮形式集中在"新启蒙"和"日常生活"两个大的文化转型阶段。

在"新启蒙"时代,幸亏还有鲁迅五四启蒙现代性思想可资借鉴。所以1989年前的"新启蒙"文学八十年代,成了迄今为止文学的黄金时段,这与"现代性"在文学批评和研究中扮演着重要角色分不开。

一方面它从批判的逻辑性上整合了诸多写作风潮和主题风格,避免了它们之间在相互冲撞相互激荡中走向巨大分裂的可能。

无论以"归来者"或"复出者"为主要代表的"伤痕""反思""改革",还是以先锋派、"新生代"等为主角的先锋小说、新写实主义小说,抑或依然坚持经典现实主义创作原则的作家,就叙事选择而言,主要还是把自我经历作为叙事对象。稍有不同的是,"归来者"所叙在刚刚过去的历史,先锋作家既然没有前者的资源,所注目者必然是八十年代这个属于他们自己的"话语讲述的时代"。而坚持经典现实主义者,抛开其精神依持,写自己仍然是万变不离其宗的那个"宗",即自我见证和参与的时代。就本书所论对象,重读那个时候的批评和研究,可能没有哪个批评家一上来就自觉意识到要先界定"现代性"概念的内涵和外延,但他们的字里行间却充满着以自我见证历史、以自我参与并经历现实的强烈的主体性意识,自我就是尺度,自我就是价值,这一点显得异常突出。

应该说,正是批评和研究的这般既挥洒自如、滔滔不绝,又不过分以自我代表"中国历史""中国当代"的矜持和谦逊,恰好构建起了与创作积极的思想对话关系。比如张贤亮的创作,就是一个很好的例子。现在虽然无法确证,但可以肯定的一点是,如果没有批评界积极热情及时跟进,特别是对他《男人的一半是女人》连篇累牍的批评和阐释,创作"爱情三部曲"正起劲的张贤亮,也不是那么容易同时段又折回头写出他的"改革三部曲"的。"替人民受难",曾是批评界从"爱情三部曲"中品出的张贤亮"狭隘"情感基调,张贤亮虽未著文正面回应,但细心的读者肯定已经注意到了,在"改革三部曲"叙事中,张贤亮其实早已通过改革派人物之口,巧妙委婉且不失尖锐地反驳了这一标签式的评论。至于反映1960年"低标准瓜菜代"生活的《我的菩提树》,更是如此。日记部分不用去说,单是注释，庶几可以视作是张贤亮由切身经历的"右派"生活入手，而达于人文知识分子整体，再从叙事人文知识分子的文本话语切入，剥洋葱式解剖人文知识分子劣根性的历史。人文知识分子与社会现实、与历史、与政治意识形态的错位，纤毫毕现于纸面了。决定这部书成为思想叙事，而不是一般个人遭遇史的，自然首先是创作者张贤亮的主体性，但设想一下，倘若没有八十年代"新启蒙"特有的文学批评氛围，尤其没有并不严谨却显得异常率真的"现代性"批评的适时介入，那么，或许可以断言，依着张贤亮写"爱情"的超人才华，他完全可以沿"爱情三部曲"的路子经营下去而走得更远。

之于张贤亮，这里想说的是，"现代性"批评使他更加自觉意识到了对个人落难史似的情感倾吐、才子佳人式的叙事结构的天然局限性，他的小说叙事在整体上，才有了从个人而现实、而时代、而民族政治，走向逐步深入批判的宏阔厚重境界来。从"现代性"批评看王蒙小说，也大体类似。"新启蒙"时代，王蒙有"季节四部曲"，但是也有《活动变人形》和《坚硬的稀粥》。事实也进一步证明，在批评界，《活动变人形》要比"季节四部曲"更受思想阐释者的欢迎。在"新启蒙"语境去理解这种现象，批评所看重者，无非是对"自叙传"的刻意回避。《活动变人形》叙事一直追究到封建专制主义老巢的眼光，囊括了把普通生活极端政治化对人性的深层变异影响，显然更符合启蒙的目的性，至少在"现代性"批评而言比"自叙传"中的政治无意识更根本、更具有本源性。八十年代同一个作家的小说叙事出现思想"多叉"的很多，不见得都受惠于该批评语境，但成就叙事的现代性的作家，却一定与"现代性"批评的反复激荡有着千丝万缕的联系。张贤亮从相对单纯走向宏阔，王蒙的"杂色"叙事以及看起来似乎自我解构其实越来越显得复杂的意义指涉，所反映出的都是这个道理。

另一方面"现代性"却也使得八十年代的文学批评和研究越来越走向了"玄学"的边缘，这一点甚至也可看作是导致今天文学批评仍回不到真正意义的现代性批评的源头。

"新启蒙"的八十年代，就"新"本意而言，其重心实不在"归来者",它的主角是先锋派小说和朦胧诗。翻开那个时代充满激情的评论文字,所谓苟日新、日日新的"新",几乎等同于"现代性"。虽不能简单说把现代性理解成花样翻新的方法,就是对现代性内涵的走样变形。但许多批评和研究把方法的革新视同现代性本身,并声称形式即是内容的一揽子思路,事实上的确把现代性引向了方法论,这实在失之毫厘谬以千里了。这种现代性的错位,我们从路遥和王朔的遭遇上可以看出,在那时相当具有普遍性。

路遥用短短的生命,呕心沥血写下了偏僻农村普遍性现状,无论是《人生》,还是三部曲长篇小说《平凡的世界》,今天好像成了批评界的热点话题。可是在八十年代,殊不知,《平凡的世界》因为其"土得掉渣",连现实主义者的法眼都入不了,更遑论从中看到路遥思考农村青年文化人的现代性意识了。王朔在八十年代的蹿红,得益于其小说频频被改编成影视剧搬上荧屏和银幕,而非文学批评界的阐发和研究。相反,从批评赐给王朔小说的"痞""顽""侃"等标签不难看出,王朔小说叙事价值取向,其实正是批评界用以批判的绝佳实例。批判作为新"蒙"的王朔小说,所"启"的是什么呢?是"一体化"中不断生产出来的文化规范和价值秩序,尤其其中被固化了的"知识"中心化地位,及由此而生的"道德"优越感,成了王朔式小说所谓"痞子文化"的死敌。

显而易见,路遥因"土"而上不了"现代性"的台面;王朔因"痞"而被驱逐,剩下能让"现代性"批评施展拳脚的舞台,便只有先锋小说了。中国文学批评界怎样对待先锋小说,并非本书关注范围,姑且存而不论。但由批评对待路遥和王朔小说的态度可推知,所谓"现代性"批评,到八十年代后期,其实是越走越"奢华",越走越"贵族化",越走越"小众化"乃至越来越"玄学化"了。这样的批评设定,即使没有1989年,也难说不会堕落成凌空蹈虚的知识游戏、审美游戏。事实也再一次雄辩地证明,无论"众声喧哗""情感零度",还是"叙述圈套""语言迷宫",即使给它们再多一点"现代意识"的赋形,毁弃它们生命的有一点便足够,就是脱离现实社会机制,这也是卢卡奇反复论证的"文化的总体性"的重要意义所在。就是说，中国先锋小说及其相伴而生的"现代性"批评，所理解的"小说的形式"，只是叙述的方法和叙事的结构，接近或者径直取自英美新批评、俄国形式主义以及法国结构主义意义上的"形式"。认为"形式"是独立于文化、社会、历史、精神的"肌质""陌生性""结构"。而卢卡奇"总体性"中的"形式"，强调的是"文学中真正的社会因素是形式"，它具有"伦理性"，是一个和本体论、生存论直接相关的问题，是对世界意义和时代精神的探索和表征。

由此反观，不管是路遥笔下的农村青年文化人，还是王朔笔下的城市无业知识青年，作为当时一种突出的农村和城市青年思想的集体无意识状态，本应由"现代性"批评率先发现，不幸的是，恰好为"新启蒙"所生产的"现代性"批评所逃避和抛弃，到现在也仍是文学思想遗留问题，可见当时所谓新潮的、"现代性"的批评，实际已经堕落成了一小撮精英知识分子"王者"妄想症的修辞策略了。

在这个大背景上，"日常生活审美化"或"审美化日常生活"，这一对绕口令式的批评话语，在二十世纪九十年代初以文学理论"新转型"的压人姿态，颤颤巍巍取代了"新启蒙"，进行深度派生变异成为新的"现代性"批评，从那时盘踞文学批评的前台一直到现在。

这两个"日常生活"，只是中国当代文学理论研究者的总结和提炼，意在推动文学批评话语和价值模式的转型。连同"日常生活"一起兴起的相关争论，还有"本质主义"与"非本质主义"、"理论"与"后理论"之争等，恐怕都源自英国新马克思主义文学理论家特里·伊格尔顿《理论之后》一书的中文版出版。这些理论问题比较复杂，非此处能谈清楚。单就"日常生活"来说，笔者印象中，最早从现代哲学层面谈论"日常生活"的，应该是匈牙利学者赫勒，其名著《日常生活》就是其中之一。嗣后其中文翻译者衣俊卿和李小娟更有相关论著相继出版，李小娟主编的《走向中国的日常生活批判》即为主要成果之一，"日常生活"从此成了文学批评一个转折性的关键概念，得到了普遍性运用。

顾名思义，"日常生活"这个极其普通的名词之所以能成为九十年代以来"现代性"批评的关注中心，是因为人们对声势浩大的"人文精神讨论"的失败的集体默认，促使"大我""大写的人""大叙事"转型，以像当年拥抱"人文精神"一样的热忱去拥抱琐碎的、庸俗的、市场化的日子。本来，回到"日常"理应是"现代性"的本意，这没什么大惊小怪的。但是抛开现代社会机制于不顾，而只选择性地留下庸常日子且还反反复复论证、挖掘其中的"慢生活""中国经验"，一句话，想要在庸常中奔"道"而去，这就有点神神道道、邪邪乎乎了。非但如此，长期下去，是对"类日常生活"与"意义日常生活"规律的违背，也是对"自为"日常与"自在"日常的混淆。回避谈论路遥和王朔小说叙事中的"意义的日常生活"，就是明证。在这两位作家小说批评和研究中突兀的过渡，话语惯性使然，对王小波、阎连科、莫言等一系列作家小说叙事重要方面，只能搪塞处理。

王小波杂文提出了"沉默的大多数"的问题，但他的小说叙事却并没有在如此阶级化、立场化的路子上继续往下走，相反，小说叙事所尝试和反复检验的是已经发现了自己"意义的日常生活"的人，如何在"自在"的日常世界里"自为"生活的命题。可彼时"现代性"批评却非得给他此类小说以"自由主义"帽子，仿佛不先分出个左中右，就不足以面对日常生活真面目似的，结果只能把王小波的现代性个体叙事，导向了常人无法理解的所谓存在主义畏途。阎连科好说大话，动辄提出令人咂舌的"神实主义"以唬人，他的小说叙事也喜欢走极端化，病残、伤残、怪病遍布小说字里行间，这是事实。但整体看，他小说叙事重点所关注的无非是极端化农村现代化。那么，所谓"恶魔性""怪诞现实主义"等一类的批评命名，其实只是阎连科小说叙述的方法和手段而已。吊诡的是，这些来自文学史教程的"知识"归类，一经得出，便不胫而走，不仅成了阎连科小说在文学界的代名词，就是阎连科本人，也似乎非常受用，认定越怪诞越离奇可能就是对"现代性"的抵达。其实，怪诞、极端、与现代性有什么关系呢？即使是反讽、批判数字化农村现代化，诸种奇奇怪怪现象背后的机制缺席才是本质，如果一味怪诞下去，连同农村现实土壤便都成了读者猎奇的所在，哪还容得下农民文化和人性的成长呢？不啻说，已经走到了现代性的反面。

莫言同样是一个有着自己文学立场的作家，他的"民间的立场"和"作为老百姓的写作"可谓名噪一时，甚至到了直接左右他小说批评和研究话语生产的地步。莫言的小说也几乎也都是以农村为叙事对象，若与阎连科相比，两人确实有许多地方具有比较性。都擅长残酷叙事，莫言的残酷是故事本身，阎连科是局部的和细节的；莫言很少把叙事镜头推近到当下农村，阎连科则从过去写到当下，且当下农村是重点。两人都被批评界称为怪诞现实主义或魔幻现实主义，不消说，现代主义特征，是批评界论评他们小说的出发点。奇怪的一点是，这两人的小说叙事一直延续到了当下，可批评所使用的"现代性"却基本仍停留在题材分类的水平，这在莫言研究中尤为突出。认为"民间立场"的莫言小说，发现了农民自在的"主体性"，因而断定莫言小说表现了农民现代性。但是细品莫言笔下的农民"主体性"，实在只是一些农民无法无天的想当然胡闹。这种把民俗仪式文化、古装影视剧片段和说书人的传说、秘闻，搅和在一起的农民文化，建构起来的恐怕仍然是无声的农村。因为既体验不到农民对"意义的日常生活"的主动追寻，又无法看到如此农村究竟怎样摆脱原始朴素自然人状况的自觉途径。

既然如此，浏览莫言、阎连科等人的研究文本，所谓"现代性"批评，便转化成了芜杂无比的关于"中国经验"的细致入微的发挥和生产。如此，紧贴小说文本乃至于自降眼光低于小说文本的释经释典式"文本细读"式批评——这种主要目的在于发掘民间知识和经验，以论证中国一线小说不输于"世界文学"的理论动机，已经与中国的"日常生活"现代化没有必然逻辑关系了，"现代性"批评也就退化成了关于当代小说知识的批评，与人的现代化即文化现代性亦无多少联系了。

通过以上相当简略的梳理可得出以下基本结论。其一，即使不出现时代意识形态转折，"现代性"批评也很难持续下去，唯一能实现的可能就是对现实主义精神的破坏和瓦解，"现代"意识生产或再生产的一个直接后果，只能是经济个人主义及其"理性经济人"的泛滥。其二，缺乏对不良社会分层的深入关注，导致只能在非常一般的社会形态,即在宏大而笼统的社会正反两面,在抽象人性论的层面挪用五四启蒙现代性资源。语境的不同,"现代性"批评只好流于空洞的能指,满足书斋文人们自说自话的口舌之快的同时,与切实生活在各个层化中的个人失去了应有共情。其三,文学批评界代际的更替和理论批评刊物掌权人的更迭,再加之各级各类课题项目化导向,"现代意识"被逼迫让位给了"经验知识",文化现代性的思考被冷僻怪异的视角所收编,跨学科方法取消了对现代社会机制缺位的纵深追问,"现代性"批评只成了"现代"学者个人经验的代名词,"批评"则成了项目化课题"活页"的论证技术。

  到此为止,表面看,"现代性"批评走过了这样一条路:"新启蒙"时代,它激情澎湃、话语滔滔,借着"思想解放"的大环境氛围,凭着批评家强烈的主体性推动,在整合诸种创作价值取向中,有力促使现代性进到了文化历史的层面。到"日常生活"的时代,文化历史则让位给了庸常日子,束之高阁的"现代性"堕落成了精英者的行世修辞术。但深层看,"现代性"批评实际一直自外于社会现实,一直自外于文学传统,至少从开始不是介入到传统结构来发力的,它是被它所信奉的"纯文学"所灭。自遭遇二十世纪八九十年代之交时代转折以来,一路"去政治化",而至于一路"去社会化",甚至"去人化",终究把自己去成了自己本来竭力抵制成为的样子。

  这个背景上,在真正的"日子"的文学世界,以社会分层视角再度进入小说现代性,就显得格外迫切而重要。

第二节 社会分层视角才能把小说现代性研究推向深入

  这里关注的重点是社会分层视角在当代小说现代性研究中的重要性,简单说,有了这一视角,才能准确看出具体阶层具体个人的具体状况,阶层之间、个人之间互动过程中的具体情况才会变得更加清晰,障碍在哪里,困境在哪里的问题,就变成了现代性该从哪里用力、该怎样用力的具体作为。现代性的这种微观性、世俗性、日常性,便从能打破并转化肇始于五四启蒙,途经"新启蒙"变异,再度经由"日常生活"扭曲的命运,进入到机制层面,整体上去发现阶层及其个人的价值诉求,建构意义的日常生活逻辑,实现文化现代性夙愿。从理论设想和实践针对性两方面来衡量,这种研究思路,都具有一定的现实迫切性和创新性意义。对于理论设想而言,如此路径,至少充分考虑到了宏观现代性概念与具体语境变迁之间的微妙变化,是在当下切实现实结构内部进行的积极干预,内在于固化阶层,因而属于以子之矛攻子之盾。就实践针对性而言,在社会分层内审视小说有意识或无意识的层化叙事,实际是把哲学理念转换成微观做法的尝试,重心在现代社会机制叙事的有无上,从根本上打破了经济个人主义(或消费主义)一统天下的局面,个人的个体化是否成长了,劣势阶层是否从整体上得到了机制眷顾的问题,成为理论批评关注的中心,现代性从而不再是精英知识分子的专利,而是所有阶层、所有人的日常化事务。

而这一切,从批评流程看,又是通过解放现代性的知识概念,解放小说一直以来似乎只能通过反讽、隐喻才能达到目的的方法论开始的。

尽管如此,既然涉及社会分层,作为一种概念,也就既有理论,亦有实存支持,不得不先说说当下中国社会结构的具体情况。

"分层"(Stratification)一词源于地质学,原指地质构造的不同层面,后普遍用于描述社会结构现象。西方社会分层有两种经典模式,一是马克思的阶级分层理论,二是韦伯的多元社会分层理论。马克思在经济系统中群体与主要生产要素关系基础上,认定人们在经济生活中的地位,同时也决定了人们的政治地位和社会地位,因而马克思视野中的社会分层蕴含着冲突和革命,当然此理论范式也具有批判性,今天主要用于审视阶层之间差距的一种理论视野。韦伯社会分层理论的核心是著名的三重标准,即经济标准——财富,社会标准——威望,政治标准——权力。韦伯把全部三个维度视为人类社会中排列个人或群体等级的重要标准,而且这三个维度存在很大程度上的交迭。

马克思和韦伯之后,西方现代社会分层理论派别林立,但主要的有两大派别。一是受惠于涂尔干社会分工思想，以帕森斯的社会分层系统功能论为代表的功能主义分层理论；二是以马克思的阶级分层理论和韦伯的阶层分层理论为传统，以达伦多夫的辩证冲突论为代表的冲突分层理论。当代西方社会分层理论在对功能主义社会学和冲突理论社会学整合的基础上，提出了从冲突走向融合的趋势，西方当代著名政治社会学家伦斯基和克罗姆顿就持这样的观点，而且这种理论趋势已经受到社会新现象的支撑。首先，中产阶级成为社会的主干，中产阶级作为社会结构的稳定因素模糊了资产阶级和工人阶级之间的对立。其次，资本主义民主制的进一步完善更加掩盖了其国家的阶级本质。这些因素都为社会分层理论从冲突走向综合提供了支撑。

对照西方社会分层理论的演进，中国当代七十年社会结构变迁，既有西方的痕迹，又有自己的特征。大体经历了这样几个阶段，1949—1978年期间，以马克思阶级理论为基础的冲突论分层观占据绝对主导地位，强调阶级之间的利益冲突、追求社会经济均等化、否定社会分化现象；二十世纪八九十年代，功能论分层观逐步成为主流，主张打破"大锅饭"、消除平均主义，肯定社会经济分化的正向社会功能；二十一世纪以来，冲突论社会分层观再度兴起，马克思阶级分析理论一度有所回归，社会经济不平等问题及其社会后果越来越严重。集中体现在阶层固化越来越严重和社会流动渠道越来越狭窄这样两个方面。这些问题和现象，可以通过社会学的一些代表性研究成果得到突出反映。表现在，虽然我国总体社会流动率还在持续上升，但社会封闭性特征日益明显，阶层位置或职业地位的代际继承性不断增强；社会阶层的边界正在明晰化，社会上层与社会下层之间的社会流动遭遇了更多的障碍。当然，我国当前存在的结构性屏障也是影响代际流动的重要因素，如城乡户籍分割、国有和非国有所有制分割、产业分割、劳动力市场分割等因素，对社会流动和地位获得具有显著影响等，各种因素综合起来，无不导致阶层越来越固化、流动渠道越来越狭窄这样一个特殊社会后果。

以上简单梳理，主要借重于社会学学者李春玲《中国社会分层与流动研究 70 年》一文的提示。在该文结尾，李春玲对近十年来中国社会分层与流动面临的新挑战也做出了预判。她认为与当今国际领域的社会分层与流动相比，我国的社会分层一点都不比西方社会分层所受到的全球化、金融化、科技和互联网影响小。在以往社会分层基础上，这些因素所导致的进一步分层，事实早已超出了以往分层理论视野。但由于近十年来社会分层与流动研究方法、模式趋向于单一和个体化，特别是越来越多的研究者采用的研究模式是利用公开的调查数据资料，"坐在书斋里做文献研究、数据分析、撰写定量研究论文"，导致研究主题碎片化、精细化、微观化，与社会现实脱节，对新的变化趋势反映滞后，真实社会分层的异常严峻性、流动受阻的新型障碍，根本没有被发现。

所谓新的社会分层，从国际领域社会分层影响看，指既有涂尔干社会分工层面的分层，马克思阶级冲突理论的分层，韦伯三重分层理论的分层，布迪厄的文化分层，更有诸种分层夹击造成的异常内卷化现象的普遍出现。从国内新社会阶层与新社会群体的开始出现看，理论上这些新社会阶层和新社会群体可能成为中间阶层和中上层的新来源。2006 年中共中央颁布的《关于巩固和壮大新世纪新阶段统一战线的意见》指出，改革开放以来出现的新的社会阶层，主要由非公有制经济人士和自由择业知识分子组成，集中分布在新经济组织、新社会组织中。2015 年中共中央颁布的《中国共产党统一战线工作条例（试行）》规定，新社会阶层主要由"私营企业、外资企业的管理人员和技术人员""中介组织从业人员""自由职业人员"等组成。中央统战部 2015 年公布的数据显示，民营企业和外商投资企业管理技术人员约 4800 万人，中介组织和社会组织从业人员约 1400 万，自由职业人员约 1100 万人，新媒体从业人员约 1000 万人。如果加上 3560 万私营企业主和 5400 万个体工商户，我国"新社会阶层"的总规模大约为 1.73 亿人，占当年就业人口的 22.29%。从新社会阶层的职业性质、收入水平和社会地位认同等方面来判断，这部分人一般被充实进中间阶层和社会中上层而成为这两个层的新来源。可事实并不总如此，在 2019 年至 2022 年（以截至 2022 年 12

月的三年封控为限）的新冠疫情肆虐下，正是这些新社会阶层和新的社会从业人员遭遇的冲击最为严重，许多时候到了近乎被彻底消灭的地步。

这意味着，在新的形势和新的现实情形下，既有中间阶层、社会中上层群体和人数，即使不减少，但也绝不是乐观增加。那么，新世纪初陆学艺的"十大阶层"划分，就仍然是中国社会分层的基础。他以职业为基础，组织、经济和文化资源的占有量为标准，把改革开放以来的社会人群划分为国家与社会管理者、经理人员、私营企业主、专业技术人员、办事人员、个体工商户、商业服务人员、产业工人、农业劳动者和城乡无业者、失业和半失业者十大阶层。这十大阶层所形成的"倒丁字形"和"土字形"格局，也就仍然是当前中国社会的基本结构特征。抛开许多细碎的说法和个体化论述，根本方面无非十大阶层及其寄存其中的个人之间在收入、教育、医疗、家庭教育差距等方面表现出的机会不平等和结果不平等。在此基础上，再纳入现在新的不确定因素所造成的后果，产生的新的情况可能是，当这些不平等构成整个社会的重要方面盘踞社会中心位置时，布迪厄意义的文化资本（身体化、客观化和制度化）、社会资本（信任、认同、互惠）、符号资本（荣誉、诚信），反过来会加剧人们对这个社会的信任危机、认同危机。进一步表明，在一个充满风险的社会中，内卷所得的一点儿自保恐怕迟早也会被挤对。

分层而至于此，我们在谈论小说现代性时，假如仍无限信赖于产生自传统稳定农耕文化秩序的小说理论原理，即使曾经是"坚固的东西"，现在也难保不"烟消云散"。那么，我们不禁要问，那种起承转合无不合辙押韵的一招一式，还继续有效吗？这便是以社会分层视角来介入，审视小说叙事现代性是否具有切实有效性的基本前提。因为就现如今的语境而言，已然无须再无休无止纠缠概念化现代性了，而需要具体而微的实践。

当然，以社会分层视角介入，不是机械地照搬社会分层理论进行僵硬死板地去套小说叙事对象，那样的话，就不是小说叙事研究，而是图解社会分层理论了。这里所说的视角介入，强调的是超越宏观抽象层面的概念批评，突出作家叙事中本来自觉植入的阶层意识，并深入分析其叙事态度，揭示出该阶层及其隶属的个人流动受阻根源。这里面就可能存在这样两种情况，作家有意识指向阶层及其个人流动受阻的和在叙事阶层及其个人流动受阻时并无自觉意识，但其叙事的现代性特性却明明暗暗折射出了整体阶层的困境。不管属于哪种类型，就其积极作用于阶层之间流动而论，无疑都具有现代性思想品质。这就催生了两种个人观，一种是作为现代社会机制当然产物的个人观，反过来由于自觉克服自身局限而成为不完善现代社会机制的镜鉴而存在；另一种则长期被经济个人主义所孕育，是现代性在经济领域得以生发的"思想催化剂"，所以经常表现出摇摆于务实的传统主义与幻想的未来主义之间，叙事不是带有浓厚的经验色彩，便是滑向乌托邦边缘，特别当后者占上风时，很容易落入本来反对阶层化所造成的等级化人性窠臼，叙事成为死循环。

  本书所论七位作家的小说叙事，除了王小波，其余或许都属于后者。所以在正文研究中，经济个人主义便成了小说叙事分析的突出方面。作为镶嵌在小说叙事分析结构中的一个重要概念，对于经济个人主义还得分两方面来看待。现代性在现代经济思想理论中的重要意义，按照相关学者的专门研究，集中体现在以下三点。第一，经济个人主义作为一种学说和思潮，其显著地发挥影响力的时代背景正是现代性在经济领域萌生并企图打破旧的体制性束缚，突破前现代社会对于个人经济自主性以及商业活动的严格限制。没有经济个人主义思潮对于经济行为体主体性意识的强调，对于个人开拓与创新意识的吁请，对于不断追求超越和自我实现意识的宣扬，文化个人主义就不会如约而至。第二，经济个人主义促进了现代经济制度的形成，因为该思潮的出现，首先奠基于一定的社会经济实践。随着市场半径规模的由小变大、熟人社会圈的被迫打破，最初由不具有严格逻辑性的、非理性的习俗与惯例，比如个人信誉、熟人关系、亲朋网络、私人友谊等基于个人经验起重要作用的地方，慢慢过渡到以契约关系为基础的新的个人交往形式，完成了经济个人主义从习俗与惯例向固定化的行为模式、从一种思想思潮向一种经济制度的转型。第三,"理性经济人"上升为经济个人主义的一种象征性表达,它既是经济的又是文化的,当二者合而为一时,理性经济人实际上成了去掉情感和人文成分的准现代性个体人,或者成为我们在文学叙事中经常体验到的自私自利个人主义或精致的利己主义者。不消说,它的出现,为反观现代社会机制是否完善,提供了有益条件。

  我们率先感受到了经济个人主义对传统社会现实的反射,从而更加认清了现代经济社会对个体的改写和塑造,但是作为一种价值预期,经济个人主义毕竟难以胜任完成现代性的最终目标,它在小说叙事中的隐性作用力,非但不会推动叙事向现代性转型升级,反而还会导致更加内卷,这即是本书正文研究分析中格外警觉的地方。首先,经济个人主义有可能转向自我中心主义,从而使个体沦为极端化了的"自我意识"的奴隶。诚如别尔嘉耶夫所批评的那样,"现代人把个人主义作为一副甲胄,以为披挂在身,则可抵御世界和社会的进袭,则可走进自我,走进灵魂,走进抒情诗、叙事诗、音乐,这实在大谬不然"。更重要的是,经济个人主义一旦极端化为自我中心主义,自我便成了自我确认的当然参照,"他者"或"他人"则成了地狱。受自我的奴役,眼光也就一直囿于僵死的、狭小的自我性,而看不到别人,更遑论看到阶层。同时这种拘囿,只能受制于外物,从而成为客体世界的奴役。其次,经济个人主义赖以存在的理性主义哲学土壤可能会扼杀真正的个体。自然经济向商品经济的转换才使得"个人"的概念,从以血亲关系和宗法关系为纽结的人群共同体观念中发育出来,个人才得以独立存在的实体和主体地位与生存世界发生联系。这表明,先有现代晚期的个人主义的历史实践,后才有个人主义的理论表达。但是,行为主体是个人本位的,并不意味着反衬其独特性的他者都应该采取同样的行动,这无异于对其主体性的架空,他者或自我选择的个人主义特征也就不复存在了。"经济个人主义对于个体的极端化强调会误导人们将个人的目的等同于个人的、外生给定的效用函数"。最后,经济个人主义在当下遭遇的最为突出的哲学问题是抽象的个人与现实的个人的矛盾。经济学需要研究真实世界的、现实中的个人，不仅是关注个人利益的个人，而且同样也具备利他属性、具有社会属性以及受到社会制度和文化传统制约的个人，非社会性存在中的经济孤立不可能唤起个体的积极感觉。"现实中的个人是有血有肉的人，是有激情、有欲望、有习俗、有感情、有意志、有思想的个人，不是一个机械式受动的个人，而是可以能动地表现自己的、具有完整的精神整体结构的个人"。现实中的人的行为模式与动机，也不单是受到利益的单元素驱动，而是还存在着追求名誉、道德、信仰等更多、更高、更复杂层面的动力源，对这些动力源的解释显然是不能通过扩大"利益"的范围所能涵括的。

所以，核心问题在于，内在于个人的复杂性和丰富性，尤其内在于个人合理性欲望驱动，看到所隶属的阶层的整体诉求，抽象的个人便转化成了有价值的个人，从而超越了现实的个人，在机制叙事的纹理中，达到个人、阶层与制度的平衡。如此，方可避免在现实主义的框架中建构人道主义、理想主义，致使叙事始终处在水油两张皮状态；也不会拗着消费主义或经济个人主义的语境大势去刻意植入审美现代性，反而造成阅读的虚假体验。面对社会的阶层化和阶层化中的个人，理性分析性叙事理应是现代性叙事的主要取向。面向个人的内在性世界，不可能没有诗的叙事，但它是叙事诗学的，而不是抒情诗学的；面向整体社会结构中的阶层，叙事不可能没有形式选择，但综合社会因素是其形式，而不是单纯的和个人化的审美趣味。

基于以上考虑，相比其他研究，所论七位小说家的小说叙事面目，可能会多少发生一点变化。人们给王蒙小说定位多为宏观政治和阶级、人性论叙事，但这里看到的却是革命层化叙事中革命对青年革命者乃至后来的知识分子的抛弃，促使知识分子从开始就应该在"总体文化"中思考"我是谁""我能干什么"的价值终极问题。人们习惯于在"左"与"右"中理解张贤亮，其实在"爱情"叙事中张贤亮已经很早就触及了个人主义问题，只不过此个人观还需从经济个人主义中获得剥离才更有价值。对于王小波小说叙事，人们仅仅在"自由主义"话语的自我生产中就浪费了太多笔墨和精力，本质上王小波小说与自由主义无多大关系，他的另类在于他一下子就是自觉的现代性叙事，只不过"成功学"论的中国式现代性批评并不认识王小波的现代性个体，致使至今王小波小说叙事也没能成为中国当代小说现代性经验的一个有力传统而得到发扬。王朔小说阴差阳错被拿来当作"人文精神讨论"的一个献祭，反衬出彼时批评界是多么守成文化秩序和文化规范，也无不暴露出理论批评话语及价值模式对市场时代城市青年知识者内在于时代的精神诉求的陌生感，恰好说明"人文精神"只不过是一种等级化价值幻觉，与城市青年知识者个人内心及阶层整体诉求无关。

以上是中国当代知识分子隶属于各个不同阶层的不同思想状态叙事，知识分子的流动受到来自革命、政治、阶级、知识、价值诸方面障碍的挤压和排斥。

路遥、阎连科和莫言小说叙事对象都是农村，其他既有研究亦可谓卷帙浩繁。但这里看到的是农村青年文化人、农村社会现代化和农民文化在总体性中的能动作用。人们倾心于路遥"城乡交叉地带"所形成的审美张力和农家子弟坚韧不拔、自尊自爱的理想主义人格，但限于现实主义、温情主义和道德主义规定性，并未看到农民特别是农村青年文化人对"不能自已"现状的整体不满，农村青年文化人觉醒的现代意识，与其说流产于路遥自己的诗意话语，不如说被批评的传统主义所戕杀。莫言起于"民间的立场"和"作为老百姓的写作"并且使得叙事更加肆无忌惮，批评话语亦步亦趋常流连于远远大于高于莫言叙事尺度的"中国经验"而不自知，导致误把"无声的农村""无声的农民"也指认为农民主体性，再加上小说的远焦距叙事，导致现代性在莫言那里只成了作家自己的一种"现代"的"意识"，他的农民可能活得无章无法、自由自在，但就是没有人性的成长和个体化的发展。阎连科对农村对农民情有独钟，他几乎所有的极端化叙事都源自他对农村社会现代化的恨铁不成钢，所谓剑走偏锋者，在于他太信赖自己虚构的另一农村世界的杀伤力，反而导致他对农村现代化难题的严肃思考，总是或多或少被他的反讽和隐喻所解构。也就是说，他没有认真转化经济个人主义在农村现代化过程中的思想能量，以致以经济个人主义甚至以经济主义为靶标，疏忽了对农村传统文化应有叙事，传统农村与现代农村严重失衡。

总之，这些代表性作家的农村叙事，就其重要关切方面来说，之所以显得不深不透，原因肯定是多方面的，但从我们这里看过去，重要的一点是现代性叙事的不自觉所致。同理，前所指出代表性作家的知识分子叙事，就其重要关切而论，之所以亦显得有藏有掖，固然因为内在于整个知识体系并时时刻刻王顾左右不能不有所顾忌而产生自我消解，但就作家主体性来看，现代性并非他们有意为之，有些作家甚至从开始就没打算从现代性的角度来打量自己的叙事对象。应该说，只要足够有能耐、足够有勇气、足够熟悉对象，任何创作方法和思想持见，都会把叙事引向深入。可是无数经典文本叙事经验一再告知人们，对于有些方法、理念和原理的选择，其溢出来的"额外"的思想，只能靠外在的反讽、隐喻、议论或象征来补充。现代性则未必然，它的终极诉求如果不耽于对现代性误读的话，则指向现代社会机制。

第一章　革命分层叙事与回到日常的难题

　　面对"汗牛充栋"的王蒙研究，我们这里肯定不是进一步解构王蒙小说，亦不是凭借什么新材料再全面评价一番。经过长达半个多世纪的阐释、挖掘，表面看起来，王蒙小说好像没有多少研究空间了，但这不等于完全不可能。我们这里需要格外强调的，是王蒙本人本不愿叙述，乃至于通过他特有的"王氏"修辞方式、句式语式有意隐藏，研究者也不觉其占主要比例的主题；是王蒙小说叙述对象，穷极一生折腾到头来却终是有口难言，研究者亦为着寻求安全顺坡下驴故意绕道而行的诉求；是王蒙青春勃发不改初衷不王顾左右激情爆棚一路凯歌，耄耋之年却勉为其难似乎不"回归"绝无他路可选的思想软着陆。

　　如果把此等意思，看作王蒙小说叙事中的应有之意。那么，在王蒙小说中，它们的确不是以研究界通常所发现的革命、政治、阶级、人性等超级概念的形态出现。许多时候，它们确属于一种蛰伏状态，或者，更像是以某种冥冥当中的体验方式而存在。确切说，倘若读者并不身处那个阶层，并不是以那个特殊阶层朴素的、原始的感知去体会，而是以小说理论早已提供的原理、知识、方法去面对，则王蒙小说中的那种深潜意味确乎有点可有可无。批评界一边不断困扰于王蒙小说的"杂色""复杂"，一边又无时无刻不在生产概念。之所以如此，是因为当批评开始行使它的话语权力之时，总不自觉有比作家更高更大甚至更深更明白的思想欲望在作祟。结果可想而知，批评所见，也只能是王蒙小说叙事所本有。还有一种普遍情况便是，假如批评有所不逮，自然还会降减至图解的份儿。无论寄身在哪种阶层，有过怎样不同的生存经历；也无论属于哪个年龄段，有着多么不同的知识结构，其结果都一样。批评都会被王蒙小说强大的主导性叙事洪流所裹挟所收编，仍然是革命叙事及其革命话语，阶级叙事及其阶级话语，政治叙事及其政治话语，普遍人性叙事及其普遍人性话语所压迫，具体语境下个体的、群体的、阶层的命运透视及相关话语和价值诉求，反而得不到应有伸张和凸显。久而久之，给读者的印象，王蒙小说好像就是冲着国家主义而去，只叙述宏大、抽象问题，并不关注阶层之间、群体之间具体价值诉求的上升流动。这对于王蒙来说，实属标签化误读。即使阅读王蒙最新的言论或小说，虽然看不到他这方面的明确态度，但小说叙事却并不撒谎，不经意中总会留下作家真实的生命印记。就是说，在王蒙自己一直所倾心的小说中，其实早已内含了对特定时期庞大青年知识群体命运被革命所分层，进而整个人生被革命所固化，直至生命因此而惨败、不堪的叙事信息，有些实际上直至衰年才觉悟到"误落尘网中，一去三十年"。

"觉悟"所得的这一层价值生活，是值得反复吟咏的"青春万岁"，如梦如幻、如诗如歌，又仿佛被无形的力量所控制无以释放，仅是"夜的眼"，内心的"闷与狂"，想象中"笑的风"。总之，在如此剧烈的纠结中，归根结底还是现实占上风。命运曾经是多么牢不可摧地捆绑在革命的战车上，曾经也是多么冥顽不化地被革命所吸引，亦曾经是多么心甘情愿地为革命而献身，乃至压缩并献出一切可能的空间和选择。

当然，王蒙小说的这一叙事主题，的确并不是普遍地渗透在他的所有小说之中，这也是他与众多当代中国小说家本质的不同。如果我们搬出既有的近百部各种"当代文学史"，做一对照，别的任何一个作家，都可能会被文学史题材分割归类，在革命历史小说、农村题材小说、城市题材小说等中就能一网打尽，而王蒙小说却万万不能。在民族、阶层、身份、地域，乃至由此分解而来的民族认同、阶层认同、身份认同、地域认同的小说中，的确更容易看出作家的叙事诉求和价值倾向。可是，这样的小说又必然显得思想轻浮，缺乏不断深思的后劲。王蒙小说不全具有这里所重点关注的那一路倾向，但他的《组织部来了个年轻人》、四部"季节"系列长篇、《青狐》、《笑的风》等，的确给在今天的分层社会语境探讨青年知识分子最终如何价值自处，留下了意味深长的话题，也具有进一步阐发的阔大空间。

第一节　革命分层叙事与青年知识分子

相对来说，"阶级"是一个政治概念。按照马克思主义经典论述，当阶级矛盾到了异常尖锐而至于激化的程度，随之而起的便是革命，斗争则是革命的必然阶段。即使"人民内部矛盾"，只要到了非革命不足以解决的地步，"治病救人""拯救""帮助""挽救"等颇具人道主义色彩的手段，势必带着鲜明的政治立场。无论对于身居高位者、真理在握者、金融大亨，还是学生、走卒贩夫，不仅要经受残酷性考验，侮辱恐怕也是必需的功课，不然就没法解释如许人因此而妻离子散、家破人亡，乃至自杀了。"阶层"虽然自阶级变异而来，但它的淡化革命，不是革命不需要，恰是极端革命导致的沉重后果，所以阶层只是一个中性概念，是伴随经济社会的不平衡发展而出现的社会分化现象，一定程度受到法律、制度保护。社会阶层化既是"后革命"的主要时代特征，同时也是传统向现代转型的必然后果。既如此，其实不外乎转型成功和不成功两种结论。市场经济的到来，意味着一边需要用市场消化、处理革命的后果，一边不可避免制造出新的不公。从文学表达层面来理解，所谓的"后革命转移"，大概指的就是个体因资源、份额占有的多寡，而产生的对其所隶属群体的不满。转移了过去年代政治尤其革命上人为的差距，却滋生了经济与文化上的分化。当前能基本用阶层概念分析的大多数文学，其叙事目标主要针对上下阶层流通渠道的不畅，争的并非在下者、弱者、底处者对在上者、强者、高处者的权力，而是诉求能不能被理解，同情是不是发自内心，以及感同身受出于"恩赐"还是真正的共鸣。叙事起于分化，却止于现代文化机制的完善，内在于分层社会，致力于打通层化坚冰是其愿景。因此，不管社会学分了多少层，对文学来说，其价值期许、意义生活能否被认可，始终是分层社会中，作家通过形象符号、情节、细节、主题、故事，忠贞不渝要完成的文学目标。

但现在，当我们重新审视王蒙的一批小说，发现他提供的可能是一个新的分层，是用现今流行的社会分层理论及其文学分层叙事经验不容易解释的，姑且称之为"革命分层"。

革命分层，是指革命作为一个独立阶层所形成的自身属性，不借助其他阶层，自身具有强大的消化和再生产能力，以至革命组织及其所隶属个体，在理想目标和价值预期上能够达成高度同一化的体系。革命分层叙事，在其他"归来者"作家小说中也不同程度存在，但叙事却不分明指向革命所造成的层化问题。一度被批评界批评为"替人民受难"的张贤亮稍微有些例外，特别是他的"爱情三部曲"《灵与肉》《绿化树》《男人的一半是女人》，应该说有这样的意向。蹊跷的是，与王蒙有着类似经历和遭遇的张贤亮，他的革命分层叙事一转眼，转向了"伤痕"体验，后见之明地放大了个体在革命框架中的能动性。骨子里，"爱情"只是落难时的调剂品，目的在于表达落难者如何与众不同、如何怀才不遇，这非但小看了革命对一个具体人的致命改变，而且还从根本上撕裂了知识分子与工农大众之间本就有的心灵距离。关键是这种叙事，以事后诸葛亮式的心态，特别是以政治意识形态的支撑为支持，混淆了政治的残酷、道德的亢奋和历史的冷静，终止了革命叙事所应有的革命逻辑。革命一旦成为清清楚楚明明白白反思的对象，虽然很难质疑其叙事的真诚，但也断难回到"话语讲述的年代"，也就无法认定个体面对革命这个庞然大物时的真实处境了。耽于思想的深致性和主题的分叉，并不属于此处关心的范围。

阅读王蒙的小说叙事，"地、富、反、坏、右"以及"苏修""托派"的"改造""蹲牛棚"等，占据着绝对比例，而且革命以其花样翻新的各种变异形式也几乎贯穿在当代史的各个阶段。这些被称为"分子"的个体，当被认定为是某个敌对势力时，同时被认定的主要是其背后的庞大"组织"。虽然"分子"只是自己"组织"的代劳者，但细致入微、一丝不苟的修理，或者用王蒙的话说，衡量是否"骟干净"，却必然要通过一个一个的"分子"来完成。"分子们"是一个个清晰可辨的盐颗粒，然后被放入贫下中农的水里，不断晃荡，直到完全溶化、溶解。这时候，脚上大概也沾满了牛屎，完全符合"盐水里泡三年、热水里烫三年、糖水里浸三年、冰水里冻三年"的流程。看不出什么差别，"三干会"的审查才会提上议事日程。整个过程中，看起来贫下中农的评价起决定性作用，其实不然。既然是组织对组织，贫下中农的劳动，包括吃喝拉撒睡娱乐，只是改造者一方的一个看得见肉体状态的手段，并管不了灵魂和思想。依照王蒙的小说脉络，当后者冷不丁冒头、下意识流露之时，哪怕是一次不经意的抛媚眼，正说明资产阶级、小资产阶级情调还未铲除干净，狠斗私字一闪念的工作还得持续。

如此循环往复、旷日持久的拉锯、消耗，所得结果，就是无产阶级与资产阶级，乃至由此而进一步细化来的革命与反革命、改造与被改造的对垒，转换到灵魂和思想领域，便是集体主义与个人主义之间的权衡与取舍。无疑，号称人类灵魂工程师的大小知识分子，因有"灵魂"和"思想"，侥幸成了改造、劳教的终端——内心之"私"的当然对象。也可以说，王蒙大多数涉及此类叙事的小说的后半段，主要叙述的就是个人主义的非革命性与非政治性问题。在政治意识形态逐渐放松的后期语境，对个人主义的叙事，虽然不首先牵扯政治经济学的背景，但生成于此的身份确认仍然是叙事的主要方面。这里的身份确认，显然不同于二十世纪九十年代崛起作家的普遍性焦虑。此等身份焦虑，很多因素来源于市场主义及其导致的人文普遍边缘化后果。王蒙的个人主义则仍然需要对革命惯性、改造惯性乃至特定时期集体主义惯性的剥离。按理说，王蒙更具有"阶层"意识，因为他本来被"阶级"所塑造。可仔细体会他的叙事，他更关心的却是"涅槃"之后的个人如何重新进入"组织"，并为"组织"锦上添花的豪壮。"组织"之谓者，对个体，也仍然是政治运行过程中另一形式的"革命"。这就容易理解他的叙事中，那批青年知识分子，在漫长人生历程，比如二十世纪五六十年代的参加革命、六七十年代的被批判、改造，七八十年代的重新"回归"组织，乃至八九十年代之交安排晚年日常生活、安放心灵归宿，为什么始终是革命时代的那种思维和逻辑了。就是说，个人主义本来是超阶级概念，他却非得以阶级思维框架论证其能量或被埋没的苦衷，这就反而给读者造成了思想上的某种"含混"或曰"复杂"。至少不像九十年代语境的身份确认那么明确，因为该身份危机往往是经济社会分层形成以来的产物，有明确的针对性，比如弱势对强势、底层对高层、无声对话语权等。不过，既然王蒙不可能不被个人主义所纠缠，所苦恼者，就不可能与当年的革命无关。确切说，是革命阶层对个人主义的装饰和打扮，包括爱的权利、价值生活的建构、日常烟火的态度，都因革命惯性而不彰、不显，乃至不够大大方方、不够自然而然、不够坦然直接。革命力量无比深入的、全方位的影响，仍然是、也许必将会是未来更长时间左右青年知识分子价值方向的一个魔咒，一个因传统和自身天然局限而无法摆脱的阿喀琉斯之踵。

具体起见，下面通过王蒙的相关小说，略做梳理。

批评界早就注意到了王蒙二十世纪九十年代初相继出版的《恋爱的季节》《失态的季节》《踌躇的季节》《狂欢的季节》中贯穿性的革命叙事主题，革命、政治、阶级、人性也几乎成了研究王蒙文学世界的基本概念，这是不用多说的。不同在于，批评界总是普遍喜欢用反讽的眼光，比如一碰到王蒙小说模拟革命年代话语方式叙述，会条件反射地认定是作家主体反抗政治意识形态。批评主体与创作主体对该对象可能有一致的态度，这从审视、批判的语境看是能理解的。然而从他几十年的坚持看，又是不能令人信服的。二十世纪五十年代初的《青春万岁》，九十年代的四部曲"季节"系列，一直到2016年的《青狐》和2020年的《笑的风》，贯穿的依然是该视角和结构。毫无含糊，这是王蒙有意为之。在王蒙看来，类似反讽、隐喻、象征是叙事文学的本分，但对于他所叙现实不见得是最有效选择。所以，他这方面的叙事，就是要达到真假莫辨的效果。究竟要达到什么效果，后面再细说。这里加以强调的是传记加虚构或者虚构加传记，一旦构成叙事长河，它就成了一个完整的体系。这时候，有王蒙的影子也罢，没有也罢，形成的至少是一批人，比如知识分子生存、发展、升迁软性环境的普遍性，大有现身说法的味道。《青春万岁》应该是王蒙寻找他认可的革命叙事的一个契机。在今天来看，这个艺术上还嫌粗糙的文本，已经给他后来的革命分层叙事定下了基本调子。这就是他总是把生活经验与所谓革命事业合二为一，进而达到现实王蒙与虚构小说人物真假难辨，以至于体验小说等于读他的自传体三部曲《半生多事》《大块文章》《九命七羊》的程度。这种处理方式，自然别有用意。

新世纪初王蒙开始陆陆续续写作并出版《王蒙自传》，这已经距离1953年创作《青春万岁》有半个世纪之久了。可他并不为该作的幼稚、粗糙而遗憾。非但如此，每每谈起，他还得意有加。我想这恐怕不能简单理解成是作者对其十九岁才华的自豪，内中情愫也就值得注意。

《半生多事》（自传第一部）中有一篇同名文章《青春万岁》，结尾有这样一段话：

> 而这部书却命途多舛，半个世纪前，即1953年开始写作，1956年定稿的本书，先是被打入冷宫近四分之一个世纪。1979年后才出了书。时过境迁，这本书并没有受到专家们的重视。然而，前后已经发行了40多万册，又过去了四分之一个世纪了。新中国成立以后，到"文革"结束为止，文学史上有许多极其重要和精彩的书，然而，哪里还有其他书，能这样继续不停地发行着尤其是被年轻人阅读着呢？为数很少。

被很多年轻人阅读、喜爱，说明半个世纪前的《青春万岁》所发现的年轻人的内心规律，极大地吻合当今年轻人的心智成长模式。或者反过来，当今年轻人的基本价值预期，仍然不过是半个世纪前王蒙同代人已经有过和想要拥有的模样。个人价值预期已经融入了革命理想，《青春万岁》再现了青年学生到青年知识分子自我价值期许与革命工作相契合的基本模式。大的方面说，女七中高三甲班学生人生结构由先进（青春）与没落两个阵营所构成。先进（青春）又隶属于集体主义，没落则归个人主义。也可以理解为因为集体主义，所以先进（青春）；因为个人主义，所以没落。前者的代表人物是杨蔷云、郑波、袁新枝、李春（后来成了没落分子）、吴长福，后者是苏宁和呼玛丽。两个阵营的家庭状况，小说都有详细叙述，是不是王蒙按照家族和家庭成分来划分这些学生的现状，不得而知。但没落学生的家世的确比较糟糕，可以说比较破落不堪，而青春或先进学生的家庭出身，事实上也属于工农或贫下中农成分，正是革命所依靠的阶级。但我认为，王蒙既然不是按遗传学原理来叙事，家庭成分并不能必然构成整体小说的叙事走向。也因着既为在校学生，学生的家庭影响也就绝不可能是铁板一块；既为相对独立的个体，自有个体绝非不可改变的可塑性。所以家庭影响只是其中一部分，主要用来论证学生本人"根正苗红"或"祖上没落"的条件。

在二元格局中，代表先进文化，体现青春朝气的一方，可以归纳出以下共性。一是少年参加革命，具有革命者与学生的双重身份。郑波、杨蔷云就是这样的人。革命具体干什么呢？按照小说叙述，郑波她们加入的是民主青年联盟，类似今天的共青团组织。不难想象，无非是发展团员、跟踪记录同学思想动态、检查思想、做思想工作，然后整理日记、造表登记、向上级团组织汇报，等反馈下来再重复这一套程序。对于一个中学生，可别小瞧这些触及人内心工作的重要性了。绝对不能以三年后（《人民文学》1956年第4期王蒙发表的《组织部来了个年轻人》中区委组织部副部长）刘世吾的"就那么回事"来看待。这个青年联盟的严格组织性、纪律性和政治性、使命感，单是忙，便可窥见她们是如何被调动，如何具有激励机制乃至于使进入组织者入心入肺全身心投入了。小说中讲，她们肩上承担起来的是数倍于一个普通年轻孩子能够挑起的分量最重的担子，她们有一种少年布尔什维克的英勇的浪漫主义气质。她们整宿整宿地开夜车，三个月不回一次家，把好衣服扔在一边，把饭钱借给生活困难的同学，经常检查思想，每天记日记。这种忙，挤满她们每一天的青春时光，无私奉献、任劳任怨。为集体而奔走号呼，为他人灵魂而奋笔疾书，自己内心空间也就被集体和革命概念所填满、充实。一次次上级的肯定、褒奖，构成了推动工作和寻找新的工作着力点的巨大动力。久而久之，革命所要求和祈愿的一切，特别是聆听上级组织对革命愿景的反复描绘，空洞的也就变成了某种似乎唾手可得的果实，幼小心灵被占有被规划，浪漫而慷慨、英勇而自豪。对比之下，李春为逃避参军而"装病"，苏宁面对是否检举私囤粮食的父亲的"犹豫"，呼玛丽论证教难与义和团密切关系的"长篇大论"，是多么无耻、灰暗和自私。这时候，后者所携带着的合理性个人主义，在无时无刻不由得被翻晒、批驳、嘲讽、证伪，无数次被正义的、先进的、积极的概念、知识、价值否定中，悔恨不已，忏悔不已，内心终于崩溃，原来的理想和知识信念自行土崩瓦解，个人主义的非革命性、非政治性，被进一步确认。

灰溜溜的人生是不受人待见，亦是被自己所唾弃的失败的人生。剩下的路，不是想方设法迎合革命组织，就是自甘堕落、自取灭亡。小说叙事所示，苏宁、呼玛丽最后正是通过抛弃个人主义，其青春才配用"万岁"来称谓的。

二是先进（青春）分子的学习问题。总体来说，先进分子郑波、杨蔷云等学习比较差，没落分子苏宁、呼玛丽普遍学习比较好。直接原因不用多说，肯定是因为集体活动、集体事务所耽误。可小说叙事中对差与好有个微妙转化，这是值得引起注意的。袁新枝的父亲袁闻道，是女七中高三甲班班主任，经常表示他的思想跟不上趟，要向郑波、杨蔷云这样的"先进学生"学习并看齐。袁闻道既代表老师，又代表家长，同时还是学校、社会与革命组织的桥梁。他的表态至关重要，一则表明价值评价体系对学习这种最直接实现个人主义的渠道的否决，二则从世俗角度给何为"有用的人"出示了标准。这意味着革命意识形态，从根子上已对未来人才实施了分离和分层。在如此分离分层中，先进分子之所以能确保青春不老，时时感受到青春万岁，还有最后一个更内心的衡量尺度，那就是爱情。《青春万岁》中唯一拥有爱情的，只能是先进分子，而且她们的爱情都在自己的队伍和组织里。尽管爱情是否成功依然不得不遵循情感逻辑，但在人生的起步阶段，她们毕竟率先尝到了爱情的甜蜜，而且还是因为她们对集体主义的有力践行和推动所得，这就更加意味深长。

至此，《青春万岁》中初见规模的革命分层叙事，不但成功从社会现实，还从既有文化传统中分离了革命，同时还构建了一个全新的以革命为圆心的革命价值、革命话语、革命爱情、革命日常系统。这个系统一边具有超大能量，超强自我生产、自我消化处理能力；一边也极具包容性和排他性，包容一切与个人主义为敌者、排斥一切与集体主义为友者。作为个人，当然可以冲破该系统另起炉灶，但诚如前文所说，那必然意味着另一全新系统的启动。必须强调一点，在这一点上，多数王蒙的研究者，倾向于从理想的视角，比如从"反抗""批判""反讽"革命意识形态出发，来论证《青春万岁》所开启革命人生的"勉为其难""口是心非"，并进一步把思想话题转嫁至美学范畴，认为作家不过是一种"过渡性""暂时性"和"不得已"的审美选择。这肯定是大大违拗当时语境的妄想。即便如此，然而从此造就的文化传统、文化惯性乃至文化价值模式，却不是两句慷慨陈词就能扭转得了的。

接下来我们分别能看到"季节"系列中，革命分层叙事是怎样扩大、深入，又是怎样升级乃至于变异转型的过程。在《青春万岁》基础上，后革命时代的"革命"发展早已生成了完备的自我循环体系，革命者人生包括由此变异而来的其他形式的人生，均通过革命特有的排他性而独立存在。革命者"恋爱""失态""踌躇""狂欢"自洽自足、自在自为，形成了一个闭环式坚固的革命阶层叙事大厦。身在其中，无须借助异质力量便拥有发达的自我消化能力。它已经是一个强悍阶层，其自我生产性，只能制约、影响乃至吸附其他分层，其他阶层的积极互动却并不能给以有效刺激。

"季节"系列叙事时间自二十世纪五十年代初期开始，一直到七十年代末结束，跨越二十年之久。虽然人物不再是郑波、杨蔷云们，但可以清楚地看出，"季节"系列中钱文、郑仿、犁原、赵林、洪嘉、周碧云等一众人物，无疑是郑波等的接力者。《恋爱的季节》一开始便充满昂扬、明朗、单纯、欢快的现实气氛，熟悉王蒙的读者大概不会对这种特殊气氛陌生，这正是《青春万岁》中即将走出高中校园的先进分子郑波、杨蔷云们的真实心境，她们想象投入的人生蓝图和生活世界就是这样。已经不是民主青年联盟阶段的革命，不需要加班加点熬夜造表，跟踪记录，做那些琐碎无聊、没落和颓唐同学的思想工作了。那工作磨人而收效甚微，耗时而进展缓慢。离不开与庸俗无聊打交道，却又不得不苦口婆心回归豪壮伟大。整个过程中，除了革命工作本身，还需时时抽出足够的时间来遏制、处理人格的可能分裂，实在是煎熬中的前行，革命显得碍手碍脚，几乎失去了所向披靡、长驱直入、快刀斩乱麻的快感。这即是王蒙由衷喊出"青春万岁"的本意，他深切感觉到，如果没有其他机制来维持，来之不易且"恰到好处"的革命的青春，难保不退去勇力和锐气。《青春万岁》的成型，不能说不是为着克服该青春的稍纵即逝。"季节"中的革命则不同，走出了青春的冲动，有革命理论的支持，革命的一招一式，变得踏实而沉稳。关键是，让他们触摸到了发展浪漫主义气质的激励机制，施展英勇才干的理论原动力。当然，这种革命确也区别于爬雪山过草地和小米加步枪的悲壮，多少有着"后革命"的色彩。血与火已经丧失了真实的严酷而转换为一种激动人心的历史记忆和历史想象；经典马克思主义理论家所描述的革命主力军已经转换身份开始登上政治前台，他们带着边缘的眼光却自我赋形为革命的当然后备或后备候补势力。那么，他们的革命，首先得从庸常的家庭日常开刀，这既是《青春万岁》对个人主义革命的延伸，又是对它的自然升级。

虽然离开整天记日记，追踪同学思想波动，已成定势；虽然过去养成的革命价值观、人生观、世界观，也已经牢不可摧。但当真正走出校园，进入社会，遭遇各自家庭的庸碌和拖泥带水时，仍然反差太大。钱文们条件反射般的选择便是逃离家庭。这预示着，革命的集体主义首先是对家庭这个看似私人化，实则隐藏着复杂传统文化成分的社会公共空间的革命。这时候，他们虽然还无法清晰感受往后的漫长人生，会不会因为这些"藏污纳垢"反而激发出不同价值选择，但他们不认可的是家庭及其后面的文化传统与革命文化的相冲，也就不可能孕育出他们所要的浪漫和出人头地前景。这种微妙的"偷换概念"表明，他们明确意识到革命交给他们的任务不是攻城略地、所向披靡的攻伐，是从理念理论乃至灵魂深处塑造革命理想；他们也明确感知到要坚定革命信念，美学意象美学话语是个绕不过去的手段。唯有美学旨趣与革命理念相结合，才能从价值上赢得革命的感召力。到这一步，另一内容转换便形成了，即在他们这里，已经把革命等同于人生意义的终极追寻了。不啻说，这是革命本身进入层化的本质规定性使然。所以，面对进入理论建构层面的革命，他们理直气壮地回应了自己人生的哲学回答，"活着干什么，这才是意义重大的了不起的问题"。因为他们寻求的不是如何填饱肚皮，不是如何摆脱寄人篱下，而是哪里有通畅的上升渠道、什么条件可以免于走弯路的问题。革命不但能提供应有条件，而且还担保晋升渠道的通畅。

当然，他们也意识到这是一个庞大而系统的工程，家庭中许多习焉不察的习惯，使他们意识到了革命的必要，也觉醒到了革命力量的薄弱。倘若处理不好，终极追求一定会遭遇搁浅，这是他们通过家庭把革命引向社会面的开端。与其说他们因革命而抵制家庭，不如说因自我信仰与理想而选择革命。这表明，《恋爱的季节》中，作为组织的革命与作为期许的自我价值两者位置发生了微妙转换，钱文们已经开始尝试构建革命这个特殊的独属于他们的阶层了。这一点，也许有人会发出质疑，认为不管怎么说，钱文们总归是革命的执行者，那么他们就不可能支配革命。这当然是革命的一个方面。另一方面是革命过程中主动与被动、支配与被支配常常会发生意想不到的转换。怎么转换，却取决于执行者的理解和诠释。完整体会《恋爱的季节》的情感基调，对于钱文们来说，革命虽不至于是载歌载舞，但是革命绝对也不是苦大仇深、报仇心切的模样。宣讲理论的忘乎所以，集体沉浸革命旋律的如痴如醉，相互作诗赛诗批诗的酣畅淋漓，其诗意氛围和意义生活语境，难道不更接近人生终极许诺吗？集体而终极，这里面包含了太多革命之外的内容，至少是世俗味极浓的"为了什么"的革命所无法满足的东西。因伴随"为了什么"而生的显然是另一套话语体系，痛苦、牺牲、奔走呼号、为民请命或者更具体一点，为他人而如何付出，为他人而牺牲自己利益包括最珍视的价值追求。种种迹象表明，钱文们不屑于此种革命，他们自我为中心的集体诉求，欢腾异常、热闹异常，反感哭哭啼啼、期期艾艾，所以他们的革命有充分地排斥他人以及他人构成的集体诉求的理由。

钱文目睹父母仇敌般的吵架，仍可以不为长者讳，延及野兽和丛林，并很快得出惊人断语，认为之所以有如此乌烟瘴气的家庭，是因为社会本就一塌糊涂。砸烂这样的家庭，就是建立一种新生活。祝正鸿的家庭更堪称一部鸳鸯蝴蝶派的离奇言情小说。祝母本是江南一小镇上一家小店老板的独生女，为人生得"身材苗条，轮廓秀气，多才多艺，聪明能干"，本来小日子过得还算景气。然而天有不测风云人有旦夕祸福，祝姥爷却得了严重风湿病，于是，小店只能转给女儿经营了。一晃祝母到了二十岁，姥爷更是怜爱有加，不舍得远嫁女儿。后经老板两口子牵线，"肮脏懒惰""嗜赌成性"的朱进财成了他们的倒插门女婿。事情还没有完，正当朱进财差不多赌输了小店小一半家当的时节，即"二十余年前"的民国十八年，祝母因掩护国民党搜捕的共产党员林远而与之关系不清不楚，这位共产党员"身材伟岸，相貌不凡，见多识广，智勇双全"。祝母给儿子讲述时宣称"愿意为他死"的林远，正是祝正鸿的亲生父亲。李意的爸爸和家中一个女仆的关系相当暧昧，洪嘉的继父朱振东因遇上了一个"豁唇子"的媳妇儿跟上了八路军，其母苏红的感情也是几易其手等。

无论他们怎样表达对各自家庭的不满，家庭毕竟首先还是包容个人主义的港湾。如果不把个人主义狭隘地理解为是否感伤于童年养过的一只小鸟，或憋闷时胡乱吟出的类似"迷蒙的小雨"的诗，抑或男子大庭广众之下敢于穿上女式花衬衫。那么，他们复杂的家庭结构、辛酸的命运遭际，也应该得到革命的正视。因为它牵动的不只是家庭具体成员的沉降起伏，作为普遍社会生活的当然窗口，家庭的阴差阳错、命运多舛，家事的偶然性不确定性，家人的漂泊流离、跌宕难测，尤其当事人内心无以言表的酸楚、痛苦、迷茫、无助、无奈，当然也应该是个人主义辐射的基本扇面。可是，对于这帮青年革命者来说，这些群体性灾难，恰好是他们唯恐避之而不及的赘疣。进一步表明，他们的革命，尽管面向社会，实质却是回到自我。而回到自我的底气，是革命已经成了一个独立的阶层，无须依赖别的阶层通过源源不断输氧而保鲜，其自我运转已经被赋予了超级权力，身居其中的一切升迁、进退，都会由革命本身来完成。无疑，这是革命自己首次从普遍社会生活分化出来的重要标志。

这就容易理解他们的革命，为什么总是活跃在思想传播领域和善于舞文弄墨的原因了。诚然他们的革命工作对象主要是宣传宣讲革命，也主要是动员青年学生并阐释党的方针政策和理论。但是正如南帆正确指出的那样，他们的擅长使用政治术语和革命名词，得到的实际上是一系列高深莫测的理论装饰，对于革命内部的残酷程度，包括革命队伍内部的权力之争，几乎一无所知。文学和艺术包括歌唱，曾对他们的革命产生了异乎寻常的作用。可是仔细分析他们痴迷的书籍、陶醉的歌曲和心仪的小说人物，不外乎苏联小说和中国、苏联革命歌曲。而且值得注意的是，他们的阅读，总愿意分享出来，这和他们总是喜欢一起合唱包括一起上厕所一样，表明他们所向往和正在构建的价值体系，有着朗诵诗一般的阳光，有着苏联革命小说那样的欢快，有着空气一般的透明，当然要拒绝灾难与苦难、没落与不堪。

在这个逻辑上，也就不难理解他们的爱情沉浮了。盘点赵林与洪嘉、钱文与吕琳琳、鲁若与女中学生、周碧云与舒亦冰、洪嘉与鲁若等，爱情受惠于革命、萌芽于革命队伍，不幸的是，革命织成的甜蜜，却又因革命而告吹。我想这恐怕不单是个人主义原罪在作祟，追究一下他们的家庭便不难明白，连同家庭命运都不能共同担当，爱情进入婚姻阶段，必然遭遇的琐碎和无趣，他们岂能承受？更重要的是，爱情婚姻一旦碰上革命理论的昂扬壮伟和革命旋律的透明优美，以及因此而建构的光鲜阶层铁壁和明媚许诺，本就是天然悖论。

爱情的苦涩并没有促使钱文们对革命的集体主义进行必要反思，相反，他们更倾心的是进一步对个人主义的追剿，这可以看作是革命分层的深化。因为在他们认为，持续革命很多时候意味着由内及外的集体主义的发展壮大，这既是自我革命，也是通过自我对革命这个特殊阶层的奉献。不过，让他们始料不及的是，他们不遗余力的努力，并不被他们所理解的革命的集体主义首肯。非但如此，反而越来越失去了革命阵营的政治信任。这一点，在《恋爱的季节》还不明显，到了《失态的季节》，暴露得越来越清晰，以至于突破了他们所能承受的底线——一切都朝失态的边缘演变。何以矛盾若此？不在革命层内的人很容易误解为是革命要求的水涨船高所致，认为只要继续深化批评与自我批评，乃至把革命的集体主义彻底纯粹化、透明化，就能过关。但是置身革命层，阵营内部的愈来愈不满，其实是革命层内部又一次分化的表征。不过，在《失态的季节》的叙事时间，即1961年至1962年一年多的时间内，钱文们耽于对1950年至1960年之间革命、理想、恋爱、失恋的统一审视，沉陷于自造的革命氛围而迷失了自我。那时正可谓如鱼得水、如虎添翼时，亦可谓困难是前进中的困难，不遭风雨哪见彩虹日。反思缺席，顺理成章，转而专注于对该层的加固和防卫，成了他们的当务之急。承前文所说，这实际上是他们对自我理想与意义的终极目标所下的最后赌注。不是意识不到又一次分化，而是不相信还会有分化。需知道，他们是从《青春万岁》里走出来的革命者，《恋爱的季节》仅是他们革命的自然发展阶段。革命与自我，早已合二为一，对他们来说，让做出自我与革命的剥离，岂是纯粹理性能胜任？

直到《失态的季节》，类似传统情感、伦理、道德——这些曾为革命所默认而他们却最忌惮的个人主义核心部分，突然开始全方位背叛自己，每个人几乎都面临失态，进而人格破产，革命层内部的分化才出现，或者说才被他们真切地感知到。许多内幕革命者本人并不知晓，革命者只承担分离分化的后果，这正如向上帝押宝，谁最终是上帝的选民不由选民说了算。这正是革命的奥妙之处，接下来我们看到的情况是，定罪越莫名其妙，可能越能收获预料之外的奇效。钱文参加了一次欧美同学会并一起吃了一次西餐，被划成了"右派"；萧连甲因不识时务纠正批判自己的大字报上的错别字和措辞；郑仿因为一直倡议组织一个儿童文学研究会；等等。面对五花八门的定罪，他们失态的情状可想而知有多么难堪了。钱文竟发作了短暂失语症，交代问题时张开了嘴，下巴哆嗦，眼睛乱眨巴，一点儿没有声音，以致多年后，一到情急之中，失语症偶尔还会犯。他回忆起此事，觉得自己简直就是白痴。鲁若抓着自己头发，脸上一片虚空，像被彻底抽走了灵魂似的什么也没有。萧连甲最终折服于曲风明之后，经常用强奸犯这个妙喻自况。在钱文未到之前，章婉婉本来是他们劳教地"右派"当中处理最轻的一个，但没想到钱文比她还轻，对此现状她"好长时间如吃进了一只苍蝇"，不仅反感钱文的诗人身份，而且反感钱文的日常行为举止。得知钱文与妻子叶东菊频繁地通信章婉婉也难以接受，从此开始了对钱文不遗余力的攻击。非但如此，当她的丈夫秦经世也被揪出来后，她残忍地拒绝了丈夫想过一次性生活这样快乐的要求，还咬牙切齿地强调，帽子没有摘之前，什么都不要再想了。为了证明清白，唯一的一次休假回来，她主动要求来一个女干部搜查她的内衣内裤与私处。

　　失态若此，不止斯文扫地，更是颜面丢尽。然而，话又说回来，失态即指举止失去应有的身份或礼貌，那么，章婉婉们千奇百怪的表现，仍然是一种自觉主动行为，其目的为的是不被分化分离。时间到了1961年，钱文们带着忐忑不安、踌躇不决的阴影，迎来了史称"小阳春"的时刻。虽然仍戴着"帽子"，毕竟有了重返革命队伍的机会。戴罪之身之故，战战兢兢、畏畏缩缩，短暂的日子里他们只是冒了一下泡就破了。革命阵营里有机会充分踌躇的就成了另一批主角，他们是犁原、张银波、王楷模、赵青山等。限于篇幅，这里仅举两例便可窥斑见豹。

　　文艺界领导犁原与儿童文学作家廖琼琼关系暧昧，当听完廖琼琼自陈已被打成政治另册后，犁原的本能反应，先是勃然大怒，撸袖跺脚像要不惜一搏的样子，隔空怒斥说你绝对不是"右派"；但仅过了两分钟，他就只剩下倒吸凉气的份儿，咝咝哈哈，廖琼琼还在的一小时半左右时间，他两分钟上一次厕所，一句完整的话都没有，廖琼琼只能起身告别。由于犁原的善于自保，竟成了单位反右运动具体负责人。廖琼琼沦陷后紧急求援，他却吞云吐雾，抽一口烟磕磕巴巴说一句话，并且咳嗽不止；当廖琼琼提出结婚，他又突然一副官腔，断然否定，声明与廖交往只限于文学；等到整个形势稍有缓和，他又想起廖来，然得知廖因听莫斯科广播又被送去劳教，他口气又变了，深感震惊地说那玩意儿偶尔听了就听了，能说给旁人吗？犁原的"踌躇两端"，小说有这样的总结："而在1962年的初冬，他变得又是只能说半句话了。甚至于连半句话都够不上，他只是寒冷地咝咝哈哈，伤痛地嗯嗯吭吭，或者像是鼻腔发炎似的老是在那儿吭吭。"出版界领导张银波的踌躇不决与犁原大同小异，只因她与钱文的交往总是牵扯到钱文诗集的出版问题，因此也就有些不同。总结来说，运动稍缓时，她不惜屈尊到家找钱文约稿，极力鼓励其创作；风声骤变，对"右派"的钱文又突然很生气，失望至极，间或碰面，也是冷冰冰装作没看见。这样的踌躇，其实也体现在张银波对自己女儿陆月兰身上，敏感于政治上的风吹草动，疏于亲情眷顾，造成终生悲剧。

通过以上两例大体可知，二次分化后的革命者，无论情感上还是事业上，哪怕他们已经历练得很懂感情，也哪怕他们是事业上经验丰富的内行，然而反复无常的革命洗礼，他们已被铸造成了全然不同的另一个人。要么口是心非，毫无信仰；要么见风使舵，唯利是图。总之，成了活脱脱泥鳅。

在这个逻辑上，《狂欢的季节》诚如其"狂欢"所示，特指1966年至1976年间的疯狂和混乱，是"失态"之后的物极必反，完全放任。与其羞羞答答"被失态"，还不如积极主动地去表现失态，或许还能博得赦免，这竟成了革命知识分子一种普遍心理。此时，身处边疆的钱文并不在革命层中心，他已表现出某种"退守"端倪，只是由于并没有被革命层所分离，他对革命内层的观察和体悟便多了不少沉思和冷静。在钱文的视角，我们依据小说叙事不妨概括其要点如下。第一，"文化大革命"是一次全民的语言实验，把人训练得怎么做都行、怎么说都行。人人抢着说争着说睁着眼说闭着眼说，于是，"说话的精神"被彻底激发起来，且得到了全面贯彻落实，这就意味着当初主要由人文知识分子结成的革命阶层被冲垮，革命内部问题普遍变成了全民政治问题。寄身于革命阶层并依赖该阶层而谋求流动的价值和意义渠道被堵塞，取而代之的另一通道随之敞开。言语或语言实验的急先锋、积极分子，是这个通道的宠儿。他们取代了革命层内生产和再生产的知识分子，一跃而成为全民政治运动的主角。第二，大势而外，具体到革命知识分子个体，由激情、知识、理论而信仰、价值、理想，本来一切都被革命所捆绑所承包。这个时候，革命者便成了革命阶级真正的弃儿，率先成了一批精神上的失魂落魄者，根本不会琢磨别的出路。在那个特殊语境，假如他们从开始就借助于其他形式或有意选择其他形式，尽管形式并不坏，其结果也会为自我意义支持机制的缺席所累。这一点，倘若联系《青春万岁》，就不难明白。该小说中王蒙的革命分层叙事已经暗示了结果，当初被革命划分成没落、不堪的李春、苏宁、呼玛丽等人，参考他们有所展露的才华，分析他们自我价值取向，应该说他们很早就找到了属于自己的形式，那是革命所允诺的形式不会轻易注销的渠道。如果认真践行，应该说，非但不会影响革命，反而会成为革命形式有益的、必要的补充。遗憾的是，即使在狂欢的季节，这后一种或几种价值渠道，并没有人去真正关注，也可能压根没有人想到会有这种可能性。可想而知，革命知识分子的人生，只能定格在革命一条路上了。而这，本质上却又是一条自己给自己定义的路子，其心甘情愿之情状，完全不是逼迫出来的。

鉴于此，不管有无道理，愿意把《狂欢的季节》末尾处，作者作为叙述人的关于革命知识分子的一段议论，抄录如下。

活该！政治是无情的，政治不是诗，政治不浪漫，政治一点也不亲爱温柔，政治让女性走开，让娘娘腔的阳痿小男人走开,让除了读死书放空炮怩怄作态耗子舔猫屁作(读嚓)死成事不足败事有余啥也不懂的白痴废物自以为人五人六的知识分子走开。政治是金刚力士的政治(这个词是钱文跟陈伯达学来的,陈在一本小册子里,称赞法国大革命中罗伯斯庇尔的杀人如麻,说他是"把真正的金刚力士请上了历史舞台"),斗争是胳膊腕儿的斗争,正义是胜利者的正义,思想是统治者的思想,人民是山呼万岁指到哪里打到哪里的人民!革命的基本问题是政权问题。还不明白!没有一个政党像共产党说话这样坦率和一语中的。季米特洛夫接受德国法庭的审讯时候说得透:"在未来的战斗里,不做铁锤便做铁砧!"

"走开",自然也是王蒙的规劝,正像王蒙自己选择"走开"那样,如果没有远走边疆的十六年,恐怕也不会有他今天的价值结果。可是,那个时候,没有人愿意"走开",相反,多的是愿意留下者,以伺某一天咸鱼翻身。这样的前身经历和理想基础,很大程度决定了后来人格的扭曲和价值观的变异,甚至成了"后革命时代"几乎一切行为处事的模式。

作为一个整体,《恋爱的季节》《失态的季节》《踌躇的季节》《狂欢的季节》对革命知识分子与其依附的革命阶层的关系,进行了全面的、充分的、透彻的,或许也是目前为止中国作家中最独一无二的叙事处理。这个关系按照王蒙小说的题目,依次是恋爱、失态、踌躇和狂欢,根据狂欢叙事的特殊时间和特殊政治语境,无论遵循中国传统文化秩序讲究的四季轮回,还是现代哲学的否定之否定学说,狂欢过后不是败灭与死寂,而是重生与涅槃。二十世纪五十年代初到二十世纪七十年代末,是中国当代史的奠基阶段,亦是传统文化转型现代文化的关键阶段,很可能还是现代文化自觉性的前传统、新传统。既如此,重读王蒙的革命分层叙事,特别对于青年价值观的养成与塑造,其意义恐怕不在如何避免失态、踌躇和狂欢,而是找到属于自己的价值和意义生活形式。否则,倘若仍在恋爱、失态、踌躇和狂欢的旧形式里,那么,即使技术很成熟、艺术很美观以及伪装得可以以假乱真,诚如王蒙革命分层叙事所呈现的那样,连犁原、赵青山辈都虚张声势、徒有浮名,著名人物竟然没有著名成果,更何况章婉婉、廖琼琼之流?

  王蒙的革命分层叙事,极少用象征、隐喻,一般是直陈其事,这是与他复杂丰富的阅历分不开的。经验远远超出叙事内容,何苦还要弯弯绕呢?在他看来,诸如此类手段是文学叙事的本分,却不见得适合他处理的主题。可是对于他叙事的人物的意义和价值归宿,我认为他注入了强烈的象征意味,这本身预示着该命题是一个长长的延伸。如果说他的叙事,对今天青年知识者有什么特别的启迪意义,应该就在这里。倘要预防被扭曲,不至于走弯路,那么,开始阶段就需找到适合自己的形式,开始阶段就需警惕阶层对主体性的禁锢和改造。因为既为阶层,本来就意味着局限。

  在这一意义上,假如我们做个或许不大合逻辑的推理,之所以"精致的利己主义"构成了今天青年知识分子普遍共性,是因为他们曾被经济主义所反复塑造。追究其根源,难以排除其初始阶段所接触知识、理想、信仰、价值的经济主义嫌疑。很难说经济主义是一个阶层,但经济主义却可以构造和许诺某种耀眼的未来愿景,也就能以阶层的名义排斥其他或建构自我。

第二节 "新启蒙"悖论与回到日常的难题

  中国当代前沿作家,尤其专擅长篇创作的小说家中,有的嗅觉特别敏感,什么题材热就写什么题材;有的文体意识特强,作品经常给文体研究带来挑战;有的信奉片面的深刻,哪怕司空见惯的素材挖掘得深了也自然引人注目;还有的好领风尚,在图解时髦概念中享受被追捧的快感;等等。多元化,众声喧哗,才绚丽多彩,才色彩斑斓。长篇小说毕竟体量庞大、思想信息丰富,更容易成为文学思想研究的一个对象。当然对同一个作家的一批长篇小说来说,最容易成为理论批评分析解剖对象的,肯定不是东一榔头西一棒槌的"杂拌",而是凝神聚力的突击。因为这才能体现一个作家对时代、现实和普遍意识整体把握的程度,解释时代和现实重要问题才更加透彻,也就具有思想启迪意义。

具体语境和具体关切使然,王蒙小说叙事的面孔并非像多数理论批评给出的结论那样,重点是对政治的兴趣,或者因自身经历之故,侧重于"少共"自传体革命叙事,抑或王氏话语风格、叙事方式不断翻新变化而呈现的"杂色"等。王蒙叙事对象的确主要是知识分子,准确说,应该是团员革命者、青年革命者和革命知识分子命运。这一主题贯穿于他的"季节"系列四部曲始末,也自然是他长篇小说创作中、块头最大、时间跨度最长、思想空间最大的一次实力展示。这条线索中还包括稍前一时段的《活动变人形》(1986),以及再前一时段的《组织部来了个年轻人》(1956)和《青春万岁》(1953年创作,1979年出版)等,构成了他对二十世纪二十至四十年代以来至二十世纪八九十年代之交,长达近一个世纪中国知识分子成长变迁、心灵扭曲、命运跌宕,及其所生存革命环境、政治环境、文化环境、文学环境更迭起伏、曲折艰难的历史。这不是说别的作家的知识分子叙事乏善可陈,而是梳理王蒙叙事可知,他的知识分子叙事内在于中国当代革命史、政治史和文学史特殊的内部驱动,中间还加一个参与者、见证者、亲历者的个人介入史、个人亲历史和个人经验史。具有高(高层)、中(知识分子意识)、低(民间社会)三种视野,前(前革命历史、革命历史时间)、后(社会主义建设和改革开放时间)、左右(横向域外文化对比)四个时间纬度。这样的一种综合和全局眼光,避免了家族的、底层的、边缘的、民间的,却又是宗法的、道德的、外在的、单维的想象性视野的天然局限。可能就不好径直用暴露了什么、批判了什么、揭示了什么、反讽了什么,或者无论哪个视角地反映了什么、体现了什么、建构了什么等单线思维来对付了。甚至更不宜用类似从"革命人""政治人"到"自由人"一路纯概念来简单图解。这种时髦术语,非但不能准确理解王蒙用意,而且还会对其小说指陈的历史真相造成遮蔽。因为与其他作家的同类叙事相比,王蒙叙事的知识分子,更加革命化、更加社会主义化，也就更加中国化，进一步分析的余地也自然更大。

指出他革命知识分子叙事，也不意味着他只关注这一点，是说这只是一条明显的主题。在这个主题当中，仍然贯穿着其他同样重要，但是可以相对分离出来讨论的叙事。这一被分出来的主题，向前可以追溯到《青春万岁》，中间横跨《青狐》，往后直至《笑的风》等。这些小说周围，还波及其他相关小说，比如《青春万岁》《青狐》与《活动变人形》之间某些故事发展的关联性，比如《笑的风》与《生死恋》《奇葩奇葩处处哀》中某些人物命运的同构性等。作为另一单独的思想表达，和他的革命知识分子命运叙事特点一样，也仍然是几年乃至几十年前提出但未解的问题，几年乃至几十年后没忘记仍然在寻求解决方案。具体说，几年乃至几十年前被革命冷落抛弃的人物，几年乃至几十年后有怎样的归宿；几年乃至几十年前前辈情感遭遇重创，几年乃至几十年后其重创产生了什么后果或后辈有过怎样的扭转，都是有因有果、有始有终的。倘使终究未得其果，终究迷而又迷、惑而又惑。那么，他的叙事则一般趋向于在看似"和解"，看似看破一切的哈哈一笑中，通过具象和细节留下一个形象的、开放的谓之为故事终结叙事体验却才开始的结尾。既然现实问题不可能被文学叙事所解决，他的小说叙事也就不会天真地给出自以为是的"主义"或药方。王蒙小说的这种态度，恐怕不仅仅是对叙事艺术严丝合缝的刻意追求。在创作精神和理念上，似乎更接近经典现实主义所谓忠实记录历史和时代的本质。

正是这一点，我们正可以在今天分层社会的语境，从一个侧面再检验一遍一度声势浩大的"新启蒙"及其"大写的人"预期受挫后，不得不回归日常生活的实际效果。"大写的人"如果不走向凌空蹈虚，按照预期，必然要向更深处寻求根源，这无疑是充满许多禁忌的地方。退一步，如果专注于日常意义生活秩序，而不单是个人欲望的满足，某种程度说，也算是为"新启蒙"及其"大写的人"挽回点颜面。这既是王蒙小说叙事的题中应有之义，也是今天知识分子主流意识穷极经年希望解释好，却悬而未决仍有待深入讨论的命题。即"新启蒙"的价值诉求到底产生了哪些可见效果,以及其回归日常生活的朴素,究竟又是在哪个层面立意的问题。毫不含糊,在这个流程中,发话者和实践者都是知识分子。

为着不过于泛化,这里也许重点仅涉及《青狐》《笑的风》等少数小说。

《青狐》的主人公叫青狐,是个女作家,原名卢倩姑。她出生在一个贫寒的家庭,从小与母亲相依为命。高中学习阶段,她和一个想做哲学家的男生相爱。但是,1957年的"反右"运动一开始,她还没有反应过来,那位男生已经跳楼自杀了。后来,她在迷茫绝望和失恋的颓废中上了大学。大二时,有一次她和平时交往颇多的辅导员看完电影,跳完交谊舞,吃完夜宵,辅导员搂住了她,她又哭又闹,清醒过来后发现自己躺在他的床上,当然仍然是又哭又闹。回家后不管母亲怎么盘问,她什么也不说。后来她怀孕了,辅导员被迫向审问者交代了自己的"作风"问题,尽管她拒绝证明是辅导员下了蒙汗药,可是辅导员还是被送去劳教了,这样一去便永远消失了,她也被勒令提前离校就业。再后来,她又结了两次婚,都以悲剧收场。一个丈夫因病猝死,另一个与她闹到分居之后遭车祸丧生。接二连三的不顺,她想自己可能是家乡人所说的克夫的白虎星。不过,她很有文学天分,三十九岁那年正是"文革"结束的时候,她的小说《阿珍》发表了。小说表现的是一个青岛民办学校女教师为爱而献身的激情。一时文坛惊讶,被看作是"伤痕文学"的代表作,并在广播上连续播放。在召开的《阿珍》研讨会上,因发音问题,理论家杨巨艇错把"姑"读作"狐",后来她索性把笔名"青姑"改成了"青狐"。

声名鹊起的青狐,成了各种文艺界会议的耀眼新星,认识了许多著名作家、理论家。然而对于他们发言时所涉及的人际关系,以及文学与政治之间的复杂矛盾,她却一头雾水,只能仅凭直觉勉力应对。这里出现的文坛人际关系及文学与政治之间复杂的矛盾,特别是由人际关系统摄、摆布政治,文学又依附在所谓政治的羽翼之下,直到成为政治权谋的巧妙手段,再以此来决定人际关系而形成的"文学史",是《青狐》的另一情节结构,留待后面再说。

此处再讲青狐。《阿珍》是《青狐》中主人公、女作家青狐的第一篇小说,此作的一举成名,给她带来了意想不到的风光。然而,"狐"的情结让她感到了《阿珍》的遗憾:"为什么不把阿珍写到深山写到野狐出没的地方呢?"这便是她第二篇小说《照片》的诞生。该作一经出炉,照样好评如潮。主人公山桃,乡间女孩,乡镇企业临时工,十九岁那年山桃花掉了半年的积蓄,拍了一张照片,美极了。不料,她将照片遗失了,被一个潦倒绝望的画家捡到。照片上女孩的女性之美,重新唤起了落魄画家生命的欲望。山桃所在的山村里开始流传许多关于狐仙的故事,说狐仙爱跟青年男子开玩笑,把一个姑娘的手绢拿到一个想媳妇想得发疯的小伙子手里,把青纱帐里青年男女的衣裤偷走,当然还有一些乱伦的传说。总之,狐仙格外关心人间的风月之事,甘愿为人类做月下老人。第三部小说《深山月狐》系青狐度假时所作,甫一问世,文坛顿时轰动,连连获奖。主人公月月,生在山村,从小喜欢男孩子又被男孩子所倾心。月月经历过三次情史,第一次与一小伙子在老橡树上幽会,小伙子不慎掉落身亡,月月被关押三年;第二次与一林场伐木工人幽会,关键时刻木排解缆,撞到了大青石上,好事半途而废;第三次在山间与一商人幽会,受到野狼的侵扰,可正兴奋的月月下意识的一声喊叫,竟让野狼毙命。

如此与众不同的作家青狐,作为主人公,王蒙为了让读者感知到她的不同凡俗,在相貌上也颇多着墨,小说写道,卢倩姑生有异相,发褐面白,如古书中描写的"玉面狐狸",偶尔睁大眼睛时,"一张脸流光明丽,令人晕眩"。当然,这类笔墨,自是取"有异相者必有异智"之喻。可是,要知道,此类反衬,在中国传统文化里,一般是男性专用。卢倩姑乃一个女孩,何以享此待遇?可见,王蒙在这个女性身上颇下了一番功夫,是值得注意的。另外,卢倩姑大二时正是"反右"开始之时。那么,问题又来了,男同学很多,她为什么偏偏爱上一个想做哲学家的同学呢?

要了解卢倩姑的前身,必须回到《青春万岁》。该小说中把高中女学生分为青春和没落两派，青春派是民主青年联盟的革命者，忙于记日记跟踪没落派同学的思想政治波动，忙于做同学的思想工作，忙于治病救人，学习普遍较差。但她们却是当时校园风云人物，连同爱情，革命队伍也都格外惠顾。革命队伍内部提供爱情的机会，她们自然当仁不让。由此可见，无论革命工作本身，还是个人价值实现，青春派都是结合得最好的，无疑独立潮头，得时代风气之先。难怪连班主任都自称要向这批同学学习，否则思想就掉队了。另一没落派同学中典型的有三个，苏宁、呼玛丽相对都有自己不堪的归宿，唯独李春的归宿阙如。按其在校时的表现，她就是青狐。其一，只与杨蔷云聊天较多，但都是杨主动找她，后来因为她对集体组织冷漠，杨也站在了她的对立面；其二，与同学聊天不聊考试难，不聊先生的外号，不聊辫子的梳法，聊的主要内容是书，特别是翻译小说；其三，拒绝参与革命和政治组织；其四，偷偷摸摸写着一个剧本；其五，李春有着少有的清醒和冷静，她逃避抗美援朝"参军报名"的理由是抗美援朝恐怕是暂时的，到军队里去根本没前途，又是个女的，顶多当护士，上了大学却可以当医生、科学家，再有，将来战争没有了，所有军人都复员，自己也老了，干什么去呢？其他几条很清楚，不用解释。第一条的交往问题，正好折射了李春的家庭状况。只有孤儿寡母的家庭，或不健全的家庭，孩子才自觉低人一等，内向，自我封闭，不善交际，这完全符合青狐的身世。

李春属于没落派，因着她"装病"逃避"参军报名"，早已成了青春派革命的对象，即是说革命已经抛弃了她，她还哪配品尝同学的爱情？加之勒令离校就业，政治运动又如火如荼、轰轰烈烈，李春从走出高中校门一直到《青狐》中卢倩姑的出现为止，卢倩姑才填充了李春的这一段空白。

重点是学生时代就表现得不同凡俗，即不随大流、不人云亦云、不急功近利，有自己人生规划且找到了自我意义实现渠道和表达形式的李春，包括那时她还没有完成的剧本，才是王蒙所关注的重点。他通过一个曾被主流政治、主流社会、主流文化文学艺术所抛弃，现今（二十世纪八十年代）沦落为底层的、边缘的、弱势的，却又保持着不凡的、有独立追求和独立思想的知识分子，来检验主流知识分子"大写的人"的普遍性意义和介入底层社会的有效性问题。如果把文学艺术，视为作者主体性最直接的表露的话，李春的意义追求和价值期许，实际上就是《青狐》三篇（部）小说的题旨，亦是八十年代特殊语境中青狐的现实。《阿珍》中阿珍爱情专一，心上恋人是哲学家。但是当她与几大势力遭遇时，她还是默默臣服了。这几大势力也即导致哲学家跳楼自杀的真凶和帮凶。概括说，一是封建主义，爱情不为校园文化所容；二是专制主义，爱情不为革命所容；三是帮派主义，她本来被帮派所孤立。这是青狐认为没有把阿珍写到深山写到野狐出没的地方，是一大遗憾的根本原因。青狐接着创作《照片》，潜意识里，一直存在阿珍爱情阻力和山桃不变的爱情向往两股力量，其较量决定了《照片》的结局，"大写的人"之于山桃的影响，尽在《照片》的叙事中。即是说，归根结底，《照片》还是"新启蒙"的应然反映。

《照片》同样写心仪的爱情，但明显比《阿珍》有了本质性的落实。对于山桃个人而言，她建立了一个爱情机制。照片的"遗失"标志山桃对爱情采取了一种更自由的方式，是一种无目的的目的。画家对自己周围同行女画家的殷勤熟视无睹，却偏偏对一张莫名其妙的照片无比痴情。这时候，一个通过无目的的目的，一个通过无意中的有意，完成了理想的双向选择。然而细究其详，不难发现，此处通过远离尘世换得的圆满，无疑只是一种爱情的乌托邦。个人意义追寻的渠道和方式方法有所变化，可是支持"机制"未曾有多大改变，依然缺席。山桃与画家毕竟是偷偷摸摸名不正言不顺的"邂逅"，即为明证。这进一步催生了《深山月狐》的构思，青狐再一次尝试进入"大写的人"的体系。

《深山月狐》中月月只是一位山里的女性，职业身份和社会身份完全模糊，成了人狐一体的化身，也不需要起码的爱情选择，愿意为天下所有的男子而献身。这当然有个道德情怀作为前提，小说中说，她善良的情怀使她不愿意拒绝任何人，特别是她可怜那些干着重活，出着臭汗，傻呵呵硬邦邦见着女人恨不得撞向岩石的上大火的男人。

阿珍的爱被各种势力剿灭，山桃走向乌托邦，月月呢？像是普度众生，又像是性泛滥，更像是人道主义，抑或这几种结论都有问题，就看怎么理解了。这简直是王蒙式的"狡猾"，结论似乎在叙事中，又似乎完全不在。王蒙之所以如此，是因为他是面向"新启蒙"的实际，问题也就只能回到"新启蒙"去寻找。不管怎么理解，综观三篇小说，无论李春、青狐，还是阿珍、山桃和月月，共同点是，她们都一直在底层，是典型的弱者代表，也代表底层社会。她们的诉求或要求有价值有意义的生活，是想要一个理想的爱或者稳定的家。区别于目不识丁的农村妇女的地方在于，她们是知识分子女性，所以她们对"家"还有另外的期待，就是要有爱情。这是"新时期文学"重要题旨"新启蒙"中，"大写的人"的题中应有之义。无疑，作家青狐也深受"新启蒙"影响，不然她也不会有这样的叙事。现实也再次证明了这一点，作家青狐一路高歌猛进，一路大红大紫，成为各种文艺界会议的研讨对象、座上宾，出国访问、怒对外国作家，激情发言为国人赢回面子，乃至于成为文艺界得势领导小白部长白有光、紫罗兰、雪山等人拉拢的对象，她已然是"新启蒙"的重要分子了。物质待遇上她也一样没落下，有房有钱有待遇有情人有会可开有国可出有学可讲，作为一个底层作家，算是人生大赢家了。另一方面，从青狐处女作《阿珍》被文艺界奉为"伤痕文学"代表作，到《照片》《深山月狐》的一路绿灯，连连获奖，赞誉不断，亦可佐证，整个文艺界、理论批评界，也都处在与"大写的人"同频共振的氛围。

然而不幸的是，这种圆圆满满、热热闹闹的"新启蒙"背后，却隐藏着启蒙的巨大分裂，致使"新启蒙"真正成了一个悖论。简单分析其中突出的几处破绽，就清楚了。

《青狐》中的作家青狐相继创作发表小说《阿珍》和《照片》的两个不同时间，决定了两段不同性质的爱情。与阿珍相比，在山桃那里，显然革命专制主义已经暗淡，是不是转换成政治专制主义了？但封建主义、帮派主义依然突出，因为山桃并不是在正常的日常生活社会找到爱情的。《照片》中的封建主义，反映在《青狐》中，就是青狐母亲及其后面的家庭。青狐与母亲相依为命，她既依赖母亲，又痛恨母亲，主要原因是母亲的那一套封建做派，如影随形，冥冥当中也成了自己的束缚。明知其不对却又不能不如此照办，明知照办就意味着背叛自己，成全自己却又无疑是牺牲乃至对母亲的大逆不道。如此反反复复折磨，她只能通过蒙头痛哭，莫名地发脾气来发泄，久而久之，脾气越来越躁，性格越来越古怪。几次婚姻的失败，很大一部分原因就在于此。

这让人很自然联想到1986年王蒙出版的另一部小说《活动变人形》中对父亲的文化"审判"。儿子倪藻对食洋不化、窝囊无能、机械固执，还有点好要面子、虚伪作态的父亲倪吾诚，固然进行了无情揭露，但是在父亲与姥姥赵姜氏、母亲姜静宜和大姨姜静珍的关系中，给倪藻心灵影响最深的却是二姜及赵姜氏。父亲的悲剧之一，二姜和赵姜氏三人是主要罪魁。正是她们封建、守旧、陈腐的一套礼数和生活陋习，天衣无缝、水泄不通，即使父亲在家里提倡的小小刷牙习惯、喝牛奶习惯，都无法行得通。在话语讲述的时代，这事发生在二十世纪二十至四十年代，即民国时期与中华人民共和国成立之前，是五四新文化运动轰轰烈烈的时候。五四启蒙思想的受益者正是父亲倪吾诚，而二姜及赵姜氏，正是五四启蒙思想预期中被启蒙的对象之一，倪藻充当了这一过程的见证者、观看者、讲述者乃至审判者。在讲述话语的时代，该故事则发生在1986年《活动变人形》出版之前几年，即二十世纪七十年代末至八十年代中期，是"新时期文学"赫然登上文学史前台的时候。王蒙是"新启蒙"及其"大写的人"的受益者、实践者，对于他这个特殊个体，还是策划者之一。王蒙自然是青狐及其母亲、阿珍、山桃、月月等一干人处境、遭际的目击者、体验者、感喟者、沉思者和讲述者，还包括当然的审判者。这说明，产生自"新启蒙"的《照片》《青狐》，底层个人的"蒙"并没有被启，底层社会依然被封建主义所占据。

顺着王蒙的叙事看过去，就被启蒙者一面而言，其内部有两重分裂或悖论。第一重是"新启蒙"理念本身的混乱和偏离，肯定、褒奖、阐释作家青狐小说价值者，如杨巨艇、犁原、小白部长、紫罗兰、雪山等人，抓住的只是知识分子私密性个人欲望，或相对具有排他性的个体情感诉求，"大写的人"所致力的人道主义，无形中遭到了狭隘化、欲望化误读和歪曲。导致个人私情泛滥，而社会共情却被抑制；急功近利的闸门被打开，公共事务的大门却被迫关上。应该说，这种偏离，基本成了后来知识分子变异发展的基本程式。第二重是"新启蒙"的具体对象因实践上流于抽象和空洞，扭曲了现代意识，致使传统主义甚至古典主义乘虚而入。作家青狐笔下的山桃、月月，乃至为了爱情而滑向弃绝常态化现代日常社会，一心扑向某些原住民遗风余韵的地步就是很好的例子。这已经是反现代，至少是现代的对立面了。如果这仅是某些特殊个体的喜好和信仰，则无可置疑。关键是"新启蒙"从根本上就是面向社会和现实，索性说它本来就是对五四启蒙传统衣钵的接续，应时代最重大最棘手现实问题、意识形态问题而生，是其根本要义。这便再一次雄辩地说明，"新启蒙"已然滑向了另一轨道。

那么，由"新启蒙"悖论而导致的类似青狐这样的个人错位实践，必然只有一个结果，就是分裂。《青狐》主人公青狐的最后结局，再明白不过地印证了这一点。正当作家青狐如日中天之时，正当文艺界争说其小说《深山月狐》之时，作家青狐却突然宣布封笔，还表示无比沮丧自己曾写过《深山月狐》，扬言恨不能一把火烧了自己全部小说才解气。非但如此，不久，这个由临时工卢倩姑，而新秀作者青姑，再到著名作家青狐的人，因为深度怀疑自己，身份确认危机日剧，终于陷入巨大焦虑之中，竟然成了气功发烧友，从此避而不谈什么文学了，也不再关心任何关于文学文化、文坛文艺界，乃至一切有关理想追求价值意义之类事情了。

从《青狐》主人公青狐的分裂可以认定，就系统内部而言，至少对于来自底层的知识分子个人的价值影响力，对于底层社会普遍性日常生活旧有秩序、旧有文化程式的作用力来说，"新启蒙"及其"大写的人"的思想力已经失效，其道德形象也已经破产。不过，这不能说明"新启蒙"本身有问题，有问题的是以"新启蒙"为名义的权力话语。这便是"新启蒙"的第二重分裂。

前面曾提到过杨巨艇这个人，他就是给《青狐》中主人公、作家青姑改过笔名的权威理论家，青姑从此变成了青狐。杨巨艇是一个或隐或显，但自始至终活跃在《青狐》中的一个人物。他首先发现了新秀作者青狐的才华，率先主动邀约与青狐见面，也是第一个站出来给青狐小说《阿珍》开研讨会的文艺界大咖，后来还成了青狐暗恋的壮伟男子。在青狐眼里他器宇轩昂、风度翩翩，具有大理论家所应有的派头。大理论家之谓者，只是就他及时发现人才的影响力而论，毕竟是理论权威，有这个能量。但究竟有什么理论观点、理论体系，抑或在"新启蒙"中做出过哪些突出贡献，王蒙并没有叙事。唯一提到的是他在研讨会上发言时，把《阿珍》命名为"伤痕文学"的代表作，那么，"伤痕文学"便是迄今为止他被人们记住的理论了？小说中还提到，杨巨艇虽然影响力巨大，却并不专事文学研究，他擅长的是党的意识形态理论和时事评论。

这个人虽然后来因给某厂写报告文学，曾被另一批人陷害过，但总体来说他只是一个宏大叙事的爱好者，并没有鲜明帮派立场。问题就出在这里，他力挺过青狐，这就是派系，就是立场。报告文学事故虽然无大碍，但后面运作此事故的却是小白部长、紫罗兰和雪山等人，这就大有文章。所以，仔细体味《青狐》中人际关系方面叙事发现，以小白部长和紫罗兰这一对情人为主导，由雪山负责通风报信、跑腿拉拢人脉，"左"派作家袁达观发言放炮定调子、哼哼哈哈的赵青山敲边鼓组成的一批人。与另一批，比如犁原、钱文、王模楷包括青狐等，是死对头。或者至少在前者看来，后一批人或可争取，万一争取不过去，就成了打击和斗争的对象。其实后一批人中除了青狐对派系斗争知之甚少或根本不明就里外，其他几位均是当年的"右派"。从"反右"开始，一直到"文化大革命"、反"资产阶级自由化""清污"，这批人本来已经屡受磨难，早已噤若寒蝉了。故而，在小白部长白有光预谋向老白部长夺权，以及夺权成功后又谋划再搞一次"文化大革命"，来清理队伍的前后无数次各种形式的大小会议上，这批人基本保持沉默不发言。充其量，或者如犁原干脆借上厕所溜之大吉，或如钱文，白有光点名非得让发言时，万不得已东一榔头西一棒槌、不着边际说点不痛不痒的话，应付差事了事。这批人之所以不愿不能再唯白有光的马首是瞻，除了他们的经验，更重要的一点是他们清楚地知道，中国的政治气候真的变了。"中国的生活正在发生大的变化。不必与前四部'季节'比较，就是与本书部分描写的二十世纪八十年代比较，你也'当惊世界殊'——'换了人间'了，人们的体验已经不限于两分的黑与白的对照，钱文欢呼这样的变化，同样也多少感到一点失落。"白有光们公开场合达不到斗争的目的，那就来暗的阴的。小说中写道，"而白有光、老白部长和袁达观再加上赵青山正式向中央写了信，附有好几份材料，论证一些活跃人物实际上是暗藏的党内不同政见者，是最危险的阶级敌人，至少应该还他们以本来面目"。

但结果怎么样呢？还是抄录《青狐》结尾部分的一段话吧！

> 一九九二年白有光因年龄过杠离开了领导岗位。用紫罗兰的话，叫作"我们那一位已经被扫地出门"。那么多年，一无所成，一无风光，他最想做的事几乎没有一件办成，他希望开的会议没有开，他希望臭的东西没有臭，他希望香的东西没有香，他希望上边下边旁边表个态赞扬他，硬是没有人表。他一直含辛茹苦、苦苦死守，并没有得到应有的酬答。他率领一些有志者整理的文艺界错误言行与错误思潮错误倾向的材料累计净重共达三十多公斤，每次都以极密件报告上去，却多为肉包子打狗一去不回。

随着好斗，总以阶级斗争思维权衡一切、丈量一切的领导的告退，表征"新时期文学"自身重要特征的"大写的人"的文学，始觉有了新面貌，但距离"新启蒙"本来希望达到的目的还很遥远，甚至许多时候也许还走向了相反的方向，这不难从新世纪之交一窝蜂似的扑向"欲望化写作"得出结论，当然这是一个复杂现象，不是这里讨论的问题。

这里需要加以强调的是，青狐从被发掘、发现、发展、壮大、成名乃至心灰意冷彻底退出文艺界的整个过程中，作为文艺界乃至文化思想界具有转折性、划时代的重要思想事件的"新启蒙"，其实并没有想当然地运行在领导层的权力结构和话语框架中。相反，为他们所熟练掌握，并被他们运用自如的仍然是"文化大革命"及以前的一套逻辑。至多，有时候"新启蒙"仅仅是一种权力话语手段，以"新启蒙"为名义重新排兵布阵而已。到此为止，似乎可以解释青狐的痛恨和退出了。因为她意识到，她追寻的真正的"大写的人"，压根缺乏权力话语、文化机制乃至社会氛围的支持，也就只存在于个别知识分子，比如底层出身的作家青狐的幻想和梦境中，更遑论成为社会常识了。由此亦确定无疑地反映出，在山桃生活的"新启蒙"年代，革命专制主义不是暗淡了，而是转化成了政治专制主义。

显而易见，王蒙的《青狐》及其主人公青狐，包括《青狐》中主人公、作家青狐的小说主人公，无一例外，都被烙上了二十世纪八十年代特有的烙印。概括说，就是感知体验来自政治伤痕，真正的反思却转向个人私密性情感得失；"大写的人"赋予个人私密性情感得失以合法性，真正的"启蒙"却被封建主义、政治专制主义所取代，从此消失在人际关系的雾霾中不见踪影。跨过了"新启蒙"，不意味着"新启蒙"没来过，而是"新启蒙"最势利的一点被继承下来了，它就是被唤醒了的传统文化深处的权谋斗争和人际诡术，这既是个人主义的，又是政治性的。消化进文学叙事，最突出的特点便是文化上身份的等级化和隶属关系的分层化。这一点将长期影响到意义的日常生活的行进，或许也还会以其他变异的形式再生产错位的日常意义生活，从而迷惑人们对本来的日常的理解，造成回归日常的诸多难题。

《青狐》故事结束了，但王蒙的叙事并未终结。在继续追寻知识分子情感归宿，继续探索知识分子日常生活意义的主题上，王蒙又一次开启了《笑的风》叙事。

所不同在于，《笑的风》中出现了两个女主人公，是知识分子傅大成的前后任妻子。白甜美出生在海滨叫鱼鳖村的村子，是傅大成发妻，虽然没有正式工作，但极其能干，善于创业，属于经济能独立的非知识分子女性，曾与傅大成共同生活大半生，最后离婚；杜小鹃，出生于城市知识分子家庭，历史学家的女儿，浪漫主义作家，以文会友，与傅大成相识、相爱乃至结婚，后因儿子移居国外而与傅大成协议分手，晚年时两人又一起共同生活。傅大成呢，典型的农村出身的知识分子、作家，与白甜美同村，当年与白甜美成婚，他属于高攀白甜美。可见，他各方面的资质、条件，比白甜美更不如。发达之后的傅大成，其眼里的白甜美变得不再那么体贴，那么能干，那么美丽，那么懂风情了。这时候，作家杜小鹃通过以文交心，由偷偷摸摸的第三者，慢慢修成正果，最后取而代之。

从小说大致情节可看出，王蒙所关注者，仍是《青狐》中一生历经爱情婚姻挫折，然终究终生未婚的青狐的后续问题，也是对《活动变人形》中与倪吾诚离婚后姜静宜后续问题的遥远回应。中间还包括他在"季节"系列四部曲中不断提到的离婚问题，这些问题又直接与二十世纪以来我国三次离婚"高潮"密切相关。聚讼纷纭的离婚，牵扯错综复杂的社会问题，其范围已经不是囿于哪个阶层就能解释得了了，因为这首先是一个时代普遍现象。故此，《笑的风》中，日常生活逻辑中的离婚及其后续问题，成为王蒙叙事重点。傅大成与白甜美、杜小鹃三人之间的复杂关系，也就不单是为了理想爱情而快刀斩乱麻那么简单了。一旦触及日常生活的深层，必然要问鼎爱情、伦理、道德、责任与相关文化机制的建立。可是，综观《笑的风》叙事，常见的现实日常生活矛盾，并不是王蒙关注的重点。他关注的是意义或价值层面的日常生活，这是更高一层次的日常。如果以文化现代性即人的现代化来看，在这一层次，必然意味着要把离婚后姜静宜的后续问题，转换成青狐的现在；而"季节"系列中诸多大同小异的离婚后的后续，也必然一起先归并进姜静宜，再经姜静宜而到青狐这里。否则，谈意义的日常生活，仍然会像当年的青狐那样，因孤掌难鸣而至于分裂，以至于退出日常。

"文化大革命"时期，姜静宜为了自保，与姐姐、母亲及她们家庭的地主成分划清了界限，断绝了往来，一个人过起了"舒服的日子"。到底过得怎么样，阙如。"季节"系列四部曲中众多乱七八糟的离婚，其实核心都因为革命。等革命年代过去，他们中的大多数基本进入了《青狐》，别的不说，单从紫罗兰和杨巨艇处境可略知一二。紫罗兰是知识分子女性，她是飞扬跋扈与人身依附兼而有之。前者表明她在婚姻中是强势者和胜利者，后者暗示她在爱情中又是失败者。同样，从杨巨艇与青狐仅有的一次失败中亦可以折射出，杨巨艇的另一半——小说中始终未曾交代的妻子，恐怕不比《活动变人形》中的姜静宜，或者《笑的风》中的白甜美更好。

那么，问题再一次来了，知识分子回归日常的难题究竟出在哪里呢？

《笑的风》首发时原本是中篇小说，后来作者又扩充成了现在长篇的模样。其中，扩充的关键体现在作者增写的第25章"谁为这些无端被休的人妻洒泪立碑"和第29章"不哭"。关于这两章，已有研究者站在作家王蒙的角度，做了以下发挥，认为王蒙是从中国近现代史的角度来为白甜美们鸣不平。"正是在中国近现代史的视域下，王蒙赋予了'白甜美'们不同于叶东菊、淑珍、单立红，也不同于中篇版白甜美的代表性意义，长篇中的'白甜美'是作为'现当代被休弃的封建包办婚姻的产物式女子'、近现代史中无端被休弃的人妻代表、封建包办婚姻的残余符号和历史沉浮与时代更迭中被遗忘的女性牺牲者的缩影而存在的。"这一段发挥主要指白甜美不是像中篇版中那样白白死去，而是现在这样经历过个人经济独立、儿女满堂、儿女成才，乃至她自己也成为慈善事业的实践者之后的安息。由此表明王蒙对如许"白甜美"们不幸命运的悲悯情怀，白甜美的文学形象在中国当代文学史上也就具有了特殊意义。有关增写，还有研究者站在白甜美角度，也是为她没在中篇版中白白死去而格外庆幸，在长篇中活出了人样、活出了成就、活出了某种思想，即认为白甜美本人主动自觉代表天下同病相怜的同类而进行呐喊，"她不能像中篇里那样不明不白地死去，在包办婚姻和取而代之的自由恋爱都将进入博物馆的时候，她期待着人性的真情回眸、文学的真实证词和历史的公正判决"。

如果单从《笑的风》去体会，无论王蒙的悲悯情怀、白甜美的道义谴责，还是给中国当代文学史的新贡献，均不无道理。然而，如果王蒙塑造白甜美，仅仅是为了抒发一种作家情怀，或者仅仅是通过叙事让白甜美自己站出来说话。与其说是文学审美的胜利，不如说暴露了文学在日常生活面前的真正懦弱和狡猾。因为文学在一般社会面所展示的伤痕、怀疑和抗辩，一直是"新时期文学"的主流，尽管囿于个人潜意识、非理性和熟悉领域，并没有进行到人们普遍所期待的宽度和深度，特别是社会之上的层面。但毕竟，在文学而言，道义情怀早已不再是文学关注的重点了，这是由新的现实问题已经不单是道德激情能够解释得了这一属性所决定的。

稍微回顾一下，《笑的风》的叙事和白甜美形象本身所暴露的问题，才是值得再三思考的。《笑的风》开始对白甜美外貌气质的格外垂青，后面对白甜美拥有物质成果的倾情叙述，其实是与《笑的风》之前其他相关文学形象，包括与《青狐》中作家青狐笔下白甜美同代女性山桃与月月密切相关的，她们之间存在一种典型的解构关系。

《笑的风》中白甜美一出现，不仅是一道风景，还是灵与肉完美结合的理想美人，几乎具有让所有男性一见钟情的魅力和迷人风姿，自然也就深契傅大成对爱情的完美想象。她"俊煞人灵煞人喜煞人"，不仅肤白貌美，有着罕见的大眼睛与高鼻梁，还有着匈奴后裔的"非同寻常的力量和风景"。接着是她的能力，也是远远超出了傅大成的经验范畴。一般农村女性最好的品质，也不过勤劳、节俭、朴实、天真、真诚，她却不但心灵手巧，是无所不能的"手工之神""女工之王"，还有着以联姻贫农来为成分偏高的白氏家族进行命运一搏的勇气，这样的妻子，实乃"君临于傅家"。个人素质如此也就罢了，关键是家族殷实、阔绰大方。她自小也就具有了一般农家女甚至一般城市女子所不具备的开放、灵活和大气，这也大大超出了傅大成的经验世界。携着丰厚的嫁妆嫁过来后，她绝不拘于体制限制。既能凭借计件劳动赚取巨额工资，也能凭借炊艺在边城名噪一时，因此早早就实现了经济独立。这一点，不必说，贫农子弟的傅大成连想都不敢想。作家完成了这一番铺垫之后，笔锋一转，到了两个关键年代节点。风雨如晦、人人自危的年代,在她所构建的家庭里,傅大成感到了安稳幸福;改革开放、各显神通的商业大潮中,她率先独立潮头,引领小城时尚,成功办起了棋牌茶室。不消说,有了她,傅大成的人生质量才得以不断升级。傅大成不再因经济拮据而愁眉苦脸,真正实现了坐享其成、如沐春风般的逍遥生活。即使闹到离婚的程度,离婚过堂时,白甜美以纯朴优雅的雍容气度、机敏能干的大将风范、得体准确的言语方式,令傅大成五体投地。离婚后,她并没有像傅大成担心出现的那样颓唐、低迷、沮丧和破罐子破摔,而是一如既往地精神、干练,甚至将经济事业和公益事业做得更加风生水起,堪称达到顶峰。

  品味这些别具意味的叙事,其意味体现在基本囊括又弥补了在白甜美之前,也就是"新启蒙"语境前后出现在王蒙笔下(包括小说中主人公、作家笔下的女性)被丈夫休弃、抛却了的几乎所有女性类型。《活动变人形》中倪吾诚之妻姜静宜泼辣、守妇道,但封建、无能,甚至她离婚后独居一屋的生活后续问题至今都让人揪心;《青狐》中主人公青狐,有才华、气宇亦不凡,但活在幻想中,不务实,并且还有一个沉重负担的母亲及后面的封建家庭;主人公、作家青狐笔下与白甜美同代的山桃,浪漫、天真、娇美,但任性、蹈虚,几乎不食人间烟火,也就谈不上营务人间烟火;月月一身仙气、出淤泥而不染,但缥缥缈缈、邪邪乎乎,所作所为,几乎同时也在践踏基本人性和基本伦常。这个线索如果再追溯得更长一点,诚如研究界早已发现的那样,自五四启蒙以来至当下,无论让鲁迅皱眉头的出走的"娜拉"式子君,还是老舍、陆文夫及其他相关作家笔下"跟不上趟了"的无数无名妻子。其被休、被弃原因,尽管在休者、弃者那里早已准备好了一大堆无法驳倒的理由。但归根结底,差不多都可以通过白甜美对比出来。一是不够美,二是不够解风情,三是社会身份不匹配,四是文化层次不够高或者是未被体制认可的非正式文化持有者,五是经济不独立或者是未经国家授意的职工。在这五项指标中,随着婚姻的持续,有可能其中几项首先失效,有可能同时失效,这就涉及新鲜感的问题了。

不过，目前来看，《笑的风》中至少有三种叙事，否定了傅大成与白甜美是重蹈以上"老套"离婚模式这一事实。其一，王蒙对白甜美由外及内的全称式肯定叙事，排除了傅大成的离婚不是因为白甜美满足以上哪怕一个条件，而是因为说不清原因。其二，王蒙对闯入者、浪漫主义作家杜小鹃也最终持无奈的叙事态度，排除了新鲜感的说法。而且在对傅大成做出抉择的叙事中，亦表明了傅大成对新鲜感迟早消逝的预判。其三，长篇版《笑的风》增写的第25章和第29章，也许读者、研究者容易读解成傅大成的忏悔，其实不对。从叙述人轻松和坦然的态度便可知，面对前妻白甜美的"寿终正寝"，这时候的傅大成只是感觉到了一种释怀和放下。甚至对他来说，白甜美这样让人踏实的死，无疑是最好归宿，他也从中彻底放下了良心谴责这一沉重包袱。他的哀悼，也就多少带上了只有知识分子才有的"思古之幽情"乃至发表民族、人性"忧患意识"的色彩，本质上无法抹掉知识者的居高临下姿态和思想者的优越感。

以上分析表明，在日常生活成为主流的当下，"新启蒙"内外悖论所产生的观念后果，仍是影响当下日常生活的主要方面。即是说，被"新时期文学"普遍塑造的"新启蒙"及"大写的人"的那一套方案，很大程度上只适合于人性与非人性的语境，转换到具体人物形象及其关系，是人道主义与非人道之间的甄别。傅大成与白甜美、杜小鹃三人之间的关系，并不是一个人道主义的问题，而是分层社会中个人身份被层化的现象。这也就不是一个亘古既有之道德问题，也不是人文情怀多少的问题，而是分层社会中才普遍存在的难题。

要彻底解释这一普遍现象，需要启动另一全新理论，显然王蒙并不擅长这一点，至少从《青狐》《笑的风》这一类作品中体会不到他有此自觉意识。其实并非王蒙一个人如此，如果视野再放宽一点，实际上凡从夫妻婚姻、男女爱情破裂入手的所谓"底层叙事"，那种强悍跨越阶层要求价值绝对平等的诉求，差不多都或多或少带有道德妄想成分；那种无视经济、社会和文化实际，而一揽子抹平的身份危机叙事，亦难脱浪漫主义色彩。

这里所说的分层社会或社会分层，特指改革开放以来当代中国社会成员、社会群体因社会资源占有不同而产生的层化或差异现象，尤其是指建立在法律、法规基础上的制度化的社会差异体系及形成的观念体系。在这样的背景下再来反观傅大成们和白甜美们，他们对跨越阶层的意义生活的向往和追寻，应当得到普遍社会尊重。但理想爱情与理想婚姻，只是意义生活中的一部分。之所以说是难题，是因为获得跨越阶层的意义生活，必得首先有打破阶层的叙事，这更需要政治经济学视野的情感模式和价值思想，否则，迟早会陷入婚姻或爱情悲剧的低层次循环陷阱。

我们总习惯于通过理想爱情和理想婚姻，来弥合乃至于跨越一些因机制不尽完善而导致的硬性障碍，这不是小看了情感的力量，是情感模糊了甚至掩盖了对应有问题的叙事。结果可想而知，读者只能在一声长叹中堕入虚无。就像《笑的风》结尾，傅大成"悲从中来"，想用五笔字型输入法打出这个成语，不料电脑却恶作剧地跳出"春情"二字。耄耋之年的傅大成依旧不能忘情，甚至准备以前妻白甜美的名义建立"中国婚姻博物馆"。"春情"与"婚姻博物馆"又是一次本质性解构，这是连当事人傅大成本人恐怕都没有料到的，更何况隔着千山万水的纸上读者。意味着仅在婚姻中谈婚姻，其实是社会叙事的死角，这是其一；其二是长期以来既成定式的所谓审美诗学，并不擅长从硬性障碍中挖掘人生诗意，致使爱情与婚姻悲剧勉为其难，一直以"审美现代性"的名义在担当着本不属于其担当的重任。久而久之，因为太安全、太顺手，最后"现代性"反而被"审美"掉了。此时的婚姻悲剧叙事，其实是旧式审美诗学的形象化延伸，不具有介入分层社会的能量，也就不可能在分层社会内部生产出与美妙爱情匹配或类似的日常生活的意义。如此，理想爱情、理想婚姻，抑或通过反复试错理想爱情、理想婚姻，来表达事实上是对意义的日常生活机制建构的想法，就会长期存在。双重主体的主动"离婚"，自然没有什么好探讨的，关键是王蒙这一类叙事中，离婚的发话者、实践者基本是知识分子，而且离婚而至于成为思想事件，就不能不重视。除以上所提，《生死恋》中苏尔葆，《奇葩奇葩处处哀》中的沈卓然，均是傅大成辈人。他们离婚的理由，几乎大同小异，都或多或少隐含着回归日常，向日常本身获取意义而不得的窘态。日常在他们那里反倒成了问题，极度不适应、极度无意义感，于是，只能寄希望于离婚。以此而论，这类叙事再明白不过地表明知识分子回归日常，回归底层的虚伪。也折射出，沿袭既往知识方式和价值模式，来解释分层社会及其意义的日常生活的隔膜与无效。

很明显，在这里，离婚是个掩人耳目的符号，而离婚中的女性则成了知识分子表达底层情怀的替代物。从此，知识分子阶层与底层社会，似乎取得了千丝万缕的联系。其实不然，一则，以个人隐秘性、排外性情感缔造的纽带，本来就天然封闭；二则，这种联盟本来就脆弱，一旦撕裂，只会给底层造成二次甚至更多重伤害。

王蒙纠结于对底层的道义担当与对知识分子的责任担当，自然不难理解，他毕竟经历过太长时间的革命知识分子叙事和宏大叙事。前者后来被分解为知识分子回归日常的情感不适、身份不适乃至意义感不适，后者后来被消费主义和日常生活的洪流强迫肢解成阶层的利益得失。二者合流而成为知识分子回归日常后的内心归宿不适感，企图通过爱情或婚姻来调试这种不适感，便成了王蒙叙事所体现的无目的的目的。对于王蒙，走到这一步似乎也属必然。至于其他更年轻作家，特别是寄身在各层属的层化叙事，依然把爱情或婚姻的成功当作打破层化的当然渠道，反之，其失败，也即表明阶层之间壁垒森严。除此之外，日常生活似乎毫无价值。何以如此，实在很难理解。

第三节 《坚硬的稀粥》与文化现代性

行文至此，按理，应该对王蒙小说叙事及王蒙文学思想做一简单总结，以回应前文分析才是。但是，以上所分析，只是王蒙小说叙事的某一方面，也只是王蒙文学思想中最突出的某一个侧面。与其狗尾续貂去总结，还不如沿着这里的分析思路看看王蒙的文化现代性水平。

何为文化现代性,以及为什么是文化现代性的概念问题,在笔者之前的多种著作及相关文章中反复阐述过,此处不再重复。需要加以解释的倒是王蒙这一类小说叙事,与文化现代性之间的联系。简单说,文化现代性指的就是人的现代化,这是从现代性到审美现代性的发展中生成的一个概念。相比较,现代性是一个宏观概念,用于描述现代社会各个方面的现代化结果。审美现代性,则专注于文学中人物与社会诸关系之间想象性现代化结果。想象性便决定了此现代性的非现实性特点。通常所见,一般把传统向现代社会转型期或准现代社会中个体觉醒之后的境遇,比如孤独、彷徨、寂寞、无助、无奈、无聊、迷茫等精神状态,描述为审美现代性表征。但是对于个体何以如此的问题,审美现代性并不认真留意,或者说并不是审美现代性关注的主要对象。这一方面固然取决于时代和社会发展的整体水平,另一方面则不能不说与审美现代性的自身规定有关。纯文学是审美现代性产生的主要来源,在纯文学的逻辑发展过程中,一旦溢出其规定性,马上会被视作"问题文学"或"问题小说",认为就该移交社会学或至少是现实主义文学来处理了。这既表明了审美现代性为捍卫纯文学而做的诗学努力,也同时暴露了审美现代性与时代声气脱节的致命局限。这个时候,应时代变迁而生,文化现代性出现了。首先它是对审美现代性的具体化,重在追究个体感知何以如此,特别是当个体表征构成某个群体的集体无意识时,强调需要关注社会机制,这就从根本上避免了私密性个人欲望、个人非理性的泛滥。其次在社会机制之上,它的眼光仍在进一步分解,直到各层化中的个人为止,就是说,穿梭在各阶层中的个人处境才是文化现代性的主要关切。既然如此,各阶层所制造的人为障碍,或因个人自身原因而招致的局限,就成了文化现代性审视的重中之重。

根据王蒙这一类小说叙事,从革命知识分子褪色成知识分子,再到文学知识分子;从革命理想的宏大叙事转型为人文价值的建构者,再到回归日常的情感归宿。当下他的这类小说叙事,等于关注中心变成了文学知识分子的情感归属问题了。显而易见,如何建立意义的日常生活,如何延续意义的日常生活,既是他通过小说叙事给文学知识分子下的定义,也是他对文学功能的基本阐释。

王蒙这样的一种认知,正说明他并没有被长达七十年之久的文学思维惯性所绑架,表明他对当下分层社会有着最起码的了解和关注。即使从他这一类小说叙事中,并不能令人满意地体验到阶层固化,对他所追寻的意义的日常生活的严峻性,也并不能令人信服地理解他笔下文学知识分子回归日常的不适感。但毕竟,诸如此类的叙事已经再明白不过地告诉读者,这些困难、障碍、窘境和错位,只能在当下中国发生,而且必定是当下中国阶层之间积极互动才出现的现象。

可是,整体综合回顾王蒙其他小说叙事,令人惊奇地发现,他的短篇小说《坚硬的稀粥》却是个例外。自发表以来至今,已经三十多年了,不管读者、研究界怎么看待,这篇小说究其叙事纹理而言,确属典型的文化现代性叙事。这不仅在王蒙个人文学史上没有第二篇,就是放到一直延伸至当下的中国当代文学史长河中来对比,其鲜明的文化现代性属性,虽然不能说鲜有匹敌者,起码也是非常突出的具有代表性的存在。

《坚硬的稀粥》最初发表在1989年第2期《中国作家》上,曾获第四届(1989—1990)短篇小说百花奖。小说讲述的是一家四代(八十多岁的爷爷奶奶是第一代;六十多岁的父亲母亲是第二代;小说中的主人公"我",四十岁,是第三代;十六岁的曾孙是第四代)及雇员徐姐、叔叔、堂妹、堂妹夫等一干人围绕着早餐的变革问题衍化出来的故事。如何变革早餐,是小说叙事的动力源,一切故事演变,都围绕它展开。小说开头以第一人称介绍了梯形家庭结构,这个结构既是年龄和辈分的,也是家庭权力格局。年龄最长的占有话语权,最权威。依此类推,年龄最小的、外姓人,最没有话语权和权威。爷爷是整个家庭的掌权者,其他人都服从爷爷的权威,每一件事都要依靠爷爷做决定。爷爷习惯于自己的权威地位,家庭成员也习惯于服从。父亲、母亲、叔叔、婶婶是一辈,这一代人习惯于古旧的生活模式,久而久之,甚至丧失了自己做主的能力。第一次改革由爸爸主持家政，被推上领导者岗位的爸爸却是一个无能的人，导致徐姐无措，还得去请教爷爷。爸爸的无能，当然由来已久，只不过集中暴露在这一点上了。"我"、妻子、堂妹、堂妹夫是第二代，从这一代开始出现了差异。"我"和妻子传统保守，世故而老练。因为儿子在第四次改革分伙做饭遭到大家的排斥，"我"曾暗示过，"我"和妻子成为一伙。不单这一件事，在其他人际关系的摆布中，也可看出"我"对家庭诸事完全清醒，只不过"我"主动选择成为旁观者。小说到结尾处，自然而然，"我"也就仍然保留了之前的生活方式。堂妹夫曾留学西洋，比较洋化，主张西方民主的一套分配方案。但堂妹夫自知是个外人，别人不求他，他也绝不站出来表现，同时说明堂妹夫非但没有丢弃传统，反而深谙传统的为人处世之道。这样，堂妹和堂妹夫成了一伙，都是西化的模式。最后是儿子，完全西化持见，与家庭传统格格不入，所提方案，不是每每遭人不屑，就是每每被拒。

有了如此年龄和辈分格局，有了如此文化杂色，接下来就是小说详细叙述一代一代选代表主持家政，改革早餐的细节了，恕不在这里详细转述。但有一点必须强调，无论选出来的主政者是谁、是哪个文化倾向的，早餐的做法、营养、味道，总不能被家庭成员所接受，总有人挑剔。那么，每到这个关节点上，众说纷纭的意见都会有人第一时间传给爷爷，爷爷也会及时站出来平息争议，继续主持大家换选新的主政者。如此不厌其烦，周而复始，直到家庭成员被改革折腾得烦不胜烦，弄得想回到原初已然无法回去的地步，只好四散走开，各奔前程。剩下实在无法离开家庭的，继续重操旧业，回到稀粥加咸菜的状态。

用现在流行小说的故事选择和故事讲法衡量，《坚硬的稀粥》几乎非常乏味，其日常性的琐碎和日常生活的庸常无聊，甚至都不能称其为小说。因为它既无故事性，又不具有必要的冲突性，讲法也极其老套。对细节，无论主从关系，可谓一五一十，每一个人的反应、感受、表现，叙述到了事无巨细的地步；对情节，可谓极端反高潮，每一次早餐改革所产生的细微振动，以及由此带来的家庭成员之间的暗中较劲，包括爷爷对话语权威的微妙捍卫，众人为自保而推卸责任的眼神，小说都做到了精微处理和呈现。

那么，主题呢？有人读出了象征意味，家庭是社会窗口，家庭早餐改革的艰难，象征社会改革的艰难；有人视为元小说范本，通过符号学原理即广义修辞学，从"坚硬"与"稀粥"语义变异中，揭示了民族心理的惯常性与文化观念的稳固性；当然还有人解读为回归传统文化，认为脱离实际的高论与改革非但不会带来美好的结果，反倒沦为让人亢奋一时却又毫无收获的折腾等。这些观点还仅代表近几年，如果往前追溯，《坚硬的稀粥》还差点成了1991年的政治敏感话题。因其获奖，以"读者来信"发表的批判文章，声称为了保护作家即不"害了作家"，大戴特戴政治帽子，认为《坚硬的稀粥》对我国社会主义改革的影射、揶揄，在政治上明显是不可取的"。王蒙也曾以"政治诽谤""不法分子"和"侵害名誉权""败坏政治名誉"为名，把作者和发表批判文章的报刊上诉至北京中院，结果当然是不了了之。尽管如此，说明该小说的确具有多元阐释空间，也足见其内涵丰富。

现在提出这篇小说，没有别的意思，就是为了强调说明王蒙本来早已具有文化现代性叙事的自觉意识，也早已具有比较完善的现代性思想。其一，不管叙述对象是什么，叙述者秉持着一视同仁态度；其二，不管怎样叙述，叙事视角总是格外注意每一个转折点背后的人为盲区和事态发展的逻辑漏洞；其三，不管结局怎么样，叙述者并不刻意强加道德的判断。这样的叙事理念，其实正合分层社会现状，尤其适合探测各阶层之间个人的流动境遇。打破了阶层内部的道德叙事死循环，超越了阶层之间情感悲情叙事的二元模式，直接面对了本来作为整体的社会，直接面向人本身和意义的日常生活本来来讲述。如此，至少就思想而言，避免了"回归"的居高临下，清除了"坚守"的孤傲独语，解构了"体恤""感恩"一类等级化。

遗憾的是，从《奇葩奇葩处处哀》《生死恋》《笑的风》等晚近小说来看，越到后来，王蒙似乎越感"回归"的重要性，越觉"坚守"的必要性，越来越倾向于"体恤"和"感恩"。所谓"谁为这些无端被休的人妻洒泪立碑"和"不哭"(《笑的风》首发时为中篇小说,并没有这两章,后出版长篇单行本,扩写了不少,其中最重要的是增写了这两章,这两章是男主人公、知识分子傅大成对"被离婚"的前妻的忏悔叙事),更是回到了被"新启蒙"走偏了的价值上去了,为着抚平本来有问题的"离婚"伤痕,意义的日常生活有被一揽子否定的嫌疑。殊不知,正是在这里,下意识里恰好暴露出了叙述人或者王蒙自己身份阶层化、差别化乃至等级化思想的顽固。当面对常态化日常生活时,知识分子为追寻意义而只能在婚姻上动手脚,说明叙述人或者王蒙自己,要么并没有发现当下日常生活本身的意义,要么仍是有问题的——也是他一再审视过的"新启蒙"及其"大写的人"的深刻受害者,二者必居其一。

这也是迄今为止,虽然王蒙依然保持着旺盛创作活力,却再也没有接上,或者不愿意接上三十多年前《坚硬的稀粥》头的原因。其实《坚硬的稀粥》所开启的思想视野,选择的叙述方法和找到的故事,才更接近当下现实,自然也更能体现一个真正思想型作家的态度。

第二章　自传式知识分子叙事与
　　　　中国式个人主义

　　当代作家中，张贤亮恐怕是真正独一无二的，无须加"之一"二字。不单因为众所周知的二十二年特殊生活，关键是，他的确活了下来并且留下了关于那个时代的内部叙事，这难道不是奇迹中的奇迹吗？无论怎样评价他的小说叙事，今天的文学人都值得永远向这位勇敢而意志坚强的文学思想者致以崇高的敬意。不为别的，就因为他是众多为那个时代立此存照的"归来者"或"大墙文学"中唯一一个经历过"右派""管制""劳教""群专""监狱"等几乎所有重大政治运动全过程，而一直熬到"平反"的一个作家。时间跨度之长，心灵和肉体双重折磨之深，他这一辈作家中都不会有第二个人能比拟和想象。参与者、亲历者、见证者和观察者、思考者的多重身份，造就了他只能以自传式叙事也最有资格以自传形式呈现知识分子普遍遭遇。他的小说中充满日常却处处弥漫着政治氛围，离不了无名底层个人却时时绕不开时代强力。这种特征，只能从时代大势把握其思想取向。当然，他也早已作为中国当代文学史的一个重要章节而存在，按说也无须再多费笔墨。可是，当我花费很多时间再次重读他几乎所有公开发表的文学文本及其研究文本后发现，关于他的小说及因他小说而起的一些重要理论见解，实在多有错位。更重要的是，这错位，不是后来某种人所共知原因所造成，而是从他成名之初就已经悄然形成。

　　高嵩1986年出版的《张贤亮小说论》，是最早研究张贤亮小说创作的专著。全书十八万字，由"绪论""创作论"和"风格论"三大部分组成，其中，创作论又细分为"文笔""细节""人物""构思

（A）（B）（C）""结构"和"典型化问题",风格论亦由"现实主义的风格特色""作风"和"风格"组成。但是该书的主要观点和论评思维模式,因与张贤亮小说思想意图多有不一致,即使非常有价值的抽象审美叙事经验研究,仍未得到应有彰显,这是有其现实原因的。要知道,张贤亮的小说名篇《灵与肉》发表于1980年第9期《朔方》,《绿化树》于1984年第2期《十月》发表,《男人的一半是女人》单行本也才于1985年由中国文联出版公司出版。这么短的距离,就以对待古典文学的鉴赏方式解读,这恐怕不单是眼光超前的问题。更何况,1985年10月至1986年9月短短几个月,针对《男人的一半是女人》,就有几十篇争鸣文章正在如火如荼进行。彼时高嵩完全以对待"大师"的膜拜态度处理不过发表了《吉卜赛人》《霜凝色愈浓》《土牢情话》《灵与肉》《龙种》《河的子孙》《肖尔布拉克》《男人的风格》《绿化树》等不多几篇（部）小说的作者,显然不合二十世纪八十年代的批评风气。不过,现在反过来仔细思量,对如张贤亮这样重要作家评价上的避重就轻,已经预示了号称批评风气可圈可点的八十年代的某些本质性分裂。

仔细拜读"争鸣集"和高嵩论著可知,所争鸣除了部分文章仍带有那个年代极"左"气息外,大多实乃冲着小说的性描写而去;高著大师式的"定位",正好也是反极"左"进而为其美学正名而来。一"反"一"正",便完成了八十年代初的张贤亮研究。几部重要文学史对张贤亮小说的书写,也就自觉不自觉停留在了狭义的"审美"范围。直到"重写文学史"的余音溢出文学史而成为文学批评界的某种普遍性思潮,主流批评家对张贤亮的关注反而骤然降温,我所看到花大篇幅论评张贤亮的批评家,除了邓晓芒、王晓明、南帆等极个别学者外,似乎绝少再有人为此继续费笔墨了,似乎认为张贤亮文学也就那么点事,注意力必须来个"后革命转移"才对得起当代文学。这一阶段按时间划分,属于张贤亮研究的第二阶段,时间是二十世纪八十年代中后期至二十一世纪第一个十年,批评界的主要任务是论证张贤亮小说叙事为"背叛"而做的"自辩",为不能自圆其说而做的"隐蔽的转移",为未能深入彻底贯彻"忏悔"而做的

"幼稚"倾诉。至于其中的政治思想信息，则不在主要观照之列。二十一世纪第一个十年至今，属于张贤亮研究的第三阶段，研究者大多为在读硕博研究生或非主流自由评论者。细读他们的文字，猛然之间，好像张贤亮乃刚冒出来的一个新人，"知识分子思想改造"叙事才正面地、大量地出现在论者的字里行间。然而，这些论述，的确不能与昔日文学史"定位"相提并论，影响力实际上也就停留在极有限的范围，基本处于自生自灭状态，难以形成张贤亮小说研究的思想话语体系。即是说，张贤亮小说的思想状态，仍是文学史已经做出的结论，而不是非主流研究者的自发论评。

诸种内外部原因，今天要进一步了解张贤亮小说的思想底色，就不能不先回到文学史。

第一节　轻描淡写的"史论"与张贤亮"改革三部曲"的真正局限

在整个文学的接受、传播乃至再生产过程中，文学史对作家及相关作品的评价与论定，实际上发挥着某种终极影响的作用。这一特点，也许在传统纸媒一统天下的时代，还多少有例外，因为读者拥有纸媒的机会相差无几，阅读也就会被平分秋色，形成某种良性互动。然而在今天自媒体时代则愈显突出了，看起来好像是个悖论，其实有着内在逻辑。笼统去看，微信公众号轮番推送的相关文学咨询和报刊的电子文本，是今天时代文学人掌握文学的首要渠道，其实不然。当任何资讯过剩之时，电子刷屏不过是一种娱乐，就像快手、抖音一样，在人们哈哈一笑中，一切都可能在一颦一笑一动手之间，土崩瓦解。这种逐新的、瞬间的、一次性的翻屏，甚至于连满足感官瞬间快感都达不到，充其量是对"更新"的好奇，周而复始，永无止境。如此，它正好构成了对高校文学院系文学知识生产的"反叛"。这也可以从当下理论学术刊物不断生产着的学术论文得到印证。表面看，论文无所不知、无所不涉及，然仔细研读，多数则实为信息的堆积，也许有许多张三说李四说，到头来可绝少有自己说。名为知识梳理，实质暴露的是自媒体资讯对思想的入侵与殖民，"浅阅读""浅思考"便是其表征之一。在"浅阅读"代替传统"个人模式"的深度阅读语境时，作为教材，文学史史论反而更容易满足人们欲想省事、便捷地获取知识的普遍性时代心理。这时候，史论提供的"元思维"很快占领阅读市场并以"元形象"的面目凝固在读者脑中了。

我不敢贸然断定张贤亮小说研究就是这样，但至少有一点是可以肯定的，那就是后来的研究价值模式、思维路线并没有多少是超越当年文学史界定的。非但如此，当年的文学史论定，其余绪仍在不断延长，几近成了张贤亮研究的程式。倘若推而广之去看，其他类似作家作品的再批评，恐怕或多或少也有此现象。往前逆推，今天文学批评本身所存在的问题，难说就一定与"教材"没有直接关系。下面，不妨挑选几部"重写文学史"思潮中诞生、又以教材形式进入文学批评再生产流程的张贤亮论评来看看。

"北京大学中国语言文学教材系列"之《中国当代文学史》，1999年8月于北京大学出版社出版。这是一部个人著述的文学史，文学研究界公认是迄今资料最翔实，背后思潮勾连最饱满的史论著作。的确，今天再读，依然会为作者对当代文学发展的曲折过程，特别是文学理论批评与文学创作相互催生的微妙细节的熟稔及表述的雅致，而佩服不已。这里也当然包括作者对时代大背景，尤其对政治运动中作家挣扎状态的细微心理，刻画、勾勒得简约而细腻。关键是，刻画和勾勒过程中，作者并没有肆意动用弗洛伊德式精神心理分析方法，而是客观地历史叙述，糅材料于时代运行的微波与细浪之中，立体化了当代文学及其理论批评与政治的胶着状态。作为教材，它提供的定量与定性分析，必然多了如许权威感。

张贤亮的文学成就在该著的第21章《80年代初期的小说》中有专门论述，隶属于《历史的创伤记忆》一节。2000年至2014年，小说方面，张贤亮就创作了一部长篇小说《一亿六》，2013年7月25日《南方周末》所刊《雪夜孤灯读奇书》，是张贤亮"自传未定稿"的一个片段，大概是他生前公开发表的最后一篇作品。所以该文学史对张贤亮的论述，应该属于整体评价。洪子诚以使张贤亮在八十年代成为"'知名度'很高的作家"的一些小说为分析对象而进行总结，这些作品是《灵与肉》《绿化树》《男人的一半是女人》和长篇《早安，朋友》。洪子诚指出，张贤亮小说的最大特点就是自传性，由"自叙传"叙事而编织一个动人的"爱情故事"，是张贤亮小说的基本叙事程式。自叙传导致小说一再出现的主要人物，"是被流放、劳改的右派，一个被社会所遗弃的'读书人'"，这是符合张贤亮自身经历的。当然张贤亮也从未避讳过这一点，《雪夜孤灯读奇书》第一个标题《我准备"重新做人"》的打头一句话就说，"一个作家已没有什么东西可写，或有许多东西不可写的时候，他自己便成了他的写作素材"。非但如此，还生怕别人歪解其小说主题，他在多种场合径直说他的小说就是政治问题小说。政治问题小说是什么，不就是通过写自己及其同类所经历、所遭遇，来揭示政治根源吗？反过来，对于张贤亮，叙事他经历的政治生活，就是叙事自我。找到了主要人物——读书的男人，编织爱情故事的另一半也就有了对应角色，她们是"为他提供了肉体和精神的救赎者——生存和劳动方式都相当'原始'的底层劳动者，尤其是其中泼辣、能干而又痴情的女性。她们坚忍的生命力和灵魂的美，抚慰他濒于崩溃的精神，成为他超越苦难的力量"。如此，洪子诚对张贤亮小说整体的结论，一是无论对于原始性的崇拜，还是阅读《资本论》以反省西方"人道主义"的影响，都不能改变读书人那种凭借知识以求闻达的根深蒂固的欲望，这就使得张贤亮小说暗合了中国古典戏曲、小说的表现"公子落难"的模式；二是"读书人"的苦难经历已成为无法摆脱的梦魇，这从《习惯死亡》一直延续至1993年的长篇《我的菩提树》。对此，作者还温馨提示张贤亮，应该走出那段苦难生活记忆的题材"牢笼"。

之所以史论要以"历史的创伤记忆"来统摄，我想，这可能与作者的"大历史观"有关。一个读书人被误打误撞成"右派"，于漫长历史长河来说，也许真是一粒尘埃，不值得大书特书；但一批或者一个阶层都或多或少是这样呢？如果不计算无以计数这样的个体的处境和实际感受,"大历史"车轮滚得再"正确"还有多大意义呢?就此而论,把个体命运本身说成"历史创伤",把叙事个体命运本身的故事"钦点"为"记忆",虽然可能会揭开文学的"审美"面纱,给平和温情的现实增添一点别样颜料。然而,如果不问这"创伤"的属性,而向别处谋求视野和思想,肯定摆脱不了历史虚无主义的嫌疑。

显而易见,在洪子诚的文学史论述中,张贤亮小说,按他论评对象,应该主要是被称为"爱情三部曲"的《灵与肉》《绿化树》《男人的一半是女人》,其实并无多少新鲜思想,希望在于张贤亮多大程度能走出那段苦难记忆。这些说法听起来当然是对的,"向前看"总是有希望的。但对于一个二十二年美好年华都交给牢狱生活的读书人来说,要他忘记恐怕着实有点强人所难;即便为了文学,离开写实,大概也就没有今天的张贤亮了。这即是该史论与张贤亮小说叙事的根本性错位。

按照撰写时间,曾获"教育部全国普通高等学校优秀教材一等奖"的《中国当代文学史教程》,则是紧挨《中国当代文学史》的一部史论。这部"教程"删繁就简,在《苦难民间的情义》题目下,只论评了张贤亮的短篇《邢老汉和狗的故事》。虽是对一个短篇的置评,但价值判断却是冲着张贤亮小说创作整体而来。首先,对该小说中什么是天灾什么是人祸,以及谁更胜一筹,有较明确判断。邢老汉"第一个妻子病故,邢老汉不仅失去了妻子,也把几年的积蓄全部用完,这是天灾";当邢老汉再一次树立起生活的信念,张罗着重新建立家庭的时候,"农村'大跃进'运动不仅没有兑现'共产主义'的许诺,连再讨个老婆的希望也成了泡影,这回是人祸"。其次,采取了"文本细读"方法,经过对该小说中其他人物命运处境的相互勾连印证指出,"在张贤亮的笔下,导致邢老汉悲剧的原因,不是某些具体的个人,即使对那几个枪杀黄狗的民兵,也没有过多的指责,他们与队长魏天贵一样,也是迫于无奈,真正的凶手是当时官方所推行的非人性的极'左'路线"。

如果只看我摘录的这些片言只语,对于张贤亮——当然主要还是写劳改生活的"爱情三部曲"及相关题材其他小说主旨的把握，可谓既见树木又见森林，没什么可质疑的。问题就出在，该史论的关键地方或者总体思想价值倾向，却并非这样。作为中心词，题目"苦难民间"的"情义"，"情义"才是史论的落脚点。根据该史论话语语调，"情义"者，是知识阶层或具体知识人，对底层或具体底层个体的情感态度。这种情感要么居高临下，要么取平视视角，自带怜悯。正因为作者看中《邢老汉和狗的故事》叙事人的"情义"是后者，如获至宝，仿佛一下子找到了论评张贤亮小说的钥匙，不惜一竿子挑翻张贤亮几乎所有作品，"所以这个短篇小说还没有后来他所创作的某些小说那样矫饰"。"矫饰"出现在这里，有点蹊跷，然而结合该史论结尾，似乎就明白了。结尾说，张贤亮该小说写法颇类似于中国传统民间故事和话本小说，具有一种土头愣脑的、质朴的民间风格，"这在张贤亮的小说创作中是不多见的"。"这不仅与叙述对象的内在特质相吻合，也在一定程度上体现了作家在患难时分对民间的亲近，更是作品关注普通人命运，同情小人物遭遇的人道精神在小说叙述结构和叙述方式上的体现。"原来，"苦难""民间""情义"与"人道精神"，才是关键词。这几个关键概念中起链接作用的是"小人物"，其对立面便是洪子诚《中国当代文学史》中指认的"读书人"。

洪子诚用"读书人"的"历史创伤"——准确说应该叫"读书人"因自我问题而导致的挫折体验，化解了张贤亮通过"自传"揭示的阶层命运；"教程"作者在延用这一概念的基础上同时也略微改写了这一概念。"小人物"即是被具体化为"苦难"本身来"感化""读书人"的一个强有力"情义"力量，这实际上便坐实了张贤亮小说中一以贯之以"读书人"为主人公的"历史错误"。"历史创伤"中的"读书人"，其所拥有的挥之不去的"记忆"，不是"公子落难"式的自恋，就是"知识"终无回报的哀怨。这过程中产生的"爱情故事"和性压抑而至于人性异化状态，就成了活脱脱个人故事，与群体与阶层与制度无甚关系了。当如此"创伤"转化成"历史错误"中的被感化者，"读书人"个人故事进一步被改造，角色一旦转换，至少该史论语调给人感觉,《邢老汉和狗的故事》中那个目睹邢老汉、黄狗命运的人,甚至还具有高于那帮杀狗民兵的身份,这才是作者让其"亲近"民间,"关注"普通人命运,"同情"小人物遭遇的真正认知来源。既然如此,给予"读书人"人道精神的洗礼就十分必要了。由此可见,"教程"所谓张贤亮后来所创作的某些小说的"矫饰",其实是在认定自传式主人公确犯有"历史错误"这个基本前提下来说的,正好与政治问题叙事背道而驰,也就与张贤亮小说的实际所指,失之毫厘谬以千里了。

接下来是董健、丁帆、王彬彬主编的人民文学出版社 2005 年版《中国当代文学史新稿》。之所以是"新稿",是因为还有过一个"初稿"。对此,该"新稿"绪论有说明,其前身是由郭志刚、董健、陈美兰等来自十所高校的十八位教师集体编写的人民文学出版社 1980 年版文科教材《中国当代文学史初稿》。"初稿"在使用过程中,编者大概收到过来自各方面的不少质疑乃至于具体反馈意见,使他们真切感受到了编写文学史的无奈,个中滋味,一言难尽,总的一句话"吃力不讨好"。于是编者下定决心,干脆让新编文学史听从自己心中的呼唤。"我们一直认为人文知识分子的学术活力就在于他的理性批判精神,本着这样的理念,我们想实实在在地去思考一些被许多历史阴影遮蔽了的问题,既不是为了当前流行的那种虚假科研的量化指标撑门面,也不是想在学术观点上标新立异,而是想把那些接近历史本相的真谛告诉我们的下一代,做一项正本清源的基础工作,让人文意识真正进入文学史教材序列"。

坚持五四启蒙立场,贯彻人文知识分子的理性批判精神,便成了这部"新稿"的一个价值尺度。前两部文学史,并没有如此鲜明的价值倾向,这就非常引人注意。该文学史第十七章《面对"新时期"的小说创作(上)》涉及张贤亮的小说创作。不过,不是专门论述,是一种宏观的思潮论述,或者说,是以"人文知识分子的理性"批判新时期初"归来者"对"苦难的记忆与反思"的整体性局限中,来论述张贤亮小说的。既为"批判",就必有理论武器,也必有具体所指。十九世纪世界经典批判现实主义是"新稿"的参照标准,其所批判则是包括张贤亮在内的王蒙、从维熙、刘宾雁、高晓声、方之等为代表的"归来者"文学。编者认为，从维熙的《大墙下的红玉兰》典型地代表了"归来者"作家群社会批判的基调，"并不具有十九世纪批判现实主义作家那样独立的社会批判立场，而是基于意识形态修复功能的一种必要的提醒，这种提醒中夹杂了传统知识分子的资鉴意识、民本思想与现代知识分子的忧患意识"。极端者当属那个时候的王蒙，面对苦难，王蒙的态度是，"我不悲观也不埋怨。比起我们党、国家和人民这些年付出的代价，个人的一点坎坷遭遇又算得了什么"。那么，张贤亮小说呢？编者认为张贤亮《灵与肉》《绿化树》《男人的一半是女人》等小说主人公在严酷的生存环境中贯穿着原罪式的忏悔和谦卑的自审，虽然在自审时夹带着自辩和自解的意味，"但前者还是占上风，甚至政治迫害还被看成是对照着工农寻找差距的机会"。编者因此而发出浩叹，认为中国至今都还没有出现类似帕斯捷尔纳克的《日瓦戈医生》和索尔仁尼琴《古拉格群岛》这样的反思之作。

我这里不关心张贤亮是不是中国的帕斯捷尔纳克或索尔仁尼琴，我只关心接下来编者对张贤亮的批判。首先，编者虽然也肯定了这批作家（主要以张贤亮为例）对扼杀摧残人性的社会之恶的理性批判达到了一定深度，甚至达到了1949年以来文学的最高水平。但在苦难的认知上这批作家出了问题，即他们的作品把人性反思的重心，更多地放在了人与社会政治历史的关系向度上展开，"而对个体生命的内容、形式与群体一致性的过分追求，妨碍了人性认知与表现的深入"。具体到张贤亮，是说他的小说虽然率先突进性的禁区，但在他的叙事中，"性"是作为社会历史的"符码而出现的"，人性仅是在类的意义上被书写。编者肯定的人性反思深度是"群体性的人性书写是人性唯一被认可的书写方式"。其次，编者认为这批作家在"反思"这个概念的理解上也出了问题，指出张贤亮笔下许灵均、章永璘式的自审与西方哲学中包含内省意味的精神完全不同。"面对劫难始终缺乏一种忏悔意识，个体始终没有把自己看成是罪恶与劫难的一部分，很少意识到在这场民族浩劫中，自己作为民族的一分子也有一份责任。"最后的结论是，"正因为缺乏个人刻骨铭心的忏悔与内疚，缺乏透彻肺腑的生命之痛，伤痕变得容易愈合了，也正因为个人苦难本身的没有意义，再深重的苦难都是可以被补偿的。善有善报、苦尽甘来、终得善果几乎成了'归来者'基本的叙事模式"。

几部史论虽然针对同一作家，但这里的"史论"显然是另一副模样。如果前两者因把张贤亮小说剥离出阶层苦难，分解为个人偶然性"创伤"和亟须被感化的对象，而暴露出了史论的轻描淡写。那么"新稿"则实在又太沉重，这沉重会压垮张贤亮，致使其不能承受生命之重。张贤亮小说思想重心究竟在哪里的问题，稍后再谈。这里不妨先看看该史论本身的矛盾。很清楚，"新稿"要自觉而大胆使用人文知识分子的学术权力，并推进批判现实主义迈上更高台阶。问题来了，其一，张贤亮既然打破了性禁区，怎么又说这种人性反思因"过分"追求个体生命的内容、形式与群体的一致性，妨碍了人性认知的深入呢？还说"群体性的人性书写是人性唯一被认可的书写方式"，实在不知所云。莫非在作者看来，张贤亮的失败在于他写了他笔人男主人公个人的性压抑，并从性压抑中折射了那个时代"人与社会政治历史的关系"，显得太具体了，因而遮蔽了群体性？没有具体个体性，哪有具体群体性？由此可推知，作者评谁不要紧，要紧的是编者通过无论哪个对象要推行抽象的人性论。躲避个体生命感受、回避具体政治环境、脱离个人与社会政治历史关联，并且冲着一个早已准备好的书写方式而去，这样的"启蒙"和"批判精神"，不要说不是批判现实主义的，就连具体作品的解读都很难令人信服。更不要说将心比心，放下身段理解张贤亮面对很难为外人道的二十二年苦难经历的叙事意图了。这种史论的刻板与僵死就可见一斑了。其二，西方哲学怎么界定"反思"和"忏悔"那是西方和哲学的事，张贤亮1957年发表了即使在当时看都很"正能量"、像有学者所说还很有英雄气概的《大风歌》的诗，就懵懵懂懂被投入监牢，一直到1979年还是本人费尽心思找关系才"平反"、彻底恢复名誉。这样的人生，可谓"误落尘网中，一去三十年"，对外界他更是茫茫然"问今是何世,乃不知有汉,无论魏晋",让他自省什么,忏悔什么,内疚什么?退一步说,即使张贤亮有人文知识分子表达自由思想的雄心,认为他自己在民族劫难面前亦有一份责任,食不果腹不去说,单是时时刻刻在监管下说话行事本身,就已是战战兢兢了。这时候,要求他跨过个人苦难而去为宏大的"民族劫难"单刀赴会,明显是站着说话不腰疼的强人理论,哪里有一点现代性意识?径直说,"新稿"所谓的"批判"立场,实则是把生成于二十世纪八十年代的激进人文知识分子意识形态,通过西方哲学的名义后撤至当时语境,再通过偷换概念转换成当时政治意识形态的一种更武断、更粗暴的政治论评。看起来,左一个"内省""忏悔",右一个"个体命运""民族劫难",可实际上,这些"西方哲学"完全凌驾于个体命运之上,并且还以牺牲个体为旨归,因为认为"群体性"才是正当的、合法的。

当然,仔细揣摩"新稿"的口气,"平反"后,张贤亮如果天天面壁思过、继续苦行僧日子、一脸凝重、永不开口,大概便符合史论所主张的"内省"了;或者"归来"后,张贤亮如果站在国家层面,从不提过往事,以人民("群体性")的名义奔走相告、振臂呼号、带头谢罪,大概也符合史论所信奉的"忏悔"了。唯有如此,才能对应于该史论所使用的关键概念群体性而内省而忏悔意识,最后到达民族劫难。不消说,这种价值模式,只有编者声称"掩盖历史真相"的时代才大肆流行。

限于篇幅,这里只提以上三部文学史教材对张贤亮小说的"定位",就是想说明,至少在"史"的角度,张贤亮小说及其饱满叙事所产生的思想意味,是怎样被一步一步、一层一层大处化小、小处化了,重处化轻、轻处化虚的;也间接折射了经过如此历史熏染的一批批文学批评后学,是如何舍实证而步虚诞、弃唯物而蹚唯心、抑真相而胀自我的过程。

按照现如今批评界风气,质疑权威,多半会被目为咋咋呼呼想出名。这么想,写这篇文章是一种冒犯,更是一种风险。再加之笔者所寄身之地,也是张贤亮生前失去自由、"平反""归来"、文学成名、文名走向世界，且又以西部影视城企业家的身份驰骋文化产业、会上会下不以文学为由反以企业为谈资，每每舌灿莲花、妙语下城池的地方，自然也是他永久合上眼睛长眠的地方。质疑文学史教材的史论，弄不好还会背上"乡愿"骂名。彻底消除此种疑虑，自然不可能。但当我又一次仔细重读张贤亮小说及其重要研究文本后，对于张贤亮小说叙事中所蕴含的思想，的确有了自己的一点体会和认知。之所以是以上三种文学史教材率先进入眼帘，是因为我所关注和思考的，与此三者紧密相关，这是其一；其二是结合近年来张贤亮研究成果，在我所了解和理解的范围，人们对张贤亮文学的态度，实际上停留在对他某部分小说，以及惯性地批判指责他的某种价值取向上，这就很难说没有根据。缘于认知的片面，容易以点带面、以偏概全，导致热点话题过度阐释、剑走偏锋，重要主题却躲躲闪闪、王顾左右。

要深入贴切了解张贤亮小说叙事思想，首先得对张贤亮文学创作总量有一个总体认识。他自1979年发表第一篇小说《四封信》，至《收获》2009年第1期首发长篇《一亿六》，所创作重要小说分别收入人民文学出版社和北京十月文艺出版社两家出版社所出"张贤亮集"中，均为张贤亮亲自编订。两相对照，北京十月文艺出版社2012年版作品集所收小说似乎更具代表性，也更全面，它们是《青春期》，收入《初吻》《早恋》《青春期》三个中篇，《灵与肉》收入两个短篇《邢老汉和狗的故事》《普贤寺》和四个中篇《土牢情话——一个苟活者的祈祷》《灵与肉》《河的子孙》《浪漫的黑炮》，长篇《绿化树》《男人的一半是女人》《我的菩提树》《习惯死亡》《一亿六》，显然，短篇《四封信》《霜凝色愈浓》和中篇《龙种》并未收入其中，人民文学出版社2007年版张贤亮作品集除重复收入北京十月文艺出版社版大多数小说外，还收入了长篇《男人的风格》，包括《四封信》《霜凝色愈浓》在内，还有早期短篇《四十三次快车》《夕阳》《垄上秋色》《临街的树》两家出版社均未曾收入。张贤亮这样编选，意思很明确，显然所编这些篇章能更集中表达自己的叙事意图，刚"平反"时的创作倘不能代表成熟后的主题开掘，不如舍去。小说之外，张贤亮还有至少四部散文随笔集,分别是上海人民出版社 2013 年版《我的倾诉》,和贵州人民出版社 2013 年版《心安即福地》《小说中国》《美丽》。

单拼数量,三首短诗,十三个短篇,七个中篇,五部长篇和四五本散文随笔集,合计不过五百万字,无论哪个角度说他都不是一个多产而勤奋的作家。更有甚者,随着他的去世,一切不只是烟消云散,一切都很有可能被颠倒过来。诸"史论"不经意间对张贤亮真正重要小说思想的贬抑和消解,虽然没有正面论评,但其意欲指向的所谓"正面肯定性"价值,不言而喻,是张贤亮的另一批小说。是不是"改革三部曲",这无法猜测,但所谓走出苦难题材的牢笼,关注普通人命运,面对"群体性"等,恐怕多少有为张贤亮"改革三部曲"张目的意思。表面看,这些"史论"标准和要素,不但"改革三部曲"具备,而且还有过之而无不及,这就很有必要正面谈谈他的这些小说叙事到底主要在彰显什么这个问题了。

为着将目光集中在其小说叙事上,我想,要研究其小说叙事思想——这是他作为作家完全可以上升为作家思想家的为数不多的一种资质和能耐,首先要正视他小说创作上的软肋和不足。我的看法与有些张贤亮研究者的解读不同,我不认为张贤亮能深挖二十世纪六十至七十年代特殊社会生活,就一定表明他有能力和眼光把握、审视改革开放全面推进后所形成的社会生活现实。正好相反,他叙事的后者不但肤浅而且在思想上还可能比较陈旧,有些他十分用力的地方,反而还暴露了他思想体系的"专制"本质。研究这个问题,不能单看他熟读过什么,要看他在叙事中所表明的态度和倾向。被称为"改革三部曲"的《龙种》《河的子孙》《男人的风格》就属于很不成熟的叙事,也表征了他思想体系中某些属于他自身原因而无法超越的局限。

《龙种》(中篇)首发《当代》1981 年第 5 期,《河的子孙》(中篇)首发《当代》1983 年第 1 期,《男人的风格》(长篇)首发《小说家》1983 年第 2 期。题材上,三部小说分别是国营农场改革、农村改革和城市改革,但实质却套用了同一模式同一个"铁腕人物"的"先觉"意志。《龙种》中国营农场书记龙种是改革派代表,支持他的是青年无意识;阻力派代表人物是该农场副书记郑福林,操纵将被动奶酪的老干部以"民意"隐身其后代表"群众"向龙种施压。改革的相持源于各方面小团体对自身既得利益的维护,可是其朽也速,"骚乱"中龙种一番慷慨激昂的讲话,使得改革派势如破竹,风向急转乘胜。《男人的风格》属于城市改革题材,省委书记秘书出身的陈抱帖无疑是坚定的改革派,而其对立面,则是小里小气、只为保护"战友"而螳臂当车的唐宗慈。同样,僵持局面的打破是以陈抱帖通过上百个小高音喇叭,把他的马列理论传到千家万户而为标志。《河的子孙》属于农村改革题材,有明暗两层改革派代表。底层是魏家桥村队长魏天贵,他是个冲锋陷阵、冲杀在前的"半个鬼",以其天生的"奸猾",有"上有政策,下有对策"的土智慧,游刃有余地对付着"左"的一套东西,老百姓也就变相得到了许多实质性保护,不致遭更多的罪;高层是被打成"右派"的下放干部尤小舟,关键时刻,他总以"准讲话"的权威性给魏天贵以精神支撑,魏天贵行一些不为人知的错事甚至犯罪时也便有了宗旨是真正为人民好的底气。其反对派是"左派"的贺立德及其后台,以贯彻"上面"政策为由,不断给魏家桥村施加压力进行阻挠。无论两派斗争过程如何惊心动魄、心惊肉跳,结果不言而喻,改革派一定取得了胜利,庄子上实行了生产责任制,到处一派欣欣向荣的气象。

  除了二元对立的改革套路,三部小说还有一条差不多类似的"婚外情"线索。《龙种》中龙种有寡妇穆玉珊暗地里爱着支持着,《河的子孙》中魏天贵有寡妇韩玉梅疼着陪伴着,《男人的风格》中陈抱帖事业和婚姻均处于孤立无援时,亦有外屋不离不弃、默默无闻候着的小秘书(该小说比前两部多了一条"婚外情"线索,是陈抱帖妻子罗海南与作家石一士之间的微妙关系,功能和男人的"婚外情"一样,都起到帮助对方更清楚认识自己另一半的价值,稳定乃至激励本人继续改革的作用)。她们或百折不挠、历经千辛万苦终成道德上合理的伴侣,或郁郁寡欢、不知所终,可是无条件牺牲自我却是她们的共性。

套路和模式暴露了作家情感和生活双重经验积淀的薄弱和匮乏，但还很难把这种情况等同于思想上的致命局限，像《河的子孙》所做的叙事调整那样，审美感染多少能补救叙事的漏洞。即使如此，整体看，这些小说中暴露的是张贤亮特殊时代下自我认知而导致的思想因袭。突出表现在这样两个方面，其一，他普遍用了一个"铁腕人物"的"演讲"来破局，来寻求政治权威的庇护，这与他是否有政治敏锐性，是否走在政策前头、生活前头，是两回事。动用"铁腕人物"的强势意志，即使结果也许并不坏，但形式本身已然不具有现代意识。只表明他从骨子里已经被他的遭遇所同化，既是专制的牺牲者又反过来成了专制的制造者。更有甚者，这一切在张贤亮的叙事中都是静悄悄、潜移默化地，然而又是理直气壮地、别无选择地发生的。进一步表明，这些集权的余绪是潜意识存在于作家大脑中的，研究者研究其叙事纹理时不能不慎重对待。他引用并阐述了大量来自《资本论》或由此发挥而来的政治改革方略，来表明他的政治"超前"眼光，也非常自信地宣告他提出的"劳动者与生产资料在经济上直接结合"的先觉性，来证明他对未来改革的预见。其实我们看看他小说发表的时间便可知，不要说彼时国内厂矿企业、农村、城市等各行业各方面改革试点尝试早已开始，即使是党的十一届三中全会也已召开。作家积极参与政治乃至社会改革大潮，当然是题中应有之义，关键是这种高呼如何与政治意识形态高度契合的心态，折射的反而不见得是作家思想体系中真正超拔的和真正富有远见的深沉的一面。也许在这里张贤亮实际想要表白的是一种久违了的"喜极而泣"式的态度，不惜用一个期望中的极端"新"来挑明对另一个极端"旧"的反思程度，可特殊时代强制塑造及他本人自身的局限，才更愈真切地得到了暴露。不得不说张贤亮实在是一个具有浓厚政治情结的政治本位主义者，同时也是一个割舍不掉专制体制依恋的准专制主义者，他绝不可能不经脱胎换骨成为一个自觉的现代知识分子。这一点，只要对比一下艺术上较为成功的《河的子孙》与路遥的《平凡的世界》，便不难发现。前者自上而下，个体总体上不居首位；后者自下而上，个体总体上居于首位。其二，改革三部曲中的"婚外情",不宜与其"爱情三部曲"等量齐观,然而却可以看作是反衬张贤亮思想局限的又一关键节点,说明他的知识储备以及理想抱负一定程度上,跟他常叨在嘴上说的个体与国家与人民命运始终是一体的有较大出入,不会直接与其他个体生活取得联系,至多是培养知识专制主义的摇篮,也表明他即使现在还活着还创作,其叙事未见得就具有饱满的现代性,因为此种思想根源于生产自私自利的个人主义(关于这一点,需另文详细论述)。

瑕不掩瑜,"改革三部曲"中的思想局限,不可能遮蔽"爱情三部曲"及其相关题材的其他小说叙事及思想价值。但按现在的语境,也正如张贤亮生前多次提到担心后世读者迟早会对那段不短岁月的健忘那样,当"逐新"成为读者唯一的意识形态之时,"改革三部曲"里的威权、武断、果决,乃至居高临下、自上而下的俯瞰姿势,显然更符合今天文学阅读与传播时势,也就更需要警惕。

而至于他自己,在二十世纪八十年代初至九十年代末的近三十年创作井喷期中,虽出现了"改革三部曲"这样并非他本人擅长的作品,他本人也经常更愿意以企业家身份成为时代弄潮儿,会上会下、飞来飞去、舌灿莲花口吐芬芳,相当受用座上宾的礼遇。然而时代所限,他可能掌握了文化产业或者说经济学的致命逻辑,可正因如此,他毕竟未曾成为主流经济逻辑之外沉默的大多数人群里的一个有机分子,所体验所感知,也就不似路遥一类作家那么真切。毕竟,作为有着传统良知的知识分子、作家,他有"改革三部曲",更有"爱情三部曲",还有《我的菩提树》这样很难辨识文体的作品,并且从创作时间看,他又是倒着往前写——实际写作时间分别是先"爱情三部曲",再"改革三部曲",后为《我的菩提树》,但写作对象时间却先是七十年代"文革",再是八十年代改革开放,后又退回到六十年代"低标准,瓜菜代"。特别是《我的菩提树》,其思想价值肯定大于叙事事实本身。这说明,张贤亮对自己的设定并非仅满足于做一个一般能讲好故事的叙事者,而是成为一个思想家,至少是一个称职的历史记录者。

第二节 《我的菩提树》的良苦用心与思想价值

张贤亮在多种文本多种场合，反复说过一句话，"我没有那份为文学而文学的闲心"。不知文学圈内他的研究者、读者怎么理解这句话。"闲心"实际上是西北地区特别是宁夏境内最底层老百姓的一种方言用词，估计取自谚语"咸吃萝卜淡操心"，多为贬义。完整的表达通常是"没那份闲工夫""没时间操那份闲心"以及"闲扯淡""瞎操心"，等等。为文学而文学，乃至为纯文学而献身，不要说在世界文学史，就是中国当代文学史上，也绝对是成一派成一独特思潮力量而存在的。相关文学人物常是如雷贯耳之徒，在某些历史紧要关口及时生产新审美元素，矫正某种审美偏差，以保障文学的学科纯正性为己任。怎么能说为文学而文学就是"闲心"呢？张贤亮肯定不是在一般性情况或文学的一般意义上否定纯文学，也并非他1990年以来深度介入文化产业市场，因"实体"而藐视"务虚"的一种无意识表露。否则，他也就不会一边自信满满自夸平均一年发表十万多字算得上"完成任务"，一边还不无戏谑地常拿"我不靠文学吃饭"来搪塞纠缠不休的媒体。张贤亮这句话其实是他对文坛严肃而认真的回应。"闲心"别有用意，不可不细察。

现在来看，批评界及他的一些读者，恐怕没真懂他的"闲心"一说。若再翻一遍最早的"争鸣"集《评〈男人的一半是女人〉》及几部文学史教材对他的相关史论，方知"闲心"实在有确指。他的"爱情三部曲"及其他相关题材小说和"改革三部曲"及其他相关题材小说，均是二十世纪八十年代初同一时期所完成。也许一边写作发表"文革"中的"爱情"，一边为着稀释"苦难"的沉重而去写"改革"；或者反过来一边无法平静"思想解放"激活释放出来的话语激情，一边叙述不堪过往提请人们注意以应有历史感对待来之不易的好时代。总之，两者在张贤亮那里，无法断然分开，本就是一体两面。可是诡异的文坛偏执地加之于张贤亮的，似乎只有前者。一时间，导致关于张贤亮性叙事与苦难叙事的纷争四起，造成了张贤亮就是擅长这两点的阅读意识形态。另外，这两个题材创作之后，确有一段时间张贤亮未曾拿出新的作品，"江郎才尽"成了人们对张贤亮某种"意料之中"的预判，所谓"沉寂""过气"一类说法接踵而至，这中间不但"冷落"了他亦很上心的改革文学，而且日益误解、歪曲了他通过"性"或"爱情"，以及自身苦难或特殊年代普遍性苦难，所意欲揭示的历史真相和所意欲达到的思想目的。即是说，当他亲眼看见他变成了一个简单的符号化、标签化作家时，说出"闲心"，确有了如许雅致高量般的"愤怒"。这时候，他再次由二十世纪九十年代"讲述话语的年代"，返回到二十世纪六十年代"话语讲述的年代"，实在是倔强的一意孤行，也实在是别样的壮士断腕。从这一侧面看，张贤亮确是当代作家中对自己的写作最终要干什么达到什么目的最清楚的一个，也是最富有历史感、主题最专一、思想要求最严格的一个。

此种情景，恐怕是理解张贤亮《我的菩提树》的基本语境，也是了解他创作意图的切实条件。斯人已逝，无以回答。更要命的是，作为历史文本，虽则标明是昔日"日记"和对昔日日记的"注释"，就能完完全全当作日记来认证那些"真实性"吗？虽则自认为并以"小说"的写作为出发点，就能彻彻底底当作"虚构"来技术性地谈论其"叙事性"吗？乃至于虽则明知文学轰动效应早已不再，人们的健忘已然神速彻底，在先前自叙传基础上更进一步刮骨疗伤拿出绝没有消费性、娱乐性、话题性的生命印证就一定能唤醒沉睡着的良知吗？仔细思量，均似未可知。那么，首要问题显然需要搞清楚《我的菩提树》的文体和文本性质。

二十世纪九十年代还没有"非虚构"文体一说，2010年，中国人民大学出版社首次引进出版由美国自由作家雪莉·艾力斯编著、著名翻译家刁克利译注的《开始写吧！非虚构文学创作》一书，该书收录了包括美国国家艺术奖得主 David Vann，手推车奖（美国纪实散文最高奖项）、怀丁作家奖得主 Natalie Kusz，新英格兰图书奖获得者、《美国佬》撰稿人 Suzanne Strempek Shea、普利策新闻奖得主 Dianne Aprile 在内的近百位美国当代著名写作人的非虚构文学写作教学课程并辅以写作练习，囊括了包括写作灵感培养、拼接式写作、人物刻画写作、场景（空间）写作、多线并程写作、隐喻与展现写作和"感官式写作"在内的几乎所有第四类写作培训和技巧练习。2011年4月，在中国实力派调查记者纪许光和北京大学、武汉大学一批学者倡议下，中国第一个非虚构文学创作（应用写作技巧优化）教育工作室在广州成立，取名"路边社第四类写作教育工作室"。至此，"非虚构"不胫而走，以《人民文学》为代表的各大文学期刊相继开设"非虚构"栏目以助推，"非虚构写作"遂成为一个热点话题，至今不衰。学界初步达成的共识，只要一切以"事实""亲历"为写作背景，并秉承"诚实原则"为基础的写作行为，似乎都可以划归到"非虚构"旗下。当然，这个概念及相关写作实践，仍在运行过程中，其相对性主要以与"纪实文学"的区别而存在。"非虚构文学"创作（写作）与中国学界惯常认为的"纪实文学"有着类同属性，也有本质区别。主要在于，前者更强调支持作者以个人视角进行完全独立的写作行为，并提出，这一写作行为不应依附或服从于任何写作以外的（包括政治）因素。2022年4月18日《探索与争鸣》杂志主办了"文学与历史学跨学科对话"论坛，孙江、南帆、洪治纲、吴义勤等人对"非虚构写作"又提出了新的认识。除了历史真实、见证性、纠偏性、透明性而外（洪治纲），还认为"非虚构写作"是对人类学、社会学、历史学和文学的综合，它对线索之间关联性的追寻，对证据和可能性之间空白的穿越，使其具有了凌驾于历史和文学之上的特长，即开始于历史学止步之处，也能毫不费力到达文学不可企及之境（孙江）。更重要的在于，"非虚构写作"对于社会实践的重视程度远远超过了对个别人物性格形成过程的重视，在非虚构作品中，交替出场的众多人物与纷杂线索的交汇共同组成一个公共事件（南帆）。聚焦于文学，文学期刊对"非虚构文学"的褒奖，更可能是针对文学界对文学文体的三重不满，这无疑是更实际的考虑。当代文学中二十世纪五十至二十世纪七十年代的现实主义写作实际上包含着某种失真，这是一重不满；二十世纪八十年代的先锋小说在主观上呈现出一种对现实的排斥态度，一定程度上切断了文学与现实社会生活的联系,这又是一重不满;二十世纪九十年代以来的报告文学成为一种对时代的同步记录,而不再是二十世纪八十年代意义上的反思性文学,这从文学的角度来讲也是令人不满的(吴义勤)。因此,提倡"非虚构文学",也许不能狭隘地理解为对某种文体的拥抱,而是为着从根本上克服和超越二十世纪九十年代以来,当代文学在社会真实性的表达上遭遇的困难和障碍。

　　1960年某农场及其劳改队,是偶然事件;1960年全民"低标准,瓜菜代"波及下的某农场知识分子犯人遭受非人的皮肉之苦,是特殊事件;1960年由"反右"而全民性"文化大革命",则必然是重大的公共事件。《我的菩提树》中的"日记"所记即为作家对1960年的亲历,"注释"所释则是站在1993年对二十世纪六十年代以来的回望,是建立在1960年"日记"基础上对现实和历史的重构。这看起来无可置辩,但自1993年直至今天,关于《我的菩提树》的看法乃至无看法,其实颇为扑朔迷离。其中所聚焦的无言无声乃至漠视、遗忘,不是一句误读和健忘能解释得了的。因此,《我的菩提树》虽则几乎可视作是今天生成"非虚构写作"概念和理论内涵的前范本,但当时张贤亮写此书的初心可不是单纯发明一种什么别出心裁的文学文体,这还得从他自身的思想状态说起。

　　直观印象,好像就张贤亮本人在为《我的菩提树》说明、解释甚至辩解,这些文字通常夹杂在他的散文随笔和其他小说文本叙事结构中。每当大发议论时——张贤亮喜欢在小说叙事中突然打断叙事人或小说人物,干脆代替他们议论,这些议论涉及对文坛时风的看法,也自然包括对文坛冷落该作的辩驳和解释。这一点他本人清醒且乐此不疲,研究者更是全当回事,一本正经地进行批判,暂且不说这个问题。

　　回到《我的菩提树》,张贤亮的说明、解释或者辩解,不外乎两个原因。一是该作倾注了他特别的心血,自1993年发表以来,单行本亦有多种版本出版行世,可就是没得到文坛较为上心的关注,更别说像他"爱情三部曲"那样轰动的争论了。于是他觉得读者、批评界严重忽视了它的重要性,自己有必要说明它的重要性以引起注意,毕竟他认为此书不单是文学抑或本质上不是文学内的事;二是不同于别的作品,他心知《我的菩提树》一定意义上决定着他是一个什么样的作家或者一个什么样的知识分子的大事。而且写作这本书的心态,几乎不是为他既有的文学积累增添什么,像他说的,对自己肉体和心灵主动"再折磨一次",因而此书实乃不得不说、非说不可的产物;同时他也有预判,他的写作会得到大多数知识分子至少得到跟他有共同遭遇者的支持,并且自信从这部书开始,面向历史,中国当代文学乃至思想叙述应该有个根本性转向,打开更加广阔更加深入更加彻底的书写格局。然而,错位总是在他的意料之外发生,《我的菩提树》一经面世,的确出现了令他想都未曾想象到的落寞,这甚至让他对他的文学盛名也产生了深度怀疑。为此,他还曾对此书的艺术表达方面做过检查,"我一页一页地翻下来,就我的文学水平来说,我并没有发现此书在艺术的表达上有什么明显的不足"。他不能不王婆卖瓜似的反复重申此书的重要性,特意提请读者和文坛注意,不能仅仅停留在文学叙事上,特别不能封闭在文学圈,只盯着"小说"人物形象的艺术完成情况来衡量。"当社会的大环境粗暴地把人们一切似乎多余的线条都砍掉之后,把人们从历史中所继承和形成的所有异于动物的那种细腻的、多层次的情感和思考,也即我们现在通常所谓的有关'文化'的那部分都剥光了之后,把人们还原为最单纯的生物人之后,所有的人只能是这样粗线条地、以极简单的形式来活动或死去。如果要观察和研究'人性本善'和'人性本恶'的问题,要了解人性的原始标本,那么1960年中国的劳改队便是最佳的实验室"。

　　说上面这些话时,他自己是把《我的菩提树》当作小说来说的,所谓"粗线条",是他误认为文坛对此书的印象就是如此,故而从艺术对人物刻画的要求和此书所面对劳改队活人的实际状况来辩解的。

　　关于此书的评论,虽不多但不能说没有,张贤亮可能忘了或压根儿没读到。1995年到张贤亮去世前的2014年,2014年至2018年之间,均有评论出现。不过,这些评论一直把此书当作小说来读,不知这是受作家本人界定所影响,还是此书就该是小说。总之,作为小说评论,所触及基本不超过这样两个方面。一是与二十世纪九十年代普遍性文学价值倾向对比,及从张贤亮个人前后创作对比中来说此书。认为在平面化的文学艺术四处播撒的时代,在丑陋的、貌似轻松而内心布满了恐惧和紧张的消费性写作比比皆是的九十年代,在虚假的幻觉文化的大潮中,此书表达了作家既真诚批判极"左"思潮,又有能力识别自己曾也是那一"文化信念""潮流"和"隐含的权力意志"之一部分的新的理想主义姿态,因此此书真正完成了新思想的深刻和历史细节的真实性。二是在社会学结构的角度来衡量此书内涵,认为根据张贤亮的个人经历,《我的菩提树》的情节发生在《绿化树》与《男人的一半是女人》之前;然而,张贤亮的精神重心却是从马缨花、黄香久或者海喜喜那里转向了章永璘的内心。换言之,章永璘成了中心。这不仅是指人物在故事之中的主角位置,而且表明了张贤亮如何从社会关系的意义上集中考察章永璘们的身份、历史、内心世界及其现今的价值。"很大程度上,后者成了前者的依据,社会学的考察隐蔽地投射到文本结构中"。

由此可见,拘泥于小说,除了自说自话的"深刻性""真实性""新旧理想主义"及作家个人文学史的"进化论"式变化外,对实有历史及更深远思想可能性的进一步探讨,均无法展开,或者马上处于言说的失语状态;即使意识到张贤亮前后作品可能存在一种社会学的前提,即个人与社会、故事与叙事、现实与历史之间的互证关系,但由于关注点是中心人物形象问题,社会学也便仅仅是一种论述陪衬,文学话语放不进刺耳的社会学话语,文学叙事的自洽要求也摆不进历史逻辑的断裂和破碎。很不幸,不是《我的菩提树》是烫手山芋,而是文学学科不允许杂音的干扰。

但事实却是,《我的菩提树》中根本不存在一个一以贯之的主人公,一举一动一颦一笑不但推动情节发展,还无一例外指向一个预设的意义框架;也根本不存在一个从头至尾顽强游走的情节草蛇灰线,叙事者犹如长坂坡激战曹操三军的赵子龙,如入无人之境,几进几出,天上地下无所不知;更不存在一个或一群听命于作家主体性暗中操控的多角力量,虽起起伏伏、曲曲折折,但自始至终服膺或反抗既有历史、现实、政治，留下错综复杂的价值镜像，构造完整的虚构世界供人们释放象征与隐喻的力比多。非但如此，从根本上说，《我的菩提树》还是反小说的，凸显的是与通常的小说叙事不完全相同的另一模样。读之，枯燥，苦涩；品之，辛酸，心碎；念之，惊悚，恐怖。既无审美之愉悦，也无趣味之涵泳，更无体验之超然。有的只是视觉之错位，皮肉之紧绷，心灵之战栗。

"日记"加"注释"是其基本结构形式。先有日记，后才有注释，没有日记就不会有注释，这应该是该书的自我规定性。可实际上，日记本身并不统一，相应地，注释也就随之在不断变化。总体上是以1960年7月11日至12月20日长达五个月左右的流程为时间线索结构全书的，但就日记而言，7月11日至9月10日日记普遍较短，有些甚至只一句话，客观陈述事情，绝不过多缠绕。9月11日至12月20日日记，内容不断增多篇幅也就随之较长，当然，这只是外表变化。更大的变化是注释，这时候的注释早不满足于仅仅解释日记了，它几乎成了独立于日记的另一套文本体系。究其原因，自9月11日以来，劳改队的劳改犯人因肉体被折磨、煎熬已超出人能承受的最大极限，于是只能彻底放弃做人，变成一个简单的动物或生物而活着。有了这个"彻悟"，转向内心来顺势消化处理极限，便成了顺理成章的事。看起来，改造接近成功了，其实是改造更加残酷了，也就彻底走向了它的反面。

为什么非得是1960年7月11日开始写第一天的日记？这既是读者颇感神秘的地方，也是作家最终完成这本书的真正目的。该书是不是小说，答案全在这里。7月11日日记是这样解释的，"从我一九五八年五月十八日投入这个劳改农场以来，到今天已经过了七百多天。我已经完全习惯了这里的生活，好像我一生下来从小到大都过着这样的生活似的"。这样的生活，特指"在劳改农场，一样东西的交换价值完全要看它是否有助于生存，与生存毫无关系的东西便毫无价值。除了钢笔，其余多少有利于生存的东西，我已经换了食物吃掉了。这时对我来说，能够保存一具纯粹生理意义上的'活'的躯体，才是最重要的。如果人不怕冷，像猴子一样光着身子也能'活',我会把裤衩都脱下来换了吃掉"。饿,是主要问题。可是即使饿到如此程度,对于7月份转移到"陆地"干"基建"("打土垒"盖房子)的活儿,犯人们还是难掩内心的兴奋。日记多次写到"好天气,好月份""天气好,活儿也好",庶几"都怀着一种幸福感"。原因何在?这是与5月到7月一直泡在稻田的"泥汤"里,天天忍受钻心的痛苦的对比而来的感受。"你只要在里面泡上半天,腿上就会长出一层红色的小泡。我只能用'一层'来计数,因为那绝不能用颗粒来计算,整条腿上,水所浸到的部位以下,密密麻麻的都是;然而那又不是全面的红肿,隐隐约约地还能见到许多小颗粒"。这种叫作"痒疯疙瘩"的东西,顾名思义,就是痒,"还不是一般的痒,痒得钻心,痒得催人发疯!有的犯人常常会交替地抱着两条腿跳着狂叫,像被火烧了一样"。当然,"基建"不全那么令人有好心情,没完没了地背土坯,只剩下骨头的后脊梁与土坯相撞击,那种疼是硬碰硬的干疼。坚硬的棱角在脊背上揉来搓去,很快会把脊背的表皮肌肉搓卷起来,不断地渗出血。只是再疼,因着看不见,"所以总能忍受得过去"。两相比较,"基建"之苦显然还只是停留在皮肉上,能说清楚也毕竟挺得过去;泡在"泥汤"里,那就已经接近心灵的疼痛或煎熬了,是持续往深处浸透且无法表达滋味的情状。因此,为着纪念巨大转折的一天之故,久矣复7月11日麻木的心才回过神,记下"上岸","就像那些水手终于到达了目的地似的,也只有在这种心情中,我才想得起来写字,想得起来记日记"。

张贤亮说过,最简单的事情往往就是最繁重的。"这大约就是好逸恶劳的人类却要把一切工作弄得复杂化的一个原因。"周而复始重复一个东西,折磨的不单是肉体,其终极目的是文火炖肉,慢慢打掉精神上的一切多余想法为止。不言而喻,接下来的日记,正如作家所说,差不多是流水账。9月10日前日记,基本是随季节变化重复的若干农活,思想斗争已开始,但还间断进行,看得出也还没上升为重点。大概类型如下:运土坯,择菜,誊写《永放红光》(间断两次完成),拆炕,挖野菜,听报告(7月15日开始,几乎贯穿始终),"双反"(7月15日开始,几乎贯穿始终),割草,间糖萝卜白菜苗，写《飞机撒药》（间断三次完成），割胡麻，写大字报，斗争会（8月10日开始，几乎贯穿始终），搓草绳，学习，小组讨论，鸭子棚拆炕，菜田追肥，挖糖萝卜，起麻、运麻、晒麻、割绿肥等。其中也有空当，包括给妈妈写信、找人捎去邮走，晚上看电影《战火中的青春》，给《宁报》投歌颂稿、给《星星》投诗稿等。

9月10日后精神状态、思想状态的记录明显成为重点，这个重点主要是知识分子犯人因饥饿而"偷青"，因"偷青"而产生的内部矛盾乃至你死我活的斗争；记作家自己内心的感受也明显加强，对批斗会等政治活动也出现一些评价性用语。大致可分为这样几类：一是既写劳改队管理者之间矛盾凸显，动辄因分配劳动产生摩擦致擦枪走火，情绪很不稳定；同时又大量记录因此而写材料、批判批斗，空气越来越紧张。9月9日至10日连续记录何澄和刘学如冲突，孙队长严禁向新来的犯人"散布消极情绪"，10日晚上评比可立功、受奖、表扬的人的名单，"大家都嘻嘻哈哈，一点不严肃"；9月12、13、14、15日，先是何澄对新来的犯人散布了不满情绪，写材料批判；接着逮捕了五六十人，"这是'双反'运动的成绩"；再是搞何澄的问题又深入了一步，"郑队长说这只是开头，后面还有人"。二是一边写自己身体累、病、衰弱、渐渐受不了，不断休病假，盼望妈妈回信看是否有寄来吃的东西；一边记录整个劳改队粮食定量减了，"偷青"普遍化，病号猛然增多，不断有人饿死被抬出去。10至11月份开始，日记反复记录自己不断得病、挨打、身体越来越坏，还被郑队长说"我是全队最坏的典型，一味软磨硬泡"；12月只三次日记，其中12月1日记逃跑过一次的苏日新说"在外边要饭也比这里自由"，12月5日记"每晚学习制度文件，郑队长又发下了纸，叫每人写检举揭发材料"，12月20日日记提到外面的事态，"妈妈来信说北京上海的邮局一律不许寄出食品"。显然，全社会饥饿问题越来越严重，举国上下政治空气越来越紧张，政治运动力度越来越达到极致。

1960年特殊在什么地方，这是无须过多解释的。张贤亮这本"日记"虽然记录的就是这一年的部分日子，但他也并没有像我们通常读写这一年的小说那样，恨不能给五四启蒙话语以加倍的思想赋能，仿佛不榨出知识分子人性的根性就不能称其为满意的叙事，也必然意味着所谓反思就不是历史的、深刻的；或者像另一批小说叙事那样，凡事推而广之让全体复数背着基督式原罪感为少数个体埋单，然后理所当然导出一个沉重的却又是极其抽象的价值理念，放心地让现代性本身去自我了结。无论哪一种，在张贤亮这里，其实都是真正不负责任的。何止不负责任，实则是不明就里的话语狂欢。他反感过剩的人文话语，主要原因就在于当人文话语自行生产时，需要的反而不是真实的历史细节，而是叠床架屋的理念。

建立在真实历史细节之上的"注释"，一定程度上首先是对人文话语再生产造成的虚假性的拆解；其次是拆解后重建独属于那一年的历史叙事。因此，《我的菩提树》也可以视作是对小说叙事的天然局限，包括他自己相关小说叙事尝试遭遇极限后的超越。这种通过变革形式来还原1960年及其话语真相的做法本身，其实就是张贤亮写作该书的思想本意。只有拨开层层话语迷雾，那一年本来是什么，曾经是什么，究竟是什么的问题才会慢慢浮出水面。这时候，任何阐释，反而完全成了多余。不同于今天"非虚构写作"的重要一点是，《我的菩提树》注释的是具体政策或政治，一切人及人性、命运变化，一切事及事体变化，皆服膺于具体政策或政治，这与优游自如地放"历史"长线沽名钓"历史"大鱼的远距离的所谓"历史责任感"，与左右逢源游刃有余出入在社会现实中心把"文化"当作身份修辞的所谓"文化担当"完全不同。为着更加妥当起见，不妨以该书首尾两组日记为分析对象，对这个界定略做论证。

前面提到7月11日日记，在解释为什么非得是这一天开始写日记时多次写到他对好天气、好月份的由衷感叹，终于"上岸"了是一个意思；另一层更深的意思，还因为"气候好"。这显然是关键。对农业大国来说，吃饭是大问题；而吃不吃得饱肚皮，能不能自给自足丰衣足食，气候起决定性作用。换个角度，既然被权威解释为"低标准，瓜菜代"，那么，气候一定不好，除非气候不好不属于自然灾害。即是说，气候、"低标准，瓜菜代"、繁重而内卷的体力劳动与人们的确信之间，必须建立强有力的逻辑说服力。否则，崩塌的不单是粮食问题,而是信念问题。日记写道,"因为气候好,于是领导上向我们宣传的由于自然灾害使得农业连年减产,所以要实行'低标准,瓜菜代'这种说法总不能令人信服。但怀疑尽管怀疑,也不会有一个人去向领导要求解释。大家都做出一副深信不疑的样子在繁重的体力劳动中用残余的生命来改造自己。很多年后,我们才知道在那整整三年中全体中国人为什么都一起陷入饥饿的深渊。所有社会重大事件的真正原因总是向我们宣布得太晚太迟。但这似乎也并没有使我们感到有什么不便,反而会让我们经常有恍然大悟的机会,在回忆那些悲剧时却给予喜剧性的处理"。

"很多年前"是作家亲历的历史,"很多年后"是"我们"意识的反应,因为没感到有什么"不便",常有恍然大悟的"机会"和给予"喜剧性的处理";不是"我"一个人的事,是"我们"与解释者之间达成的"默契","我"仍然只是一个观察者、记录者。"很多年前"后便产生了张力,由具体事件上升为观念形态,并且停留在该观念状态,"注释"突然停止。

《我的菩提树》结尾部分的"注释",针对的日记包括11月12、13、18、25和12月1、5、20日日记,也有一段耐人寻味的"封闭式"结论。日记写道,不是我一个人的嘴,不是我一个人的胃,也不是我一个人的生活需要受到挫折,而是整个民族的嘴和胃及生活需要都受到过挫折。对一些人的剥夺可能"并不重要(很容易被替换,极少导致严重后果)"(马斯洛语),像今天仍在违反对毛泽东的科学评价,起劲地煽动崇拜毛泽东,再次神化他的那些人。"但对大多数中国人来说,剥夺则伤害了他的人格,伤害了个体的生活目标、防卫系统及自我实现,从而降低了人的品质。大多数人正是组成我们民族的主体。'自然灾害'虽然只有'三年',因为严重地伤害了大多数中国人,所以整个中华民族的品质都大大地降低了。我甚至认为,一个承受过八年抗日战争、三年国内战争,证明心理和意志都是健康的民族,竟然会在'文化大革命'中空前疯狂地拜倒在一个并非空前伟大的人物脚下,同时又在这一个人的旗帜下进行空前地自我厮杀,这种空前的民族心理大变态,和这个民族普遍的人格、生活目标、心理防卫系统在前几年所受到的伤害中,已经崩溃了不无关系。事隔多年直到今天,我们仍然能看到整个民族的品质降低后给改革造成的困难,现在的'毛泽东热''回归热',也是我们民族品质低下的一种表现"。

"事隔多年直到今天",又是一个醒目的时间概念。日记所记自然是时隔多年以前的事,记忆总有模糊甚至缺失、不实之处。所以记录者不敢以人民的名义肆意推演、任意打扮,只好谨慎地记下自己的嘴、胃和生活需要受挫的经历,以及在"气候好"的背景下,人们出于原始朴素的常识经验产生的些许怀疑,这是日记的本分;时隔多年后的今天,记录者就在改革潮流中,而且专事思考和写作,深知给改革造成困难的观念原因,此时,以同样思维回溯多年以前,"气候好""低标准,瓜菜代"与繁重而内卷的体力劳动改造之间,就有了某种历史性逻辑关系,这是"注释"的史笔。

不改一贯的幽默,张贤亮在这段话后,接着记录他因饥饿逃跑,又因外面还不如里面而再次返回劳改队的事。因着前面他写过歌颂老政委的文章,文章发表时虽未署他的名字,但老政委毕竟知道文章作者是谁了。当其他管理人员欲给他加刑处理时,"这不是会写文章的那个么?算了,自己知道回来就好!"老政委的话一锤定音,挽救了他。接下来他被送进禁闭室,这种处理在劳改队算是格外照顾了。原来禁闭室并非他一个人,还有一个偷吃队里粮食被抓来的犯人。倒霉就倒霉在这个农村犯人擅长偷吃上。两个饿急了的犯人一合计,那哥儿们自告奋勇翻窗而下,不料一头栽进窗下一大缸"糖稀"中。浑身沾满的干糖稀便成了两人在禁闭室的全部伙食,这东西吃多了当然拉稀,不久他俩双双蹿稀住院。医疗极度匮乏,麦糊糊做的"康复丸"不但不起作用,反而更加重了病情。焦急万分的"我"问起病情,医生总是摇头不说。日记写道,"我大约死于一九六一年初春的一个夜晚。我最后看到这个世界上的东西,是一个又圆又大的月亮。我不知道这次医生在我的病历上写着我死于什么病。但我有个预感,将来,我肯定死在他偶然想起来的这种病上。"看似笑话,实则不然。再往前翻到该则"注释"的另一处"调查来的实情"，便可知这是历史，而非作家对死的浪漫想象。为了应付中央检查团来检查，"千篇一律都是因'肠胃病'致死，那说明这个劳改农场的饮食卫生也太糟糕了，这哪能交代得过去？"怎么办呢？在检查团来的前夜，"老政委赶忙招来好些学过医学、当过护士的男女犯人，把他们关在一间房子里，叫他们连夜填写和修改死者的病历"。接着写道，"假如那些病历还在，假如你有兴趣去找来翻翻，肯定你只看见那时病故的犯人多半死于心脏病、肺结核、肺气肿、感冒转肺炎、脑溢血等和'肠肠肚肚'无关的疾病"。

　　类似这样的记录，又像是小说或者传奇。可细想，其实是日记的类比手法。现在没有证据表明张贤亮读过英国作家乔治·奥威尔的长篇政治小说《1984》，但由此推之，《我的菩提树》应该活用了奥威尔的一些手法。不同只是，前者大洋国的真理部公务员温斯顿在"老大哥在看着你"的世界里，从事篡改历史的工作。因长期担任篡改历史工作而厌恶该工作，并且也厌烦老大哥为首的组织。伺机逃离之后，邂逅了仁爱部专事编写黄色书籍用来麻痹大众的茱莉娅，两人曾密谋反抗老大哥，不料被老大哥盯上，甜蜜的爱情到此收场。他最终还是回到了真理部，继续参与篡改历史，因为他犯下的罪不可能被饶恕，返回去的他也就一直生活在监控之下，一颗等待良久的子弹终于射穿了他的头颅，死前他流下了眼泪，放弃了多年的挣扎，他终于战胜了自己，他热爱老大哥；后者提到口述"实情"的曾经的农场医生，可能也是填写、修改死者病历的参与者，但他毕竟活到了作家写日记的当下，并且敢于讲出真相，他也就变成了一个反思者。自然，这些意思，《我的菩提树》并不作为重点来记录，因为他写作并出版了这本书，不言而喻，已经说明了一切。他和那位医生，还有很多幸存者，都不热爱1960年。非但如此，他反复"折磨"自己乃至于似乎找不到更好的词语来形容他的诚意了，他只能把他的心声索性简化成一句说教般的口号，犹如幽灵一般始终飘荡在全书——"人们，我是爱你们的。千万不能再走那条路！"

　　如此分析如果有道理，有识之士可以想想，《我的菩提树》本质上是不是单纯的文学？

《我的菩提树》自然也具有文学性——这是非虚构的另一面。只是,纵观全书,张贤亮的更深意图的确不在这里,他的忧思一直在"全部""全体"和"普遍性"意识形态上和观念逻辑上。身为作家,并且作为已经通过小说叙事反复叙述过那段社会现实的"被标签化"小说家,他实际是从骨子里厌弃人们对文学性的纠缠和痴迷的。主要原因在于,很大程度上,文学性反而褪色成了人们直面历史、政治的障碍和借口。只会在文学的自我规定性阐释中理直气壮,却怯于捅破文学与现实之间的那层窗户纸,久而久之,文学及文学性反而变成了安放人文知识分子怯懦心灵的港湾。

尽管如此,这里仍有必要对《我的菩提树》中的文学性略做归纳。毕竟,它是该书对"具体""局部""微观"及文学叙事通常关注的人性异化原因、过程的记录,这些特征集中在三类"典型性"人群的记录中。

第一类是劳教干部形象,他们主要代表专政机关对知识分子犯人进行监管。他们一般文化水平不高,对犯人采取敌视态度,常常较为凶狠,教育方法简单粗暴。他们负责给犯人们布置任务、带工、训话、检查督促等,只有极少数劳教干部对犯人存有一定的同情心。这方面,日记后半部反复提到的老政委,是一个典型。这个人有着光荣的革命历史,个性粗犷、果断、直率、革命意志坚定、精神十足、吃苦耐劳、处处以身作则。一边对犯人恨铁不成钢,一边又和蔼、随便。他手把手给犯人教农活,常用粗浅快捷、亲切朴素、鲜活流畅、纯粹来自农民生活的道理说教。因此,他的训导,叫知识分子无法从理论上来辩驳(当然他们也没有辩驳的权利),也常常给处在苦难中的知识分子提供一种崭新的思维方式和观察问题的立场方法。很大程度上,他"自然主义"的乐观态度,反而给知识分子一种以"幽默"心态面对灾难的勇气。

第二类是刑事犯人物形象。这一类人文化程度低,胆子却非常大,敢在农场偷、抢、逃跑、煽动闹事、"耍死狗"、谩骂队长,差不多没有不敢干的事。朱振邦是这类人中的一个典型,日记多次记录他的一些另类言行。比如他当众敢说"低标准,瓜菜代"是"用木刀子杀人";对处分"我"要他在报告上签名,他却嗤之以鼻;斗争他时他敢躺在铺位上,高跷二郎腿,还不停地摇晃;面对组长的吼叫,他慢吞吞翻眼皮,并还以怪腔怪调;知识分子怕得要死的事情,朱振邦却满不在乎。

第三类是知识分子群像。这一人物类型自然是《我的菩提树》中的主角,"右派"指的就是这类人,是"改造""群专""劳教""监管"等一系列名为"思想改造"的对象。张贤亮除"改革三部曲"、《一亿六》等极少数作品外,其余所有作品基本都以这类人的命运为叙事主题,研究者也就在这一主题上多有挖掘和开拓,甚至更有研究者认为《我的菩提树》的写作目的就是为了给"极致情境中的知识分子画像"。

细分有以下几类:一是看起来傻乎乎,默默无闻,形同活死人,但内心似乎还保持着比别人更多的清醒认知,可称之为依然葆有读书人本色的一种人。典型的如被唤作"傻子"的"年轻的右派"。他冷不丁一句"在巴比伦王国时期,天文学就很发达了",意味深长;比如眼睛中"闪动着少见诚恳的光"的某城市小学教员,口头禅是"不能说!不能说!说了又是散布反动言论",这个人最后因生吃玉米过量而胀死了;还比如名牌大学毕业的工程师王三育,与日记记录者有共同文学爱好,"听我背诵了一段'生命对每一个人只有一次'"的诗句后,这人将目光"朝向已经显露出朝霞的蓝天","终于闪出兴奋的光芒"。二是好表现,爱出风头。1957年讲课时坚持人类历史在"石器时代"之前应该有一个"木器时代",而被打成"右派"的某大学历史系讲师;一次备课会上独出心裁宣布"唯心主义和唯物主义之间并没有一条确定的界限",而被戴上"右派分子"帽子的某县城小学政治教师等。三是看透一切,"一以贯之地执着于生命根本"——吃的苏秦,信条是"先活下来再说"。四是在饥饿折磨中丧失了人的尊严,对任何外在侮辱、打击,失去了反应能力,如谭维民。作家注释道,"正是这种渐进性的习惯","才使'文革'具有了发动起来的条件"。五是本来是被折磨的犯人,升为组长、队长后,反过来对知识分子犯人更严厉,处罚起来毫不手软的"准监管者",

何澄、郑队长即是这类人。

当然,把该书读解为小说,为着探究记录者"一层一层揭开造成劣根性之病源",那么,知识分子的表现又可以归纳为以下数种。

其一,明知不对,却不说出来;其二,崇奉书本,视之为权威;其三,善抓把柄,挑剔苛刻;其四,热衷批判,极度上瘾;其五,自我贬损,自我矮化;其六,喜欢表现自己,检举他人;其七,公开批判别人,反过来又被别人批判;其八,好标新立异,患有"论辩癖";其九,喜欢告密,出卖朋友,推诿过错,幸灾乐祸;其十,一阔脸就变,对待同类毫无同情心。

不可否认,《我的菩提树》中的这些笔墨,无一例外都体现了张贤亮超俗的文学才华,甚至如果以解读文学叙事应有的隐喻、象征、反讽等来分析,他"注释"文本中的这些不着意的刻画,的确堪称小说人物形象塑造的精妙范本,也完全符合二十世纪八十年代肇始的"反思文学"对五四启蒙现代性的延续和再生产。知识分子群体性人性异化之根源,以及民族劣根性之源头等,都能很省事地找到其话语和价值的对应物,而且一定也是人们所熟悉的顺口溜和行话。但是《我的菩提树》的重点却不是这些,毋宁说,张贤亮通过对此书的写作,实际要表达的就是对这些惯性的质疑、反抗和纠偏。他不屑于谈具体人性的异化过程,他谈的是什么力量导致人普遍异化;他也不屑于谈具体的饥饿,即便人一个一个被抬出去主要是因为饥饿,他谈的是面对死亡某种力量何以选择背过身闭上眼的事;他更不屑于谈"我"及"我"的同类在特殊年代的具体遭遇和折磨,即使写此书的主要动机就是因为它的反复"折磨",他谈的是同类众多的思考和写作,何以集体性以"文学""人文"的名义走向文学和人文的反面的事。

就此而言,不是《我的菩提树》符合"非虚构写作",而是有了它,"非虚构写作"有更值得参照的文本。如果"非虚构文学"的提出,主要是针对当代文学在社会真实性的表达上遭遇了困难和障碍,那么,作为历史文本,《我的菩提树》所提示的,该不该看作一种重要的思想突破口呢?

第三节　知识分子的自叙传叙事与中国式个人主义

当代小说叙事研究中,"自叙传"既是一个颇为尴尬的叙述视角,同时也是一个被普遍认可并利用的意义符号。通常,当作为叙事视角时,第一人称的"我"身兼数职,既是故事的讲述者,同时也是小说人物和作者本人的代言者。他们之间时而分解,时而合流,目的在于呈现故事的多维空间,这在"先锋小说"叙事中比较常见。受存在主义或新历史主义哲学观影响,这类所谓的自叙传也就徒有虚表,并无多少作者实际生活经验可追究。作为叙事生发意义的特殊符号,自叙传早已超越了第一人称而自如存在于整个故事结构中,人物命运同时是叙述者、作者命运。我们看见最多的情况是,对于前一种自叙传,批评所关注的一般是叙事整体氛围,这取决于叙事本身并无"本事",而是通过复调彰显价值观念的更新或变化。余华《十八岁出远门》、孙甘露《信使之函》和马原《冈底斯的诱惑》等,故事究竟有什么本质的历史依据呢?没有。它们只是通过一种方式的讲述,告知人们历史乃至现实充满不确定性,其意义也扑朔迷离。这类所谓自叙传,看起来是对人作为主体性的否定,其实是人作为主体性的一种反映。人的主体性被极端凸显,客观性也就随之被消解,人蜕变成了活脱脱荒诞和虚无的存在,人也就对人生、基本生活及意义彻底丧失了把握能力,那情境正如"飘飘何所似,天地一沙鸥",起于"存在"止于虚无乃至碎片化、不确定性,是这类自叙传叙事的一般结果。对于后一种自叙传,批评界总是方便地以现实主义的真实性为其张目,相对应的社会结构、政治经济意识形态、文化思潮等被广泛调遣,目的也是为着多快好省论证其叙事所指不虚,这当然有道理。经典现实主义作为一种人文知识,特别是思想价值叙事,社会现实镜像本就是其话语合法性的主要依据。无论是被称为十九世纪"法国社会特别是巴黎上流社会的卓越的现实主义历史"的巴尔扎克的《人间喜剧》,还是"俄国十月革命的镜子"的列夫·托尔斯泰的《战争与和平》《安娜·卡列尼娜》《复活》,或者把"小说是一个民族的秘史"作为目标追求且实现得比较理想的陈忠实的《白鹿原》，在读者心目中建立经久不息信念的不外乎真实性，既是彼时历史社会的镜像，更是现如今人人反观自我的微型镜子。因为只有在更可靠的真实性中，输出的价值理念才更具有说服力。

经典现实主义或批判现实主义的真实性，其实也可看作是致力于民族国家历史并为其立传的宏大叙事，这种大视野、大框架、大话语中的个体，只能一次次不断地屈服于历史这只"无形的手"的摆布，其能动性、主观性和主体性不是没有，而是被无数次地压缩，并打包处理。变异性、畸形化、扭曲状态是大历史中少数心灵未死者的基本存在形式，他们流露个人观的方式，只能是而且必须是猥琐的和上不了台面的，一度被处理成"小资产阶级情调"或读书人的"反动情结"。其实这些前设的立场，完全不是因为这些个体多么有对抗的能量，恰好是他们总好像有那么点说不清楚来源的七情六欲。所以针对他们心中的那点"人生意思"也罢，针对他们脑神经中还残留的男女之间的那点"柔情"也罢，是"不干净"的，都属于被"改造"之列。而对于那些有感知能力的心灵本身而言，他们自知不是未卜先知的超人，自贱自残反而成了他们的本性；他们又自知历史并非自己所写，从不自觉的"反抗"到自觉的不反抗，成了他们人生不可颠倒的秩序。那么，面对突如其来的对象，心弦一下子被拨动了，怎么办呢？肯定不像其他人那样明目张胆去面对，只能拐弯抹角地、偷偷摸摸地，甚至扭曲事态本身，以歪曲"情爱"的逻辑去处理。这是张贤亮这类身份的作家，面对历史时的基本心态。一边无法忘却大历史给予的惨痛记忆，总不免噤若寒蝉、忐忑不安，很难理直气壮去正视；一边无法篡改、伪造读书人的"清醒"，只能把"理想"转换成"情爱"，并以情爱所具有的特殊矛盾形式表达出来。

如此，"爱情三部曲"大胆叙写情爱的过程，又可以看作是曲折、隐晦地生成张贤亮某种个人主义思想的过程。虽然这个思想的确一直隐藏在他的叙事中，可隐藏并非若有若无。对于像张贤亮这样劫后余生的"归来者"，还有不同于其他的同辈之处是，他比别的

"右派"有更长更深入的直感体验，这是不能轻易抹掉的人生经历。另外，他写作并发表"爱情三部曲"时，大的大政方针已经非常明朗，不存在也没必要遮遮掩掩写政治。前有"改革三部曲"（国营农场改革的《龙种》、农村改革的《河的子孙》和城市改革的《男人的风格》），后有直面1960年"低标准，瓜菜代"的《我的菩提树》，就是明证。"爱情三部曲"，有研究者更愿意称之为"知识分子改造"三部曲，更没有充分的理由认为他是在纠结当年被打成"右派"的知识分子究竟是对还是错的问题了。这不是说"思想改造"不是该三部曲的叙事对象，恰好相反，包括"思想改造"在内，该三部曲因人而异，或许还有更多的其他解读空间。这里强调张贤亮对个人主义思想的由衷表达，是基于对他整个创作流程的把握。张贤亮作为小说家，始终有不灭的主体性，这是其一；其二是，他又不满足于做一个讲好小说故事的技术工匠，而是做一个思想上的真正反思者。所以他张嘴闭嘴通读《资本论》多少遍，表达的其实也是他作为一个知识分子的理论自信。更重要的是，对于小说创作，他的确有大师的才华。无论读他的小说还是随笔散文，通过夹杂在文学文本中的时评、文学批评可知，他是多么熟知当时他活跃的文坛气候了。因此，仅仅在"思想改造"和单纯"情爱"方面再研究他的小说，我的鄙见，基本不能算理解他叙事的本意。但是这一点，直至今天，也多是被他的研究者所疏忽了的。

为什么非得这么说呢？可以通过当下一些典型研究思路来反观。在"思想改造与身体政治"的角度，以男主人公身体变化为纲，指出张贤亮"爱情三部曲"表达的主题分别是，身体服从政治改造、被迫改造到抗拒政治改造的过程。《灵与肉》是身体服从政治改造，这个结论来源于许灵均对自己前后躯体变化的感受落差。小说确有如许身体细节描写，这事发生在许灵均与李秀芝结婚生子后，去北京探望"已成美国大亨"的父亲的特殊环境。进了父亲住的豪华酒店，许灵均感觉自己的身体多有"不适"，并且还有"痉挛式的反感"。小说写道，"最后，他的目光落在自己的躯体上。他看到肌肉突起的胳膊，看到静脉曲张的小腿肚，看到趾头分得很开的双脚，看到手掌、脚跟上发黄的茧子，他想起了父亲对他的谈话"。研究者抓住许灵均的身体变化，来印证从肉体到灵魂，许灵均都归属了劳动人民，最终从出身不好的资产阶级知识分子变成了"一个名副其实的劳动者"。并认为这种身体确证让他获得了挑战父亲给他的资产阶级血统的自信，"身体向劳动人民的转化，说明他已经经过'炼狱'修炼成劳动人民，他的罪恶的血统已经被从里到外地修正过来"。《绿化树》是身体被迫改造，研究者解读的重点也是抓住小说中类似"高一个层次的"的知识分子、"超越自己"一类话语来深研细挖。小说有一个情节，是章永璘发现他与马缨花之间的沟通不在一个频道后，主动去了另一个管制更严的农场。事隔多年，章永璘获得了政治上彻底的平反，做回了知识分子，并且事业有成，由"省文化厅的负责人"陪着，坐着丰田小轿车衣锦归来时发出感叹的描写。研究者就此发挥道，《绿化树》显然认为，对于知识分子，肉体被改造成为"筋肉劳动者"不难，在特定环境生活就可以实现。难的是对灵魂的改造，张贤亮在《绿化树》中一直表明，对于被改造的知识分子而言，精神的痛苦比肉体的痛苦更强烈。"尽管主人公的身体为历史环境所迫打上了'政治改造'的烙印，但他的知识分子精神一直在进行坚忍不屈的反抗和挣扎，捍卫着知识分子的身份优越感"。《男人的一半是女人》中亦有一段"半个人"章永璘与骟马的对话细节，小说中的骟马对刚刚与黄香久性失败后的章永璘说了这样一段话，"我甚至怀疑你们整个的知识界都被阉掉了，至少是被发达的语言败坏了，如果你们当中有百分之十的人是真正的须眉男子，你们国家也不会搞成这般模样"。研究者亦就事论事得出结论认为，这篇小说的政治观念已经完全颠覆了《灵与肉》的保守作风，也以更激进更明确的反抗意识突破了《绿化树》的折中态度。"'知识分子改造'不但没改变主人公的灵与肉，反而激起他明确的对抗意识——恢复了性欲和政治能力的主人公要向'最高权力者……挑战'。"

除此而外，也是在知识分子改造，以及知识分子与民间关系的角度进行解读的，认为张贤亮该三部曲藏着一个"知识分子与民间"交往映照的结构。一般是被"下放"的男性知识分子，和先把民间想象为全知视角下的道德化、审美化"女神"乃至后来又厌弃、逃离的粗俗的农妇,两者构成对应关系。"映照"的结果是,知识分子启蒙话语与民间日常话语的交际错位,"折射了二十世纪现代知识分子'走向民间——背离民间'的精神历程"。"改造"由服从而被动再到失败,与作为改造对象的知识分子由亲近民间到背离民间,其实一体两面,并无本质差别。此处所举只是比较突出的两例,这样的研究模式还很多,但从出现时间看,基本集中在 2010 年以来的大小理论版面上,表明张贤亮研究已经进入瓶颈。

知识分子而"右派"而"改造",作为一段不可漠视的历史,张贤亮的确叙事了这个复杂过程,但他的叙事,之所以建立在"被改造"的背景之上,不单是为了忘却的纪念,如果是这样,那就丧失了反思的重要性。另外,在张贤亮创作并发表小说时,已经得到了政治上的彻底平反并恢复了政治名誉。无论作为小说话语还是理论话语,如果无休止表达自我辩解式的"先见之明",也恐失去讨论的意义。仔细琢磨小说叙事的细腻和用心,其实无论如何"改造"知识分子,还是男主人公如何与女主人公传递微妙的情愫,都是在民间日常生活的"秩序"内进行的。即是说,"改造"中生成"情爱","情爱"中又还在"改造",没有"改造"就没有"情爱",反之亦然。许灵均和章永璘(后者既是《绿化树》男主人公,也是《男人的一半是女人》的男主角)与李秀芝、马缨花、黄香久,至少在小说世界里是一个共同体、一个阶层而存在,他们共同的对立阶级是劳改队、群专队、监管队等的管理者、组长、队长和更高一级的场部领导、政委。如果按照"依靠贫农,团结中农,打击地富反坏右"纲领再细分,许灵均、章永璘政治地位、社会地位、经济地位均处于最低端,是劳改农场这个被浓缩了的阶级社会里最底层者、最弱势者和最无助者。他们是被打击对象"地富反坏右"中的一个类别,不允许参加任何会议,改造结果未经"三干会"(小队、大队、公社三级鉴定审查会议)审查通过,说明仍未解放,是个"罪人"。未经解放未曾"摘帽"的个人及其子女不允许开展任何政治活动和社会活动,这样的规定,实际上也严重影响到最普通的日常生活,最突出的就是个人问题受限,结不得婚,上不得学,参加不得工作。李秀芝、马缨花、黄香久等一众妇女,是仅次于许灵均、章永璘们的次底层者、次弱势者和次无助者,决定她们政治、社会、身份地位和份额的主要不是政治,而是女性性别。如果没有政治问题,她们作为贫农当然也是党依靠的阶级;郭骗子、海喜喜等被小说一再突出了的农场男性农民、牧民或劳改犯人,貌似底层,但其实不低。看起来处于经济和社会的底层,但他们其实是农场、劳改队异常活跃的分子,或者有些干脆就是贫农积极分子,和李秀芝、马缨花、黄香久众女性一样,是党的主要依靠对象。当他们的意识形态一旦形成气候,实际上某种程度还可以左右场部领导的决策方向。之所以如此,是因为他们出身好,政治上最干净,又是地地道道的贫农,是党最信赖的一个阶级。这种政治身份是阶级斗争乃至相关政治运动中最根正苗红的一个阶级。知识分子"改造"的终极标准,其实就是以与贫农看齐而把他们变成贫农一样的人为目的。

在这样的一个社会结构中,由于长期的共同劳动,被改造的知识分子与部分贫农出身的被改造者、犯人相安无事,甚至达到相濡以沫的程度,后来可能是这样。但在初期,知识分子抬不起头,经常需夹着尾巴做人行事,这是他们的常态。原因很简单,做苦力活儿为主的农场,大家基本都是文盲,勉强会写自己的名字、能些许识得几个字,就已经不错了。在从上到下形成严密的监控、监管、群专、改造、教育的森严氛围中,即使是刑事犯、民事犯的待遇也要比政治改造的知识分子好得多,这是老百姓乃至全社会的基本共识。因为犯刑事、犯民事,说到底不就是极端饥饿以及其他生存所迫被逼走投无路才出的下策,道德上并无特别可挑剔之处。这种认识既是政治反复宣传的结果,也是几千年中国传统文化熏染的惯性使然。很多时候,其实是阶级斗争活学活用的民族形式,进而恰到好处镶嵌进民族文化基因,完成政治问题向道德问题的转化,最终实现以特有的中国传统伦理道德方式来仲裁政治的目的。给予某些人以政治犯名号,其性质正是如此。首先传统文化的第一反应是人品有问题,其次顺藤摸瓜往上推理,人品问题迅速上升为触犯伦理天条的"逆子""逆贼""大逆不道",终至于政治上的"造反""反动"。总之,政治问题被转化并内植于传统伦理道德秩序后,其后果便是,作为个人,他们是别有用心的一部分人;作为群体,他们是一批跟现行政权对着干并企图推翻现行政权的一个邪恶组织。反复的斗争、反复的政治宣传,告知于人们并欲达到的最终目的是让人们越想越不可思议,越想越恐怖,唯一能做的便是想办法与之划清界限、撇清关系,像防贼防瘟疫一样提防着、警觉着,一直到彻底敬而远之为止。这便是张贤亮小说反复叙事的灵魂的痛苦要比肉体的痛苦更惨重的根本原因,要彻底消除人们深入骨髓的恶劣的影响,还真不是一纸红头文件能立马解决得了的事情。"烙印"的全部意义盖在此,曾经的臭名早已像烙铁一样烙进肉里、骨里、灵魂里和阴影里。

背负着传统伦理道德和政治双重包袱的"黑五类分子"许灵均、章永璘竟然"恋爱"了,能不是重大事件吗?如果了解了许灵均、章永璘处在如此完全不可能"恋爱"的环境,根本不允许且不会给他们创造"恋爱"条件的时代,张贤亮却让那么些女性向他们眉目传情、暗送秋波,其中蕴含的知识分子主体性秘密,就不完全只是通过"情爱"表达人的异化或对集权政治的隐喻式解构这么简单了。那未免轻逸了点、容易了点。

还得回到知识分子的自传式叙事本意上来,张贤亮的绝大多数小说,被批评界认为具有自叙传色彩,特别是为他赢得文坛盛名的"爱情三部曲",因为"性描写""性叙事"之故,在普通读者看来,男主人公往往就是张贤亮自己。非但如此,现实生活中,一旦捕捉到张贤亮的一些蛛丝马迹,如获至宝,兴之所至,马上会找《灵与肉》《绿化树》《男人的一半是女人》相关细节来印证。小说而叙事,叙事而现实,当文学效果达到这种境界,不可谓不彻底,不可谓不壮观。但读者想象的"真实性"是不是张贤亮叙事的真实性呢?或者说,在接收、领会、过滤的过程中,即便性描写、性叙事的真实性,是不是一定是读者理解的真实性呢?如果在"爱情三部曲"发表的二十世纪八十年代初,不用繁杂论证,读者所摄取的真实性,多半是充当性启蒙的真,"性"背后的一切都可能会因"性"本身而脱落,更遑论它的符号象征意义了。在今天这个自媒体语境来看,曾充当性启蒙的那部分真,非但很一般,在网络流量的夹击中,反而还显得很缓慢很笨拙,不言而喻,这是真实性失效甚至被否弃的后果。这时候,我们不禁要问,"性描写""性叙事"而外,"爱情三部曲"还有哪些可能性?回答这些问题,不单指向张贤亮小说得以成立的历史现实,更指向他通过小说话语、小说逻辑,在该历史现实中生成的思想观念。二十二年的非正常生活,对于张贤亮这一具体的知识分子、思考者,不是说过就能轻轻划过去的。在他心里,它已是他精神负担的全部,自然它也被当作了他或他们甚至全体生命履历的一个坚硬客观性而存在。

所以,自叙传之于张贤亮"爱情三部曲",无论哪个视角、哪个人物,都不是技巧,也不是修辞,而是故事本身。

浅层次的自叙传色彩,可以从男主人公身世、经历、遭遇与几次"艳遇"略做对照。《灵与肉》中许灵均有一个资产阶级的父亲,此情形与张贤亮的身世相似,不同只是张贤亮父亲的确就学于美国麻省理工学院商学院,但并非什么商业大亨,而是一名爱国志士,曾当过张学良英语秘书;《绿化树》《男人的一半是女人》中章永璘的"土牢"生活,更不用说了,张贤亮自1957年被打成"右派"便进过"土牢",1971年"一打三反"运动中,农场对其采取"突然袭击",差点又进"土牢"。至于"艳遇"或"婚恋",张贤亮在多种版本的散文随笔集中不止一次说明过,劳改农场基本没有女性,更别提什么艳遇或恋爱了。他的几次所谓"艳遇"或"婚恋",实际上是他被改为农场职工或农民时的一点经历,那已经是1979年"平反"前夕三四年之间的事了。大概有四次这样的故事,两段"艳遇"两段"婚恋",都发生在"文化大革命"期间。第一次"艳遇"是张贤亮从"群专队"里出来,作为已被管制的"右派"分子身份分配到农场劳动,其间获得批准从农场回北京探望母亲,但母子刚刚见面不久,便被革命小将们赶回农场。在离京返程的火车上,终日滴水未进、水米未打牙的张贤亮饥渴难熬,而周围却都是面对这个"反革命分子"

充满敌意的目光。夜幕降临时，一位坐在对面的少妇在昏暗的灯光下悄悄地把一个面包从桌下递给了饥肠辘辘的"我"。这块面包上也许没有留下少妇的纤纤指印，但《绿化树》中给同样饥肠辘辘的章永璘吃上热气腾腾馒头的马缨花，在馒头上却无意中留下了指印。按理说饥饿至极的章永璘应该狼吞虎咽才合情理，可张贤亮却没让章永璘马马虎虎消灭馒头，他极尽精雕细刻地描写了这一细节，也正是对那次"艳遇"的无限回味。第二次"艳遇"来自农场劳改期间的一次不成功偷情，据他自述，对方是一位农场干部的妻子，由于紧张和身份原因，偷情很是狼狈，称之为"半次夫妻生活"，然而那个"滚烫的肉体"却给自己留下了无法忘怀的记忆。不消说，转瞬即逝的现实"艳遇"，在《男人的一半是女人》中得到了延续，虽然也同样十分令章永璘沮丧，甚至使他彻底丧失了作为男人的最后一点尊严，但黄香久胴体所散发着的饱满激情和迷人诱惑，却足以让"半个人"章永璘萌生谋求另种自我路子的勇气。

另据张贤亮《一切从人的解放开始——谨以此文纪念改革开放三十年》一文记载，张贤亮确有另两段"婚恋"，他所谓"自己的另两段'女人缘'"。一次是1977年，四十一岁的张贤亮与同一个生产队一同被管制的"坏分子"同居了，他自己称之为"真正的婚姻生活"，"我戴有多重'帽子'，女方也戴有'帽子'，我们都属'另类'，两人只要你情我愿，又不举办什么婚礼，也没资格举办婚礼，搬到一间土坯房住在一起，生产队长点了头就算批准，连法律手续也不需办"。不过，这次同居生活持续了不到一年就结束了，原因是女方在1978年的甄别平反中先获得平反，而自己头上还戴着多重"帽子"，女方也就很快被家人接回兰州老家去了，"婚姻"也便不了了之了。另一次是1979年11月，张贤亮时年四十三岁，在南梁农场灌溉农田时，救起了一位骑车落水的女孩子，女孩子刚满十八岁。张贤亮此时是"摘帽右派"，女孩子是贫农，系村干部家的千金小姐。因着这次碰面，女孩子执意要嫁给张贤亮，但终因家庭成分所碍，婚姻也最终夭折于出身上。

稍加对照，以上"婚恋"实情，基本都不同程度出现在该三部曲中并被浓墨重彩地书写或叙事。"同居"故事不就是《男人的一半是女人》中章永璘与黄香久的翻版吗？被救女孩子的形象甚至成为《灵与肉》（电影名叫《牧马人》）搬上银幕时选女主角的样本。

深层的自叙传，必然指向知识分子内心世界，那是一种由朦胧、犹豫到意识再度恢复、渐渐清晰，再到清醒、自觉的精神世界，对应的情感波动也由原始朴素的自然性而意识到自然性的局限，进而超越自然性、建构自我价值理念的过程。

《灵与肉》发表于1980年第9期《朔方》，女主角李秀芝独自一人自四川逃荒而来，寻未婚夫不得，正处于走投无路之时，像捡一块破烂似的，经郭㓦子嘻嘻哈哈撮合，便成了"老右"许灵均的老婆。一句"要老婆不要"，基本上说明了这桩婚姻的全部实质，许灵均与李秀芝的结合，就像动物捉双配对一样，连起码的认识过程都没有，更谈不上感情了。不过，贫农李秀芝的确具有优秀农村妇女几乎所有优秀品质，勤劳、勤俭、会持家；也具有几乎所有普通老百姓所具有的最原始最朴素的品质，不懂政治也不问政治，不懂交流感情但懂得从行动上体贴丈夫。自然繁衍状态下，他们有了自己的儿子，也建立了温暖的小家庭，许灵均的身体和心灵也得到了最原始的安息。但也不能说，有了老婆、有了家、有了儿子，许灵均就认了这种命运安排。放马时经常与大青马喃喃自语，当然不是借马发泄胸中不平之气，那些关于民族国家命运前途的空洞的议论，实际并非一定指向某个具体的宏愿或抱负，实则是与李秀芝之间情感不能深层沟通和共鸣的废话——唯有以这种形式舒一口气，那种只可自己意会却不足为外人道的东西可得到些许疏解。即是说，每每回到家，李秀芝越是温柔、体贴，许灵均便越是感到生长自内心的悲凉和迷茫。这种复杂感受，既来自他对李秀芝善良的不忍伤害，也来自他对自己身份的默默承受，在夹缝中，未灭的知识分子那点意思，好像越发无见天日之时了。

有两个关节点，可以看出张贤亮真正要表达的意思实际是与现实越来越远了。一是许灵均获得平反，李秀芝忙着点数抚恤金，许灵均却更关心的是他获得了政治上的名誉，"重要的是我恢复了政治名誉"。这句在李秀芝看来随意的话，在许灵均却是生命的重生，从而暴露了他们之间看似和睦、珍惜，其实深处深刻分裂的事实。当然对于这一点，一直以来未能引起批评界应有重视。对于该篇小说的主题，彼时的批评界，正忙于阐述其爱国主义主题和热爱家乡的文化归属感，这实际都不能算该篇小说的真正主旨。小说结尾一大段关于学校的描写就印证了这一点。与父亲告别时，父亲说了半截话："现在看到你这个样子，我也放心了。你的确出乎我意料，你变得像一个，变得像一个……"张贤亮以叙事人的口气有一句很重要的回答，"他觉得他们父子都对这次重逢和分别感到满意，他们各自得到了各自需要的东西。父亲在良心上得到了安慰；他在一个关键的时刻回顾了自己的半生，从而领悟到一点人生的意义"。这一点人生意义，是许灵均返回农场后，经过小说倒数第二段对农场全貌极尽柔和、暖色、柔情、舒缓、祥和、静谧描写的铺垫，然后再跨到结尾段的学校描写，方完成。

学校描写中主要是学生看出了是他，于是飞奔着来迎接，这当然比较普通。但镜头却聚焦在一个小女孩身上，就不普通了。"最前面的是一个穿红衣裳的小女孩，她就像迸射出的一团火，飞也似的向他扑来。她越跑越近，越跑越近，越跑越近……"许灵均返回农场，带着时差和父亲的异域语境。由农场特有的舒缓自然景致而学校而教育教学事业，这一题旨是批评界和广大读者都愿意看到的，也都感到非常放心、安心。这实在是一个时代的误会，父亲的"放心"和红衣小女孩其实才是题旨。红衣小女孩勾起了许灵均对真正爱情的幻想，而父亲的放心也正是出于对儿子健壮、健康、成熟必然会觉醒成为自己的推理。如果理解成对儿子现在家庭和农场代课老师安贫乐道式的放心，那就背道而驰了；如果父亲为儿子变成了一个地地道道农民、小职员而放心，张贤亮不会代言说父子俩都很"满意"。这一层意义上，父亲毕竟更了解自己的儿子，父亲才是他真正的精神对话者，父亲久居国外所带来的一切关于人本身的气候，只有儿子心领神会，对话也就无须说得很直白，一切尽在不言中。这一主题，不存在谁改造谁、谁战胜谁的政治立场问题，是单纯知识分子与知识分子之间惺惺相惜的灵魂默契。如果不能超越狭隘政治观，如果不能透彻理解1980年张贤亮对前途还有顾虑，就不能理解《灵与肉》在更高层次上表达理想所体现出来的犹豫和彷徨。而这一朦胧追求，将在后两部小说中慢慢变得清晰起来。这不是说只要把握了张贤亮逐渐清晰起来的思想，就一定是值得肯定的，表达了什么和什么是有价值的，毕竟是两回事。

　　父子之间的高度认同和默契，既属私家授意，又何尝不是共同体之间的互通有无。无论哪种，都不大可能是曾经阻隔亲情，无情折磨自己半生的"为了……"式的忘乎所以和不知天高地厚。四年后创作并发表《绿化树》(《十月》1984年第2期)，政治形势已经非常明朗，其间张贤亮同时先于《绿化树》发表了《龙种》《河的子孙》和《男人的风格》"改革三部曲"。直接以文学形象、文学话语表达了他参与政治、社会、经济改革的主张。一言以蔽之，是通过"铁腕人物"舌战群儒的古典方式来推动极"左"残余思想和传统封建观念转变，来实现精英治理的方案，精英个人主义是撬动错综关系的核心，在张贤亮看来个别个人主义显然更有资格掌握真理。哪怕执行过程中像《河的子孙》中的魏天贵那样故意歪曲"上面"政策，只要终极目的是保护大多数群众生命财产和正常生活秩序就行；哪怕像《龙种》中龙种那样私底下瓦解利益团体、利用青年人的无意识，只要实现"劳动者与生产资料在经济上直接结合"就行；哪怕像《男人的风格》中陈抱帖那样，不惜动用阶级斗争中动员群众的那一套特殊办法，只要快刀斩乱麻战胜反对势力就行。他的这种既带有集权性质，又多少有点像今天流行的专家主宰世界味道的知识个人主义思想，经过《灵与肉》"中西参照"的濡染、发酵，在《绿化树》中趋于清晰化了。生理的饥饿促使章永璘与马缨花走到了一起，精神的饥饿却暴露了两人之间的差距。两人此处的"爱情"实际上由原始状态的异性相吸，逐渐转化成了章永璘独家映衬个人观的一个背景，他所谓"心里就会有一种比饥饿还要深刻的痛苦"，即由此而来。这部长篇中，章永璘与马缨花之间自然有许多堪称当时读者情感启蒙、性爱启蒙的精妙朦胧的两性感觉描写，即使是今天重读，两人之间那种微妙的心跳和马缨花颇为泼辣而大胆的体贴与呵护之情，其强度感染力，也仍胜过多数令人肉麻的影视镜头给人内心的冲击力；亦胜过一出场就抓住啃途经几十页还没到裤腰带以上的所谓"正面"描写更让人联想丰富。但是，物资极度匮乏环境中肠胃揪心的咕咕叫，催生了缠绵诗意感觉，却不能满足腰杆已经挺直了的知识分子的精神诉求。正是这一关节处，批评家庆幸像抓住了张贤亮的软肋，认为暴露了改造中自辩与虚伪的一面，进而发展出另一迥异的观点。南帆通过对张贤亮散文随笔集中的某些论述，比如张贤亮提出的"贵族精神"、知识分子超常的个人能力，以及"公"与"私"的分化、把劳动人民当作对手从而认定他们代表"国民集体无意识"中的低素质等，指出张贤亮可能在为富人辩护。对于经济竞争之中的失败者深怀戒心，这些失败者可能成为社会之中颠覆性的不稳定因素。这至少表明，"张贤亮时常假定存在一个经济运行的理想空间，这里既公平又自由，任何个人的素质与富裕程度理所当然地成为正比。这时的张贤亮对于权力与资本的勾结以及各种不公平竞争视而不见，或者微笑地给予默认。号称熟读《资本论》的张贤亮仅仅考虑个人素质而没有兴趣分析资本的逻辑以及生产关系特征，这不能不说是一件相当奇怪的事情"。

王晓明也把张贤亮"爱情三部曲"放在张贤亮整个创作中，并以改造中"右派"知识分子心态上存在道德上的回避和自我辩解，指出章永璘在饥饿之时的狼吞虎咽或性无能中看到的是，马缨花或黄香久的温情、怜爱乃至母性般的给予，那也许是爱情，但却很少有那种对强有力的男性的渴求，而更多的是一种母性的给予；那的确是宽恕，但却很少有深究原委之后的通达，而更多的是一种居高临下的迁就，一种夹带着怜爱的姑息。正因为"曾经丧失过男性的权利，写作中他才这样急迫地渲染那个叙事人的男性力量？也许，正因为不愿回味那接受女人保护的屈辱境况，他今天才这样坚决地要在她们脸上添加那种对于男主人公的倾慕神情？"在"话语讲述的年代"看，平反后的张贤亮，无论驰骋商界还是文坛，张贤亮的确认同他的"成功"之路，也就势必存在粉饰过去或有意回避那些屈辱遭遇的意识。

尽管如此,在"讲述话语的年代",张贤亮的经济发展理念和道德问题,的确可以单独批判,但不能就此而忽略情感叙事中张贤亮隐喻地表达他个人观的本意,两者不能混为一谈。《绿化树》中章永璘觉察到与马缨花之间的差距,一方面来源于他对《资本论》精神的领悟,这其实是借"知识"这个外在于马缨花世界的眼光,来审视马缨花们仅止于吃饱肚皮的价值局限。看得出,身份差距,特别是"小资产阶级情调"的意识形态仍是当时理论批评界相当警惕的概念,极端者以至于到了宁要审美上的"平等论",也对启蒙所需批判视野退避三舍。张贤亮通过叙事人之口,表达了这一实际存在的局限和当事人浑然不觉的问题,两人情感的裂隙,反而被转化成了表达这种启蒙思想的手段。另一方面小说结尾以"成功人士"自居而重游故地的章永璘,实际是以现实为参照,对马缨花世界的再度审视。南帆借张贤亮思想随笔集《小说中国》中所谓"公"与"私"分化等观点,解读其小说而得出"个人素质"与"个人成功"的关系,正是张贤亮以自己为标准对马缨花们的启蒙,"只能靠自己"是在社会机制不成熟的背景下来说的,无疑是启蒙的另一形式。当然,凡涉启蒙,似乎必有道德优越感在作祟,这也导致张贤亮在情感领域来叙事他这一初见端倪的个人主义思想。

这一思想发展到《男人的一半是女人》(《收获》1985年第5期),许多杂乱线头都到了该整理的时候,众多纷乱纠结也到了该了结的时候,特别是政治改造到了终极审查验收的时候。这些问题涉及章永璘与民间或"筋肉劳动者"、与妻子黄香久的关系,也涉及章永璘与具体场部的关系。这些表面看是政治意识形态加诸的符码,实质上却无不是传统文化的几个重要分支,即对于被依靠的贫农阶级的感激之情,对于给养者、拯救者黄香久的感恩之情,对于"改造者"的答谢之情。它们分别是阶级债、夫妻感情债和政治债,并以"放债"与"还债"的民间民族形式嵌入彼时章永璘精神世界,不断地挤压着他的心灵空间,如果不偿还干净,知识分子的主体性就不得解放。整个局势的转折,全仰赖于两个情节节点的出现。一个是曹学义与黄香久的偷情,另一个是洪涝时节黄灌区的决堤。直到曹学义与黄香久偷情之事败露,直到其他人无计可施章永璘勇敢跳进激流用身体堵住漩涡,一切都合情合理得到了解决。既是政治希望的结局,也是传统文化中因果律的最好注脚。作为丈夫的章永璘方找到了借口,两人的婚姻彻底告吹,似乎理由充分地还了情债;作为政治犯、被改造者,他用生命诠释了他并不比贫农更怯懦更无能,终于获得了政治上的认可;作为知识分子,他也摆脱了沉陷于施予与受予情感漩涡的撕裂状态,得以清醒审视他自己,给理性一个解放一个交代。看起来是章永璘对民间的背叛(作为被改造阶级,他永远不可能被允许归属于贫农阶级,要命的是他总从《资本论》中不断地清醒,这是对贫农阶级的更深刻背叛),对曾经拯救他的黄香久感情的践踏,其实质却是章永璘作为知识分子对知识意识的进一步确认,这时候,章永璘身体已经明确抗拒政治改造,就是明证。

就此而论,张贤亮的个人观可以大致做如下概括。

首先,张贤亮的个人主义不同于当前流行的审美个人主义,他的立足点在个人实际现状的改变,而不主要在自如地无限度地开发个人潜意识却不考虑外界障碍。在他看来改变个人实际现状,当务之急,是跳出自我世界,特别是跳出中国传统文化所滋养的个人道德伦理与他者真理不分化的浑蒙状态。这是他在其他文本中直言不讳表达拯救自己只能靠自己的初衷和原委,首要强调的一点便是理性处理错综复杂的乡土人际关系,用今天流行的观点,颇有点离开"乡愁"来审视"乡愁"所含文化惰性的意思。可以说,这种个人观,远没有西哲所谓将个人忏悔进行到底的气质。但相对于为着表面的"平等"或"怜悯",一味抹杀实存的阶层分化而阻断启蒙应有差别视野的流行观点,更值得人们信赖。不啻说,在他们那一代作家中,张贤亮还保留着一些启蒙思想的精神。尽管历史阴影之故,他的个人观总很难脱离感性漩涡而独立存在,毕竟在他身上已经投射出他对深刻影响他的传统文化的主动性选择意向,这已经相当不容易了,他的个人观也变得既富有历史的亲近感,又富有觉醒了的现代意识了。

其次，与"改革三部曲"那种王霸的、知识专制主义不同，"爱情三部曲"中的个人主义，既不同于今天我们转引进来的连西欧福利国家也唾弃的自私自利个人主义，也不同于中国传统古典理想主义个人观，它夹杂着中国民间小传统的奸猾、阴损和投机，也挟带着西方所谓第二现代性的依附、钻营和借势，表明他的个人主义只能是前现代社会的产物。这种个人观，很容易生产投机主义者和自恋主义者，但不太可能顺理成章成为成熟现代社会机制下文化现代性发展的养料和手段。这既是他个人的局限，也是他所属的时代的局限。

第四节 "红地毯"或结语

"红地毯"这一著名象征符号，就再清楚不过地证明了这一点。关于《绿化树》结尾处平反获得彻底解放了的主人公"走上红地毯"这一细节，张贤亮坚持不删的主要原因，他认为其普遍性意义在于能给新的时代、新的环境"优秀人物"的"参政议政"或"施展才华"提供机会。有两段解释，一是虽然有人说这种所谓的"参政议政"是"说了也白说"，"可是我毕竟有了'不说白不说，白说也要说'的权利，才顺手将它写进我的小说中作为一个细节。在小说中描写一个社会变迁，需要有某个细节作为度量变迁的标尺。虽然'红地毯'这一细节也许有点'俗气'，但社会上绝大多数人都是俗人，如果要讲究细节具有普遍性意义的话，我倒觉得这个细节是很妙的，所以我才坚持不删掉《绿化树》中的'红地毯'"。另一个解释是对英国学者 R.H. 托尼《论平等》中一段话的发挥，托尼的原话，"一个尊重平等的社会，只重视不同的个人之间在气质和智力上的差别，而轻视在不同社会群体的人们之间所表现出来的经济和社会的差别。社会在贯彻其政策和构建社会组织方面，将会努力去鼓励前者，而抵消和压制后者"。由此张贤亮发挥道，"这使马克思所说的在阶级社会中巩固统治的金科玉律，'不分阶层，不分出身，不分财产，在人民中间挑选优秀人物'成为可能。即使不从组织上层领导圈来考虑，公民的平等能给所有人，尤其是其中的'优秀人物'以进身出头的机会，便会使社会获得相对的安宁和稳定"。

个人主义而个体化，是衡量成熟现代社会的核心条件。然而，当基本基础条件不具备的情况下，谈论核心条件下的个体化，此个人主义便只有通过别的另类捷径才能揠苗助长为"个体化"。这捷径不外乎利用机制漏洞而采取的一切为了自己的策略和措施，不会是利用个人的智力和能力，极尽所能修复漏洞。这就与现代性或文化现代性所主张的致力于完善现代社会机制，进而促成个人主义成长为个体化完全不同了。

托尼所说的社会在贯彻其政策和构建社会组织方面，将会努力去鼓励前者，而抵消和压制后者，其动力源和武器所指不是个人才能，而是构建社会组织并让其发挥积极作用；马克思所谓不分阶层，不分出身，不分财产，在人民中间挑选优秀人物，这已经是社会发展到相当高级水平的"自能运行"所产生的结果。这意味着张贤亮不是在反思、审视他那个年代，而是在潜意识中利用、转化他从那个年代里接受的一些东西。现在看来，这样的个人主义，恐怕只能在张贤亮这样的知识分子自叙传中才能得到真诚的暴露，今天叙事文学中流行的另一种个人主义或个人观，一定程度是对它的变形再生。

无论哪种，要彻底解释，都离不开张贤亮所叙事的那个时代及其生产的社会意识形态，也离不开张贤亮叙事的时代所特别看重的一部分人的社会意识形态。

第三章　路遥的"现实主义"与农村青年文化人

　　路遥无疑是当代中国作家中被争议颇多的作家之一。如果我们径直与王小波、王朔的被争议做个简单对比可发现，路遥的被争议全然与二王不同。王小波也是英年早逝，可他生前作品基本未真正进入中国文坛的主流圈子，属于死后作品享受哀荣的典型案例。何以如此呢？按照我们对他的研究表明，特别是他的小说，其叙事方法实在太超前，再加上他企图通过特殊年代的"爱情"，来叙事他杂文中有所表达但尚未完整呈现的思想意图，使得二十世纪八九十年代之交热衷于淡化思想的文坛，有些难堪和惊惧。因其思想气质超出了当时既有文学批评理念知识所能承载的负荷，反而被挤到了思想界，充当了思想本身无法言说的替代品。文坛则干脆躲在一边，既满足于享受"纯文学"对日常生活的审美，又尾大难甩，继续老调重弹"文以载道"的"新启蒙"话语。这便导致后来的多数王小波小说研究，一般是此时"另类"对彼时"另类"的祭奠式"招魂"。少数人的互通心声之故，王小波小说及其极富思想张力的叙事，也就仿佛始终是"愤青"的标志，王小波小说世界里已经充分表达出来的那种现代性个体诉求，也就很快被所谓审美现代性所吸附乃至淹没。这从今天文学界很少谈现代性，应该能得到印证。因为二十世纪八十年代以来文坛所谈的现代性，尤其是小说叙事中所体现出的现代性，开始之初就并不把社会机制和文化前提，列为首先考虑的范围。这实际上意味着王小波那类叙事和那类价值期许，就不在主流文学思想的考察范围之内。所以，对王小波小说的争议，到后来实际上转化成了文学批评内部，关于现代性水土服不服的狡辩。

王朔处境又和王小波不尽相同。他的所谓"痞""侃""顽",其中包含一定的超前思维。然而就其实质,则是城市体制外青年强烈的表达欲望,冒犯了看起来力挽狂澜,实则空洞的宏大叙事。彼时"人文精神"的持有者就充当了该宏大叙事的卫道士角色。王朔那一路致力于城市青年寻找自我思想定位的构想,也就只能草草终结于一片批评之声了。即使不断有辩护者站出来解读,也多半因为辩护思维并未从根本上摆脱"人文精神"框架,反而成了批判一方的口实。可想而知,王朔小说叙事中蕴藉着的关于青年人如何自处和他处,以及怎样才能与普遍社会文化构成积极建构关系的预期,也只能因理论话语的宏大惯性而不再被正视。在此基础上,说路遥小说被争议,可能许多路遥研究者徒觉诧异。原因很简单,路遥三十刚出头就因《人生》而使文坛为之"轰动",一直到逝世前还亲自接过了茅盾文学奖的奖牌,怎么能说争议呢?作为思想型作家,这也正是路遥的悲剧。稍做回顾便可知,路遥小说的热,一直在民间,并不在文坛,更不在文学批评界。这从高校通用当代文学史教材对他的简单处理,甚至于冷漠,可窥其大略。即使是今天,看起来路遥研究好像正在走向纵深,正在全面铺开,其实真正致力于其重要小说叙事思想研究的,并不多,而且也多有矫正、纠偏当年理论批评话语有意无意疏忽之意。即是说,是想把路遥小说价值拽回到"当代中国文学"本应有的水平。由此可见,路遥研究实际上一直处在价值的论证阶段。既如此,他小说所叙事对象,就仍是一个不断变动的现象。现象未曾尘埃落定,焉能说不是争议?

当然对于路遥来说,之所以说是争议不断,很大一部分原因不是路遥小说价值被错位、被埋没。恰恰相反,是民间与文学知识分子价值的争论。如果不说争夺阐释话语权,其实争夺的乃是谁的现实的问题。二十世纪八十年代以来的文学现实,显然并不是路遥小说致力于叙事的现实,是由"伤痕""寻根""反思"垫底,"先锋""现代派"作为时尚引领的现实。路遥的重要小说一开始既不附和前者,也不屈服于后者,导致他所叙事农村现实,似乎成了孤岛。向前,完全不符合鲁迅所开创的启蒙视野下农村的呆滞和愚昧;向后,也不在"新启蒙"所给的农村社会里。这在文学知识分子看来,不但没有多少新意,而且其现实是否具有普遍性,都成了问题。所以,今天重读路遥,说到底,仍是怎样理解路遥的现实主义的问题。只有还原路遥小说叙事的现实,或者起码理解为什么路遥非得背对文坛时潮建构他理解的农村现实,也许才能妥当处理分析的分寸感。这分寸感在路遥却又并不仅是审美的,很大程度是他对分层社会或社会分层的一种焦虑。即使在审美层面分析他的道德情怀和理想主义,如果没有分层社会这一基本语境支持,何以如此选择审美的问题,也仍然得不到彻底解释。

让我们先回到《早晨从中午开始》,看看路遥是如何理解八十年代的基本文学环境的。

第一节 二十世纪八十年代与路遥的"现实主义"

许多时候,现实主义似乎只生活在文学理论与文学史逻辑当中,而文学理论与文学史又好像成了文学批评或文学研究当然的旨归,尤其在"历史化""经典化"焦虑症周期性复发的当前,此种心理与现象更甚。虽然有志于使自己小说迅速"历史化""经典化"的作家,不见得都能真的如其所想离开现实和现实主义,但这不意味着他们不从骨子里鄙视现实主义。如果小说家的"创作谈"是提供给作家自己说大话秀理念理论的特殊文体的话,读多了这样的文章,突出感觉是但凡自我认知比较自信的小说家,好像都胸怀一个壮志,那就是逃避现实主义。不消说,现实主义在这年头,已经是一个迂腐、陈旧、落伍、老土的代名词了。与此同时,"重返八十年代"的一个被简化了的次贷反应便是"重新先锋"。显而易见,上一代百折千回操练过并最终落了地的"先锋",在下一代手里就有必要义无反顾捡起来了,就因为"先锋即自由",也因为认定这个"先锋"的"自由",是其理解当中唯一能取代现实主义,进而能把中国小说带向开阔天地并与世界接轨的手段。这样的一个循环,现实主义其实早已变成了一种知识姿态和一种僵化的文学词条。

路遥的文学创作及其文学言论，随着他年轻生命的终止都定格在了历史的1992年。但他文学的生命力却格外旺盛，特别是长篇小说三部曲《平凡的世界》与中篇小说《人生》，今天仍然拥有大量的读者。非但如此，他塑造的文学人物如孙少安、孙少平、高加林等，身上所具有的阐发能量，许多时候都溢出了文学的范畴，成为当代社会学尤其是讨论城乡二元社会结构时的一个有力证据。在无以计数的路遥热爱者中，当代大学生自然是其文学形象与文学价值的重要延续者、传播者，不时发布的大学生阅读排行榜中，《平凡的世界》总能稳居榜首，即是明证。

不过，要理解路遥及其文学选择，的确是一个复杂的问题。它已经不是一个纯文学叙事问题，也不单是现实主义的问题。即是说，这里面既包括"草根"读者的原始朴素感情，也包括知识精英的意识形态构造。对于"草根"读者，需要辩证地看待他们选择"励志""青春爱情""政治激情""人生金句""理想主义"甚至"人道主义"等价值模式与故事流程的社会原因。在一个社会分层加剧、上下流通渠道狭窄的现实，个人的拼命会是一贴不得不如此的疗伤创可贴，因为除此别无他途，正可谓"今天工作不努力，明天努力找工作"，或者"吃得苦中苦，方为人上人"。同理，当一个社会的公平正义大面积缺失时，类似"把坏事变成好事""化悲痛为力量"，自然而然成了支撑无助个体活下去的精神动力。可是，说到底，当一个现实里这些自我安慰、自我疗救与自我麻醉普遍有效之时，只能说明社会还运行在相当低的层次，个体的发展也还处在相对静止的状态。对于知识精英，理性思考路遥及其八十年代文学选择，还不能只在文学史概念的"八十年代"里寻找，不能只凭借查建英《八十年代访谈录》那样的精英意识来分析，也不能是曾在理论批评界产生巨大影响的唐小兵《再解读：大众文艺与意识形态》式的"解构"的七八十年代，更不能是高中阶段被所谓"创新教育"所孕育，大学及更高一级教育脱胎于"精致利己主义"知识体系的《重读路遥》中的八十年代，是路遥本人曾现实主义地生活过的社会现实和现实主义地思考过的文化和文学的那个八十年代。对于他正式进入又猝然而止年代的属于他的文学,无数研究者似乎都给它赋予了许多特殊性。认为那个时候的路遥及其小说,好像只能放到中国的西北黄土高原,只能放到文学中最像那么回事的乡土文学,也就紧接着仿佛谈论路遥及其小说,只有"苦难"与"真实性",而没有也不可能像以上所举诸书"正面"强攻的"思想"价值。当视野被有意识限定在"一个特别的年代""一个特色鲜明的地区"和人物命运属于"一小部分人群"时,路遥小说世界里的诉求好像的确与文学史一直所强调的"普遍性""整体性"没多少必然血缘关系了。

关键问题是,路遥并不是这么认为的,这恐怕是路遥选择最痛苦也最无奈的地方。这不能简单地认为路遥一定有多么强悍,也不能径直以路遥小说世界里的道德说事,那同样是一种"神化"。直到他创作完成他最重要也是唯一的长篇三部曲《平凡的世界》与总结他创作的长篇随笔《早晨从中午开始》期间,他也并没有表现出天才小说家的特异禀赋,他自己也始终不认为自己就是生就的一块小说材料。这一点,只要认真通篇读过他文学作品与言论,以及他的同乡晚辈厚夫所著《路遥传:重新开启平凡的世界》的读者,相信都会有这种判断的。无论《路遥传》所记述的路遥的生平、生活、思考状态,还是路遥文学中无时无刻不在的老实与质朴气息,甚至可以说,路遥基本上不是一个才华型作家,如果才华指的是李白式一挥而就,或者卡夫卡式荒诞怪异。那么,路遥写作实际上正像路遥自己所定位的那样,只是一个吃着猪狗食,干着牛马活的原始朴素农民的劳作。也有点他形容自己的胡楂时所说的那样,他的写作活像他脸上"匈奴式的胡须",是自然主义的却又是永远不驯服的样子,"无榜样意识"因而野性十足。

到此为止,关于路遥的选择,在一轮又一轮路遥阅读热中,批评界会时不时出现的"追认",或干脆反着来的观点,就都需要通过他的《早晨从中午开始》进一步澄清。

这些问题也许不是如何再给路遥的现实主义下个别样内涵的定义的问题,而是在路遥那个时代已经变异了的现实主义被他怎样进一步矫正并发展了的问题。它涉及作家主体性与主要思潮的关系问题，人性成长与个体命运的社会性危机问题，八十年代或路遥的现代性问题。至于总是着眼于路遥写作多么苦行僧，多么虔诚等道德伦理问题，如果不先廓清以上核心而关键的问题，则与文学思想的平庸与否，没什么直接关系。

刘再复是新时期以来从文学理论的角度颇早系统论述作家主体性的理论批评家之一，他的作家主体性发端于其影响卓著的《性格组合论》。在质疑者看来，无非两个走向。一个是极端的甚至恶劣的人性张扬，一个是沉湎于小自我内心世界的冥想。认为把内心、精神、情感、自我作为第一性的中心项，是对精神绝对性的过分乐观。与此对应并因此而导致的文学写作后果，就是玩弄"怪圈叙事"，只专注于"怎么写"而忽略"写什么"的"不及物写作"，以及谈政治而色变的纯粹意义的"回到文学自身"，等等。尽管如此，只要重新回到八十年代初中期那个文学语境，作家的主体性的魅力就在于一下子从理论概念上解放了作家的精神禁锢，情况非但没有那么糟，而且可能还恰逢其时。路遥写作《早晨从中午开始》的1991年初冬至1992年初春，恐怕已经知道类似的讨论了。所以，在这篇长文中，针对批评界的抗辩与不满，他的意思是非常直接而明白的。这可以从呈递进式的三个层面来看。首先，他强调他的写作干脆不面对文学界，不面对批评界，而直接面对读者。显然，他对彼时批评界的不满已经出离愤怒了，不妨引他的原话看看。"我们常常看到，只要一个风潮到来，一大群批评家都拥挤着争先恐后顺风而跑。听不到抗争和辩论的声音，看不见反叛者。而当另一种风潮到来的时候，便会看见这群人作直角式的大转弯，折回头又向相反的方向拥去了。这可悲的现象引导和诱惑了创作的朝秦暮楚。"谁是始作俑者，路遥是看得很明白的。不过，这种情形恐怕正是网罗共同体，形成圈子的绝佳机会，道理路遥不会不懂，只是他选择了背过脸去，足见当时四十岁不到的路遥，多么有底气。当然，光有底气，逞一时之能的毛头小伙子，到处都有，那只是一莽夫而已。真正的底气，到底考验的是真能耐，否则，就是自恋。从他所列自己仔细分析过结构的中外不同流派长篇小说书单看，不能说一网打尽，起码重要作品他都研读过，这是他对当时文坛背过脸去的真正资本。其次，他强调的既不是义无反顾的本土化，也不是借鸡下蛋，而是"互通法"。他提出了克服思想和艺术平庸的具体方法，就是"有现代意义的表现"。何为现代意义的表现？他所举哥伦比亚当代著名作家加西亚·马尔克斯创作《百年孤独》《霍乱时期的爱情》的例子，足以说明。他说前者用的是魔幻现实主义，后者纯粹是古典式传统现实主义手法。手段方法不同，但读后却都令人信服，这分明是思想成熟，而不是技巧娴熟的问题。这一层面的作家主体性指什么也就基本清楚了，它强调的是作家以自觉的现代意识对对象世界的把握，是陈旧、陈腐、落后的内容，途经作家自由意志激活后的新颖与豁亮，并非作家如何想当然，如何发泄自我欲望的问题。他本人也完完全全落实了他的理想，黄土高原的农村的确苦难重重，但其中的人性确是一天一天由低级向高级艰难地发展、成熟着；双水村孙玉厚家的光景真是一个烂包，但烂包中的每一个个体是不是都有着一个初醒的朦胧的主体性？试想一下，倘若没有这些叙事，或者这些叙事根本不自觉，哪来今天热心读者与批评界围绕该作而生的"励志"话语？虽然"励志"一出，几乎全部覆盖了《平凡的世界》里作家的主体性和人物的主体性。再次，他强调的是"无榜样意识"、诗穷而后工的绝地逢生式的创造，是建立在包括他像解析数学题式研究过的近百部中外长篇小说结构的坦然之上的，这就决定了《平凡的世界》，尽管有这样那样的不完美，却一定不是《红楼梦》第二、《呼兰河传》第二、《静静的顿河》第二或者《创业史》第二。这与前两层形成了一组递进式逻辑关系，是他与主要思潮保持一定距离的"在胸"的"成竹"。

所以总结来说，路遥那里的作家主体性，是一种自觉意义的抵制、拒绝与置之死地而后生的姿态，绝不是肆意妄为发挥作家自我的意识、潜意识，更不是封闭在自我世界无休无止分解个体精神体系，进而以自我来确认自我的所谓"人性叙事"。前者向外打开，后者向内收缩；前者由个体人性的缓慢发展，逻辑地导向对制约个体人性发展的社会政治因素，后者由人的社会性导入人的自然性，即黑格尔所谓不是通过"外在的"来实现"内在的",而是适得其反,以"内在的"来确认"内在的",这是截然不同的两个概念。

这就触及怎样理解路遥叙事思想中的人性成长与个体命运的社会性危机问题了,当然还得回到《早晨从中午开始》来说。

面对批评界对《人生》的"责难"——认为高加林最后又回到了土地上,并且让他手抓两把黄土,沉痛地呻吟着喊叫了一声"我的亲人哪……"由此,便得出结论说路遥让一个叛逆者重新皈依了旧生活,因此有"恋土情结",没有割断旧观念的脐带等。路遥说当时因为忙于自己的创作,没有精力和他们"抬杠",现在可以"谈谈自己当时的认识了"。

第一,他说不是路遥让高加林们转了一圈后又回到起点的,应该问的是"是谁让高加林们经历那么多折磨或自我折磨走了一个圆圈后不得不又回到了起点"。第二,他强调指出高加林被迫回了故乡,但他并没有说他应该永远在这土地上一辈子当农民。第三,由以上两个"责难"引出的另一问题是,如何对待生息在土地上的劳动大众的问题,路遥由此问题又引申说,"因此,必须达成全社会的共识:农村的问题也就是城市的问题,是我们共有的问题"。中篇小说《人生》,发表于1982年第3期《收获》,百万字长篇小说《平凡的世界》全部完稿于1988年5月25日,等到1991年3月获得第三届茅盾文学奖前夕,才完整出版。就是说,路遥的"回应"隔了整整十年,他那些在今天都仍然熠熠闪光的思想,也许有之后创作《平凡的世界》及对现实生活更深的体悟在里面。那又能怎样?《平凡的世界》与《人生》的思想叙事其实是高度一致的。《人生》中提出的待解问题,一直延伸到《平凡的世界》并继续成为待解问题。比如,爱情被"悬置"了的高加林,未来爱人是不是就一定是"官二代"黄亚萍,这不单是回乡高中生个体情感归宿的问题,很大程度取决于他的经济基础与社会身份。这就自然而然牵扯到城与乡的二元社会结构和底层个体上升的渠道,彼时尚未明朗化的社会分层与底层知识青年觉醒的理想诉求之间横亘着森严壁垒的障碍,可谓旷日持久,它需要太多具体而微的硬件去补充。可能是情感伦理的,可能是精神文化的，更可能是政治经济学的。面对这些无比坚硬的东西，路遥甚至具体到了"日"叙事单位，但就是没有心急火燎地甚至粗暴蛮横地给他们一个不负责任的想当然的结局。从这个角度看，与其说路遥的创作是理想主义，毋宁说是实证主义的和自然主义的。唯其"自然""实证"，个体人性的发展是怎样被经济、社会所制约，才触目惊心。匮乏的现代社会机制叙事，最终上升为小说主体，并被凝聚于个体人性发展的核心地位，这才是路遥希望通过叙事真正想触碰的东西。他的聚焦点的确在个体人性是否发展的问题上，粗略地去阅读和感知，就很容易被人性成长中的理想主义、浪漫主义甚至英雄主义所吸引。可是既为理想主义、浪漫主义和英雄主义，那么，从个体人性的处境向前逆推，我们却又不能不被个体努力的悲壮、苦痛乃至悲哀所牵制。这种极其矛盾的叙事纠结，表面理解，又很容易得出理想主义的虚妄、浪漫主义的破产和英雄主义的失败。可实际上，招致虚妄、破产和失败的肯定不是如康德所说的因为人自身局限。非但如此，即便都是农民，路遥笔下的个体，的确属于具有自觉意识的农民，远非鲁迅或者后来"新启蒙"麾下类似陈焕生之流的农民。仅他们发自内心的自尊、自爱、自强、自在、自为，就不是既有文学史上需要我们反复以"启蒙"眼光打量的农民所能比拟的。如此来看，如果说路遥的小说是中国当代第一个正面触碰匮乏的现代社会机制和阙如的现代文化的思想叙事，恐怕一点不为过。

　　遗憾的是，路遥的小说正是在这里被迫走上了"岔路"，始作俑者包括喜爱他小说的热心读者和无处不在的"批评界"。作家的"反讽"叙事被无数阅读个体自觉不自觉置换成具体的政治厌恶感后，共同制造了长达近四十年之久的误读史。由高加林们抛弃刘巧珍们，而衍生出的爱情、道德伦理领域的背叛话题；由田晓霞与孙少平的恋爱短命故事，而生产出的"权力崇拜"争论；由田福军敢于表达真实想法不与众同僚同流合唱，而发挥出的"英雄主义"或"理想主义"；等等。几乎一路伴随着路遥文学的漫长阅读史，也生产了过剩的文学批评话语和繁复且简单粗糙的文学审美趣味及价值判断标准。顺着一波一波的文学潮流推动来看，诸种"新颖"发现似乎真该警惕，因为它们相当吻合路遥文学的那个时代。既然路遥从"一体化"时代过来,他的创作立场也还有浓厚的"有用"色彩,那么,首先清除他文学思想中的"肠梗阻",仿佛显得很必要了。其实不然,首先这里涉及人性发展与对现实真实性的理解问题。

《早晨从中午开始》有两个细节值得进一步展开来说说,一个是他区分重大事件与一般性生活的方法;另一个是他在文本中处理细节的姿态。

前一个问题关系到文学表现现实社会的完整性,"首要的任务是应该完全掌握这十年间中国(甚至还有世界——因为中国并不是孤立地存在着,它是世界的一员)究竟发生过什么。不仅是宏观的了解,还应该有微观的了解,因为庞大的中国各地大有差异,当时的同一政策可能有各种做法和表现。这十年间发生的事大体上我们都经历过,也一般地了解,但要进入作品的描绘就远远不够了。生活可以故事化,但历史不能编造,不能有半点似是而非的东西。只有彻底弄清了社会历史背景,才有可能在艺术中准确描绘这些背景下人们的生活形态和精神形态"。这是路遥理解的真实性,它的整体性就建立在这样的真实性之上。为了实现它,路遥进行的是一种"奴隶般的机械性劳动",那十年间的《人民日报》、《光明日报》、一种省报、一种地区报和《参考消息》的全部合订本,都是一页一页翻看,都要认真细致地在笔记本上记下某年某月某日发生了什么大事和一些认为"有用"的东西。后一个其实是文学中细节的真实性问题,即如何准确把握生活的问题。他说,乡村城镇、工矿企业、学校机关、集贸市场;国营、集体、个体;上至省委书记,下至普通老百姓,只要能触及的,就竭力去触及。他说,有些生活是过去熟悉的,但为了更确切体察,再一次深入进去,他称之为"重新到位"。具体到什么程度呢?比如详细记录作品涉及的特定地域环境中的所有农作物和野生植物;从播种出土到结子收获的全过程;当什么植物开花的时候,另外的植物又处于什么状态;这种作物播种的时候,另一种植物已经长成什么样子;全境内所有家养和野生的飞禽走兽;民风民情民俗;婚嫁丧事;等等。全部在他的占有之内。在具体叙事中,这两种理念当然是以化合物的形式渗透在作品纹理之中的。大事上不糊涂，强调的是政治意识形态在农村社会和它的主人身上的具体反应。反应却并不见得直接有所反映，这是一般情况，也只是意识层面的状态。可是在中国语境和路遥面对的中国农村，又必然具有特殊性。这特殊性正如路遥所警惕的那样，自然环境恰好成了文学对以上大事的曲折折射。极端者如"十七年文学"中，自然环境对政治经济环境的直接表现，这都是中国当代文学留下的不可磨灭的"资源"，路遥的文学创作萌芽于此，也当然是他首先要面对的一个文学意识形态惯性。那么，路遥对微观真实的重视，就有了某种意味深长的指涉。假如它是"不变"的，细致刻画这种"不变"，便完成了叙事学上对于"变化"的悄无声息的解构。这一意义，与其说路遥是以朴素心态面对农村社会，毋宁说他实际是以他的观念面对真实农村社会和文学中农村社会双重世界来写作。现在想想，这不是常识吗？不应该这样吗？其实大谬。仅回顾一下八十年代我方唱罢你登场的特殊文学环境便不难想象，路遥有如此"武断"决定和实践，不单是一个勇气能够解释清楚的，更需要叙事学上反败为胜、反不利于有利的学识和眼光。

热爱路遥的读者大都知道，路遥非常崇拜他的同乡前辈柳青及其《创业史》。那么，问题来了，路遥是不是在效仿柳青呢？完全不是。他清楚地认识到每个作家占有生活，取决于作家自己感受生活的方式和他处身时代的特点。"比如，柳青如果活着，他要表现八十年代初中国农村开始的'生产责任制'，他完全蹲在皇甫村一个地方就远远不够了，因为其他地方的生产责任制就可能和皇甫村所进行的不尽相同，甚至差异更大。"粗略读这些表述，感觉毫无新意，不就是真实性吗？然而问题或许就出在这里。一段时间，我们经常听到当前小说特别是长篇小说创作"半部书""段子化""新闻化"问题，暴露的实际就是生活不完整进而真实性缺失的问题。由此衍生而来的可能就是叙述个人欲望的真实性、诱惑的真实性、意识与潜意识的真实性。对照路遥的真实性，那些不过是一般性生活事件，而不会是重大事件。如果把他的重大事件理解成对政策乃至政治的理解和把握，路遥之所以格外重视这个东西，是因为只有这个东西才能构成人性改变或不改变的终极条件或障碍。相比较前面的那些真实性，的确仅仅是大同小异、言人人殊的个人利益诉求，甚至它们可能连具体的社会背景都不要就能把故事铺展得有板有眼，把人物捏巴得有血有肉，但那是谁的故事哪朝哪代的角色呢？所以，视野锁定在此，或许可以放大一个个体的"内心世界"，在善与恶、美与丑、真与假的平均值中求得所谓人性复杂性与丰富性，但无法有效表现具体个体在具体生活环境与具体意识形态环境中的境遇，更别说个体的发展了，作为文学整体的和主要的思想诉求也就因模糊而溃散。

路遥的叙事思想也进一步证明，无论个体的情感伦理危机，农民与土地的关系危机，还是农村社会现代文化与整个现代社会机制的危机，都无法离开微观政策与宏观政治的影响而取得独立发展的机遇。所以，严格意义上，起于个体心理、欲望、意识与潜意识，而又止于个体内在性，或起于个体内在性诉求而终止于个体心理满足、欲望得逞、意识与潜意识释解的叙事，很难说是现实主义的，至于是什么，就很难说了。从路遥叙事已经表现出来的信息看，他的叙事肯定不属于此列；他在创作谈中反复申述的价值取向，也是对此种叙事趣味的警惕。既然最终指向个体的完善，这意味着，路遥的叙事已经超越了一般现实主义。得出这样的结论，不是为研究而研究的故作惊人之语，毋宁说是路遥小说中早已深埋的一种强烈主题的召唤使然。农村社会现实在他那里，始终是农民不得不存身的空间，它可以反作用于农民，但不再会制约农民。制约农民的是农民本身的意识观念和农村社会组织及上级组织所形成的政治网络。这就从本质上区别于一般现实主义创作方法了。至于路遥的这种观念或方法，是不是今天通用的现代性的，自然可以存疑。但我觉得，单就他的价值诉求而言，也不妨把他的叙事称之为八十年代的路遥特有的现实主义现代性叙事。一则区别于一般现实主义，二则区别于其他作家那里更趋完善的现代性。

之所以这么说，是因为他的小说已经体现出了现代性的某些最重要特征。即使这种现代性，还很难摆脱八十年代"新启蒙"留下的人道主义与理想主义色彩，但毕竟，这些并不能取代他对农民主体性的深沉思考了。由此生发开来，所谓现实主义现代性，现实主义指他对社会环境、自然环境的实证的和自然主义的态度；现代性则是他借用典型论却不拘泥于典型论的理念，注目于农民的世俗日常，并从中观照农民以自己的方式质疑某种"折腾"，从而使我们感受到这种质疑具有超越具体政策、政治的形而上性特征。

第一，他通过象征性叙事，表明了社会现代性必须先得政治现代性这样一个时间顺序，这是他在个体命运的重要转折点总把叙事指向某些莫名其妙的"上级"，上下流通的渠道在他看来系于某个政治铁腕人物的原因，这也给后来的阅读留下了挥之不去的政治妄想的阴影。第二，在文化现代性（人的现代化）与社会现代性之间，他的叙事坚持站在后者一边，正因审美现代性的极度匮乏，他选择了用泛抒情或者励志的抽象叙事来取代来填充苍白的审美现代性内容，这也造成了后来阅读体验上"青春话语"的繁殖。第三，因为以上两点，他文学中的个体发展的动力，主要依赖爱情来推动，不能不说这是一种相当脆弱的力量，远不是自觉意义上的人性发展，这也或多或少给后来的阅读留下了"伪理想主义"的口实。尽管如此，路遥的文学思想叙事，的确拨云见日，穿透了种种一般性人文叙事或论述的迷障，让我们看到了切实的现实和现实主义，那是《八十年代访谈录》那种精英主义眼光无法体验的生活，也是《再解读：大众文艺与意识形态》中的那种"民间"所不能完全理解的人生，更没有《重读路遥》里的那么肤浅。即是说，路遥的这种现实主义现代性文学，可能并不是经过各路理论批评层层叠叠阐释乃至教科书化、文学史化了的创作形态，是活的动态的中国当代社会制度史中的产物。否则，就无法解释时至今日，无数"草根"青年那么喜爱他的原因了。当然，无数"草根"青年的喜爱，多数时候总被解释成是"心灵的抚慰"和穷途末路的"励志"，甚至还视为当今大学生境界不高的一种表征加以讥讽，这已是另一话题了。

路遥的所有思考所有文学叙事，都因四十三岁生命的消逝而终结在二十世纪九十年代初的寒冬之夜了。他已经思考成熟的和将要思考却未及展开的内容，的确成了文学史乃至社会史中一个大大的问号。前面谈到路遥的现实主义现代性，其实是从路遥之后已经走歪了的所谓现实主义逆推的结果。路遥那里的现实主义主要有三个支柱来架构：深植于彼时政治经济结构内层并生长而成的作家主体性，克制自我经验，独立于当时时髦潮流，自觉反叛与抗争包括文学界在内的几乎所有浮华与乐观，发现了真正中国化个体成长所需要的充分必要条件；主张个体成长内在于现代社会机制的人性理念，决定了他的文学叙事主要指向社会现实特别是政治经济秩序，完整呈现了人性受阻的客观因素；相对比较明确的现代性思想意识，在提升一般现实主义文学境界的同时，也暴露了他的致命局限，尤其关键节点每每植入的"清官情结""英雄主义""理想主义"叙事本可以具有反讽意味，可是因过度依赖个人道德感而消弭了自觉的现代性思想力量。换言之，经过路遥言论矫正及与其相匹配的创作实践落实了的现实主义现代性，已经逻辑地需要文化现代性叙事来激活了。然而，不幸的是，随着路遥的溘然离世，这种努力似乎卡在了历史的夹缝中而不得迈进。时代规定性当然是一个方面，更重要的仍然是他叙事的不彻底所致。就是说，他缺乏进一步细化叙事的能力，这是路遥及其文学叙事的致命局限。

　　那么，什么是文化现代性叙事呢？它是相对于哲学现代性、社会现代性、审美现代性而来的一个综合概念。首先，文化现代性是一种思想。相对于文化传统主义，文化现代性更加注重在完善的现代社会机制中衡量个体人的觉醒程度或不觉醒程度，如此，文学题材选择有无思想含量的问题，都可以用文化现代性来审视。如果凝聚于个体的叙事信息，则不足以撬动整体性观念，那么，这个个体故事其实不能称其为自觉的文化现代性故事。其次，文化现代性是一种视角和方法。没有这种视角和方法，就无法判别文学作品在多大程度上具有文化自觉意识的问题，也就会把一般道德伦理叙事或对传统宗法宗族社会具体道德伦理方式方法的回归，视为完善人本身的终极目的，而无视人超越自我的主动作为。再次，文化现代性是一种价值理念。多元社会中，什么价值追求可能都存在，也都相对有存在的道理。但对新型城镇化建设，即文化城镇化来说，时代的强烈要求必然是人的现代化。人们如何才能觉悟到并接受文化现代性价值理念，一定程度取决于社会现实对人的现代化这种诉求的支持水平。很难想象，没有文化现代性这一价值理念，该怎样衡估文学作品这方面的品质。当然，现在的确有一种思潮认为，"现代性"即颓废、迷茫、消极、负能量等的同义语，也即"城市病"。这不仅是一种肤浅观点，而且还是一种别有用心的思维蛊惑。"城市病"的确存在，但指的是偶发的、个别的和个体的现象，与具体人的禀赋、具体环境状况，以及具体情境有密切关系。如果所谓"城市病"已经构成了某种普遍性或集体无意识而存在，它就一定不是个别人的个别趣味和诉求，而是现代社会机制不完善或缺失所致，必须追究"外在的"原因，而不是无休止地琢磨个别具体的道德伦理状况。一句话，病根仍然在文化现代性意识不自觉上。

之所以说路遥缺乏一种细化叙事的能力，就是因为他的叙事思想或者这思想的顺序先是社会现代性，到了人的现代化（文化现代性），则主要由情感伦理来检测，并没有最终返回到个体的观念形态中去。就是说，个体的被奴役与觉醒都是在无分辨的"理性"的名义下展开。孙氏兄弟（《平凡的世界》）与高加林（《人生》），除了情感选择的自觉，并没有其他更高一级的自觉诉求，尤其无力完成环境"苦难"向社会乃至政治"苦难"的批判性转化，这就导致这些主要人物的人性由低向高发展过程中，其实很难脱离原始朴素的善与恶而延伸。

当然，路遥的现代性叙事，之所以非得加个定语"现实主义"，除了以上原因外，其最重要小说《平凡的世界》的"编年史和全景图"特点，聚焦农民个体成长只是重要目的之一，另一同样重要的主题则分给了1975年至1985年十年的社会和农村经营方式变迁史。对于后者，路遥几乎是下意识里选择了一般现实主义。这样，路遥在同一部小说中，便同时体现着两种创作方法和价值理念。当农民主体性成为叙事重点时，现代性思想就相应地更加充分一些；当社会史、全景图的叙述跃居小说首位时，农民主体性的聚焦明显被淡化乃至于被稀释,一般现实主义所要求的"忠实"记录,骤然呈压倒性趋势,个体农民也就只充任了社会乃至政治运行中的一个被动证据。如果这种情况发生在二十世纪八十年代前,无可置疑。可事实是他小说人物的真正成长发生在八十年代,不该宏大的地方宏大,这显然是现实主义本身的局限所致。所以,总结路遥的贡献,必须有个时间限制。限定在八十年代,他的现实主义现代性无疑成功扭转了普遍现象化的所谓现实主义,在其他时间段,则不尽然。这种"矛盾",几乎是八十年代文学的一个共性,要彻底解释清楚,恐怕需要更多笔墨,这里不赘述。

  单就路遥而言,需要加以强调的是,现代性与现实主义在他的叙事中还是结合得比较成功的。之所以高校教授、文学史家一揽子认为他的叙事因"土气"而一定是现实主义创作方法,是因为只注意到了作家老老实实的编年史叙述,忽视了编年史和全景图中亦有更尖锐的农民主体性聚焦。沉陷在一日千里的"方法论热"中,陶醉于日新月异的"文化热"氛围,趋"洋"避"土",才能抢占文学的话语高地,这几乎是那个时代追新逐异的不二法门,哪里还有闲工夫一页一页去琢磨平凡至极、庸常至极的农民生活呢?长远看,"方法论热""文化热"当然是好事,激发了真正的多元化文学局面。但毕竟也是双刃剑,未经处理的新方法、未经消化的异质文化,几乎同时就是跨越式发展、弯道超车留下了的后遗症。仔细揣摩,路遥的《早晨从中午开始》其实就是冲着此一背景而写的。梳理他的创作史是比较表面的一层意思,越往深处路遥的针对性愈发强烈。其中既有不被文坛理解其真正创作意图的怨愤,这一部分自然显得比较有情绪;又有对他所处文学时代主要思潮、现象的事无巨细的拷辩和质疑,这一部分显示了他异常冷静慎思的理论家眼光。这种现象出现在路遥身上,当然也并非孤例。包括《早晨从中午开始》在内,还有其他一些学人、作家的论述,与路遥思想一起形成了某种"潜流涌动"的共识。只不过,现在看来,这些文论,的确被越来越精致化、越来越繁复的文学史论述淹没或遮盖了,因而没得到应有重视。

目前中国高校的"文学教育"及其选择性的"文学思想",实际上早已与切实的中国基层社会现实分道扬镳了,其错位恐怕从二十世纪八十年代中后期就开始了。他们所选择所重点论述的"纯文学"或"先锋文学"作家及其文学现象、作品,只要认真读读崔志远的《现实主义的当代中国命运》、曹文轩的《中国八十年代文学现象研究》与《二十世纪末中国文学现象研究》等,就不难发现,差不多都是文学创作、文学研究的深度体验者所警惕与批判地、审慎地分析的对象。崔志远的批判与其时路遥的主要观点就很是一致,在逐个分析完"寻根文学""先锋文学"的缺陷后,他总结道,"寻根文学所揭示的国民的灵魂虽然与鲁迅开创的启蒙现实主义传统有着继承和沟通(如鲁迅揭露国民性弱点,胡风提出'医治精神奴役的创伤'),但是,鲁迅和胡风等的着眼点和立足点是现实社会,寻根文学却陷入'远、老、异'而不能自拔……寻根文学的精神缺陷显然与此相悖";"他们(先锋作家)阐释生命本体论时,强调本能欲望等非理性意识却无视生命的价值和意义;他们在倡导形式本体论时,则排斥了文学同社会历史文化的联系。其实,西方的文化和文学也在进行着调整,当我们的文学在八十年代'向内转'的时候,他们又走向政治、文化和历史"。曹文轩的两个"现象"研究,更是圈内人的知己知彼之论。他并不把那些形式实验、"主义"选择、个性经验、修辞造势等看得多么神圣多么能扭转乾坤,认为只不过是二十世纪八十年代"方法论热""文化热"当中文学创作"从一维构成到多元复合"的一种"开放姿态"。故而,他仍在呼唤"中国,渴望着'纪念碑'式的伟大作品",这种作品,应该修正政治与文学的关系把握的偏颇,应该有一支实力雄厚的文学理论队伍,应该有品格和素质更高的作家队伍,更应该有最佳状态的思想解放。毫不含糊,这表达中蕴含了对二十世纪八九十年代既有文学事实的太多不满。

归根结底,无论路遥、崔志远,还是曹文轩,他们囿于文学而没有说出的思想,其实正是李泽厚率直点破的东西。这里有必要转述一下李泽厚的这个意思。他说,从文艺史看,经常有这样一种现象,一些作品是以其艺术性审美性,装修着人类心灵千百年;另一些则以其思想性鼓动性,在当代及后世起重要的社会作用。前者追求审美流传因而追求创作永垂不朽的"小"作品;后者面对现实尽管写些粗拙却能震撼人心的现实作品。他说,选择审美并不劣于或低于选择其他,"为艺术而艺术"不劣于或低于"为人生而艺术",世界、人生、文艺的取向本来就应该是多元的。但是,他说在爱好上,"我也更喜欢现实主义,容易看,又并不失其深刻"。今天看,路遥文学创作与言论的几乎其所有思想魅力,恐怕并不在"装点"人生,而在社会作用的"思想性鼓动性"。正因如此,它们才构成了矫正现如今已经普遍现象化的现实主义文学的一面镜子。如果不正视这面镜子,我们的现实主义文学,可能统统会变成大同小异的"反腐"价值模式,或者回归传统宗法宗族文化麾下的具体道德伦理故事,那就不是一般的简单,而是太幼稚了。

闲话休说,言归正传。要真正进入路遥小说的叙事世界,还得从他的小说说起。下面重点在社会分层中看看路遥对农村青年文化人前途命运的构想,这一点,我认为是路遥以叙事文学形式,提供给当代中国思考农村青年文化人何去何从,最重要的形象启示。

第二节 社会分层与农村青年文化人

截至2003年,有学者将对路遥研究情况,归纳为三个阶段。第一个阶段从《当代》1980年第3期发表中篇小说《惊心动魄的一幕》,到《收获》1982年第3期发表中篇小说《人生》。这一阶段是路遥"轰动"文坛时期,主要集中在对其作品的评论上。公认高加林是"这一个"典型人物形象,指认路遥小说具有深沉、宏大的美学特征,明确了路遥善于在"城乡交叉地带"建构小说世界、表现审美理想的创作特点。第二阶段是1991年出齐三卷本长篇小说《平凡的世界》到荣获第三届茅盾文学奖的时期,路遥的现实主义创作方法和创作心理,成为重点关注对象。第三阶段是路遥逝世至2003年,路遥研究进入系统化阶段,主要标志是一些路遥研究评传和专著的问世。

时间又过去了二十年,现在再来梳理路遥研究,情况恐怕就很不一样了。2003年以前所开启的研究路子，当然还在持续。但那种致力于文学史惯性知识的作品分析和创作心理研究，也很难说一定比之前更深化了。因为这一路的研究主力军，过去是、现在仍然是广大的农裔青年学子，或者城市人生颇感失败、受挫的青年知识分子，他们的研究也就因烙上过重的现实经验，研究中被格外强化的乡村道德优越感、理想主义、个体超意志，反而遮蔽了理性审视。有时经验论甚至走得更远，直接把路遥重要小说《人生》《平凡的世界》，解读成了"励志故事"，这就基本算是简化、浅化路遥文学思想了。如果稍做回顾，二十一世纪以来，其实这一路研究并不是以单数形式出现，几近成了路遥研究的强劲风潮。要分析这种现象的背后原因，至少会牵扯到剧烈的贫富差距和社会分化，农村青年文化人的"去农村化"，似乎成了这类研究的当然旨归，实际上是把复杂问题简单化了，留待后面再说。这一类路遥研究成为风潮的最直接原因，是"80后"乃至"90后"学人开始大量进入学界了。虽然他们所面临的困窘现实，完全不同于高加林、孙少安、孙少平等，但这不妨碍他们通过分析这些文学人物来委婉表达他们的价值诉求。如此，路遥研究，一边好像重新又热起来了，一边却又显得相当单薄。

  更重要的变化自然不在这一路研究里，而是一些重要的主流批评家开始慢慢"回过神"来了。他们开始对当代文学史教材的模式化和势利化，感到了某种难以言表的尴尬。这使得他们的路遥研究，从一开始就带有强烈的反思色彩。首先是对既定文学史教材的反思。针对高校通用当代文学史教材对路遥的简化处理和"冷漠"态度，进行了全面而深入的纠偏。既然如此，这一类研究也就包含有对中国当代文学，乃至世界文学史上同类作家纵横向的对比。反思、审视的目的直接指向教材"非如此不可"的痼疾惯例，大有"重写文学史"的架势。其次是对路遥小说的文本细读。虽然这批批评家不是当年撰写文学史教材的人，但他们却是那些文学史教材的当然使用者，毕竟属于同一知识共同体。文本细读为着从路遥小说本身论证其可持续开发的意义空间和价值可能性，最终目的也是返回到文学史。第三，路遥处在二十世纪八九十年代与新世纪的过渡阶段，他们的重读、重新阐释，也就隐含了对八十年代到当下文学思想连续性的呼唤，路遥小说的叙事经验是标志这种连续性的最坚实存在。向前必然衔接着五四启蒙——对五四所谓的启蒙，似乎多有质疑和辩难，至少含有以情感的温度对鲁迅乡土文学劣根性的冷峻审判的矫正意味。顺理成章，向后指向未完成的新乡土文学。他们不约而同用经典现实主义的创作精神标尺来衡估路遥小说叙事，价值选择不言而喻。说明在他们眼里，自路遥以来并不短的新乡土文学书写历史，对应于相关现实社会，并不是深层介入的积极姿态。由他们分析、论评、勘探的理性态度和解读、鉴赏、诠释的情感热度不难看出，他们对当下新乡土文学凌驾于社会历史之上的故事化处理，乃至于有选择地讲好社会现实故事的趣味定位，多有不满。在他们看来，只要从深处脱离社会历史和社会现实实际，无论"讲好的故事"，还是"讲好故事"，都不足以享有颇富分量的思想话语的再三眷顾。由此可以感受到，这批批评家对路遥的论评和研究，是带着深沉的情感和忧患的历史感的，其中三昧，值得文学批评界整体反思。

　　有了这批学者、批评家的加盟，近些年来的路遥研究才真正摆脱了某种狭小的空间，也摆脱了某种似乎只属于贫穷的黄土高原农村，以及此等农村青年文化人人生遭际的小圈子现状。

　　谈到这批批评家的路遥研究，究竟该如何评价其贡献，现在下断语恐怕为时尚早。因为我们还不可能预见到这些研究，对以后的路遥研究到底能产生哪些影响。不过，结合之前很长一段时间的路遥研究积累和路遥重要小说叙事事实，以及人们对当下新乡土小说的大致预期，也并不难提炼出一些一般性的判断。毫不含糊，积极一面的作用是肯定的，而且这个作用应该在未来当代中国文学史的层面来论说。最直观的一点是，他们的研究从根本上扭转了路遥研究已经暴露出的一些端倪，那就是通过大量新面世的路遥日记、住院事宜、与友朋亲人的交往关系和特殊年代路遥本人的具体行为言论等的考证、推断，有把路遥文学研究引向狭隘心理学乃至病理学的倾向。这种研究关注重心在路遥创作心理动因上，这没有问题。可是，随着路遥生前的一些记述、见证人回忆文字的不断曝光，另一种指向路遥本人"心性""心理动机"的所谓原型人格或原型形象，便慢慢浮出水面了。这些以路遥生活知情人自居的研究，不管初衷多么热爱文学，实际上却把路遥文学，特别是路遥小说叙事思想研究引向了歧路。

这种思路，在讲述路遥生活坎坷故事和婚姻悲情故事时，以解构的思维，下意识里植入路遥小说人物形象和小说故事情节分析，从而把路遥对特定时期农村社会运动，以及相应政治意识形态的力量，在个人超意志主宰下，被消化、稀释成了路遥个人经历、遭遇的某种旁证。这时候，路遥小说叙事中的十年农村现实，尤其是十年里的农村政治运动和运动中农民的普遍性人生苦难，就此被收缩进路遥想象性的"疗伤"美学而几近于取消。显而易见，这类路遥研究，实际上正是当下颇为流行的"个人化"经验趣味思潮的直接反映。对于这类研究，很容易想到研究者年龄代际原因所造成的隔膜。一直以来我们并不认可"80后""90后"的农村经验，认为他们不了解过去的农村，因而更会成为个人趣味的拥趸。其实细读这类研究就会明白，沉陷在该思潮中的研究者，与年龄大小并没有必然联系，只与价值选择有关。把路遥研究定位为通过讲路遥故事，来还原"真实"路遥和"真实"路遥文学的研究者，即属于资历上绝对掩人耳目的一拨人，他们的"故事"也就多了一份特别的诱惑力。上面提到的重要批评家，之所以多致力于文本细读来"重评"路遥，大致原因盖在于此，是对路遥叙事重心的严正纠偏，这一点格外重要。

至于重要批评家把路遥文学提到经典现实主义，乃至与世界一流文学对比的层面，这不能简单以矫枉过正来加以指责。他们的初心，不外乎提请人们注意，路遥小说是别样一种宏大叙事，其价值和意义在于接续了百年来乡土文学最可宝贵的思想根脉。所以如此，在他们看来这根脉是被当下新乡土文学叙事强行掐断了的。或者，极端一点说，他们认为路遥小说是对鲁迅式启蒙乡土文学的进步。虽然他们的文论中并没有明确以鲁迅为反证或参照，但能感受到面向鲁迅式启蒙乡土文学叙事，是他们的基本立论前提，其进步当然是通过对鲁迅启蒙思想的"反写"来实现的。这是更高一层的启蒙，因为他们认为路遥的叙事视野转向了农村社会及相伴而生的政治意识形态。在八十年代，就路遥承上启下的位置而言，这个转向本身就具有重大意义。因为它悄然间打破了"文化"的重要性，或者从深处质疑了把"文化"凌驾于社会、政治之上的普遍现象，这一属于八十年代特有的认知定势。当把"文化"看得高于一切之时，个体意识便成了文学叙事的首选项目，社会历史、社会政治、社会现实自然仅成了整个叙事的陪衬和布景。

尽管如此，在这里，我们仍不得不指出这批研究中所隐藏着的一个逻辑陷阱。一方面构成了对路遥小说叙事事实的某些遮蔽，另一方面或许会对今后路遥小说叙事思想研究造成某些方面的误导。这两个问题合起来，简而言之，是在"大"中还原路遥小说叙事对象的同时，取消了路遥小说叙事对象本来"小"的特质。这个"小"当然不是再回到起始阶段路遥研究中，人们凭着朴素感情和下意识经验确立的西北的黄原地区、石圪节公社、双水村及其农民、农村基层干部和地市级领导，而是以这些具体空间为切实生活环境呈现的分层社会格局。前者是本事，后者是叙事；前者建构了真实的农村世界，后者用概念建立了抽象世界。无论高加林、孙少安、孙少平，还是兰香、田晓霞、田润叶，他们生活再不如意，到头来总还是要结婚、过日子乃至生老病死，这其中有别于其他人群的地方在于，他们更艰辛更苦难，尤其内心世界更折磨更令人心酸。或者叙述他们不一味如此的生活，即他们亦有艰辛中的欢愉，苦难中的胜利，折磨中的坦然和心酸中的自我满足感，这便产生了理论阐释上的浪漫主义、理想主义，甚至个人英雄主义。然而，这些还不是小说叙事的终极目的，终极目的是对这些过程和结局的追问。这个环节中最关键之处是，这些人物几乎都是最朴素最一般的愿望被阻断的人，他们中间无一不横亘着分层社会这座巨大坚实的大山。他们凭着顽强意志和超人的吃苦精神，跨过无数生活的艰难，可在此无形无色的大山面前，无不望而却步。这里，既是产生美学的地方，更是生产危机和困窘的地方。

自然，比之百年农村社会变迁和百年乡土文学叙事历史，此处的危机和困境似乎是"小"的，但比之这些人一天一天的煎熬日子和在煎熬中不灭的盼头，百年也未见得就有多"大"。即使目前，再梳理其他众多路遥研究者的成果，也仍然发现，路遥小说中的这种"小"，是被当作某种可有可无的东西来处理的。非但被轻轻划过，而且还大有路遥研究已穷途末路之感。最突出例证是一些研究者为着"学术增长点"的挖空心思操作。比如以才子佳人的爱情模式、贤妻良母的婚姻模式，解读出路遥小说的"男权意识"；以巴赫金"参与性"观点为理论武器，指出路遥小说人物对边缘生存观念、生活意识的自我确认等。当然，"民族理性""红卫兵"经历形成的受难情结、政治情结、绝望意识是直接影响路遥创作心理及其作品的具体写照，以及把具体人物的具体遭遇解读成作家"道德批判意识"，把社会分层造成的命运悲剧归纳为作家对"知识"体认而生的叙事分裂等，均是对路遥小说中"小"的证伪和取消。这进一步表明，随着政治意识形态话语的转移和学术热点的日新月异变化，路遥研究发展到今天，差不多已经与路遥当初的思想意图越来越远了。

　　路遥取"小"而小"大"、取"轻"而轻"重"，这首先是他对自己切身的农村经历，特别是他自己较长时期生活在他所谓"城乡交叉地带"社会现实经验的聚焦。其次也是他推出重要小说前，经历过的并不短的中短篇小说创作所历练出来的叙事选择。二者相互磨砺、相互激发，最终形成了路遥观察社会的独特的视角。他在"城乡交叉地带"奔波的年月，几乎等于他从离开家乡求学到陕西作协成为专业作家，以及不多几年便逝世的全部时间。因为后来即使到了西安，但创作《人生》《平凡的世界》却仍然在这个地带完成。所以，"城乡交叉地带"实际是路遥真实生活的现实社会。这个前不进城后不入村的空间——类似今天所说的"进不了的城，回不去的农村"，正是他短短一生的写照。即使调入陕西作协后，不说别的，单是农村老家没完没了的事情，都需要他这个进了城的农村人去关照。家人闯了祸，给弟弟解决招工问题等，都需要他这个"干部""公家人"出来，哪怕隔山越岭找关系、递纸条，也得全力找人解决。与农村厘不清扯不断的联系，结果只能是人虽然进了城，心却一直被庞大的农村根系所羁绊，这是农村的旁观者或城市的农村闯入者这样较为单纯的、单向的和猎奇的经验，不管怎样都不会有的一种奇异体验。直观理解路遥的内心状态，很容易把问题的全部归在人情世故上。一方面认为路遥看重农村情感，以致绊在其中无法摆脱；另一方面我们也许会觉得是农村亲人对他的要求太高、期望值太大，背过脸去不就完了吗？其实这里面包含了太多农村人的无助，也说明农村人看起来生活静止、稳定，实则只是对前途无望之后的漠然和安于现状罢了。一旦有一线"奔头"，那种静止和安于现状便马上被打破。在如此骚动不已的世界里，引起其骚动的动因真可谓千头万绪。作为农村出来的青年文化人，一个致力于献身文学的写作者，路遥恐怕不单是对具体疑难问题的纠结。从农村人的终端诉求逆推回去，从结局开始沉思他们之所以有如此的动机、期待，似乎更合路遥本人的气质。因为像他弟弟招工那样的具体问题即便如愿解决了，他也知道也绝不意味着对别人弟弟类似情况就可以冷漠地背过脸去。显然，这至少是一个普遍性社会问题。但是，起初，路遥感受最深的并不是后来明确了的社会分层问题，而是其间和他一样的青年文化人的"劳动"和"爱情"。

在路遥看来或者在他的经验履历上理解，这两件事情是农民一生中最惊天动地的大事。前者关乎生存的持续，后者关系生活的意义。对于一般的农民青年，可能只有前者，后者却只有农村青年文化人才有，这是路遥几乎所有小说中一贯叙事的一个现象，即这批青年人开始有了懵懂的内心世界，表明他发现了农村社会最具有可塑性的一面。这既拜国家大势所赐，也离不开知识的启蒙。之于个体，国家大势创造了流动的机会；之于内心，受教育产生了内在性生活憧憬。对于那时候的路遥而言，爱情只是祖祖辈辈劳动路上他这一类人发现的"美洲新大陆"。它仍然服膺于劳动这个外在的、合理性的、正统的农村生活法则。只是当爱情的惨败被真切感知到之时，才意识到此物并非能藏住掖住。这时候，对爱情的渐深反思，反过来成为对劳动本身的质疑。因为劳动的空间和劳动所需的知识储备，实际上不足以动摇祖祖辈辈既有的婚姻模式。只有在流动中，在知识的洗礼中，爱情这个似乎在"远方"才有的尤物，才配一跃而成为人生的全部价值意义。

这即是"城乡交叉地带"中路遥的真实心迹，这心迹悉数成了他重要小说出来之前，其他短篇小说开始有所察觉、有所有意聚焦的叙事重点。

通过统计2010年北京十月文艺出版社出版的《路遥全集》可知，从1972年开始到1984年精力转向长篇写作为止，路遥所专攻的短篇小说共计十六篇。其中"文革"中创作四篇，是《优胜红旗》《代理队长》《基石》等，"文革"后创作十二篇，包括《姐姐》《风雪腊梅》《月夜静悄悄》等。李建军把"文革"期间路遥的短篇小说称作"双浪主义"（"道德浪漫主义"和"美学浪漫主义"）写作，也对其中人物超负荷的唯意志论劳动提出了批评。在审美和人性论上不无道理，但路遥对劳动的叙事定位，可以说自那时起直到后来，基本未有太大变化，这恐怕不能简单说是时代局限下的被动叙事。观其叙事态度，是与他后来创作成熟期的思想表达密切相关的。没有前者的发现与建构，就不会有后者的聚焦与深入。

《优胜红旗》中有个老人叫老石，是一个身体与劳动成绩构成巨大反差的劳动能手。他身体瘦小，力气却大得惊人。小说中写道，他的胳膊"铁钳似的"，正面描述其是"吃钢咬铁的老汉"。老汉不仅身体结实，视劳动为信仰，他还是个劳动艺术家。所干活儿为修梯田打塄子，他打过的塄子"硬得像铁壳壳"，这就不只是能干了，还有如许精巧技术的成色了。所以，每每"劳动竞赛"，他及他所在的小组总能拔得红旗。至于这样经常"半夜里"才结束的劳动，其成果何在呢？小说虽也有质疑意味，但叙事主体却仍然是老石这样老老实实、一丝不苟只想把活儿干好干漂亮的劳动者的劳动，主题符合小说题目"优胜红旗"。《代理队长》也基本如此，是把劳动者对劳动成果的捍卫境界发挥到接近极致的主题。赵万山是一个连端碗吃饭眼睛、心思都不离开集体劳动成果的人。第一次刚端起饭碗，看见懒汉偷枣子，于是立刻放下碗，过去劝退。第二次刚端起饭碗，又看见渠水脱口了，自然也是再也顾不得吃饭了。现在的读者读这样的描述，也许觉得好笑。其实那个年代，对于一个只顾劳动的农民来说，珍惜一点一滴的劳动成果，不只是分内应该，还多了一份对劳动的崇高感和神圣感。久而久之，所谓视土地为生命，视劳动为信仰，便成了农民诠释自己人生价值和意义的全部。我们离开具体语境可以批判其愚呆、机械和麻木，但设身处地去想，其他世界未被打开之前，农民守着那种很难想象的本分，本身就充满了意味。

本性决定了价值态度，对待爱情，路遥早期短篇小说也视同于劳动来叙事。一旦爱情发生变故，对于当事人可谓牵一发而动全局，几乎所有事情都会随之而动摇，乃至于改变方向。这些叙事主体涉及爱情的短篇，属于二十世纪八十年代初创作，《姐姐》《月夜静悄悄》等再明白不过地体现了这一点。姐姐名字唤作小杏，是《姐姐》中被男子抛弃的农村姑娘。她属于像我们熟悉的刘巧珍（《人生》）一个类型的女子，不是全村数一数二，就是陕北酸曲所唱的"人梢子"。可她偏偏爱上了高立民，此人属于阶级敌人范畴，是被专政的对象。他父亲原是副省长，现在被打成了"特务头子"，高立民受牵连而来插队，自然是被改造的对象。小杏不但不避讳这些，而且还格外同情，以至终于爱上了高立民。事情的发展在读者的意料之中，高副省长获得了平反，官复原职，高立民也从插队中考取了大学。离开农村，意味着分手，果然高立民来信表明了一切，两人爱情就此结束。信中其他理由可视为高立民的借口，但"商品粮"和"农村户口"却是谁也跨不过去的钢铁条件。小杏自然心知非自己能力所能争取，只好把苦往心里咽。

如果《姐姐》中是城市干部对农村姑娘的抛弃，那么《月夜静悄悄》则是城市干部对农村姑娘的接纳。高兰兰本是村支书的女儿，她却爱上了村里人见人嫌、又懒又笨的大牛。然而，最终高兰兰却被城里来的迎亲轿车接走，大牛受到重创，突然变成了一个纯粹的哑巴。

现在我们不去讨论痴情程度和道德伦理问题，因为这些内容并非路遥叙事的侧重点，他也许轻轻带过但实际上却在小说叙事中起到扭转方向的地方在于当事人身份和社会地位。《姐姐》中的小杏，是普通农民的女儿，长相在爱情的结果上并没有多加几分，决定爱情成败的核心条件是农村还是城市户口、农民还是城市干部。《月夜静悄悄》也同样是如此，高兰兰眼里没有什么身份意识和地位意识，可她却是村支书的女儿，这不是她给自己赋予的身份，而是她父亲或者直接说是她家族历史资源给予的。在高兰兰恋爱的时代，村支书手上的权力仅次于公社书记，因为村里推荐工农兵大学生或招干，村支书就是直接执行人。由此可推知，那时候的村支书，其政治地位和社会地位，是由其家族自二十世纪八十年代之前历次的政治运动中积累起来的，这种资源甚至一定程度超过了城市一般干部家庭。基于此，路遥对高兰兰突然远嫁城市干部家庭的叙事，其实是相当简略的，这是无须多说，也不需叙述其原委的约定俗成。爱情叙事中另一重要信息是，农村姑娘都有一定的文化，小杏起码能读信件，高兰兰也上过学，村人的眼里已经写明了高兰兰与大牛是瞎胡闹，不可能修成正果。有文化，长相又格外出众的高兰兰，爱上大牛，恐怕只表明高兰兰本人很纯真，并无世俗功利概念。然而爱情上升为婚姻，别说纯真，即使是痴情，在一个讲究身份、地位乃至于资源份额的社会，也得碰得头破血流、一败涂地。说到底，高兰兰不是攀高枝嫁给了城里干部，而是门当户对之婚姻的必然，这是与小杏的本质区别。说明婚姻卡脖子之处，即是身份、地位盘踞价值中心，进而发挥决定性作用的时代。这批农村青年女性文化人，不幸生在了这样的时代，流通就此中断，意义生活就此搁浅。

由以上路遥早期短篇小说的劳动与爱情叙事，现在可以得出一个基本结论。在路遥眼里，地地道道的农民，分为两辈人两种意义生活选择。侍弄农活的男性农民，如果以老石和赵万山为代表，路遥给他们的意义生活的叙事主要指向传统道德伦理，并给予传统道德伦理的褒扬和肯定。这种价值定位通过负面形象被读者所体验，也感染读者最终被读者所认同。老石的坚忍、能干和工匠精神，其反面是众社员的偷奸耍滑、得过且过和磨洋工；赵万山的集体主义、大公无私、敬业和勇于担当，其反面形象是懒汉赵有贵及只扫门前雪的其他人。今天我们或许觉得这老一辈农民，过于自我牺牲，没有内在性生活。但细想，又会马上发现，作为不识字的一代农民，守正劳动，保卫劳动成果，并在劳动过程中得到自我满足，可能就是他们全部的精神寄托和期望。往大里说，他们的身上所体现出的纯正品质和浩然之气，才是对传统文化本身所裹挟着的糟粕的汰除和批判。

相比较老一辈农民，年青一代则显然是农村文化女青年，小杏和高兰兰堪称典型。显而易见，她们身上带着浓浓的八十年代"新启蒙"色彩。叙事中虽然也强化了她们勤劳朴实的一面，但侧重点却在内心世界。无论小杏，还是高兰兰，不管选择高立民，还是爱上大牛，她们爱的出发点并无半点世俗成分，都基于同情、天真，最后发展为爱情。从审美感受而言，面对她们爱的难产，我们似乎也很容易联想到悲剧即"美被撕破"，并且进行一番肆无忌惮的道德追责。可路遥不满足于单纯道德谴责，他悄然间把悲剧根源引向了远为复杂得多的社会分层。即是说，他要表达的是，尽管他们（或她们）已经做得足够完美了，对方（或主流价值持见一方）为什么仍然不肯认同呢？或者即使对方获得暂时的首肯，为什么一遭遇遗传似的身份、地位，必然要乱阵脚呢？

如此一连串的疑问，较短篇幅写作时期的路遥，只是意识到却并未真正找到展开叙事的充分理由。待到《人生》《平凡的世界》面世，诸种待解问题，才有了更深的追问。通过短篇的磨砺，他认识到，云集到农民和农村的问题虽然异常复杂，但概括起来，实际也就两端。对于老一辈农民，或者忠实于土地的农民，他们的主体性化繁为简就是对传统意义稳定秩序的维护，这就需要尽可能保持发展上相对的稳定性和文化变革上相对的连续性。最麻烦的是农村青年文化人，或者基于自身经验而觉醒的农民。这一视角的叙事，显然是路遥到离世也未见得彻底想明白的一个命题。不过，他毕竟穷其毕生经验积累，在形象表达和开放结局的处理上，给我们留下了可以一直讨论下去、发掘阐释下去的余地。

对于路遥研究来说，影响研究、创伤心理研究乃至流派风格研究等，有无必要呢？当然必要，但不见得是充分必要研究。比如通过影响研究，我们大致知道路遥所读过的书和喜爱过的作家作品，紧接着我们也可以顺着经典作品的叙事思路和结构框架，更省事便捷地找到路遥作品的"原型"；比如通过创伤心理研究，我们不但会更多一点了解路遥的童年、青少年乃至青年时代生活情状，加深对其小说叙事情节、人物形象"疗伤"的理解，还会收获一些路遥生活中的意外花絮。总之都是为着折射生活中路遥的清贫和农民本色——笔者就读过一篇以"北京知青"口吻写的多少年后回访延安时，与路遥同住一窑洞大炕大惊小怪见闻的文章。文章通篇没怎么提路遥创作情况，充满猎奇地走马观花一番后，文章却仔细地描述了和路遥同寝时的发现。该作者很奇怪早上起床时，同为男性，路遥为什么用被子遮着穿裤子，最后才发现，原来路遥是没有穿内裤的。一直揭到底裤的所谓创伤心理研究，路遥还有多少隐私可言呢？比如流派风格研究，狭义现实主义或批判现实主义，仿佛有一个标准框架，只等着填充相应材料即可。我们可能会更多了解陕北黄土高原农村的民俗民风特色，到最后，这类研究一定扬言路遥小说保存了多少中国传统文化瑰宝，其中"苦难"是必不可少要突出的主题，路遥叙事预示着对过去农村社会现实的揭示，言外之意，今天新乡土文学涌现的时代"新人"，是历史性进步。

  之所以这些研究不是充分必要研究，大家都看出来了，是因为它们多半是文学史，特别是文学知识规定性内的研究。不要说路遥具体小说叙事，即使再读他的创作随笔长文《早晨从中午开始》及其他创作感想，其创作意图、理念和价值取向，也明明白白不是为文学史写作，亦不是冲着为文学研究多添几个新角色新形象，而是写出他对他经验的农村现实和农村社会的思考，所谓不面对文学界、不面对批评界的"无榜样意识""我不相信全世界都成了澳大利亚羊"，再清楚不过表明了他小说叙事的立场。

  除了前文提到的短篇小说积累而外，强调这一点，亦对理解《人生》《平凡的世界》叙事中路遥关于分层社会的思考很重要。因为到了这些重要小说，应该说路遥已经进入了他对他经验的现实世界的相当高的抽象化水平。

农村青年文化人价值生活愿景的叙事，得到了更集中深化。表现之一是，不再把农村青年女性文化人作为叙事重点，转而聚焦到了农村青年男性文化人。既有的路遥研究好像并没注意到这一变化，所以，这里可以作为重点进行一些讨论。为什么有这个变化呢？从小杏、高兰兰们到《人生》中的刘巧珍所形成的较完整人生链发现，不管女权主义者怎么看，事实情况是，农村青年女性文化人在分层社会中，始终处于底层并需依附男性而存在。小杏肯定要嫁人过日子，但她最初在高立民身上所萌芽并建立起来的理想爱情，定然不复存在；高兰兰的情况类似，她在所嫁的城市干部那里，也许能得到更好的物质享受，但不见得能获得大牛所能给予她的自由和尊严。刘巧珍也基本一样，带着高加林留给她的深深心灵创伤嫁人了，虽然看起来是风风光光出嫁的，可她总是对妹妹说，让妹妹经常过来给她说些安慰的话。这安慰的话便是妹妹这个中学生口里说出来的如何痛恨高加林，以及高加林如何道德败坏的骂语。刘巧珍不识字，算不得文化人，她尚且一直背着遗憾，小杏、高兰兰更毋庸多说了。由这些女性的人生流程可知，之于分层社会，她们的抗争或能动性几乎等于零。非但如此，价值生活的挫败，还更加剧了她们的向内回收。在折磨自己中，视角很难向外，至多也是寄托于传统道德伦理的谴责。这一点对于改变分层社会，恰好是最无效的，因为单就个人来说，改变层化限制需要切实行动。沉陷在对他人道德"缺陷"的循环诅咒中，纠缠在无休无止的琐碎家务中，恐怕不止不识字的刘巧珍如此，农村青年女性文化人也难逃这个生活框架。她们唯一能做的，就是遵照父母及媒妁之言，嫁人、生孩子、操持家务。与刘巧珍不同之处只在于，由于爱情的启蒙，她们或许更懂得她们想要的生活，像她们所理解的爱情一样，在远方并且很大程度需要别人创造机会。而眼下，她们只能屈从命运甚至屈服于运气，居家伺候好公婆。

这是路遥最终把聚光灯打向农村青年男性文化人的根本原因，考虑的是他们的行动力，这是第一层抽象。

高加林背着行囊在县城转了一圈又回到了农村，唯一多了的是黄亚萍及其家庭对他的蔑视和伤害。回到原地后，赌命似的劳动，既是对自己无能的惩罚，又是对不公世道的抗议，唯独不是对刘巧珍的赎罪。原因很简单，通过黄亚萍的爱，他意识到即使黄亚萍父母不阻拦，到头来他也不见得就一定娶她为妻，这个主动权他有把握攥在自己手里。关键是在此过程中，他已然换了脑子，他知道自己不可能真的像父辈那样一辈子困在土地上了。比爱情更深的意识是，他有了强烈想突破既定身份的欲望。这里面包含对基层腐败的痛恨，对层化导致的世俗势力的反抗，和对人生而不平等的浩叹。就是说，在这第一层的抽象中，觉醒的高加林很重要，至于回原地后的高加林究竟如何自处，其实并非路遥在这一阶段的叙事中想要探讨的侧重点。那些伤感的、自责的、悔恨的情节和细节，以及由此而引发的批评界的道德谴责、农村文化优越感、传统秩序优胜性等论调，也实则是自外于《人生》主旨的发挥。

　　第二层抽象指向高加林们的一种普遍性。毕竟，不是所有农村青年男性文化人都能如愿变成城里的国家正式干部。情况正好相反，多数只是读完初中乃至高中，仍然要回乡当农民的地道的体力劳动者。对于这一批人怎么处置呢？这时候便出现了《平凡的世界》里的孙少安，他是高加林后半段人生的延续。孙少安自觉与城里的小学教师田润叶之间横亘着不可逾越的阶层鸿沟，他主动切断了念头，开始了自己不同于老一辈的人生谋划并迅速付诸行动。孙少安做的实事是，娶妻成家，抵制村里残余的极"左"保守势力，率先领导生产队实行小队包产到户责任制，接着也就在全村推广了责任制；头脑灵活的少安又进城拉砖，用赚的钱建窑烧砖，成了公社的"冒尖户"。这当然是就小说的终端叙事来说，其间的发展变化自然远非这么直线。这里值得关注的是，路遥给发了家致了富的孙少安赐予了某种集体主义品质，即他砖厂招募村人有意给他们创造赚钱机会和慈善修建学校事宜。表面看起来这一点与作家在高加林身上赋予的个人主义是相互矛盾的，也导致一些研究者并不把孙少安当作重点来看待。其实我们仔细分析一下走入死胡同的高加林便不难理解。

既然孙少安是在农的高加林，孙少安的所作所为所想，实际上起着制衡高加林已经被唤醒了的自私自利个人主义作用。在路遥逻辑上，自私自利的个人主义并非分层化社会的有力干预者，弄不好还是分层社会的加速器。这从回乡后高加林泄私愤似的表现多少能看出端倪，路遥也清楚地知道这一点。但集体主义却需要社会机制来完成，如果仅指望个人，哪怕是文化自觉的个人，也形不成现代社会体系，其稳定性和连续性是无法保障的。当然，现代社会体系的完善与否，在路遥认知孙少安们的时代，它还是一个陌生的概念。提出这个概念，只是强调，作为一种思想雏形，孙少安们既然有着高加林们的历练前身，他们在农村的作为理应不是集体主义就是自私自利个人主义这般的二元选项。

由此可见，正是需要现代社会机制叙事的地方，路遥却缺席了，他只能通过"清官"田福军的个人魅力来平衡他思想上的失衡。

到了第三层抽象，路遥较彻底地进入了他所真正熟悉的"城乡交叉地带"，孙少平的成长就是一个有力聚焦点。孙少平对孙少安在农村就地发展经济，表面看是全力支持，可从他本人的选择看，是有保留的支持，自然很多原因来自他们破败家庭这个无比庞大的土根。这不是传统文化魅力问题，是当务之急的生存问题所决定的。路遥叙事时亦多犹豫，这种伤感基调甚至一直影响到孙少平的命运结局。

为了铺垫孙少平人性及现代性思想的成长，路遥甚至借助于孙兰香的上大学及与省委副书记的儿子吴仲平的联姻，田润生与郝红梅的挫折情感婚姻两个极端化参照系来互证。孙兰香的恋爱看起来是成功的，但往后发展难说没有脆弱风险，郝红梅失败的婚姻就是例子。田润生折腾一圈，直到双耳完全失聪，才回到带着孩子的郝红梅身边，这和田润叶的婚姻如出一辙。身份上，李向前配不上田润叶，但李向前受伤乃至于双腿截肢后，田润叶才回归正常妻子的位置。这表明，只要是冲破各种层化障碍的农村青年文化人，他们总是带着身体或心灵的残缺，而接受一方也总是以无比疲惫的精神状态来接纳。冲破阶层之难，当然是作家叙事的应有之义，可小说整体的叙事重心,却仍然在迂回地聚焦孙少平。这里不是指田晓霞,许多研究者总是在研究孙少平与田晓霞,我认为这实际是路遥的一个败笔。如果田晓霞不被洪水冲走,摆在读者面前的问题,肯定还是孙兰香到底能否与高干子弟走到一起的老问题。路遥深知其中的困难,所以,一直等到孙少安事业有成,孙少平成为正式矿工之后,才让孙兰香的爱情浮出水面。这至少从表面看,孙兰香的家庭在经济的总量上和成员社会身份的平均值上,是与高干子弟家庭基本相匹配的。孙少平本人呢?他不像孙兰香那样可以理直气壮,他背靠的依旧是农村家庭和尚未走出大学校门的妹妹孙兰香。也就是说,除了哥哥赚了几个钱,勉强算个"农民企业家"外,他屁股后面仍然是一大堆泥腿子,怎么能和双职工独生子女家庭,且父亲是高级干部的田晓霞相比呢?等于他仍是一个游走在城乡交叉地带的活跃分子,再加上瓦斯爆炸事故导致他破相,他只能更务实地选择煤矿和师傅之妻惠英。当年高中时的青年才俊,现在一身才华只限于出好煤守好矿工岗位的技术员煤黑子了;当年英俊潇洒独出已见一身正气的白马王子,现在只是操心倒夜班保证班组不出任何事故的破了相的小班长了。诸事变故的叵测,几乎一夜之间完成,真是距离高干家庭越来越远了,而不是越来越近了。

　　以上分析显示,路遥在突破层化上的双重残缺叙事,一步步佐证的无非是,既然阶层是整体对整体,那么,任何个人主义的努力,除了付出身体、道德和人格的代价外,是无法实现真正意义上的积极流动的。整体突破阶层壁垒,必须靠现代社会机制的整体推动。这一点,即使放在今天语境来体会,仍然具有超越的思想见地和强烈形象感染力。仅以此端而论,在众多作家不是忙着叙述愚昧与落后,就是忙着实验腾空而起的个人主义时,路遥貌似缓慢老旧的走法,实则已然超越了他书写的时代,走在了最前列,这是他作为一个青年作家真正了不起的地方。

第三节　结语或路遥身后待解问题

　　从路遥重要小说叙事可以看出，在路遥书写的时代，社会分层主要是制度所导致，也就是说是城乡二元结构产生的硬性分层。这是社会学家所定义的最初意义的分层内涵，特指改革开放以来当代中国社会成员、社会群体因社会资源占有不同而产生的层化或差异现象，尤其是指建立在法律、法规基础上的制度化的社会差异体系及形成的观念体系。路遥已经触碰到了这一坚硬问题，所以他的叙事总被浪漫的、抒情的、美好的、温暖的色彩所包裹。其实这是他对分层社会的一种极强烈的软性批判，正因农村人本质上的善良、朴素、诚实和原始人道主义情愫，他叙事所撑开的这个世界，其苦焦才显得匪夷所思，其艰难才变得触目惊心，其无助才是那么持久折磨人。这意味着他实际上从农民个人及群体内在性的角度，揭开了对冲破层化的诉求，这是更高一层的农民主体性叙事，其间农民身心双重的被动性，对于既有社会分层理论，也是一种不可或缺的补充。

　　可是，面对他的叙事，我们总习惯性地读出昂扬、亢奋、爱情和励志来，并且惯性地认为浪漫主义、道德主义、英雄主义甚至妄想主义占总体叙事情感的上风。这固然与长期以来模式化的文学史知识教导有关，每一个路遥研究者几乎一上来，不管三七二十一要先进行类别划分流派风格勘定才放心，这本身就是对个性化叙事的规范。也与我们总喜欢踮着脚后跟往国家、民族乃至人类、人性一类"大"主题攀附，不屑于"小"问题的思维动机有着密切联系。即使是"小"问题，一般也总是只关心个人心理波动，从根源上切断了个人与所处具体社会的联系，更有甚者，总把触碰阶层视同妄议政治，唯恐避之不及。远离政治愈久愈远，久而久之，连路遥自身的时代局限性，也会一揽子视作文献考古的对象。其实，仅就二十世纪八十年代这个时间范围而论，路遥叙事能正面强攻分层社会中农民的价值状态，无疑是超前的，至少他是第一个从文学的角度叙事新时期以来所谓忘恩负义的"陈世美"的作家。但是他所感知的分层,决然不是二十世纪九十年代开始出现,乃至今天无所不在的经济分层。

如果是经济分层语境下的《人生》或《平凡的世界》叙事,可想而知,不但主题需要大幅度调整,就是具体人物、具体爱情和婚姻,都得重写。这样的假设,不是有意刁难路遥,亦不是强调用今天的标准来评价四十年前的小说,而是提请我们注意,路遥用文学形象让我们感知和体验到的那个社会分层,依然坚硬地存在,只不过它已然不是原来的形式了,是进行了多次深度变异后的形态。

这就分解出了两个待解问题。一是在今天以个人经济份额衡量上下流通的语境,道德主义、浪漫主义乃至理想主义、英雄主义,到底能起多大作用?二是即使这些主义能矫正个人在完善自我诉求上的偏差,那么,路遥那里主要以集体主义和传统文化为基础的传统人性论,怎么能过渡到现代社会机制所必需的发展的个体化和自觉的现代意识?

毫不含糊,目前为止,多数农村题材叙事文学并没有达到批评理论所希望的程度。否则,路遥的农村叙事也就不可能始终占据青年学生的阅读排行榜前列,也不大可能掀起一波一波的批评研究热。虽然青年读者的阅读热和批评界的研究热,总伴随着"三农问题"的不断被误导和底层知识青年上升渠道的受阻而发生,然而,说到底,如果不是路遥最先最直接以他笨拙的办法,正面提出分层社会对农村青年文化人价值期许的扼杀和强行掐断,他的文学很可能早随着他的早逝,被读者和批评界忘得干干净净了,这样的例子不是没有。这绝对与他的作品曾获过全国优秀中短篇小说奖和茅盾文学奖没有多大关系,否则,也恐怕解释不通有人今天获奖,明天作品就被遗忘的现象了。

当然,需要加以强调的是,路遥遗留下来的待解问题依然成为待解问题,不能把责任全推给大语境大环境,主要原因是我们的文学太圈子化、太个人趣味化了,以致连获奖都变异成了个人人脉关系晴雨表和文学史梯队的候补名单,而不是思想争论的由头和引发文化及现实问题议论的导火索。如此文学生态，阅读的热情都难以被激发，更遑论阐释、分析和置评。尽管批评文章、论著数量在逐年激增，可是扪心自问，有多少篇章除了主持人审读、发表、流转进科研量化系统，多少论著除了评审、立项、结项、出版，还会成为普通读者的枕边书呢？文学有一天离开普通读者，表明文学有一天定然告别了普通人的生活实际，路遥的文学反复证明了这一现象的合理性和真理性。

第四章　现代性个体叙事与市民社会"常识"

作家英年早逝的话题特别容易被人们发挥、引申、议论，好像更接近形而上之死，其中的意味也就扑朔迷离，非局内人，断难准确把握。国外的不去说，单就国内的而言，上有"楚国郢都被秦国攻破后，自沉于汨罗江，以身殉楚国"的屈原，"被诬下狱，自刎于狱中"的李贽等，下有1966年投太平湖的老舍、1968年吞安眠药的杨朔、1971年吞吸煤气的闻捷、1989年消失在山海关铁轨的海子、1991年吊颈自杀的三毛，以及1997年出版《南京大屠杀》、2004年掏出手枪自绝于路边的美籍华裔作家张纯如等。中国文学史上，倘若把类似早夭作家串起来，恐怕也是一部异样生命的文学史，揭秘他们的生命体验真相，是不是更接近存在本身呢？相比较以上非正常死亡，王小波的死，属于心脏病突发猝死，非自绝，自然是"正常死亡"。其死亡结论是"心内膜弹力纤维增生症，患者因心力衰竭死亡"。

然而，不知为什么，再仔细重温几百万言（包括王小波著作）王小波研究资料后，有三个细节，久久萦绕在脑海，不易散去。非但如此，认真想起来，它们与我本人理解王小波文学思想有着直接关系。至少，没有这三个细节，我可能不会因动情而持续翻阅王小波文学作品，也不大可能对思想界、文学批评界那些几成定式的价值模式、话语方式和借题发挥的研究法，产生整体性质疑。第一个是他母亲宋华的记述，第二个是王小波作品在国内极少数几个欣赏他的文学期刊编辑之一李静的描述，第三个是《黄金时代》经由非正规渠道出版，进不了正常流通渠道，王小波及其家人和责编赵洁平，利用周末休息时间推着自行车驮着沉重的书捆走街串巷卖书的事。宋华在《母亲的忆念》一文中，转述了王小波邻居们的交谈情况。1997年4月10日晚11点半左右王小波的邻居们听到一声惨叫，然后就过去了，直到11日下午大约3点时分大家推开门，看见王小波已经倒在地上，"他面顶南墙，身体弓着，已死去多时了"。署名静矣（应该是李静）的文章《王小波的遗产》，写的是1997年4月2日作者去王小波家的见闻，眼前放着王小波刚办来不久的货车驾驶执照，"实在混不下去了，我就干这个"，这是王小波回给作者的话。"我看了看他黑铁塔似的身躯，又想了想他那些到处招惹麻烦的小说和杂文，觉得他这样安排自己的后半生很有道理"。于是"我对这位未来的货车司机表示了祝贺"，告辞时，"他提起一只旧塑料暖瓶，送我走到院门口"。他说："再见，我去打水。"然后，"我向前走，他向回走。当我转身回望时，我看见他走路的脚步很慢，衣服很旧，暖瓶很破"。葛维樱、武鹏、陈超的《王小波艰辛的成名》讲到王小波为了文学这个理想，主动辞去大学教职，专事创作而惨遭碰壁的事。1994年初王小波通过姐夫介绍认识了华夏出版社编辑赵洁平，但他寄予厚望的《黄金时代》的出版却压根儿过不了终审法眼，如此，热心的责编只能冒被处分的巨大风险与作者签了一个"破例合约"。书总算出了，可无法进入正规销售渠道，只好自己摆摊去卖，因为作者和责编成了绑在一条线上的蚂蚱。合约规定，出版社"前6000本一次买下，稿费按千字30块钱，卖1万册他分3%版税，2万册5%"。"书销了2个月，不太好。""之后为推销开了一个研讨会，李银河请了些评论界名家，赵洁平说：'王小波听着大家的高度评价，没有什么特别的表情。'""1995年王小波再获《联合报》奖，但小圈子里的赞美始终没有拉动市场销量，定价12.80元的《黄金时代》直到作者去世前都没卖完"。

　　三个细节，均是亲人和知情者言，真实性毋庸置疑。第一个是死的情景，第二个是活着的形象，第三个是为理想奔波的背影。毫不讳言，"王小波现象"正热时，为赶时髦，读过他的部分重要小说和部分重要杂文，那时留下的印象不深。现在重读，觉得理解的深度的确在不断加深，但无论如何也尚未到自信的程度。何以如此？思来想去，在我的理解范围，王小波文学的独特，可能并不是论评者反复论述甚至放大到脱离主题的"特立独行"那样微言大义的地步。就是说,理解他的文学,离开他这个人,始终不会打通隔膜和障碍,论评别的任何作家恐怕不存在这个问题。因为,王小波的文学世界里,没有现成的任何文学理论,甚至也不是为开启什么新的文学思潮而去。别的作家不是属于这个文学理论就是属于另一理论,抑或评论界动辄下断语说的"新尝试""新空间""新经验"——其实,不过也是一种完全在把握之中的理论动向而已。带着以上三个细节信息,再去回顾王小波小说和杂文,猛然间,那个人仿佛真切地站在眼前了;那个人的文学,也仿佛才越发亲切了:那个人原来不是神,索性说,是拥挤在基层"我们"中间某个不起眼的老兄,他衣服邋遢、皮肤黝黑、神情木然,但他一定讷于言敏于行,且信念坚定、意志顽强、魄力过人、不计后果。这样的人,是平常我们在主席台上,在即便非常规操作终是在各种体制资源保护保障下运行,在一起步就鬼使神差被编辑瞄上,在危急关头不是有及时雨就是冷不丁有人雪中送炭关怀备至,甚至在关键时刻总会有话语权执掌者发话的层面,无法找到的。感同身受之故,这三个细节所构建的王小波连续性生活片段,在我和他作品之间搭起了一座有效浮桥。

当然,问题远没有那么简单,特别在王小波离世后,颇有"追认"意味的论评接踵而至,当"自由主义"几乎塞满字里行间时,比该思想更丰富更务实的王小波也的确渐行渐远了。那个在小说创作上说不上自信,但对他要的文学形象足够坚定的小说家,哪里去了呢?那个完全不靠意识形态动向衡量事物,却一定确信某种大势必将被他说的"沉默的大多数"认领的思想者,哪里去了呢?要较全面了解王小波文学思想,首先得认识生前作为普通作者的王小波,这几乎给后来发展成为广大读者心目中,有着独特思想的王小波文学底色定下了调子。

第一节 作为普通作者的生前王小波

这个问题涉及生前的王小波究竟是谁,以及他是怎么摸爬滚打到作家的过程。如果这个问题搞不清楚，对于今天的读者，特别是从书斋到书斋的年轻读者来说，一定会混淆经过学术界构建的王小波与生产如此文学、如此思想的无业作者之间的关系，导致草率地甚至轻佻地看待我们的人才机制，"审美"地甚至"幽默"地思考当今社会现实，"优雅"地甚至天真地做自己的文学美梦。

如果王小波还健在，并且继续活跃在小说创作或杂文随笔创作前沿，一切都还在变动之中，可是，现在我们面对的已经是成为历史的作家王小波，更由于众所周知的原因，虽然生前他大量作品基本都已完成，但发表出来的却很少，正面评论和研究少到几乎可以忽略不计。现实是，1997年5月以来至今，流布于书市各种版本的《王小波全集》《王小波小说选集》《王小波作品精编》，思想界、文学批评界各种高度赞扬和表彰，绝无仅有的命名、定位，以及网上网下以王小波为名极其喧闹的活动、纪念、造神运动等，均系王小波身后追加和赋能。既系追认、缅怀和有选择的彰显，各色文字和话语当中，自然免不了对此在语境的失望，对彼时板结价值势力的批判，甚至不排除立于个人角度为营造某种批判针对性而构造假想敌的痕迹。如此，真正属于王小波生活、见证、感知、理解、体悟的文化时空和文化氛围，不消说，基本上是被有意修改和有意装扮过了的，这是有必要寻找一个生前真实王小波的原因之一。

原因之二是，历史后见之明的论评，总是拿王小波的"文理兼修"，亲历、见证二十世纪六七十年代，留过美因而具有完整英美式经验主义知识理性来说事，得出结论自然与其文本意图多有不卯。按照知人论世思维，这样的前设，诚然不无道理。但是也有一个常识大概也不得不在此加以强调。文学史上或思想史上，我们见过比王小波对那个特殊年代有更深体悟的作家或思想家，也见过比王小波更西化乃至更有文理兼修资质的人物，可是他们的作品，也不见得都有那么大受众面、有那么多人产生共鸣。这正如吃牛肉，总还关系到肠胃消化水平，吃下去同样的量，不见得转化成同样多的营养。王小波是恩格斯意义的"这一个"，原因就在这里。他不但消化水平高，而且本土经验还扎得深。通读他的小说和杂文，我倒真没感觉出他比现在仍活跃在创作一线的他的同辈或前辈的某些作家，知识更渊博，现实经验更丰富，了解的英美式经验主义思想更深。相反，他相当单纯、相当纯粹、相当质朴、相当诚实，他的不同在于言行一致，从不投机，从不跟风应声，从不以一时利益得失机警调整内心呼唤。

衣服很旧，暖瓶很破；推着自行车，驮一捆书走街串巷；面顶南墙，身体弓着。虽然只是王小波的三个近焦距镜头，但我总觉得它们就是生活中和文本中"王二"合二为一的王小波本人。他没有侠气，没有英雄气，亦没有佛气，既不心甘情愿站在"我们"一边，也不牙关紧咬做出与"他们"决裂的架势，他就是一个个人主义的活着的个体。

这样的文学个体，我们也随时随地能碰到，面容忧虑、精神颓丧，发表难的问题，王小波体验到的一点儿不比其他人少。

打破文体界限，梳理大量王小波研究资料可知，王小波文学作品其实只包括两部分，发表了的和电脑上未发表的成品或半成品。据房伟《革命星空下的"坏孩子"——王小波传》一书后面所附"王小波年谱"显示，1974年二十二岁的王小波就开始了真正意义的小说创作，《小但丁》《绿毛水怪》即是。但他发表的第一篇作品却是文学评论《海明威的〈老人与海〉》，刊于《读书》1981年第1期。之后，有作品被零星发表出来。1982年三十岁，小说处女作《地久天长》，刊于《丑小鸭》第7期；1989年三十七岁，山东文艺出版社出版第一部小说集《唐人秘传故事》，同年，自1982年三十岁开始创作，1986年继续修改完善，1989年定稿的小说名篇《黄金时代》，经其导师许倬云推荐，获第13届台湾《联合报》文学奖中篇小说大奖，并被《联合报》副刊连载完毕；1992年四十岁，9月正式辞去中国人民大学教职，做自由撰稿人，这一年大陆只重复出版了他与其妻李银河合著的同性恋学术著作《他们的世界——中国男同性恋群落透视》，小说集《王二风流史》和《黄金时代》均由香港繁荣出版社和台湾联经出版事业公司出版；1994年四十二岁，除华夏出版社出版《黄金时代》外，中篇小说《革命时期的爱情》和《我的阴阳两界》，分别发表于《花城》第 3 期和《青年作家》第 3 期；1995 年四十三岁，重写 1994 年完成的小说《未来世界里的日记》而得《未来世界》，二次获第 16 届《联合报》文学奖中篇小说奖，紧接着单行本由台湾联经出版事业公司出版，该篇被《花城》第 3 期发表，是年发表的小说还有《南瓜豆腐》(《人民文学》第 3 期)，《寻找无双》(《黄河》第 5 期)，《黄金时代》(《人之初》第 1、2、3、4、5、6、10、11 期)；1996 年四十四岁，除了发表小说《2015》(《花城》第 1 期)和出版第一部杂文随笔集《思维的乐趣》(北岳文艺出版社)外，完成并编定的"时代三部曲""反乌托邦未来叙事系列"(后称"乌托邦三部曲")均出版未果；1997 年四十五岁生前最后时刻，倒发表了两个短篇小说和三个中篇小说，分别是短篇《夜里两点钟》(《北京文学》第 1 期)，《茫茫黑夜漫游》(《三联生活周刊》第 3 期)和中篇《白银时代》(《花城》第 2 期)，《红拂夜奔》(《小说界》第 2 期)和《万寿寺》(《北京文学》第 2 期)。

以上是王小波生前公开发表的所有作品。自 1992 年 9 月正式辞职做自由撰稿人以来，所发单篇小说仅十一篇，包括台湾出版《黄金时代》一部，外加十余篇杂文随笔和出版一部杂文随笔集《思维的乐趣》，总共公开发表作品数量不过两部书和二十多个单篇作品。其中，在《人民文学》《收获》一类重要文学期刊发表仅两篇，其余均属于省级及以下刊物。按照现在各级作家协会入会标准——1. 加入地市作家协会：在省级纯文学刊物上有所发表，或在低级别报刊上发表作品较多，确实热爱创作者即可加入；2. 加入省级作家协会：在省级／国家级以上纯文学刊物发表作品在十万字左右，或数量虽少，但在文坛稍有影响者，即可加入；3. 加入全国作家协会：在国内核心刊物发表大量作品，著有文学专著两部以上，并在国内有一定影响者，即可加入。注意，以上所指"纯文学刊物"系指省以上作家协会或文联主办的文学杂志。王小波似乎只满足加入省级会员标准，还很难达到全国作协的标准。"在国内核心刊物发表大量作品"，倒好量化，是硬性指标。但"文坛稍有影响""国内有一定影响"，怕不好拿捏。到什么程度，算"稍有影响"，达到什么效果，属于"有一定影响",完全是主观判断,或许只能交由圈内的某种默许来裁决。行之有效的做法是把这种飘飘忽忽的感觉印象,转换成能量化的实物。那么,《黄金时代》虽是王小波重要作品,但所发国内刊物《人之初》,既不是核心,亦非纯文学;《人民文学》《收获》是文学创作类核心期刊,但他只发过两篇,远算不上"大量"。这表明,生前的王小波,作为自由撰稿人,至少其小说在文坛上既不"稍有影响",更非"有一定影响"。

王小波生前所发杂文随笔显然比小说多得多,但重点发表刊物报纸也就《三联生活周刊》《读书》《四川文学》《南方周末》等几家,结集出版的《思维的乐趣》而外,其他共计十余篇,也远不及身后出版的《我的精神家园》《沉默的大多数》《爱你就像爱生命》三部著作文章总和之三分之一。

评论方面,现在知道,官方的恐怕仅1994年9月华夏出版社在北京举办的《黄金时代》研讨会了(前面已说,这个研讨会其实是出版社和作者为了推销《黄金时代》,参与者主要是李银河通过个人关系请的评论家和编辑)。虽然参加的编辑、评论家当时已属青年才俊、今天仍是风头正健的批评前沿人物,然而批评文章并未传播开来,也就没能真正起到推介作用。另外一次叫"批评家周末"的专题讨论课,或许会把王小波有效介绍给高校当代文学方向的学生,但也鬼使神差错过了。事情缘起是这样的,北京大学中文系谢冕主持"批评家周末"的专题讨论课,每学期一到两次。1992年李银河正跟随谢冕教授做访问学者,近水楼台,丁东建议让李银河把王小波刚在香港出版的《黄金时代》带去送给谢教授,看能否安排一次专题讨论,"让中国文学界认识一下王小波"。谢教授当然接受了送书,并且说"不错",但专题讨论却一直到1997年12月才兑现,而王小波则是1997年4月11日去世。可以补充的是,1991年《黄金时代》在台湾《联合报》副刊连载,并获第13届《联合报》大奖后,在台湾和香港以单行本和小说集形式出版。1993年10月5日金健在《人民日报》海外版第四版报道了该作获奖消息,"文坛之外的高手"的说法,就首次出自该报道。当然,王小波生前北京大学没开专题讨论的事,谢冕学生张慧敏2001年撰文解释说,那个主题讨论是有课程规划的,且1992年应该是关于文学史的系列讨论。另外,该课程"目的是培训学生的思维和敏锐,而不是'伯乐'选马的场地"。而1997年12月终于讨论了,"做了王小波专题",理由是"当王小波逝世以后,王小波及王小波的文字终于被他的亲友们造成了一个文坛事件的热点,按照此课程的特点,当代文学的研究生有必要对此现象进行思考"。一会儿说该讨论课程目的是培训学生的思维和敏锐,一会儿又说造成了一个文坛事件的热点才有必要进行思考。看来北京大学不但门槛高,而且培养学生的思维和敏锐,都没有专门的训练内容。可不可以进一步推测,即使是讨论文学史问题,他们也只讨论现成的、既有的、安全的东西?那么,他们的"严苛"态度、"谨慎"做派,换句话说,只是把已经进了文学史的作家作品,重新知识化、理论化、概念化罢了,哪顾得上关注一个到处自销书的小作者未被命名的作品呢?

这件事自然也成了历史,深入讨论它已无太大价值。不过,顺便说一句的是,虽无缘当场聆听那些属于文学史系列问题的专题讨论课,但毕竟,那个阶段文学批评界热闹非凡的"重写文学史"成果,倒细心拜读过不少。印象至深者,除了以解构主义方法、后现代思维"再解读"过"十七年文学",就是把既有文学史的阶段论述"打通"为"二十世纪中国文学",并冠以"感时忧国"的美学概念。框架大则大矣,就是不知在茫茫历史长河中,通过感知怎样的特殊细节和情节,来训练将来书写文学史的学生的思维和敏锐?

通过以上例子,由此可见,生前的作者王小波,他最看重的小说创作,并没有得到文坛认同,哪怕在文学编辑那里混成一个重点培养对象,也没能实现。换句话说,那时的他,就是今天放弃了"正经事",一心扑到文学梦上的基层无以计数文学爱好者中的一员。

《王小波全集》封底勒口有说明,第十卷《黑铁时代》为未竟稿。所谓"黑铁时代",其实符合书名的就《黑铁时代》和《黑铁公寓》两篇,共14页,按篇幅长短,应该都是短篇小说。其他的未竟稿包括两部分。前半部分是小说创作未竟稿,后半部分属于创作谈和对某些创作篇目形制、写作过程的说明，比如《〈黄金时代〉故事梗概》《〈红拂夜奔〉第六章说明》《〈万寿寺〉写作笔记》等。至于整理、完善的具体过程，王小波和李银河的共同朋友、最早以学术论文形式发现王小波文学价值的艾晓明，在其《关于〈黑铁时代〉及其他小说遗稿》一文有详细介绍。

艾文指出，现在这个《黑铁时代》集子中的作品分为三个部分：第一部分是王小波已写完而未定稿的作品，这就是《2010》；第二部分是他正在写着、尚未定稿的小说，及有关"黑铁公寓"的长篇；第三部分是他写于二十世纪七十年代和八十年代之初的小说手稿。其中，第三部分是从中挑选出来的部分作品，有几篇曾在兄弟姐妹和好友中传阅过，里面就包括手写于练习簿，传阅后未曾还回，王小波去世后才被朋友送还到李银河手上的《绿毛水怪》。

王小波身后的研究大致分四类：第一类是亲友悼念、回忆并附加文学评论，距离较近之故，这类文字情绪饱满、话语过剩，以《浪漫骑士——记忆王小波》为代表。第二类多为思想界和文学批评界专家、学者的王小波自由主义思想研究，关注重点乃王小波杂文随笔，其小说创作已不再占重要位置，《不再沉默——人文学者论王小波》一书主要是这方面的成果。第三类是王小波评传，房伟的《革命星空下的"坏孩子"——王小波传》，是目前我读到较系统、客观、理性梳理王小波文学人生的传记，走访调研了许多王小波故交，以前有些研究论文中不实、夸饰之处，也得到了矫正。第四类是中国小说学会主编、韩袁红编的王小波研究资料汇编，由"王小波的文学世界""王小波的写作人生""王小波研究论文选""众说纷纭的王小波""王小波研究资料索引"和"王小波作品篇目"几辑构成，基本囊括了2009年以前的王小波研究成果，但王小波文学研究，仍然是前几类研究的延伸，惯性思维显而易见。

要强调的是，2010年前后的王小波研究，的确开辟了许多新路径。除了具体化以前研究发现之外，关注点变得更加微观了，如王小波小说的荒诞、主体狂欢、童话性、非叙事性、黑色幽默、施虐与受虐、先锋性、人物异化、乌托邦精神、解构叙事、轻逸、喜剧叙事、寓言性、科学思想、平民意识、后现代性、生死观与死亡意识、反讽艺术，以及如何有趣、智慧、有性等，都事无巨细，是文学学科知识内尽可能的挖掘。更重要的是，沿着王小波杂文随笔提示，纳入了比较研究。除鲁迅、王朔、莫言、阎连科与王小波比较以外，"西方资源"影响研究，似乎正在成为王小波研究的一个新方向。这方面的综合研究当属《中国作家王小波的"西方资源"》，可谓一网打尽王小波身上有形无形的"影响因子"。单个西方作家比较的有：巴赫金、卡尔维诺、玛格丽塔·杜拉斯、米兰·昆德拉等。逐层细化的研究，自然有利于王小波文学价值的学术化及其叙事艺术的理论化，也有利于学院知识的再生产和王小波文学的经典化。问题是，如此下去，王小波文学还属于他的那段中国历史、中国文化现实吗？我的结论是，王小波对众多繁杂经验的消化吸收，从未离开他认知的特殊语境而独立存在过，不宜像"魔幻现实主义"之于某个中国作家，后现代拼贴之于某个中国作家，"先锋派"之于某个中国作家那样去理解。事实也证明，时至今日，研究来研究去，虽然几乎细化到了王小波小说好像包罗万象的程度，但还没有人站出来底气十足地宣告，王小波小说是某某派、某某主义。诚如当前热播的《觉醒时代》里，热衷启蒙理论宣言的蔡元培、陈独秀等人读到鲁迅小说，惊呼到它才是真正有力量的启蒙一样。理论口号喊起来也容易，淡忘也速。王小波受再多的外来资源影响，也不及中国的"管教者"期待陈清扬出"斗争差"读检查报告里每一个记录与王二性爱体验的字的表情，让读者刻骨铭心。

从了解他未竟稿的状态，你就明白一切的资源在他那里只是一个方法论启迪，他的终极目的是，完成他认为是的、对得起他理解的中国历史现实和社会文化现实的称职的小说。正如他致敬他心目中的小说大师时说的那样，"有一些小说家喜欢让故事发生在过去或者未来，但这些故事既非对未来的展望，也非对历史的回顾，比之展望和回顾，他们更加关注故事本身。有了这点区别，我们就可以把奥维尔和卡尔维诺的作品从科幻和历史小说里区别出来，这些作品可以简单地称之为小说。我想，这个名称就够了"。

研究者普遍认为《2010》受奥维尔《1984》影响较深，但其实影响仅限于思想启迪。现在的《白银时代》收入《白银时代》《未来世界》《2015》《2010》，但王小波生前却并没有把《未来世界》收进去。这与《2010》有直接关系，这关系到他对"数盲"这一关键情节的认识。数盲的故事王小波写过好几遍，都是有关未来世界的构思，而未来世界又由数盲故事开始，后来从其中发展出《2015》和《未来世界》。1993年10月期间，最早写的是《2010》，但这中间也同时写着的另一篇是《未来世界的日记》，后者完成较晚，并且当时只是一个增删改写的稿本。艾晓明说1993年秋至1994年那段时间她还在北京，已经在王小波家里看到了《未来世界的日记》稿本。后来，《未来世界的日记》却刊于《花城》1997年第5期了，此时，《2010》虽已定稿，但尚未发表。经过对比，她认为三篇小说的完成时间应该是这样的：《2010》最早，次之为《未来世界的日记》，最后是《2015》（1995年7月前改定）。不过，《2010》则是对《未来世界的日记》作了修改的一个完成稿。主要修改了三个方面。一是对章节布局和人物线索作了修改，使得故事开展头绪清晰化了。《未来世界的日记》共七章，章节标题分别是：1.数盲and我前妻；2.红毛衣and老左；3.蓝毛衣and我前妻；4.party and 蓝毛衣；5.蓝毛衣and鞭刑；6.王二and蓝毛衣；7.尾声。《2010》也共7章，标题变化如下：1.老大哥；2.红毛衣and老左；3.蓝毛衣and我前妻；4.party；5.鞭刑；6.认识；7.结局。二是对第6章和第7章"荒唐"的感受作了很大改动，使"荒唐"感更集中更透彻了。三是修改了个别地方错别字。

何以如此纠结于数盲？其实他这般叙事的直接目的是化奥维尔《1984》于无，化萨特《墙》于无。奥维尔《1984》中有大牢，严刑拷打，使人感到荒谬；萨特《墙》中人可以自由选择，至少还有个供人穿越的墙。王小波感知到的现实则不是这样，他认为荒谬情境是先在的，人是被镶嵌在荒谬之中了的。荒谬就是管束，规定好了可以做什么、不可以做什么，不需证明。《2010》中具有理性的知识分子，是个具有艺术气质和才分的工程师，他们的理性被迫嵌入了荒谬，所以它是一堵堵无形的软墙，无所不在，无边无际，甚至不是某种确定的体制,而是一种生活方式。叙事的深层目的则指向他体验过并理解的现实,患了数盲症的人可以走上领导岗位,而在没患这种病的人来看,他们就是傻了,就是说,进入了非理性的世界,这种生活里有种种特权,只是没了生趣。"剩下的识数的人们,想过好生活就要得数盲症,在理性的人看来,这又叫什么好,可是他们坚持不得数盲症不能过合理的生活,所以又是一个悖论,所有人的故事都在这样一种想象方式里生长"。活下去的诀窍是,"保持愚蠢,又不能知道自己有多蠢"。

未竟稿《黑铁时代》的反复修改也大体如此,十九个文件,外加个别备份文件,"大多是重写和改写"。这些散片,虽然分别归于三个标题:《大学四年级》《黑铁时代》《黑铁公寓》,是经过了反复修改、重写,但作者仍不满意的文件。最后编者只从最长的大文件中选出了《大学四年级》,而两个构思有变化的归为《黑铁时代》《黑铁公寓》。总结可得,王小波的写法有二:同一情节写不同的细节,最后会采用整合的方法,选择、调动他要保留的段落,按照一个完整的线索组合成他的新小说;同一个主题准备不同的基础,一个个推衍开来,筛选,组合成连贯的整体,如果能推倒就再推倒重写。

艾晓明用希腊古典神话里关于黄金、白银、青铜、黑铁四代人(神、半人半神、英雄、异化人),对照解读王小波意欲建构的庞大文学大厦。她说,《黄金时代》以语言重铸黄金时代,是辛辣的反讽和调笑,是对"文革"中被羞辱的性与爱情的伟大胜利,因此,青春、性、成长和摆脱陈规滥调的自由写作是主题。《白银时代》白银是轻,解除了大地之重力,因此是回望现在和刚刚消逝的过去,迈向未来世纪。《青铜时代》改写唐传奇,拼打厮杀,战火纷飞,滑稽和浪漫、荒唐和巧智混合在一起,不过他们死后的下场倒不错。

依此推论,那么,《黑铁时代》呢?第一篇《大学四年级》里所有所谓知识精英都住进黑铁公寓,接受管制,而"我"的身份比较灵活;第二篇《黑铁时代》里对迷恋网络的人物描写很细致,但似乎是个小说家,后面他还是那个大学生,回到了《大学四年级》;第三篇《黑铁时代》里"我"不再是大学生,是个小混混,帮表哥开公寓,表哥成了流氓无赖。按照希腊古典神话"第四代人"的寓言说法,《黑铁时代》该到了"非人"时代,他们彻底败坏,彻底堕落。

如果把《黑铁时代》中的三篇按叙事顺序来读,王小波反复删改、调整却又似乎始终举棋不定的纠结,锤炼象征的意味,可否这样理解:《大学四年级》中大学生"我",只是来替表哥在黑铁公寓看管并监视房客的。"我"看见403室的房客戴着手铐上下班,"我"看见402室买来的女孩秃子,她脸上盖满了印戳,被邮寄来邮寄去帮房客排忧解难,"我"在适应并习得独自操练公寓的手段。《黑铁时代》中黑铁公寓是黑铁时代的核心。因为这个时代的管理者认为,知识分子是社会的精英,所以必须把他们关进公寓里,让他们干活。没有学问的人比较笨,就让他们经营这些公寓,管理这些人以及他们创造的财富。引申福柯"圆形监狱"的说法,没有窗户的黑铁公寓,正可以隐匿监视者。因此他们成为无时无处不在的存在,"进而转化为囚犯内心的存在,囚犯从心底里彻底接受自己被监视的状况"。《黑铁公寓》更进了一步,更直截了当了一步,所有知识分子都要住进这个公寓,压榨知识分子的劳动成果。而反过来,他们还会用所谓的刻上"国之瑰宝"的贫化铀手铐来蠢化知识分子。镣铐、快递、公寓和强迫,暗讽黑铁时代里面文化流氓对知识分子毫无人性的监管。

从学生开始"习得",到成为知识分子后的"认同",再到"论斤约"而终至于别人和自己不一样就觉得不正常的地步。"作为有思想的知识分子,其独立自由的思考能力是最为可贵的,然而这种能力的独立性一旦失去,或者被扭曲,那么他的这种能力反过来就会成为自身最大的束缚,他所有的智慧和能力都会成为束缚自己以及同类的绳索"。

从王小波未竟稿的写作过程,强烈感受到思想起点之高,他的确属于禀赋异常,而非肯下笨功夫却一辈子庸碌无为之辈,这也是他即使屡遭碰壁却不改初衷的底气,这一点也决然区别于那些曾用自行车驮着书推销、衣服很旧、生活很简朴的基层作家之处。非但如此,经验表明,后者在此境况,反而很容易变成见风使舵的投机分子。王小波一起步就没有被地域文化价值惯性、庸俗道德理想程式和狭隘民族主义思潮绊住，像鲁迅小说那样，他靠的是他叙事世界的完备性和准确性，而不是依附时代热点、风向，通过讲好故事、讲好的故事来佐证正确或错误的写法。这也是思想者与一般职业写手的本质区别。

了解了思想界、文学批评界之外的生前王小波，我只迅速地想起了中国两个当代作家。一个是已故路遥，另一个是已故史铁生。虽然这三个人的个人经历、题材选择、文学风格、思想方向、人物态度、话语方式，完全不同。但从他们的语感纹理、框架构造、理解历史和社会现实的冷静，以及对流行价值趣味的反感程度，都不难体会到，他们进入智力劳作状态后，想的最多的绝对不是如何能发表，如何能获大奖，如何能畅销卖大钱，如何能占有时代最热题材的事——这些恰是那些因自我人设而有意隐匿不堪过往，自觉想成为作家、知名作家、著名作家、伟大作家的心理常态。这三个人则不同，他们苦心孤诣、孜孜以求的是如何完成人自己、完善人自己乃至解放人自己。事实也证明，他们三个从不同的侧面、不同的方向、不同的角度，实现了这一点。化用王小波的话，成功去掉本不属于自己的和强塞给自己的，这就够了。

对于王小波以及他钟爱的小说创作来说，去掉本不属于自己的和强塞给自己的，唯一的实现途径，就是小说叙事。具体说，是通过叙事，探索他向往的那种个体性。

第二节　王小波小说与现代性个体叙事

王小波 1997 年 4 月 11 日去世。作为小说家，他大量未发表未出版小说，也都是他去世后他的亲人和文友所整理发表、出版，他小说的研究成果也同样是 1997 年后陆续发表出来，并结集出版的。截至 2020 年，短短二十年时间，王小波小说研究的价值取向、话语方式、叙事艺术、主题阐释等，的确发生了一些明显变化。这些变化，对于理解王小波小说思想，是必要的参照背景。

重读这些研究资料可知，涉及小说叙事思想，王小波杂文随笔似乎成了阐释其小说的当然理论武器，而单独触及王小波小说的，好像只配用叙事学方法和审美特征。那么，是不是表明王小波小说除了研究者认为的叙事方法、审美特征，很少有值得进一步阐发的思想了呢？肯定不是。主要与不同时段的社会文化语境有关，这可以从研究的前后变化中看出些许端倪。

按照变化的幅度，可以分为大致的两个阶段。

1997年王小波去世到十周年纪念前后为第一阶段。从话语方式、价值取向和思想成色看，虽然涌现的研究成果最多，但基本是《浪漫骑士——记忆王小波》和《不再沉默——人文学者论王小波》两书基本观点、路径的丰富和延伸，共同特征是建立在实证分析基础上的，对二十世纪八十年代"新启蒙"的深化，这两书也就反而显得更加接近王小波小说叙事本意了。《浪漫骑士》辑五"阅读王小波"为专门研究其小说的一组文章，除艾晓明《思维的乐趣》外，共收文十七篇，其中，一篇为《黄金时代》研讨会纪要，另一篇是某出版公司牟正蓬的《审读意见》。被论评的王小波小说有《黄金时代》《三十而立》《似水流年》《革命时期的爱情》《白银时代》《红拂夜奔》《寻找无双》《万寿寺》《似水柔情》等。这些小说分别是《黄金时代》《白银时代》《黑铁时代》三个三部曲中的重要篇章。《不再沉默》一书，包括王毅综论性质的序言在内，共收文章十六篇，李慎之《怀念王小波》、王蒙《难得明白》、朱正琳《不再沉默——王小波杂文解读》和许纪霖《他思故他在——王小波的思想世界》为王小波杂文思想研究，其余都是王小波小说研究。

性描写是王小波小说叙事中主要故事的一部分，怎样看待这些性事就成为理解其小说的关键点。以有性写无性，按照一般的解读思维，似乎正是反讽的用武之地。但落实到叙事上，稍有不慎，会陷入两难处境：追求高雅不免失去透彻，追求透彻不免失去高雅。也就是说，如果跳不出传统文化的窠臼，脱离不了现代主义所谓的符号指涉，性事阐释仍能成为谈资，但万不是特殊语境之有机组成部分而存在了。王小波《黄金时代》之所以前后修改二十年左右，仅对"破鞋"一细节的"逻辑推论",就可以看出他叙事的练达了。通观他小说中的性描写,在王小波那里,性事并不单是表现荒唐年代的荒唐做法,毋宁说它就是众多小人物们寻常生活本身。故白烨说"王小波的小说一出来,就把别的写性的小说全给'毙'了",不是没有道理。他的性描写,就具有了以下独异特征。一是稳得住劲儿,他不放纵,不以为所谓的真实地写性,就一定是交代器官的位置及其名称如同为人体百科词典写词条儿;二是拿得准调儿,他不遮掩,不在紧要关头掉链子,不在焦点时刻语焉不详,也不动辄上下五千年地抒情,把琴棋书画诗酒花一股脑地往敏感带上招呼;三是收得住气,他不奢望,不把性升华成事关国计民生,不把性蔓延为危及民族生存,也不宣示性可以给我们的生活带来一切的幸福和温馨。"王小波笔下的性,是寻常性、是无师自通、不学有术、既不可阙如又自然自限的性。"对比之下,大卫·劳伦斯《查泰莱夫人的情人》过滤掉了现代人在性感受过程更有痛苦、困惑和焦虑的一面,浪漫过了头,所以在接近童话的诗意畅想中,反而失真;贾平凹的《废都》中性事则"脏兮兮""软兮兮",附加值太杂,不堪性负担,走向玩弄性事因而应有意义被完全消解,超人非人之所性,肯定扭捏作态。即便与王小波有着类似遭遇的张贤亮,其笔下章永璘不但是《资本论》的信徒,政治理想非但未曾破灭,而且激情更加充沛、抱负更趋突出,《绿化树》结尾才有主人公踩红地毯的自豪,《男人的一半是女人》才有主人公与黄香久的"感情的历程"。张贤亮为精英落难买单的性描写,也就更加矫情而惹人反感。王小波的性描写却和以上诸家均不同,他是什么理想都看破了,因而也就没了任何纠结,是以全然超脱且以小人物的本能、本真、本来诉求来看待性事的,他的性事叙事就构成了对立于那个时代的一个完整世界及其逻辑结构。"众所周知,六七十年代,中国处于非性的年代,在非性的年代里,性才会成为生活主题,正如饥饿的年代里吃会成为生活的主题。古人说:食、色,性也。想爱和想吃都是人性的一部分;如果得不到,就成为人性的障碍"。

这种认识方式,也成为王小波认识那个特殊年代许多基本问题时一以贯之的出发点。性事本身在王小波之前就已经以某种文化符号的形式存在，隐喻、象征、反讽、狂欢、嘲弄、嘲笑等，都能在它上面找到合适的寄生之地，此时的性事真可谓千钧一发。弗洛伊德或荣格主义眼里，性是透视集体无意识的绝好窗口；以福柯的解构主义观之，似乎只有本能而安全的性细节，宏大叙事的多米诺骨牌才倒塌得那么合理。而对于中国当代"伤痕""反思""知青"文学，由"老干部受迫害""知识分子受迫害"的悲情，改造而成的"精英受难史"早已成为某种固定模式，堂而皇之充当着最富深意的思想风向。非但如此，二元论思维模式的历史哲学话语，也"从来如此"。"君子杀身以成仁，不求生以害人""非死之难，处死之难"（"处死"意谓身处死地而不改其节），社会灾难也就顺理成章转化成了成就伟大"精英品格"的场所，而小人物的苦难，不仅只有首先转化成精英受难史的某一部分才有其存在的合法性，而且至多不过是天理伦常最终战胜奸佞这场喜剧中必要的道具。"木将坏，虫实生之；国将亡，妖实产之"，当人们不得不把世间万事万物的产生和发展都完全归结为神明的创造时，也就自然首先赋予了与他们命运关系最为密切的两件事来突出：一是造物主无比崇高的神性，二是牛鬼蛇神无比邪恶的魔性。并且对前者才能给世界带来幸福与光明，后者则必然给世界带来灾难和黑暗，深信不疑。即使在当代史学研究框架中，那些主观上可能以否定"文化大革命"为起点，但深层却依然沿袭原始信仰并一以贯之的二元模式及其内在逻辑，如同充塞于世的"老干部受迫害""知识分子受迫害"小说叙述一样，亦已成为人们认知的固定思维而镶嵌进脑组织中。王小波致力于表现的众多小人物平凡而卑微的命运和他们对此的心灵感受，精英智力和心态的不健全、知识和能力反而成为束缚自己和他人的绳索的现实，正是大众受难史对精英受难史及其历史哲学的超越。

不仅如此，王小波之所以还进一步反复描写"狂信"场面，反复叙述受虐扭曲心灵被更大规模复制和再生的基础，是因为"狂信"并非单纯被动的结果，而是受孕于这种社会形态。诸如此类的理解和认知，让明明暗暗的心灵受难史叙事化了，让飘飘忽忽的大众心理流程具象化了。如此，贯穿在王小波小说之中的主人公王二们，其行为、话语、心灵的荒诞，也就成了那个特殊年代荒诞的内在逻辑。

这也基本符合王小波以知识分子的严谨创作小说的预期。"假如说，知识分子的责任就是批判现实的话，小说家憎恶现实的生活的某一方面就不成立为罪名。不幸的是，大家总不把小说家看成知识分子。起码，和秃顶的大学教授相比，大家总觉得他们不像知识分子。但我总以为，这样的想法是不对的。"由此可见，这一阶段研究者与王小波小说，处在同一共鸣层面，他们共同分享着思想启蒙的话语平台。这一阶段的研究，从大胆直击那段特殊年代，从直面那段岁月中的人性扭曲问题中，也还引申出了制度建构的思考。比如秦晖用形象比喻解读王小波小说正面自由主义气质。说他发现了自由主义碰到的是"行为困境"，是搭便车，三个和尚没水吃的问题，而不是"文化困境"。因此他的小说一洗世界自由主义仅仅从驳论角度，去消解"神圣"的"反乌托邦文学"的程式。同时也指出王小波小说从思想论是批判现实主义的，因为在逻辑上，自由主义总被"乌托邦"与"批判现实"一对概念掣肘。"乌托邦"既然是一种虚幻的"理想"，那么反对它便意味着对"现实"的承认，而"批判现实"也意味着追求一种超越现实的"理想"。王小波的经历和他对经历的理解、思考，不可能让他服膺前者，那么，他自觉以知识分子所应有的研究心态进行的小说叙事，势必面临精神上的重重重压。一重是在反自由主义的"革命"年代里自由主义文学是否以反乌托邦面貌出现？在反自由主义的"秩序"年代里是否批判现实主义？二重是当"后现代"先锋文学提前介入，并与旧体制传统文学合力挤压现代文学，造成事实上的文化扭曲与文化错位时，中国晚生的"反乌托邦文学"实际上与批判现实主义文学之间应有的时间差，被压缩到几近于无的地步。他当然不屑于"主流文学"、先锋派，也不愿盲目混迹于颇有犬儒之嫌的"痞子文学"和实际是伪现实主义的"大厂文学"之列，他该怎么办？这是他的叙事纹理中始终摘不掉乌托邦，也剔不掉批判现实主义的原因。不过，最终他的批判现实主义究竟还是占了上风，这从他的未竟稿《黑铁时代》(这个三部曲中就包括《未来世界》《2010》《2015》等混杂着的乌托邦色彩但乌托邦已然强弩之末的小说)中就能明显看出来，据他的朋友朱正琳说他曾说过"平生不写黑铁时代"这样的话，恐怕与王小波已经意识到乌托邦已黯然失色有关。故在这个背景上，秦辉指出，王小波的批判现实主义也已经走到了他的瓶颈之处，《白银时代》乃至《黑铁时代》所批判的"现实"与《黄金时代》相仿，都是连过"夫妻"生活都由"组织上"来"布置"的现实。即是说，王小波有上山下乡的经历，却不一定对"穷庙"问题有直接体验。而"穷庙富和尚"要分家及怎么分——是否分家可能只是嘴皮子上的争论，而分家不公也许会打起来，王小波尚未意识到这一变化的全部意义。

总之，锐利的思想交锋，使得这一阶段的王小波小说研究，视野开阔、表达自由，思想集中、主题深入，讲求实证、分析朴素，有着清晰的启蒙现代性脉络，结论呈敞开姿态。

王小波去世十周年纪念前后到2020年为第二阶段。这一阶段王小波小说研究调整幅度较大，诸种变化也比较明显。首先是研究具体背景的转移。前一阶段，王小波小说研究从未离开过小说具体语境，那个生成王小波小说人物的社会环境一直是二十世纪六十至七十年代及其文化氛围，由此产生的人性问题、政治问题和社会交往关系问题，直接与传统宗法宗族乃至王权制度有着承续关系、惯性关系。这一阶段研究中小说背景及其具体背景上的人和事，有了某种暧昧的甚至模糊的微妙变化。不再具体标志，而是由类似那段岁月、那个特殊年代代替——这其实是某种"百度"式知识交代。那么，在生命体验向知识词条转换过程中，王二等主人公也就自然由有性、有趣、智慧，转向了叙事技巧安排的一个符号。背景与人物之间的中间环节情节及情节基础上的人性，其荒唐性、荒诞性随之升级而成为叙事学、审美"教程"中的某种"原理"，被提炼成了一般性和抽象性。所谓卡尔维诺式的轻逸、童话诗意，玛格丽特·杜拉斯式的音乐化、诗化和精致结构，米兰·昆德拉式的遗忘与记忆，以及"福柯场景"、巴赫金式的"狂欢叙事"等，是其中较典型成果。

在这些研究中,读者在一番又一番的影响资料中,说好听点,感受到的是王小波多么像世界现代文学大师的模样,多么懂得现代哲学或理论思想脉络因而依葫芦画瓢套写了多少中国故事的事;说不好听点,这一阶段研究者眼里的王小波,只是个低级模仿者、戏拟者和追随者,他的小说叙事思想随同他的生命体验和感知,与那段他刻骨铭心的特殊年代一样,已经走得影影绰绰,接近走出历史的边界线了。

其次是研究价值论和话语方式的转移。前一阶段研究,思想前提基本是五四启蒙,注重对历史因果、社会环境和意识形态的分析,也自觉承续二十世纪八十年代"文明与愚昧"冲突的"新启蒙"价值论余绪。故知人论世式、沉入历史式、参与互释式、根源探究式构成了其主要批评话语方式,有着批判现实主义理论应有的分析历史、揭示历史,分析社会现实、揭露社会现实的特征。王小波小说叙事语境得到了最大程度还原,也比较完整地建构起了王小波小说人物生成、活动具体环境。作为王小波小说思想之一种,也越来越趋向清晰和彰显,王小波在整个中国当代小说史中的位置,亦愈显准确。后一阶段研究,除了以上所提资源比较外,还有一种路径也越发突出。这种研究表面看是企图走向"片面的深刻",以"论"字打头的一批成果就是如此。比如论有性、有趣、有智,论施虐与受虐,论科学思想,论生死观与生死意识,论黑色幽默,论反讽,论喜剧性等。但实际上,这一类研究基本是目前各级各类项目研究的一个副产品。讲究学术规范,但一般用的是知识阐释,是文学叙事学规定性知识的再生产。几乎不越思想雷池,也很少看到尖锐的价值观念碰撞,一五一十、四平八稳。

经过粗浅对比约略可知,王小波小说研究走到今天,其实反映出以下几个明显变化:一是特定背景被有意淡化;二是人物及其生活情境被严重符号化;三是小说思想被抽象处理进而技术化。

何以如此?这恐怕与新世纪特别是新世纪第一个十年以来整个社会文化风气有直接关系。因为新世纪第一个十年至今这一个阶段,中国社会进入了改革深水区。一边是社会分层在不断加剧,阶层固化、僵化日益凸显；另一边却是无限拥抱哈维尔所说的"内在性"消费主义，社会价值被普遍带进伪消费、伪优雅的陷阱。如果说王小波小说思想面对的是"反乌托邦"与批判现实主义的挤压，那么，今天则是"快乐的"个人主义与"新的"宏大叙事之间的冲突。许多时候，前者以变异了的"躺平主义"而存在，后者褪色成了简单直白却亢奋有加的民族主义、道德主义。王小波小说叙事作为整体性和连续性来审视的"文化潜流"，作为以个体为单位透视的成为个体化及为个体化持续赋能的现代社会文化价值机制，一经遭遇学术的知识化、技术化，自然只能以碎片、零件的形式收场了。之所以后一阶段的研究或论评中，许多研究者会情不自禁，停留在王小波小说叙事的"狂欢""幽默""喜剧""戏拟""受虐""施虐"中不走，是因为除了哈哈一笑，其余均已悄然远去。不是鲍曼的"坚固的东西"烟消云散了，而是曾经被植入脑组织的"柔软的东西"也溃散了。

基于如此情景，重读王小波，首先想到的是王小波穷其经年对个体危机的钻研和思考。在这个角度，他小说叙事特点可以称之为现代性个体叙事。

从因果关系层面看，现代性逐渐被广泛地运用于表述那些在技术、政治、经济和社会发展诸方面处于最先进水平的国家所共有的特征，现代化则是指社会获得上述特征的过程。因此，现代化是动态性的"因"，现代性则呈现为静态性的"果"；由现代化的过程，产生了现代性的特征。就这一意义来说，现代化主要是一个在经济学与社会学层面上谈论的范畴，表明社会从农业文明进入工业文明，表明社会在这一文明变化过程中在生产力、生产方式、经济增长、社会发展上与传统农业社会相比的根本变化，以及社会在城市化、信息化、教育普及、知识程度提高等方面的巨大进步。现代性则主要是一个哲学范畴，从哲学的高度审视文明变迁的现代结果，着眼于从传统与现代的对比上，抽象出现代化过程的本质特征，着眼于从思想观念与行为方式上把握现代化社会的属性，把握"现代"应有的时代意识与精神。

首先，从特征上说，现代性标志着从传统到现代的转变，表现为与某些传统的断裂。在新中国成立之后，加上"左"的意识形态作用的"新传统"因素，如姓"资"还是姓"社"的思想禁锢，更是对现代化的推动构成严重的阻碍。可幸的是，当今社会的信息传播已远非古代可比，信息使广大民众至少直观地懂得什么是"现代化"，现代化国家对人民意味着什么样的"生活世界"。因此，"现代化"对于广大民众来说不仅不是洪水猛兽，而是成为民心之所向。再顽固的传统，也经不起现代化信息对民众的现实启蒙。这为执政党与政府的现代化运动提供了坚实的社会基础，使得现代化的发动与推行能够冲破旧传统与新传统的双重阻力而进行。中国的现代性所与之断绝的，正是这旧、新两种与社会进步相背离的传统。

其次，自由构成现代性的核心，人的各种权利的保障构成现代性的前提。哈贝马斯曾经这样刻画了现代性的"自由"特征："现代性首先是一种挑战。从实证的观点看，这一时代深深地打上了个人自由的烙印，这表现在三个方面——作为科学的自由，作为自我决定的自由，还有作为自我实现的自由。"正是由于启蒙思想家们对"自由"的价值的高扬并使之得到社会的认同，现代社会才打上自由的印记。除了自由以外，权利关系中最重要的是财产关系。中国的改革碰上的一个症结问题就是所有权问题。所有权的权属关系不清，不仅妨碍了经营者的积极性，而且对于私有企业主来说，对私有财产没有安全感，导致的是对扩大再生产的疑虑、经营上的短期行为乃至资产的外逃。这些自由、财产等权利关系，从哲学上说，便属于人的主体性、自由意志、自我决定、自我实现的范畴，便是自由、平等与正义等价值与权利关系的确立。它们构成现代性的核心。一切经济的、政治的、社会的改革，从骨子里说，无非就是为了达到这样的理想价值目标。这也就是现在常说的"以人为本"之意。

最后，现代性表现为建立起竞争机制与合理的规范，即竞争的理性化过程。这里，"理性化"指的是人与社会行为的契约化、规范化、程序化、专门化、制度化。"理性化"来自"理性"，它是依据理性原则而行事以及由此产生的结果。如众所周知，理性是西方启蒙哲学的一个最基本的概念,用以同宗教的神性相对,作为世俗社会为道德与社会立法、建立新的社会规范的根据。因此对西方基督教社会而言,理性化是与社会的世俗化相联系的,中国则不然。中国本来就不是宗教社会,因此不存在世俗化问题。中国的理性化是与传统(特别是封建的)与现实的非理性化行为相对的。现代性的理性化,乃是竞争中的理性化。现代化的过程是一个建立起竞争机制的过程。没有竞争,就没有现代化,没有现代社会的活力。竞争是社会的效率与效益的内在要求,是加快社会发展的需要。前现代社会与现代社会的一个重要区别,在于有否建立起竞争的机制。社会没有竞争,其结果只会是低效率与低效益的。人才既无法脱颖而出,资源也无法得到较好的配置与利用,其结果只会是高投入低产出。但竞争是一把双刃剑,它也会产生负面的效应,即无序的竞争。因此,如何使竞争成为理性的,就构成现代性的一个重要课题。这就需要以理性化为目标,建立起相关的各种规范,以保障竞争的有序化,而不至于使竞争成为破坏社会和谐与秩序的东西。

现代性个体就其思想取向而言,关注的核心问题是文化自觉。"自觉"云者,按照通常的论述,好像讲的是"存在的即是合理的",以及凡主体选择的便是有道理的这样一种所谓的"多元化"。其实不尽然,无论英国社会人类学家泰勒的《原始文化》,法国哲学人类学家列维·布留尔的《原始思维》,抑或法国哲学家乔治·巴塔耶的《内在性体验》等经典论著所反复指出,"主客互渗""主客不分"仅仅是较低层次上主体对客体的感知与体验,特别是人对客观外物产生神秘感,表明人作为主体性的不自觉,并非人的主动选择、人的文化自觉,它们均属于人类认知局限所导致的混沌蒙昧状态。现代性个体所希冀的是,人从混沌蒙昧状态分离出来,成为人本身。因此,是不是现代性个体,就要首先看该个体能否照射出现代社会机制、现代文化的不完善状况,并自觉意识到自身的暧昧与不觉醒,或者自为与觉醒。

这正如同李泽厚用现代思想眼光看晚清与现代文学的分水岭时讲到的那样,在传统知识规定性来看晚清知识分子学术话语、小说主题、古体诗词等,也感觉很有个性、很有批判锋芒、很有良知、很有道德感,"但在心态、情感上却并没有真正的新东西。他们没有新的世界观和新的人生——宇宙理想,来作为基础进入情感和形象思维,而旧的儒家道家等又已经失去灵光。因此,尽管他们揭露、谴责、嘲骂,却并不能给人以新的情感和动力。这就是晚清小说之所以失败的重要原因"。

现代性个体的"新"是整体的,而不是亘古以来人人都有的个性差异之"新"。王二是王小波小说中一个贯穿性主人公,因此也不妨说,王小波一生都在面对王二的危机,在完善王二这一个人,在建构王二这一个人的个体化。因为有很多的王二,为着简便,分析时以王二1、王二2等来称呼。

《我的阴阳两界》的主人公,《寻找无双》中的叙述人,1948年生人,大个子,都可以叫王二1。他是修理仪表的工程师,住在医院的地下室,人起外号"小神经"。新婚之夜阳痿,离婚后一位女护士为报答他的帮助之恩,搬进地下室与他同住,慢慢也治好了他的阳痿,最后两人结婚了,这是基本故事情节。小说中王二1真正热爱的并不是工程师这个行当,他想写小说,并经常投稿,可总被退回来;他数学很好,也热爱,本可保送大学数学系,但后来好像也没什么进度,大概耽于数学老师的枯燥吧,于是对数学又索然无味。这时候,他感兴趣的是翻译一本妇科大夫看了都脸红的、维多利亚时期的地下小说 Story of O,已经译到第三遍了,然而据他判断,这书不可能出版。《黄金时代》《三十而立》《似水流年》的主人公是王二2,1950年生人,大个子。他于1966年至1968年在矿院目睹了贺先生跳楼自杀和李先生被打,1969年至1972年到云南插队,并与医生陈清扬发生性事后逃跑,紧接着是没完没了的挨斗、写检查。不久他因治病回京,邂逅小转铃且交好,此间目睹刘先生死,后上大学,与二妞子结婚,出国,丧父离婚,回国。王二2颇擅性事,仅他推论"破鞋"之为"破鞋"因而应该依这名声行动的理论就惊天地泣鬼神,后因检查写得好,表现出了文学才能。尔后他上大学出来做了某大学农业系微生物讲师,规划自己终要成为总工程师。不料偶尔听中学女友说哪怕亡命徒,只要干出一番伟大事业成为烈士那也值得,遂有所动心,不过,眼见有人因此被打死,也就作罢。到了衰老之时,又发誓,只做一件值得做的事。就这样,他想做的一件事是把这一代人的逝水流年记叙下来,传之后世。如此,他一直在坚持写,直至死之前都还在写。

王二 3 是《革命时期的爱情》的主人公,1951 年生人,小个子,北京一家豆腐厂工人,尔后考上大学,结婚,出国,回国后在一个研究人工智能的研究所工作。他从小想当画家,可他是色盲。他也想过当数学家,但他最大的梦想是做一个发明家。这样一个人,其主要特点是好奇、想入非非。寻找自己"神奇"的人很多,有的像中彩票一样理解神奇,如美国的大厨;有的人比如 X 海鹰,则是成为革命的受难者。他却不同,追求的神奇是发明。这功夫他自小就有,比如做小车、弹弓、火药枪、电石灯,最得意的发明是在大学校园里武斗期间,他发明了投石器,不过没打死人。后来去美国还给某教授做了一只机械狗,他却不喜欢,因为那不是他的狗。《红拂夜奔》的叙述人、《我的舅舅》中发表不了作品的作家舅舅即主人公王二 4,1952 年生人,未婚,在北京一所大学研究中国古代数学史。王二 4 从十七岁时就满脑子怪诞想象,小时候每天夜里印着窗外月光在镜子上写东西,写了擦擦了写;后来云南插队,因没书可看就离开了;再后来在大学里谋职,前十年住学生宿舍,后十年住筒子楼,认识了小孙,于是同住一套单元房。他主要做的事情,一是改写唐传奇李靖与红拂的故事,二是证明费尔马定理。他说这是他需要的白日梦。王二 5 是《万寿寺》的叙述人,住在万寿寺,是历史研究所助研。写了李靖与红拂故事,有次因车祸失忆,后来在阅读自己手稿中渐渐恢复记忆。看起来他在历史研究所,但他实际的兴趣却在写小说上,他也对修理什么非常上心。大学茶饮间锅炉下水道堵了,他就成功捅好了。于是,他要求领导把自己贬为一个管子工,以便能去万寿寺捅下水道,以免大学都浸泡在屎尿里。当然他还是继续痴心他的文学创作和纯学术研究,制订了研究《中华冷兵器考》《中华男子性器考》和创作小说《红线盗盒》的计划。他渴望一个想象的、诗意的世界，而不是一个泡在屎尿里的大院。这个世界在古代的长安城里。

《2015》的主人公是王二6，是"我"的小舅，他的画谁都看不懂，失去了画画的执照，只能私自画画卖画，后被抓进习艺所改造，与当警察的小舅妈结识，出来后结婚。王二6生活的时代已是二十一世纪了，他是美术学院油画系毕业生，可他画的油画非但没人能看得懂，就是他自己也解释不清楚，因为这个原因，他被吊销了画画的执照，只能通过非正规渠道卖画为生。有一次小偷溜进屋子偷东西，竟想提建议说画得不像，却终因小舅舅画画太认真没机会说而只好拿了钱一走了之。不仅如此，小舅舅还有其他绝技。比如化装，他能化装成女人或邮筒与买画的日本人接头，或把自己化装成死人而逃跑。

其实不止叫王二的人物如此，李先生、小孙、舅舅和外甥等众多小人物，都与王二一样，他们神往"神奇"，一丝不苟追求自己的理想。那么，这样的人物特征便可以归纳如下：一是他们痴爱且擅长的是最抽象、最不实用的非功利性的发明。这些科学技术，要么最具创造性、纯粹为乐趣而非牟利；要么旨在实用却一定不是能大量复制或批量生产的智力产品。可以称之为"坚固的东西"。二是他们热衷于文学艺术创造。他们为此不惜背着不务正业的骂名，为此不循常规，不惜被除名或丢掉生活。他们只是希望做一种属于自己的创造性工作，过一种本身有趣味的生活，至少希望能获得思维和思想的快乐，渴望自己亲手营造的充满优美、智慧和乐趣的世界。可以称之为"柔软的东西"。这些众多小人物"怎么老和别人不一样"？借用《红拂夜奔》叙述人王二与"我"回忆的话说，"人们说知识分子有两重性，我同意。在我看来这种性质是这样的：一方面我们能证明费尔马定理，这就是说，我们毕竟有些本领；另一方面，谁也看不透我们有无本领。在卫公身上，前一个方面是主要的，在我身上后一个方面是主要的。好在这种差异外人看不大出来。在他们看来，我们都是一样的古怪。"

"有些本领"，但所做只为实现自我价值，非为什么而受难、为什么而献身、为什么而左右折磨他人,这说明王小波笔下的这一类知识分子心中不但确信真知识和真理,而且也有能力把这些知识和真理转换成庞大社会机器瞧不上眼、响亮意识形态瞧不上眼,但最具体最微观最日常并且最关键最核心地方急需的东西。这些地方可以理解为是建立现代社会运行机制的基础,所以这些地方没有油水,也没有用以扬名立万的资本。别人又"看不透我们有无本领",实际上我们又确确实实按照我们自己的价值期许和诉求,实现了属于我们的工作。我们从此心里坦然,精神饱满,既无危机也无遗憾。这表明精神或内心的满足,不是给别人来看的,也无须炫耀给别人观看,而是压根就不是别人能看透,也无须让别人丈量、评价的东西。一"硬"一"软"便是王小波小说中主人公的诉求,也是其对现代个体最起码的理解。

当然,"古怪"的评价的确来自外面。更可怕的是,"古怪"而成为古怪意识形态,而成为扼杀、消灭古怪的土壤和成套管控、监视的手段。它们无所不在、无影无形,几乎弥漫在你的周身。所以,通观来说,王小波小说叙事思想,的确从根本上超越了截至目前凡涉及"现代性",人物必然莫名其妙孤独、痛苦的最为肤浅的所谓现代性叙事;也远远超越了凡触及现代社会机制,仿佛就一定要与劳资挂上钩,就一定与反腐题材联姻,就一定与文化传统中"天人合一"有不解情缘,乃至就一定要呼唤某个铁腕人物出来,否则,局面就难以把控的所谓现代社会机制叙事。他的思想可能牵扯很多复杂方面,但基本思想却坚定地指向现代性个体的成长、现代社会机制的完善条件及其障碍。应该说,迎着成为个体化的困难而去,逆着现代社会不完善机制而去,才是王小波小说留给今天的真正叙事思想遗产。

面对王小波这样一个已成历史人物的小说家,只要源于文本和文本叙事的基本历史语境,如何解读、阐释、论评,都属于学术之争,无可指责。但现在有一篇最近的批评文章,其观点之"新颖"实在有必要在这里提一下。它是许子东教授的《王小波〈黄金时代〉——身体快乐,是我们唯一的精神武器》一文,收录在其皇皇五十八万言的《重读20世纪中国小说Ⅱ》中。这篇大作分三个小标题来"文本细读"《黄金时代》。一是"'流氓小说'作家，还是精神教父？"，像标题所示，不管读得多细致，结论是王小波是"流氓小说家"。二是"知青和医生的'伟大友谊'"，解读王二和陈清扬"性交"过程。王小波小说的用语是"敦伦"或"伟大友谊"，他直接用"性交"，也就一下子降到动物的层面了。非但没解决问题，后面还给读者提出了问题："为什么本来应该是天生自然的东西，写出来反而是陌生化呢？"三是"把做爱细节写进交代材料"，结尾阴阳怪气地说，"貌似特殊时代的'存天理灭人欲'，其实是表明：即使在这样的时代，人欲就是天理。身体快乐，成了唯一的精神武器。可以躺平，但决不认命"。

如此"文本细读"，不由得让人联想到1992年《黄金时代》的一点遭遇。同是北京大学中文系"批评家周末"讨论课，同是北京大学中文系讨论"文学史系列问题"以培训学生的"思维和敏感"，1992年作者托人登门送书，却迟迟未列入讨论对象；1997年12月作者已去世八个月，阴差阳错却成了讨论的对象。浏览许子东的个人履历，1992年副教授许子东正在美国加州大学洛杉矶分校攻读博士学位，并开始研究张爱玲。之前，他的经历和王小波非常相似。1970年4月，作为知青到江西广昌甘州公社千善大队古坊生产队插队；1973年冬，因为患了急性肝炎，回到上海，在上海图书馆看了一年书；1976年4月，二十二岁的许子东回到上海，被分配到上钢八厂当工人；接着被推荐到上海冶金局自办的"工农兵大学"（七二一大学）；1977年年底，报考了华东师范大学中文系文学研究生。履历上看不出他参与过那个时期北京大学或其他学术团体"重写文学史"的经历，但拜读这篇大作，那个时期轰动一时的"解构主义"利剑用在王小波小说中实在让人吃惊，流风余韵酷似《再解读》对待二十世纪五十至六十年代"革命文学"的架势。这真是哪儿跟哪儿呀？

按理说，许子东是王小波小说语境的亲历者、见证者和参与者，更具有发言权。然而，"流氓小说家"的发明，让人不能不怀疑如此"文本细读"——仅限表面语义解析的批评风气，培训的学生，能怎样理解历史，怎样理解社会，怎样理解文学及其叙事？

第三节　市民社会与王小波杂文的"常识"

　　王小波四十岁辞职专做自由撰稿人，他的创作重心当然在小说上。观他小说基本面貌，其志的确不在小。他是有雄心而且有能力构建他的叙事大厦的小说家，这突出表现在他至少两方面的才能上。一是整体性反思与重建能力，他对他身处时代既有文学事实有着整体而深刻的警惕。身为知青，却对"知青文学"思想定式不认同；经历特殊时期，却超脱于特殊感受思考历史；气质接近批判现实主义，却以反方向想象对应所批判之"现实"，因此他的叙事与"伤痕文学""反思文学"有了本质区别；黑色幽默比较靠近后现代"先锋派"，但他却是"反乌托邦"的，非但如此，他还进一步以叙事的扎实表明历史惯性并没有就此中断；他亦渴望未来世界会变得不一样，然而无数王二们的遭遇一再告知，"伪现实"的"大厂文学"所昭示的未来世界并不全是"银子的"。二是他小说叙事中有着尖锐思想锋芒，但并不一定是单纯什么主义的，理念与行动的双重低调造就了他与一切抽象推理不沾边。即使参与火药味十足的"论战"，误入热气腾腾的文化炒作，他几乎所有言论也只是一枚绣花巧针或一把柳叶刀，挑破充鼓的气球、剜除肿胀的脓包，还事物一个本来，还事情一个真相而已，所以，他的哲学不是别的，是作为一个普通公民的极富思想诚意的"常识"。

　　既然如此，轰动一时的所谓"王小波文化现象"为何只停留在他的杂文上，这便是问题的症结所在，也是在这里值得进一步聚焦他杂文思想的根本原因。那么，他的杂文到底表达了什么，以及他表达出来的思想现在有无可能接续？

　　借着李静的研究思路，王小波杂文思想大致涉及以下几大范畴。

　　第一，他对知识分子的重新定义。不假惺惺拒绝成为知识分子，但也不以知识分子所谓知识优越感颐指气使，占据道德话语制高点，反身审判大众。收入《王小波全集》第七卷杂文集《沉默的大多数》

的《思维的乐趣》《中国知识分子与中古遗风》《知识分子的不幸》《花刺子模信使问题》《跳出手掌心》《道德堕落与知识分子》《论战与道德》《理想国与哲人王》等，其题旨均属于对知识分子的重新论定。从价值取向来看，王小波无疑是站在启蒙立场的，但仔细体味他的话语论证方式，似乎又是反启蒙的，这是怎么回事？其实，这些杂文均产生自二十世纪九十年代初特定思想文化氛围，他的杂文引申自此氛围并超脱于此氛围，是"批评的批评"。关于"知识分子立场"问题的论战，分"自由主义之争"与"人文精神大讨论"两股思潮，其成果差不多都收录在《知识分子立场：自由主义之争与中国思想界的分化》《知识分子立场：激进与保守之间的动荡》和《启蒙的自我瓦解：1990年代以来中国思想文化界重大论争研究》三本书中了。

由以上所举诸篇可以明显看出，王小波是其中的参与者，但这种参与却是隐性的，他并没有明确用过自由主义、激进或者保守。当然，他也并不是一个骑墙派和折中主义者。他的见解朴素而真诚，读他的这类杂文，即便不清楚那段"论争"的读者，从他观点也大体能知道那场"论争"到底争的是什么了。他认为，知识分子无须首先特别强调什么立场，也无须咬牙切齿为一个也许空洞的概念而许愿发誓。是不是真正的知识分子，只要化为切实行动就够了，这可以最大可能避免将自己打扮成为辅助权力统治、营造精神牢笼、专事道德判断的"哲人王"。他所谓"面向未来，取得成就"，并非向壁空谈，是基于痛切生命体验的告诫。在"论争"中，他已经感到那些张口闭口，喊叫着要"重建精神结构"的论争者字里行间流露出来的某种危险信号。深文周纳、气势如虹的宏大话语，无不透露着身份旁落后的落寞与迷茫，也无不折射出企图以道德伦理"曲线"重返"中心"的用心。所以他说，"重建精神结构"是好事，可别建出个大笼子把大家关进去，再造出些大棍子，把大家揍一顿。他那著名的"花刺子模信使问题"的推论，表达的即是对"反智环境"及其"反智现象"互为表里的隐忧。倘若反智环境一直存在，就不能乐观高估反智现象会绝迹。苦难中的摸爬滚打，他太知道人性的脆弱或者说知识分子本来更擅长滑头哲学的本质了。由此他逆推而得出的一个结论是，若有人发现自己被"花剌子模君王"关进了"老虎笼子"，则可以断言，这个人是个真正的知识分子。这当然不是说王小波非得以死检验知识分子的真假，只是在他眼里，知识分子同样也是血肉之躯，不是一帮超人，他们之所以在反智环境中为保全自己而变得"滑头"，也仅仅是给予人的本能的考虑。他的办法，既不主张以头撞墙，只活在"义"中，做个廉价"捐税金"者，也不拍着胸脯发毒誓来标榜自己假话全不说、尽量说真话，而是说机智的俏皮话。这好像比鲁迅反对肉搏而提倡"壕堑战"，更加高明也因此更多具有了此时代特点的吧！

由此可见，王小波定义中的知识分子，实乃俗人。不过是有智慧、有趣味的俗人，这也是他基本不用"启蒙"的初衷。没有道德君子的自我人设，没有为宏大叙事献身乃至成为宏大结构的立法者、阐释者的知识前设。这样的人，也就很难与那段时间担纲论争对手的"自由主义者"，或"人文精神"的输出者有什么切实联系，充其量，他心目中的知识分子，是个自由优先的"自由的"个体。

第二，自由优先的个体，顺理成章，衡事估物必然立足于个人自由、平等和创造的立场，对个人具体偏激少了几分睚眦必报的还击，对源头真相多了许多务实分析。《我看国学》《智慧与国学》《我看文化热》《文化之争》《警惕狭隘民族主义的蛊惑宣扬》《"行货感"与文化相对主义》等诸篇，就论题而言便属于此列。针对喧闹一时的国学热（今天尤盛）、文化相对主义和狭隘民族主义的泛滥（今天亦尤盛），王小波毫不含糊，靶子直逼源头。他说，"中国文化的最大成就，乃是孔孟开创的伦理学、道德哲学……这又造成了一种误会，以为文化即伦理道德，根本就忘了文化该是多方面的成果——这是个很大的错误"，更大更严重的历史误会是，在中国，一说到"文化"，人们就往伦理道德方面去理解。他指出孔孟哲学"拢共就人际关系里那么一点事"，这正如嚼口香糖，口香糖再好吃，也不能换着人地嚼；也正如只要不断反复认真地嚼，没准儿还能嚼出牛肉干的味道。"我个人认为，我们民族最重大的文化传统，不是孔孟程朱，而是这种钻研精神。过去钻研四书五经，现在钻研《红楼梦》。

我承认，我们晚生一辈在这方面差得很远，但也未尝不是一件好事。四书也好，《红楼梦》也罢，本来只是几本书，却硬要把整个大千世界都塞在其中。我相信世界不会因此得益，而是因此受害。"接着，他得出结论认为，中国文化对于物质生活的困苦，提倡了一种消极忍耐的态度；中国的文化传统里没有平等——从孔孟到如今，讲的全是尊卑有序，这也是为什么中国无法产生科学。此认知的意识形态化后果必然是，我们只能静待外国物质文明破产，来投靠我们的东方智慧。这意思是说，不思进取，只盼别人早点完蛋；洋鬼子在物质堆里受苦，我们享受"天人合一"的大快乐。因为论争根本不涉及实质内容，论争双方也就表现得大开大合、无私且无畏。故而，王小波的话，看起来似乎真有点粗糙，但理却是端的，除非你有比他更充分的证据推翻他。所以，他的个体自由优先，又是建立在他自觉的现代文明认知基础之上的，而不是在抽象的现代人文理念上。其背后深藏着的是器物层面的致用思想——用他的话语方式说就是，追求智慧与利益无干。

王小波这一范畴的观点有无道理，后面还可以进一步讨论。然而结合以上所提论争成果，回到那个现场后，所谓"启蒙的自我瓦解"，抑或自由主义之争、激进与保守之辩，多数论述逻辑和观点，实在不能说摆脱了李慎之的四个字评价——"虚火空洞"。

第三，大众文化及被镌刻进大众文化意识形态中的日常生活状况，也是王小波杂文思想发展逻辑的一个必然的终端产物。这些杂文为报刊专栏而写，皆短小精悍，举重若轻，直捣问题的核心。比如他对中国没有科幻片根源的剖析，因为老纠缠在"现实意义"在哪里、"积极意义"又在哪里的前提审查和自我审查漩涡中，如此刻板的诉求是不可能产生自由游戏的科幻电影的。比如聚焦于春运高潮来看国人的个人尊严位置，指出一个人不在单位、不在家里，不代表国家、民族，单独存在时，居然不算一个人，只能算是一块肉；由此而推理，中国知识分子的所谓体面、尊严，不以个人面目出现，言必称天下。比如由对Internet"不良信息"的控制问题，他步步后退地推导假设，最后引出一个冷峻的道德难题：在看似"与己无关"

的个人权利屡遭侵犯时,你是否可以无愧地赞成这种压缩?如此等等,个人权利(益)是否运行畅通,必然呼吁良性的社会机制,但前提是个体必须有自觉的现代意识,即首先要求权利者个人的积极争取。王小波眼中的个体形象及其答案不言自明。

当然,除此之外,针对二十世纪九十年代国内外盛行的"'文革'是一场实现激进民主、抵抗资本主义和'现代性'的伟大实践"这一"新马"论断派,王小波直接诉诸自己的创伤经验,以对个人价值、自由、智慧和道德的戕害为基本衡量尺度,举重若轻得出了他的结论,认为其背后是反智主义文化逻辑的支持所致。针对有关文学、艺术、科学和人文的一般性观念探讨,王小波杂文也占有相当大比例,有感于中国纯文学的幽闭、世故和说教,他的判断是普遍为"无智无性无趣",他主张文学的智慧、性爱和有趣,因为"有趣是一个开放的空间,一直伸往未知的领域,无趣是个封闭的空间,其中的一切我们全部耳熟能详"。应该说,这是一种很成熟很高境界的个体化发展指标。

王小波的杂文思路与其小说叙事方式颇为相似,或者说,叙事解决不透彻的问题,杂文接着说。本质上,杂文也就构成了他小说叙事的一个当然延伸和深化,是他小说叙事大厦中的一个有机部分。这有点像鲁迅研究界一些有识之士对鲁迅的看法,认为鲁迅一生只在完成一部书,它叫《鲁迅全集》。翻遍王小波文集,他似乎从未提及过鲁迅,哪怕把鲁迅言论作为论据出现,也都未有过。但王小波无疑是当代中国作家中,思想气质最接近鲁迅的一个人,他短短的生命力求完成的也大概只是一部书,叫《王小波全集》。只有了解了王小波杂文思想所指,才有可能更具体地把握王小波小说叙事。反之,在王小波小说叙事终止的地方,也许才是其杂文开始进入的时刻。

综上所述,之所以王小波的杂文撑起了一个偌大"王小波文化现象",简单点说,不过是王小波在烦琐重叠的话语竞赛中,站在了民意的一边,充当了安徒生童话《皇帝的新装》中那个直言皇帝并没有穿衣服的小孩子的角色罢了。后来,网上网下如雨后春笋般掀起的"小波体"文章以及"愿做王小波门下走狗"之类戏谑、黑色幽默。应该说,王小波文体及其思想走到今天这个变异的地步,恐怕多半应归罪于如此蛊惑。但任何事物必有两面性,这也是不破常识。如果没有此类或许略显低级、肤浅、选择性形式的彰显和传播,不要说普通大众了解二十世纪九十年代以来我们的观念经历了怎样的涤荡,就是专事话语生产的知识分子,留给他们的只怕仅仅是一些片面之词,或者干脆是些强大惯性势能推动下,无数自我确认的话语碎片和思想渣滓了。

这个角度,善待并承续王小波的思想方向,往大里说,面对复杂的现实,是保留一点真纯文化眼光和诚实的思考品质;往小里说,身处危机丛生的具体环境,何尝不是构建自我的个人观或个体的个体化的基础?

那么,问题来了。今天的我们是仍像一些人直搬五四启蒙乃至直搬鲁迅思想那样,直搬王小波文化姿态,还是需要在本来基础上深度转化乃至于调整、重建呢?这首先涉及了解在我们的传统中究竟有着怎样的个人观的问题。

余英时《中国近代个人观的改变》一文,在中西对比坐标上梳理了我们最不该"遗漏"的"个人"和"自我",这些价值观念和话语体系组成了"个人意义生活"谱系。近代以来,中国"自我"并不先始于鲁迅,谭嗣同《仁学》里所谓"冲决罗网",是最早提出主张个人应突破传统文化对个人的拘束,使人解放并希望全面改变传统文化的论述。但截至鲁迅"礼教吃人"说法传开来,给现代中国人的主要认识导向却是,传统是压迫我们的、拘束我们的,于是"三纲五常"便成了现代中国人首先想要突破的礼教束缚。到了五四,胡适选择性引进易卜生个人主义,突出的乃是"小我"的存在仍以"大我"为依归,从此拉开了人们对中西个人主义参照对比的序幕。相同的是都肯定个人自由和解放的价值;不同点是西方以个人为本位,中国却在群体与个体的界限上考虑自由的问题。

但中国传统中的"个人"和"自我"却远比五四以来丰富得多。至少自汉代开始,"个人"是可以堂而皇之以自传形式公之于世的，司马迁《太史公自序》所谓"先祖之所出"即是。但汉朝大一统后，"私德"被纳入"公德"，并作为"举孝廉"手段，"私德"业已制度化，久之便流于虚伪，这才引起了中国史上第一次集体性的反抗——魏晋时代个人觉醒。无论思想上的老、庄玄学，还是文学上的"建安风骨"，其对"个人的自我关怀远远超过了大群体的意识"，远不是今天昭著非凡的政治性的、为帝国的伟大做渲染的正宗的赋体所能比肩。尔后，庄子的"适性逍遥"与"无父无君"的佛教相碰撞，"打破了中国各层的群体观念，而突出了个体"。

顺着这个线索，余英时从隋唐诗人诗作中，而不是官化了的儒家经典注疏中体味到了"诗人自己的一种极深沉的苍凉寂寞之感"，这是前所未有的个人主义境界。即便向来被学界质疑有加的宋明理学，心性、理学"使我们对个人的内心认识得更深了"，特别是理学所强调的重点"修己"，是一种深刻的内转，对个人提出了更高的要求。因此，儒家的个人观，在宋、明以后显得更为成熟了。宋、明以来"修己治人"虽最初以士大夫为主要对象，但越到后来便越和日常人生打成一片，而且也跳出了"士"的阶级，王阳明"不离日用常行外"、戴震"人伦日用"，即是此种普遍现象的佐证。这意味着中国传统文化中并非自古即崇尚权威人格，压抑个性。恰恰相反，五四以后才翻转了这一切：先是奉西方大师为无上权威，后来则尊政治领袖为最高权威。现代知识分子对日常人生意义不屑一顾的一个直接后果，是中国现代个人观越来越枯萎、自我意识越来越萎缩。

至于五四之后中国知识分子所理解的西方文化及其个人主义，余英时认为也是片面的，甚至是相当肤浅的。五四之前儒、道、佛互动所开拓的更宽阔更日用的中国个人观，到了五四以后无人理会了。一方面现代教育教材的设置，使年轻人无从接触中国传统文化，特别是体现人生日常生活意义的传统文化；另一方面五四极力倡扬科学而至于极端化科学主义，科学俨然成了包治百病的良药。至此，中国人因此变得都是采取功利主义观点来看人生，表现出来的就是什么事都要"立竿见影"，一切事情都是以功利的观点来衡量。对西方文化的这种选择性引进、学习，甚至到了为科学主义所俘虏的地步,"为知识而知识、因真理而自由"的精神反而丢掉了。极端功利主义的一个次贷反应便是,张口闭口"批判精神",实际上却只假"启蒙"之名"批判"别人、"怀疑"别人,很少或几乎不对自我做深入的内在批判。这种"权威性"姿态与其打造的新的传统一起,以"遗传"的隐秘形式推动下,成了"自我"在精神内涵上不断走向贫困的一种表征。

王小波杂文中所格外强化的自由优先的"个人",应该说就是在这样的思想文化背景进入人们视野的。这时候,思想文化现状、王小波的"个人"与人们的心理预期三者之间,便构成了一种张力关系。站在王小波自由优先的"个人"角度看,无论力挺"人文精神"重建的论者,还是激进或保守的持见者,虽然主观上不是否定"小我",但终极推论却无疑以牺牲"小我"来换取重建"大我"的条件。毋庸置疑,这个思路仍是在中国思想传统中讲个人,"小我"的存在仍以"大我"为依归,这当然是令人沮丧的。与其说是王小波杂文思想的胜出,毋宁说人们是在总体失望而局部希望中所保持的某种想象的复活。站在人们心理预期的角度反观,"论争"所得"成果"(如果有的话)则并没有多少新意,对于它们,人们可谓"耳熟能详"。王小波杂文使人们"眼前一亮",其中,很大成分不能不说是对其苦难经历的同情——更重要的是,王小波成功去掉了"启蒙"知识分子姿态,放下了"说教"的身段,至少他把文本话语细致入微地转化成了大众所乐意接受的大众语式,形成了和谐对话的开放式结构。至于他的杂文观点和思想,是不是真的赢得了如许大众的青睐,现在的确无从得知。但可以肯定的是,多半一定得益于"王小波体"独特的机智、俏皮、戏谑和黑色幽默。这一点不可小觑,它是王小波对五四启蒙远背景和二十世纪八十年代"新启蒙"近背景双重转换的标志。对于前者,他续接了文化眼光,去掉了武断和偏颇;对于后者他转换了语境,去掉了陈腐和惰性因袭。

这一点,倘若拿鲁迅来参照,多少也能看出些蛛丝马迹来。鲁迅的杂文思想乃至鲁迅的文学思想一直是研究界的热门话题,但不能就此断定鲁迅杂文多么深得大众喜爱。研究界的"热"实乃精英知识分子们的事，大众中若是同样常"热"不降，就很难解释鲁迅杂文逐渐被"请出"教材，也很难解释学生一提鲁迅便"头疼"这一现象了。即使像有人说的，鲁迅不被今天大众喜爱另有原因。但这些特别的原因中，也不能决然排除鲁迅杂文讨论问题时所特有的"启蒙"姿态和独语式眼光。

至此可以有个基本判断，王小波的"个人观"及所面向的世界，其实是市民社会。他想到、说出的东西，均属于市民社会大众静悄悄默认的常识。

我强调的是市民社会而不是公民社会，市民社会一定有社会学家的标准定义，这毋庸赘述。但我这里所说的市民社会，并非仅仅是社会学按照各种硬性指标界定的静态的社会形态，是一种在文化上与传统社会有着本质区别的动态的人文思想趋势，暴露出某种明显的价值信息和个人观。总有相当一部分人初步具有理性思维能力，并且注重自律性个人生活；总有相当一部分人真正在营造内在性世界，这是对哈维尔贬义的"内在性"消费主义的反拨；总有相当一部分人开始自觉摆脱虚构所带来的阅读苦恼，尤其在不确定性和风险性叠加的时代，他们也变得非常警觉非常谨慎。这样的市民社会文化具有以下特征：其一，专家主宰或层层分解的科层化管理导致，社会政治、经济和文化的专业化、体系化和制度化又逐渐地脱离日常生活领域和生活世界，造成了"体系化""制度化"和"法制化"与"生活世界"的空前未有的尖锐对立，造成了前者对后者的"殖民化"或"宰制"。其二，正因为"系统"与"生活世界"经常性的"相遇"或"冲突"，"双重偶然性"会不断出现：一方面是社会系统中的社会行动本身所产生的一个必然的结果；另一方面个人行动又成为社会行动完全实现的一个主要障碍。

重读王小波杂文，下意识里会置于这样的市民社会来衡量。从王小波的"个人观"看过去，他的杂文其实是从"生活世界"看"系统"，"生活世界"不是被"殖民"，而是破败，是借"系统"的名义对"生活世界"的宰制，他的"个人观"也就为看到大众预期的"生活世界"挤开了一条小缝；"双重偶然性"中，强调的是社会行动和个人行动都具有实现意义生活的可能性，就要看它们是"相遇"还是"冲突"才能作出判断。但从王小波的"个人"——尤其只能通过动用非正面的讥诮、戏谑、黑色幽默话语方式，来作用于与之相冲突的社会行动审视，至少还无力主动作用于二十世纪九十年代的"系统"。这还只是在假设的前提下，即假如王小波自由优先的"个人观"，同时对大众社会与精英知识分子及其构成的强势话语结构都产生积极意义的前提下。可事实却是，虽然"论争"中的自由主义确有真凭实据，基本靠事实说话，但也无法避免启蒙内部自我瓦解的命运，王小波相当低调的微观"启蒙"，无一例外，同样在整体的自我瓦解之内。从当代中国思想史的角度看，这不能算王小波的悲哀。

第四章

第五章　被符号化的王朔小说与新时期青年思想状态

零零碎碎、断断续续重读王朔小说,前后有一年之久。经常被俗事绊住,不能持续而完整地阅读是一个原因。另外,今天重读王朔小说,属于对应性理解王朔小说的最佳社会语境已经不再,不边读边停下来还原其叙事思路与彼时普遍社会现实的同构关系,神经几乎会很快被批评界赐予王朔的那些强悍流行概念所收编,几乎白读。这说明,批评王朔的文本与王朔小说文本之间,的确存在不小的错位。这错位的空当中,既积淀着阐释的思想能量,也埋伏着文学批评一直以来的致命危机。

那么,为什么一定要重读王朔小说呢?这与我的一个前设有关。这个前设其实是一个愿望,就是想总结一批当代小说家的小说叙事思想。既然探讨的对象是小说思想,必然需要具备一些起码的"硬性"条件。其一,小说家已不再大量创作小说,客观上造成了其小说叙事的静止或封闭状态;其二,在横向对比的角度衡量,小说家已经贡献出了属于自己的小说世界观;其三,小说故事集中在一系列公共问题域内,且有相对独立的叙事风格和话语方式;其四,从传播学的层面看,产生过强烈的社会效应;其五,塑造过具有典型性格取向且仍富于理论阐释空间的人物群像,代表了一个时代至少一个群体基本的精神摇摆状态。

前三个特点,力求对小说叙事诸元素有所限制,在相对稳定的条件下探讨其与彼时主要社会文化思潮互动甚至能动于普遍社会价值的阐发能量。后两个特点涉及理论批评界的一般态度和小说影响的广泛度,最容易直接折射小说思想水平。

王朔显然具备这样的条件，他小说创作始于二十世纪八十年代初，基本小说叙事思想完成于二十一世纪第一个十年以内。原则上，在这个时间跨度内，他已经完成了他作为小说家最重要的小说创作。通过浏览也可知，研究王朔小说的成果虽然还在不时发表，但主流批评家的关注似乎已经开始减少，还在研究的主要力量多数是在校硕博毕业生的毕业论文。新生研究力量的加盟，一方面表明王朔小说已经被历史化，是新的社会语境和文化氛围催生的"再解读"，加进了许多新生的社会问题和文化精神元素；另一方面则告知我们，王朔小说世界里确有某种独属于青年人的东西，它并没有被强势政治经济话语所稀释。时隔四十年还有青年学子将其作为学位论文研究对象，其他因素不去说，仅"命运共鸣"就很值得再三玩味。就此而论，一直以来不管出于什么原因什么立场什么价值取向，无论肯定、激赏，还是否定、嘲弄、挖苦、批判，镶嵌进王朔小说结构流程的一系列堪称王朔小说代名词的用语、概念、概括、定位，就需要更加冷静的甄别与分析。

当然，要辨别王朔小说的叙事思想，单凭与时俱进的个人感觉经验，或单凭如今诸方面颇为受挫的青年"心声"来给既成定论的王朔小说"翻案"，那就太草率了，也不是文学思想研究应有的态度。要分析王朔小说中特殊时代思想的蛛丝马迹，还得首先从研究他小说的堪称聚讼纷纭的批评观念中，寻找彼时价值根据和时风趋向，拎出被长久遗忘的和被有意忽略的东西，走出符号化的思维误区。

第一节 "社会规范"的假想敌与小说被符号化

根据王朔小说叙事，大概因为生活经历之故，再加上他本人乐意用自传体第一人称"我"讲故事的习惯，这个"我"其实身兼二职。既是虚构故事的讲述者，也是现实王朔的代言人，甚至揣摩他小说长于"实证"和写"实事"，鲜有想象、编织的才能特点，越到后来，"我"干脆成了王朔本人的化身。对照王朔履历，其小说人物的心路历程与王朔自己的现实处境，小说故事流程与二十世纪八十年代城市大多数青年的曲折遭遇，以及那个年代城市待业青年特有的"心气""意志"、不守规矩、不愿按部就班，与批评界给安上去的"痞子气""顽主心态""侃爷范儿""流氓习气"和"不正经""不在乎""不当回事儿"等，多有重合。就是说，他的小说只是在一般意义上为了故事的完整，和出于对叙事完整性的考虑，进行了适当添油加醋，也为着摸清当时读者口味，在调剂小说的故事性上亦进行了趣味性消费调整、裁剪，而小说故事骨架乃至精髓，则基本内置于那个年代突出而响亮的主流文化秩序之内，是主流文化的再生产或反方向诉求。顺势再生产，是为着赢得深度共鸣；反方向调侃、嘲弄、讥讽，也为着另一形式的深入。通读他的小说，即便是本着研究的功利心去"深挖"其"奥妙"，合上书本后发现，他小说所讲故事、情节包括细节，很难被总结出来，也很难复述其典型性和冲突性。人物命运、故事结局、事件起讫，甚至时间线索，都极似无规律、无预定目的散漫行进的生活本身。有一搭没一搭，走到哪里就算哪里，全然不在乎以情节的奇崛、怪诞和细节的精微、细腻吸引人，留下的只是人物对一件或某几件日常琐事、日常行为、日常选择的态度、情绪、看法和评价。批评界所发现的其小说对话特点和北京方言的"侃性"，指出的正是这一点。在王朔小说中，人物可能通过言语的"溜"撑开了小说空间，抻长了小说时间，但核心故事有时却还停留在原地。如此这般，他的叙事则事实上构成了对二十世纪六七十年代转型到八九十年代，城市青年特有内心状况的纪实性呈现。

这样的一种小说态度，显然不是在明确的思想支撑下的价值叙事，也并非当时流行的先锋派、存在主义、后现代写作潮有意突出的小说风格，无意识中凸显的是一个数量庞大的特殊人群普遍而尖锐的精神波动，一定程度上，也是王朔对他熟悉的这个人群在时代转折面前整体矛盾心理的形象化呈现。向内，表征了一代人精神松绑后跟跟跄跄自处的无助；向外，再现了计划经济向商品社会、市场经济转型过程中价值空白地带的争议和我行我素。

那么，今天再读王朔小说，理解他小说与八九十年代之交的社会现实关系，首先需要研究他与他小说所写六七十年代主流文化的关系，这是决定随着时代的变迁，认识他的思想成色的一个关键点。这一点恰好夹杂在论评他的批评文字中，他的反驳和辨伪，以及后来索性听之任之，将错就错，以他特有的"痞性"仰天长啸的姿态，均离不开批评界。

搜索王朔研究资料可知，除几本专门著作外，论文（包括学位论文）有几百篇之多；研究人员除了主流文学教授、批评家外，也有一半以上是自由评论者，另一半为在校硕士、博士，他们的读解还在继续。论述的路径虽然庞杂且纷繁，但论证的终极结论却惊人地相似，即大多很难超越符号化的魔咒。读有些更为极端的论述，其果决的选词用语、真理在握的姿态和高高在上快刀斩乱麻似的武断，几近给人重温"大批判"的惊悸，文学批评走到这地步，实在令人不安。然而，实质上看，这样的论评，又极其简单粗率。说穿了，不管最初赐给王朔小说"痞子"这一符号的人是基于怎样直观的印象感受，到了后来的借用者手里，符号便开始了它的"意义"再生产，可以堂而皇之进入道德、文化、价值诸结构内部，并进行符合需求的"深挖"和"赋形"，直至达到不同诉求的批判目的，哪怕围绕符号展开的"辩护""激赏""肯定"，本质上都难脱观念先行、主题预设的狭隘。这一点，也是与一般起于个人感觉经验也止于个人感觉经验的内容膨胀的"过度阐释"不同之处。前者可能会沦落为"罗织"，在纲上和线上做文章，后者充其量堕落为大路货的"读后感"，理性缺失也不至于变异成任何形式的"指控"。缘于符号化的诱惑和对该诱惑的欲望化表达，王朔小说应有的思想信息便被简化了忽略了，这种符号化批评逻辑可做如下归纳：

第一，由"痞子论"而衍化为身份正统论，所肯定者为身份上合传统、合正统、合精英阶层的立场，对于非传统、非正统、非精英阶层的游民、贫民、平民，则自觉不自觉采取了一种歧视态度，"痞子论"也就成了质疑王朔小说的"身份正统论"符号。

王朔小说中的"他们"，既是他小说的主要读者群，也是他小说的主人公，他们是一个阶层。不是衙门里的官僚和御用文人，不是讲台上的专家学者，也不是田地里的耕稼农民，"他们"是广大城镇中的"市井小民"。更准确地说,"他们"是二十世纪六七十年代身体正处在发育阶段,遭遇特殊的十年,应受完整教育却没有完整上完初高中的城镇青年。到了二十世纪八九十年代,按说"他们"理应在职工父母的荫庇下顺利走上"接班人"道路,可阴差阳错的是,这时候父母到了退休年龄或干脆早已下岗。在世俗条件决定成败的传统社会里,没有原始资本的积累,或原来拥有一些社会资本却被新政策打断了延续性的家庭,几乎等于提前退出职场舞台,"他们"只能成为幸运的失意者。"大院"出身的王朔,连同他笔下相同出身的无数哥儿们,也就只好勉强厕身于讲文凭、拼学历、靠职称的体制边缘,再度成为令人羡慕的落魄者。比之农村底层,"他们"显然是优渥的一代;但比之城市有学历一族,"他们"反而只能是体制内的配角、机关企事业单位的边角料。

这样的一批人,用正统的眼光看去,"他们"幽灵一般游荡在社会的各个角落。名不正则言不顺,言不顺必然行不端。世俗的这个逻辑,也就构成了批评他小说的大多数批评文章逻辑。在批评界看来,王朔小说中"他们"的言语,不但不符合自古以来的规矩,更要命的是,他们竟然对百废待兴后人们求之不得的"稳定""安宁"人生观感到不满,简直不知天高地厚。《一半是火焰,一半是海水》中张明的心理,就是"他们"共同的心声,"所以我一发现要当一辈子小职员,我就不去上班了。""所以我抓得很紧,拼命吃拼命喝拼命玩。"怀疑生活,畏惧生活,怀疑理想也畏惧理想,乃至通过疯狂消费来对抗"规矩""正规"生活模式带来的空虚和无聊。"他们"对传统道德观亦不怎么认可,非但如此,还用实际行动进行着猛烈颠覆。比如为了自己的虚荣或者纯粹为了找寻刺激,他们可以把自己的朋友推向死亡的陷阱(《痴人》《玩的就是心跳》);可以把深爱自己的妻子,推向别人的怀抱(《给我顶住》);可以把爱大胆堕落为纯粹的性,以淫乱的群居和非婚同居代替婚姻方式,也拒绝承担任何家庭责任(《玩的就是心跳》《过把瘾就死》)。最后,"他们"还反叛传统文化价值观或知识观。特别如《修改后发表》《谁比谁傻多少》等"编辑部"系列作品中,对传统知识、传统教育以及传统知识分子弱点的怀疑和否定,其到达的程度被有些论者称为"强烈的反智和反启蒙倾向"。

批评界所谓"市民立场",其实是对王朔小说人物三观"不正"的批判。所谓"媚俗倾向",其实是对王朔小说有意迎合九十年代理想主义被普遍唾弃的时风的指责。两者中间的偌大话语空地上,被省略了的内容,仍是"饰小说以干县令,其于大达亦远矣"(《庄子·外物篇》)的传统,意思是卑微之人不合大道的琐屑之谈,岂能荣登知识分子、教授建构的堂奥?也何尝不是"小说家者流,盖出于稗官,街谈巷语,道听途说者之所造"(《汉书·艺文志》)的翻版?"小说"之所以不是"大学",就在于它的庸俗。正因为如此,导致王朔的小说与从古至今与它具有共同"基本特点"的小说一样,因"他们"身份的不正统,三观的"庸俗",其话语亦不属于正统与主流范畴,与此相对,它只能是"痞子文学"。

第二,由"流氓说"对王朔及其小说观进行道德上的讨伐与审判,衍化为体制内、既得利益、社会资源拥有者对体制外、奔波者、底层匮乏者道德、伦理、情感"污点""瑕疵"的指谬,其对某种"叛逆"行为自觉不自觉的歧视,也就昭然若揭了,"流氓说"也就实际上构成了王朔小说道德伦理内容的符号化代名词。

王朔小说包括放大到王朔本人道德观的内容,进行"流氓化"处理,并不是空穴来风,其来有自。"我是流氓我怕谁",就非常著名。这句话首次出现在王朔小说《一点正经没有——〈顽主〉续篇》中,小说中的叙述人"我"(或方言)一次被一群学生"绑架"到了万人大会上去阐述自己的文学观。在阐述的过程中,方言与学生由对聊、对辩发展到了对骂,对骂时方言扔给学生一句:"谁他妈也别想跟我这儿装大个的——我是流氓我怕谁呀!"王朔喜欢真真假假、虚虚实实地使用"流氓"这个词语,说得多了,确给读者以"流氓"之感,这是其一;其二,王朔同时喜欢让"流氓"和"作家"发生种种意味深长的联系。比如在《顽主》中,借人物之口,作者写道:"宝康不是好东西,你没听说现在管流氓不叫流氓叫作家了吗?"在《一点正经没有——〈顽主〉续篇》中,叙述人与小说人物方言还有下面一些对话："过去我老以为自己是流氓，今儿算见着真流氓了。""方言相比之下还是不错的，起码人家承认自己是流氓，除了打麻将不动别的坏心眼儿。""哥儿们你真可以，临危不惧灵机一动，还是你是流氓，我们差远了。""哥儿们，我也是流氓，咱流氓对流氓就别太计较。"（宝康的央告）"呔，谁是流氓，我们现在是文人了。"（方言的话）此外，王朔还说过："过去的作家里有许多流氓，而现在中国的流氓里大都是作家。"由此看来，"我是流氓我怕谁"的出现并不突然偶然，它是王朔"流氓话语"中的有机组成部分，自然也成了他自己及其小说被"流氓"符号化的"铁证"。

王朔还不止一次说过另外类似的话，比如，"走上革命的漫漫道路受够了知识分子的气"，"头上始终压着一座知识分子大山"，而"只有给他们打掉了，才有我们的翻身之日"。在王朔的种种言论中，作家与知识分子似有所区别（后者大概主要指大学教授、学者、批评家等等），但由于传统的作家自然也是"控制着全部社会价值系统"的知识分子的"同谋"。不管是知识分子还是作家，在传统的意义上他们均被看作是人类文明火炬的传递者和人类灵魂的工程师，这种角色扮演决定了他们必须有那么一些责任感和使命感、神圣感和荣誉感，所以，所有这些人又成了王朔眼里所谓的"优越感"。当然，"优越感"是相对于王朔自称是"写字匠"，并认为"写作就是码字的"来说的。

有了这样的一条逻辑线索，王朔在《知道分子》一书中，花很多篇幅对当下文化圈迷信权威的分析，对"知道分子"成因的揭露，对无效概念及虚伪词语的批判，对中国大陆大众文化与港台文化渊源的考辨与论述，以及以"我看"的视角对王朔、鲁迅、老舍和金庸进行的非常有见地然而却被权威的捍卫者讥讽为"无知""狂妄"的精彩观点，基本上因为"我是流氓我怕谁"、先挑知识分子软柿子捏一类"流氓"话语而遭遇遮蔽，至少未能得到应有的重视。"流氓说"也许是王朔非常讥诮而游戏性的一个说法，王朔的批判者也非完全当真地去批判王朔小说。可在事实上，因为王朔的言论、小说叙事中嘲弄讽刺的主要是作家，特别是王朔的批评文字或小说对话话语，并非引经据典考证，也并非纵横对比，更不是谨小慎微的逻辑梳理，他所论、所发话，均系兴之所至的性情之言和经验印象，如此更进一步坐实了王朔"流氓"事实，这个符号化表达也就遮蔽了太多实质性东西。

第三，由"顽主"形象的特殊性阐释而上升为对一代青年的社会名望的普遍性指谬，批判的武器悄然间变成了武器的批判，同情地理解也就不再认真地理解，而一变为简单粗暴的符号化，王朔批判的僵化、虚伪和庸俗，倒反转而成为王朔批判者回护的对象。

"顽主"是批评界对王朔"顽主系列小说"中人物形象的总结。但不像"痞子""流氓"，不是作者王朔有一套解释，就是其小说人物有一套解释，至少通过叙事给读者提供了理解的语境，而"顽主"则不是。什么是"顽主"，怎么样的人生才是"顽主"心态，王朔自己没下过任何定义，其小说人物也未曾有清晰的对话信息。我们只能通过理解《顽主》，再去把握"顽主"。青年于观、马青、杨重办了一个以"替人排忧、替人解难、替人受过"为主要经营内容的三T公司。一时间，客似云来。杨重替某医生与女友刘美萍谈恋爱；马青替一男子舌战娇妻；经理于观接待号称作品应获大奖的"作家"宝康。但很快，事情的发展出乎意料，杨重的顾客刘美萍竟对他有了爱慕之心；为"作家"宝康举办的颁奖大会，不得不临时抓人到商场扮演发言的名人；怕女友在分手时掉泪的人前来求助，结果要告吹的女友正是刘美萍；替顾客照料患重病的老太太，最后却被其亲属告上法院。三T公司被停业整顿，同时也接到了法院的传票，老太太的亲属们坐在营业部要求赔偿损失……于观、马青、杨重三人走上大街以冲撞其他人来发泄怒气，没有人理睬他们，当他们离开已停业的公司时，发现门口排起了长长的队伍，都是需要帮助解决生活难题的人。围绕三T公司兴衰的荒诞故事，小说表现了改革开放年代各种纷繁复杂的社会景象及人们的各种心态，包括各种病态人格、行为和种种不尽如人意的现象，用调侃、玩耍的方式对此进行了嘲讽，表达了对旧秩序、旧道德观的反思、批判和对人生的深刻思考。高度再现了各种生活图景，给人以亲切、朴实、可信之感,将现代生活中都市人特别是都市青年人的各种情绪渲染得淋漓尽致。

就是这样一个中篇小说(这个未完故事将在其中篇小说《一点儿正经没有——〈顽主〉续篇》中继续讲述),一个发生在时代转型期城市青年普遍性精神骚动且震动的故事,批评界开的阐释口子不可谓不大。一则以"末路英雄"来解读"顽主"。"末路英雄"者,指与王朔部队大院一样的子弟一方面通过参军晋升的仕途被社会主义经济建设这个重心政策打破了;另一方面在经济建设中,他们过去又是纨绔子弟,没学什么东西,什么也不会,只好心不甘地做个体制边缘人。这一政治与经济的"双重"失落,使他们沦为边缘人,浪迹街头,无所事事,一身市井无赖陋习。二则从红小兵到"顽主",小说主人公就是王朔本人,小说人物所作所为即是王朔现实经历。从小心里装着"更伟大的事",想象性造反经历使然,对那个时代情未了的追思与缅怀一直折磨着王朔,但在经济建设的社会主旋律中,作者只能用语言讨伐令他们失意的社会,用极端夸张、调侃的语言践行他们的革命理想。因此,"顽主"只能用语言的极端不正经化、暴力化反抗正统秩序。"顽主"便是过去的红小兵,过去的红小兵便是今天的"顽主",践行的正是"不是今天的老人学坏了,而是当年的坏人变老了"的逻辑。三则认为从五四时期"零余者"到"顽主",有着深刻关联。持论得以成立的关键论证是,被社会排挤,内心空虚、孤独,是二者共同特点。但区别也很明显,"零余者"穷得只剩下钱和知识,在精神绝望中选择与社会格格不入,最后的结局只能是走向末路;"顽主"则懂得变通,他们可以为满足自己的物质需求而去拼命赚钱,他们是有钱但没有文化的"零余者","零余者"逃离社会因而是被社会压制下的产物,"顽主"则是自己压制自己的另类"零余者"化身。以上三者看起来批评的面很宽,也具有纵深感,其实只是把王朔和王朔小说当作了假想敌,想当然控诉的结果。

第二节 "主流文化"惯性与批评观念的陈旧

这样的一个归纳和界定，其用意并不是说批评界完全误读乃至误解了王朔小说和王朔，而是为着强调，至少在文本的意义上，王朔的批评者和王朔小说叙事实在处在同一个水平，同是二十世纪六七十年代至八九十年代实质上未曾被打断的主流文化惯性的一部分，是其变异性再生产逻辑上的产物。

如果因"痞子""流氓""顽主"等不雅说法，而替王朔进行逐一辩解，毫无意义，尽管王朔确实做过很透彻的解释说明。他说，"当代北京话，城市流行语，这种种所谓以'调侃'冠之的语言风格和态度，是全北京公共汽车售票员、街头瞎混的小痞子、打麻将打扑克的赌棍、饭馆里喝酒聊天的侃爷们集体创造的。王朔仅仅是因为身在其中，听到了，记住了，学会了，并因为没有书面语表达能力，不得已用在自己的小说中，本来是讨巧，不留神倒让他成了事儿"。他也对那些直接让批评界产生不良生理反应的小说题目的来源，做过申明。其实小说阅读对小说创作选用什么题目，都有一定的阅读期待，也都有足够的接受心理，心里明白那只不过是作者在寻找说话的角度和属于自己的语感特色，真正的叙事与此关系不大。王朔不同于二十世纪八十年代起步的一些重要作家之处就在于，他既不是农裔出身现实主义地写农村生活的路遥、贾平凹，不是有知青经历的韩少功、王安忆、史铁生，不是一开始就对叙述方法感兴趣因而具有先锋实验性的余华、苏童、孙甘露和马原，不是志在写"民族秘史"的陈忠实、张炜，更不是"新写实"或"新历史主义"的莫言、刘震云、方方、池莉、张欣等，他是出生在北京并且也熟悉他的"大院"及与此血肉相连的城镇青年。

当新时期文学史及其培养的读者，把新时期以来的中国社会现实缩微成粗线条农村社会变迁史和农民如何解决温饱史的意识形态框架时，所谓"文明与愚昧的冲突"，很大程度强化的只是农村世界内部人性的进化论，以及笼统城市文明参照下的传统宗法宗族文化程式。在此之外，二十世纪八九十年代异常骚动的城市文化则被轻轻划过，王朔笔下的那部分青年更是被当作城市文化赘疣，遭遇着思想的冷眼和价值的讨伐。从农村题材到"底层叙事"，再到"日常生活审美化"或"审美化日常生活"，受用的价值理念是现代城市内在性消费文化优胜于传统农耕文明形式；获得的逻辑支撑是个体人对集体主义一体化的优越。同样依此逻辑，王朔笔下完全不同于五四时期个性解放的个人主义，与个人地活着的个体本位主义，理应得到理论批评更多的注目，然而，文学史事实一再证明，王朔非但不是一个正面的例子，而且他的小说还捅了个大娄子。要说清楚其中原因，应该从文化想象和文化认同两个大的层面来看。

　　文化想象并非以经验实证为基础，因此它将人们的目光带向未来的同时，总是自觉不自觉通过改写现实来实现。批评界所共识的王朔小说"市民立场"，即属此范围。这一部分小说主要以他二十世纪八十年代完成发表的"顽主系列小说"为主，这个阶段，"三T公司"以及对作家的嘲弄叙事开始被批评界广泛争议并形成规模。按照批评界长期与农村题材小说叙事厮磨而形成的思维习惯，被"文明"战胜了的"愚昧"，不应该还是"愚昧"，至少不应该变异为"痞子""流氓"和"顽主"。可事实上，王朔集束手榴弹式推出的恰好就是这些东西。其笔下人物不但不与批评界认定的虚伪、分裂、形式主义为敌，或者用批评本身的惯用术语"对抗"来表明态度，反而正面迎上去，单就以这些东西来谋取物质积累，来赚钱，来享受。三T公司以替人"排忧"为职业，实际上所替者不是别的，是与女友约会，安慰卧病的老人，挨骂受过，"颁奖"肯定"作家"成果，也即替人解闷、替人解难、替人受过等。我们不禁要问，本应执行这些日常事务的主人哪里去了？忙于市场经济？为国计民生奔命？抑或闭门造车实现自我价值？闭门思过清理内心沉渣？都不是。所有者是他们从心底里不愿不屑面对自身内在性事务，也耽于考虑更加细腻却又是切实的自我精神疑难，更为令人匪夷所思的是精神产品的生产者或天生该为民族国家命运负有使命感、神圣感的知识生产者、价值输出者，宁可满足于一个破瓦罐的荣耀，却不知民族命运的门径怎么走。个体地活着的路被堵死了，精神信仰与价值思想的闸门紧闭了。

王朔在写下这些鸡零狗碎的琐事时，自然没有农村叙事者那样真理在握，那样振振有词，似乎手里捏着一大堆包治百病的良方。客观地说，他也没有那么纯粹，那么彻底，他也只是通过戏拟、模仿的形式，对并非他见证、参与的二十世纪六七十年代生活模式，进行了惯性的、推理式重置。因为按照那个强悍逻辑，见证、参与甚至书写八九十年代生活的主角，基因遗传之故，不可能直面生活实际，不可能有勇气正面迎击内心诉求，不可能有能力处理超越物质的价值问题。但是他的确比别的人更清晰地意识到，"一体化"解体后，农村社会在文学的农村叙事终结的地方，城市青年将要长期面对的是什么这一根本性命题，题中应有之义也包括农村进化论叙事走到尾声，还该有什么的问题。

从这一层面看，虽同是源于对主流文化的想象性再生产，但王朔与持此武器的批评者有了高下之分。简单说，王朔是企图在主流文化基因内部设计人工干预系统，来干预、干涉那种惯性，因而他的叙事属于在噪音中心以同样高分贝的噪音来抵消，至少是正面消化那种噪音，至于听众最后听到的是哪种，他其实并不在意。诚如他向来是公开地、坦诚地、毫不变调走样地注视在政治转型、经济转型、社会转型、文化转型、价值转型时代，"痞子""流氓""顽主"能反映什么以及人们对他们的反应是什么。最敏感人群城市青年作为试金石、测试剂，其所想所作所为，也可能开创一个痛苦却又是崭新的局面，也可能导致一个快乐却一定糟糕的后果。事实证明，所得结果无疑是后者。而他的批评者，则是以传统文化中既有道德、伦理、规范的名义，回避转型时代势必出现的噪音，并在农村叙事模式所养成的定式思维路线上，想象高加林、孙少平（路遥中篇小说《人生》和长篇小说《平凡的世界》中主人公）命运终结处，城市青年该如何实现农村叙事愿景的问题。

"社会规范""建构失败"一类概念和用语频频出现，暴露的正是批评界集体的价值漏洞和理论缺陷，他们幻想用一种舒服的、得体的，甚至体面的、无波无澜无痛无痒的代际交替来完成新旧时代的转型。如果真能如此，毋宁说是对旧时代文化秩序的延续与发展，但无论如何不能说是观念形态的转型，更不可能是整体结构性变革，当然更不能简单解释成是对传统文化的继承，虽然批评者往往打着拯救传统、发扬传统美德的旗号。

那么，何以如此呢？这就不得不在文化认同中寻求答案了。

王朔还有一部分小说叙事，表面上调侃、嘲弄、戏谑二十世纪九十年代消费主义人生观，但叙事的实质则无一不指向知识阶层神圣性的坍塌。被批评界讥讽为"媚俗倾向"，其意为他的叙事通过揶揄知识分子、作家，解构了、消解了、颠覆了一个民族精神赖以立起来的知识和价值基座。1993年第6期《上海文学》发表《旷野上的废墟——文学和人文精神的危机》一文，自此拉开了旷日持久的"人文精神大讨论"，就是明证。在这个长篇对话中，参与者就指名道姓以王朔为例子，认为他的小说"描绘出的世界就是废墟，能指与所指是完全等值而同构的，是废墟嘲笑废墟"。"痞子思潮则抓住人文精神在大陆一度冻结为意识形态这一理由，一边消解意识形态，一边消解人文精神，随着意识形态的淡出，痞子思潮对人文精神的消解作用将更为严重"。体味王朔小说叙事信息和批评者论述的终极指向，似乎是同路人才对。但为何撕裂如此呢？其实他们之间的分歧，并不像人们通常所认为的是否走市场经济道路这么简单，是个体为本位的个体主义还是集体为本位的集体主义之间的叫板，这涉及深层的文化认同。

不管研究"人文精神大讨论"的人以怎样的角度和立场，以怎样的史料和初衷来看待，但从今天的语境反过来审视，如果不是以批评了哪种类型的知识分子和知识，就极度敏感地以树木代替森林的方式群起而回护的话，无论王朔小说叙事所讽刺的作家宝康、赵舜尧，还是夹杂在其他叙事中一揽子嘲弄的众多无名无姓知识分子，其共同特点是不学无术、沽名钓誉，乃至到处卖弄嘴皮子、好教导小字辈，动辄"你们应该怎样"式上帝口吻。

对于这样一个群体，哪怕最突出的是一个，影响的乃是整体，因为这一个必然是这个行当群体利益结构产生变化的产物，何况被讥讽的这一个实际上是该群体中的真正弱势者、失语者、失利者。正因如此，他们才滋生了强烈的要求认同的诉求，强势者、话语掌管者怎样上位，即便不能一棍子打死，其中总有这样那样不可告人的秘密。如此事例，后来其实也在不断地得到印证。王朔叙事的反义是说，现在已经到了靠深入了解深度变革了的当下现实打天下的时候，而不是高高在上靠挪用既往空洞形容词、抽象概念招摇撞骗混日子的写作年代。王朔笔下的众作家、知识分子，其周围的确无时无刻不生活着无以计数无所事事的"顽主"、"一点儿正经没有"的"痞子"和不能面对也不愿负基本生活责任的"流氓"，作家们好像除了利用这批青年敢作敢为达到自己的私利目的以外，剩下的就是教导、上课、布道。那么，他就有理由站出来质疑这批作家的写作实践了，至少可以理直气壮地质询，为着神圣性、使命感的所谓文学作品，何以对时代交替中最艰难最痛苦，也是最重要最值得关注的青年人普遍性价值无奈、自我消沉和意义缺失失去书写的信念和关注的热情。

　　不言而喻，王朔的批评者实际认同的仍是，过去时代强势意识形态话语强塞给他们的知识衣钵；首肯的也是亘古以来，大约自孔子"朝闻道，夕死可矣"，杜甫"安得广厦千万间，大庇天下寒士俱欢颜"，范仲淹"先天下之忧而忧，后天下之乐而乐"一路下来的文献信仰和文献崇拜。王朔的认同也许很多，比如如何不劳而获得以享乐、逍遥，如何投机倒把得以成为人上人，如何不负责任还能被人追着爱，如何"炫富"以至于说出我本来不是一个俗人，等等。但他还有一个底线认同，就是被赐予不雅称号的青年此时此刻的确面临着怎样选择自己的路的本质性煎熬，何以解忧？"说到底，人文精神就是要体现在人对本身的关怀上"。至于他笔下那批大坏不多小坏不断，正经事不屑于做专事不正经事，该忧伤的时候嘻嘻哈哈该轻松快乐的时候却一脸的麻烦，特别是在两性关系上任性肆意、不着不落的叙事，肯定不是既有主流文化程式能解释得了的，但是不是在"人文精神大讨论"的特殊语境他自己所认为的"人对本身的关怀"就能解释得更加深入？答案是否定的。因为这可能涉及王朔的小说叙事已然缺席，但王朔叙事提出的未解思想的隔代变异性大量存在的现象。二十一世纪以来的今天，城镇青年也许不再像王朔笔下的青年那样一直"胡闹""捣乱"，但他们身上蛰伏着的某种"躺平主义"因素，仿佛同样具有可怕而持久的"破坏力"。如此等等，要深入回答这些新时代疑难，必然需启用现代性或文化现代性思想资源。

第三节　新世纪青年问题与王朔小说的文化现代性

王朔小说中的主角，而今已届花甲之年，按照目前一般企事业单位退休制度，恐怕已到了在家颐养天年的岁数。是不是儿孙绕膝？是不是提笼架鸟？是不是广场舞的主角？公园红歌竞唱团的领唱？均不得而知。不管他们什么处境正在干什么，那确实是天真、可爱、坦诚、个性鲜明、见解独异、敢作敢为，却又经常遭人诟病、被人指责、承担误解最多的一个群体。唯愿他们老有所养、老有所依、老有所乐、老有所安，相信这既是传统文化的终极愿望，也是现代或后现代文化不可否弃的对人基本的关怀态度。在中国这样的分层社会结构中，王朔小说中当年的青年人，撇开历史的先见之明去看，在他们思想最活跃、情感最热烈、生活方式最另类、行为最怪异和言语最张狂的阶段，他们并没有有意压抑自我。非但如此，可以说，他们本身合理地使用自己理性的同时，也合理地开发并彰显了自己的非理性，这无疑已经大写了一个时代"立体"的人，属实消极的积极"启蒙"。

在一个讲究"规范""合理""规矩"以及尊卑有别、长幼有序、等级森严的社会中，他们居然敢冒天下之大不韪，以他们特有的经验，嘲讽过神圣的职业，蔑视过体制安排，捉弄过"正经人"，挑战过人人浸淫其中却丝毫不觉得有问题的"责任"和"伦理"，甚至把挑战的疆域扩展到语言与话语层面，夸张一点，即是说，凡是合规范合规则的，他们几乎都说过"不"，或以反语的方式说过"不"。

至于王朔小说叙事是不是只挑"软柿子""捏",而未曾越雷池半步,这要看在哪个角度理解了。比如理解鲁迅及其小说的批判思想,不能仅记着他说过的翻遍中国的古书,上面只写着两个字,曰"吃人";也不能只倾心于反复回味晚景如此凄惨的祥林嫂,嘴里不停地念叨"我真傻"或人死了是否一定要捐门槛的细节。追究谁在"吃人",追究谁使你觉得一定要捐门槛,远比过度阐释或强制阐释怎么"吃人"、怎么"捐门槛"更重要,也更接近鲁迅非为提供药方,实为揭出病根的本意。至于怎么理解,怎么自处,向来是留给不同的读者自己体会的。那么,鲁迅的小说叙事思想中,那个谁到底是谁?依照他老人家的话语脉络仔细体会,他所"捏"似乎并非我们通常倾向于阐释、把握的什么"硬"东西。不管什么时代、什么语境、什么立场,长期自觉不自觉浸泡在某种文字所构成的话语方式、情感基调、态度倾向、威势法则中,并潜移默化生成与这种文字相同甚至于有过之而无不及的伦常习惯、价值取向、观念形态乃至于处理自身日常事务的法则、规矩、规范和自我审查机制时,这个谁,好像慢慢地清晰地浮出了水面,但终究,这个谁仿佛并非哪个具体的个人,毋宁说是某些特权者一代一代集体滚雪球的产物。问题的关键难点就在这里。

王朔小说中的青年人,的确有着比别人更强烈更露骨的"市民立场",也有着比别人更不知羞耻更不知肉麻的"媚俗倾向",但出身原因,他们也就具备比别人更有资格更有条件接近、熟悉父一代各种合辙押韵、起承转合"得体"的"闹腾"。一旦时机成熟,一旦羽翼丰满,他们便以极端的却又是软绵的一直向着言语、生活、日常的细枝末节"反其道而行之"的萌动,你不能就此断言这些东西一定就是"软的"。"软"与"硬"之间并没有泾渭分明的鸿沟,不停地转换才是它们赖以存在的本质。只不过,我们一直以来养成的只好抓取重大事件、只对剧烈冲突感兴趣的神经,一下子转不过弯来,像看见打好返乡行囊一脸无助、羞愧,无枝可依,必然再次回到故乡的高加林的身影那样,像揣摩到愧疚感侮辱感却又无以言表,心跳加速、步履沉重的高加林(《人生》,路遥)的心率那样,我们无法痛快淋漓地听到看到王朔小说中青年人之所以如此行为、如此言语究竟为何，更何况他们还是那样地冒犯我们的惯性思维，带着厌恶、反感和抵触情绪，怎么可能体味得到绳居然从粗处断裂的声响。这即是二十世纪七八十年代与二十世纪八九十年代转型的不同。高加林们代表了前者，于观们代表了后者；代表前者的主要是城乡之间的社会转折，代表后者的是城镇内部的观念变革。前者之所以声响巨大，是因为关系到能否吃饱肚子、能否更像人一样有尊严地活着；后者之所以看上去似乎不动声色、未曾山崩地裂，是因为话语、价值、意义和观念，杀人不见血，沉浸其中反而还颇觉舒服、颇觉轻松逍遥。

既如此，这样的一批人一个阶层，从知识谱系上推，虽然不能以《西游记》孙悟空上天入地、纵横十万八千里的能耐来比较，起码比文学史常见的五四青年还要大胆。在他的时代，即使被人们吊在嘴上成为茶余饭后谈论的最富冲击力的热点人物高加林，穷其半生，也只不过是个遍尝压抑苦果的承受型人物，哪里有王朔笔下青年的洒脱与恣肆。生活背景的不可更改是一个方面，重要的是两者对物质资源有着截然不同的态度。高加林有勇气冲破农村文化秩序的羁绊，但无力改变城乡二元社会结构的藩篱，他对自己的建构也只能以失败告终。王朔小说中高加林的同龄人显然不同，他们甚至不屑于体制安排，不耽于考虑衣食起居。非但如此，多数时候是有意制造"不和谐音"，有意明晃晃拧着体制表明不与体制合作的姿态。那么，问题来了，今天的农村青年、城镇青年与王朔笔下青年之间是个什么关系？

若按李强"三元社会结构"的说法，今天的农村青年，不管上过什么学拿到了什么学历，就业、生存、生活基本上都在城镇，绝大多数已不存在二次返乡的情况，他们也就不再像进城农民工那样，常常遭遇"进不了的城市，回不去的乡村"的尴尬。他们的基本处境反而是，不停地流动，难以避免地不断处理工作上的不确定性。其非农非城的属性，难以进行确切的户籍认证，"流行性"和"不确定性"注定是镶嵌在他们这一代人内心深处的基因，成了甩不掉的文化学标签和社会学胎记。实际境遇而言，今天农村青年反倒与王朔笔下当年的青年有了某些相似之处。首先是情感及婚恋观的选择上，突出表现为"玩性"占上风。由于流动性极强，他们的情感及婚恋行为也就只能在风险中随性而为，"临时夫妻""非婚同居"以及多角关系的长期存在等，是其典型表现形式。其次是生活及消费观上，突出表现为"符号化"特点。在主流社会赐予的"二等公民""半无产阶级""屌丝""草根"等深含贬义的称谓的刺激下，为了适应新的认同模式，他们的生活和消费实际上被迫走上了被动的、被强迫的和被异化的代理性消费、非理性消费及越轨性消费轨道，其内部普遍形成了"炫耀性消费"。最后是价值观及理想观，突出表现为选择上的"即时性"。"即时性"即一次性、非连续性和自私自利、颓废、"垮掉的一代"等混合的一种消极价值取向，伴随而来的是理想的消弭与沉沦，导致只注重当下而养成了得过且过的人生观。

对照王朔小说，今天的城镇青年与之也有颇多相似之处。其一，一般不在体制内，也就显得似乎很"自由"；其二，眼高却手低，容易拍脑门决定、拍胸脯发誓、拍屁股走人（俗称"三拍"青年），导致自觉不自觉过着漂泊人生；其三，主动或被迫养成了赤字型及时消费、及时行乐的价值取向；其四，流动性给了他们更加世俗的眼光；其五，不确定性使得他们对情感、审美生活及一切稳定的东西有着深深的怀疑；其六，即便出身不尽相同（当年部分"大院"出生青年的子一代也许是当今社会的"官二代""富二代""商二代"），可是王朔小说中活跃的青年人物——相对今天而言的父一代如方言、于观、马青、杨重（首次出现在《顽主》，之后却成了王朔多部小说的主人公，个别人物有出入，但绝大多数人物则一以贯之）则是典型城市流民。与今天城镇青年相处于同一空间之故，观念、生活方式、价值理念诸方面的趋同性远大于趋异性。同样地，在机遇、机会的拥有上，今天城乡青年与当年的青年，相对来说，也是基本站在了同一起跑线上的。超越最低线物质生存保障，势必着意于建构自己想要的价值蓝图和意义体系。那么，作为镜鉴，今天的青年究竟是怎样理解王朔小说人物提供的思想资源的？王朔小说人物对自我的建构多大程度能动于今天他们对自我世界的塑造？

既为历史和经验之一部分，就有必要先看看当下青年对王朔小说的理解与评价。

今天青年对王朔小说的看法，只能以点带面选择一些较有代表性的观点来分析。这些观点一般集中体现以在高校硕士博士学位论文及公开发表在一些文学批评专门刊物的论文为参照。经过粗略对比分析可知，与之前主流批评家、教授学者的不同之处是，今天的青年基本很少沿用"痞子""流氓""顽主"一类曾经响亮、现如今依然构成主流解读王朔小说叙事的主要概念"前设"。如果把主流批评界的看法视为解构，那么，今天青年的理解相对来说便是建构。这个看法看似不起眼，其实表明了今天青年人对自我意识和对自我与现实关系的基本态度。具体表现在这样几个方面。一是自我定位、自我确认的理性成分开始逐渐加强，"边缘人"对红卫兵、"零余者"的取代，表明不再纠结于传统主流话语对王朔小说"违背"传统道德、伦理、文化、价值诸方面进行的等级制同时也是情绪化审判，而是有选择地甚至自我代入式地给"文化边缘人"预留了一块情感净地。这意味着今天的青年，其实并没有从王朔小说的青年思想叙事中得到足够的启示。或者，他们只是更深地体悟到了今天他们建构自我价值世界时的虚无感和宿命性？二是罕见提出王朔小说人物的"主体性"特点，并认为其前期小说比如"顽主系列"中的顽主形象对他人的调侃，实际是通过强化对他人的消遣，弱化对自我主体的确认，导致人物失去了主体性，因此只是个性的彰显。后期小说比如从《看上去很美》开始，通过"北京老王"身份焦虑的沉思，对事物的真假虚实进行了有力的判断和评价，达到了对灵魂的有效救赎，使得主体确认更加突出，也体现出人物敢于直面现实问题的勇气，这样的人物才是主体性的凸显。个性化解读不去多说，单就对王朔后期小说人物主体性认同而论，至少说明今天的青年对自我未获安全感，未获稳定性、确定性的指认。当然这指认并未清晰地指向体制机制，而是自觉向父一代寻求庇护，无疑也是企求回归传统的信号，只不过是回归一种稳定却抽象的文化秩序。三是以王朔小说人物"反英雄"代替"英雄末路"。在对比基础上，认为与美国作家凯鲁亚克《在路上》"垮掉派"有相似之处。贡献在于王朔打破了中国文坛一直以来，被正统的、乐观的、完美无缺的主流英雄人物所占据的局面。这一词语的替换本身表明了今天青年虽同样审视、批判"文革"所造成的僵化价值惯性，但他们的确更贴切地领悟到了"反英雄"之于"市民社会"、之于完善现代文化体系的重要性。这种观点同样建立在文本细读基础上，致力于个体何以自立的经验性解读，可与主流批评界"英雄末路"相比，显然少了许多武断、粗暴和把意识形态强势话语化整为零向王朔这个替罪羊泄私愤的峻急，其中自然包含他们希望建立商业时代文学伦理的愿望。他们认为，今天无须一本正经地宣教某种传统道德规范，也不必毫无节制地迎合消费逻辑，而是在这之间寻找最合适的伦理立场和价值尺度。即要个人化但不要太褊狭化立场，要宽广的民间生活现实但必须能感染人、抚慰人进而影响人、完善人。显而易见，他们在王朔小说的反英雄中看到了在属于自己的时代里，如何"立人"的内外部条件，这不啻是一种成熟。

上面所列林林总总，其实已经指向一个共同的期许，那就是王朔小说思想对今天建构"青年主体"具有某种历史启示作用，无疑是"我注六经"的结果。

在建构"青年主体"之前，他们首先完善了两个思想背景，即"潘晓讨论"和"后革命时代"。前者折射的是二十世纪八十年代特有的普遍性青年思想问题，后者反映的是八十年代重要政治转折。二者互为表里，在相互推动下突出了青年所关心的主体性问题，也构成了建构主体性的充分基础。揣摩他们的心态，感同身受他们的情感，梳理归纳他们的知识谱系，发现他们把王朔小说建构"青年主体"的"失败"归于这样三个问题：共同体、共产主义和室内。

共同体是指于观、马青、杨重、方言、吴胖子、高晋、高洋、刘会元（《顽主》《千万别把我当人》《一点儿正经没有》《玩的就是心跳》）等，除了一致对外玩世不恭、调侃、戏谑、嘲讽外，他们个体之间并没有什么明显差异，认为这样的个体实在缺乏主体性；共产主义集体的说法也源自这群青年所组织的"三T公司""海马创作中心"和"'我们'的作协"（地点不是废弃不用的小厨房、小办公室，就是破仓库），认为这三个共同体组织，看起来具备策划、组织、规则、管理等一切现代化章程，实际不过是语言乌托邦的所在；室内是指他们的几乎所有活动、行为皆发生在室内（丁小鲁的家、吴胖子的家和方言的家），与社会生活是一种脱序关系。

稍做逆推便可知，他们所希望建构的"青年主体"，一方面充满社会行动，另一方面又拒绝任何"组织"和"动员"。这其实是一种深刻的矛盾，因为忽略思想的主体性，其社会性活动只能导向对经济主义的拥抱，往俗里说，不过是对安安稳稳就业、工作的诉求。而认同"差异性"个体，如果不重点考虑精神体系，充其量只能滑向精致的利己主义漩涡，除了出卖私密性趣味和经验，并不能保证建立的主体性必然有别于前代。相反，非但无法区别，还很可能生产一批数量可观的同质化"橡皮人"。

当然从这种解读中，不难体会得到今天青年关心自我建构的热诚，不过，他们所熟悉的理论和知识，仍然是中小学所受共产主义理想教育基础和近年来文学理论批评所热衷的"内在性"概念，外加一些生搬硬套的"个体""共同体"理念。综合来分析，他们实质上并不真的知晓王朔小说如此叙事的社会意识背景，也不完全理解主体性建构意味着什么以及何为主体性建构的问题。所以，对于王朔的小说叙事思想来说，他们一定程度上还是隔膜的。并不像当年的青年那样，对"主流文化"惯性有足够的警觉，哪怕从语言和话语层面发出质疑的都很少；对根深蒂固的传统文化秩序有足够的审视，即使使用自己的非理性表明态度都显得很保守。即是说，他们有无自觉现代性意识倒在其次，关键是王朔小说叙事中本有的文化现代性思想，在他们这里也是被集体性盲视的。

这个角度而言，2005年邓晓芒对王朔小说的理解，依旧是今天青年有力的参照。

邓晓芒对王朔文学思想的基本评价是，张贤亮没有真正看透中国人，至少是中国文化人的那种完全无望的绝境，只好用自欺来糊弄自己，相反，王朔则是真正绝望了，他突破了张贤亮的自欺。"在他看来，一切漂亮美丽温柔儒雅的'真正的人的面具'都是伪善，艺术家的真正使命在今天首先就是要揭穿伪善。他对一切能够燃起人对人性的些微希望的言辞都怀有高度的警惕，并报以辛辣的嘲讽，以至于人们认为他甚至根本就不想再成为人，因为他写下了《千万别把我当人》。他破除了传统知识分子对自身文化还具有某种人性因素的最后一点信念"。为了更具体一点，可以举邓晓芒分析过的两个例子。一个是他对《过把瘾就死》中"我"（方言）与杜梅爱情婚姻的解读；另一个是他对"顽主系列小说"的看法。

《过把瘾就死》不过讲了一个一般都市青年的情感发展故事：杜梅始终要求方言非得当着她的面说出"我爱你"三个字，如此折腾得久了或者说经常这么纠缠，方言终于受不了了，以至于杜梅投以菜刀，最后两人终究以分道扬镳告终。前面所论批评界和今天青年学人的看法，都无一例外把这两人婚姻悲剧归结于方言的不负责任，而不负责任即为"痞性"。邓晓芒却认为，这桩由爱情自然而然发展到婚姻，然后又看似合情合理却阴差阳错失败的故事，问题实际出在中国文化原点上。首先是"从小"，爱情必须是从幼年时代未经变故一直保持下来的原汁原味，否则就不正宗，掺了假。因为只有童年才是最真挚、最无心机、最纯真的。"这已经为杜梅和'我'后来的爱情定下了基调，即必须返回到儿童式的'两小无猜'、互相袒露状态。要尽力把成年人的一切面具、城府和隐秘杂念清除出去。"其次是"那个人"，就是说，这种理想爱情具有绝对的排他性，不仅在空间上排他，而且在时间上也排他。爱人必须是一个从小到大一直关注于心而且目不旁骛的"那个人"。在这个封闭的儿童般的情感系统中，婚姻其实是"性欲＋儿童心理"这样一种代用品，在纯情变成痞性的道路上，双方人格、人性是静止的、未曾成长成熟的。爱情也以取消人与人之间个体距离的方式而告终，因为，无论用"逼、供、信"的方式探测、干扰对方内心世界，都有一个充分的理由，就是"爱"。

"顽主系列小说"中"顽主"形象，邓晓芒的观点也几乎推翻了主流批评界和今天青年的代表性看法。他说王朔所推出的一系列顽主,绝不是什么新时代的新人,甚至也不是"多余的人","而就是我们这个时代充满传统惰性的大众,是这个大众自身的内心形象(当然不见得人人都承认并认识到这一点),至少是他们内心隐藏的一面"。之所以说王朔的小说读者面如此之广,是因为他说出了大众的"心里话","觉得过动物式的生活其实也没什么,没有理想岂不更轻松,觉得这种生活态度自有一种超脱放达的魅力,有如老庄和禅的高超洒脱"。这是一种巨大文化传统的心理积淀,它使最聪明、最深刻、最有个性的中国人都面临一种"看穿了却无路可走"的绝境。

由此可见,不是今天的青年有文化现代性意识,而向王朔小说索要建构"青年主体"的爱情、个体、共同体,而是王朔小说的文化现代性意识,并没有击穿他们成长中潜移默化、自然而然生成的爱情观、传统人生观和共产主义理想观。通过王朔的小说,他们只是有选择地对王朔笔下青年的身份、就业状态、个性等有限的信息有过感同身受的认同。但很快,那种建立在"边缘人""反英雄"体认之上的主体性或"青年主体"诉求,转瞬之间会因"三T公司""海马创作中心""'我们'的作协"的"虚无"而烟消云散。建立在更加世俗层面的个体化指认,也会因废弃不用的小厨房、小办公室、破旧仓库的"陈旧"而寿终正寝。建立在语言风格、语言修辞认知基础上的"立人"理念,亦因反叛、讽刺、嘲弄的"侃性""痞性""流氓性"而被坚硬的"社会规范"收编。进一步说,他们对王朔"室内"革命的蔑视,本质上不过是主体性话语贫乏乃至内心同质化的反映。

这样的"主体性",其实是看不到属于自己的世界的整体的,父一代整体的过往世界也处在他们的盲区,也是听不到属于自己的时代的召唤的,好不容易被父一代觉悟到的时代召唤,在他们这里则当作"噪音"被所谓成熟所处理。就此而论,王朔的小说叙事纹理虽则给读者和批评界留下了过多能明显抓住的把柄,但他对人的现代化程度的探测与实践,特别是他对时代转型中青年思想的赋值,尽管已经超越了他的时代且逻辑地延伸到了子一代这里,遗憾的是所得有效回声,实在寥寥。

从这个角度再回头思量今天网上网下异常热闹的"躺平"和"躺平主义",尤其大量青年对它们的热烈拥抱和发现美洲新大陆似的惊喜,实在一点儿都不奇怪。时不时提醒我们,要认真思考并解决新世纪青年普遍性思想问题、精神信念问题,不能单着眼于物质层面——虽然浏览大量跟帖,致力于青年所占社会资源、所占经济份额以及上升渠道不畅的分析,不可谓不客观、不可谓不深刻。然而,想没想过,如果在此语境,再重新体味王朔小说关于青年思想状态的叙事,所找问题是不是准?所开药方是不是灵?应该不难理解。我们之所以很容易忽略一些关键"软条件",盖因我们总认为我们的既有传统资源不是不够用,而是开发不足、挖掘不深。殊不知这是个思维死胡同,至少在此逻辑推理上,不可能彻底解释清楚二十世纪八九十年代之交并无具体生存生活羁绊的青年的内心萌动,那么,二十一世纪以来青年的基本状态——我们看到体会到的实际是某种程度已经被审查和自我审查后的现象,就更无法把握了。

第六章　莫言:"民间立场"的农民与当下"无声"的农村

不可否认,一直有一股理性十足的声音不断发出警告,文学研究特别是叙事文学思想研究,不能太势利。否则,文学批评会自砸饭碗、自毁前程。这当然是一种可贵的提醒,我们不能按照世俗惯性的推动,认为这种警觉是酸葡萄心理在作祟。然而,实际情况是,当善意的思想不得不挤进文学形象来表达自己时,文学修辞自身的局限,马上露出了马脚。过度阐释甚至"强制阐释",不但使其臃肿,而且每每露出了叙事不能承受其重的疲相。这其中最要命的不是别的,是对世俗势利的无底线追逐。有一个始终萦绕在脑神经敏感区不散的印象,不知对不对,说出来,不妨让聪明的文学人判断一下。2012 年至今,莫言其实并没有再写出特别让读者眼前为之一亮的小说,依自媒体时代的一般消费规律,对他小说的研究越来越少应该才正常、才冷静,可事实却偏偏不是这样。这一阶段,不但他小说的研究越来越多,而且还越来越深奥,甚至到了每发现莫言小说叙事特点,就等于为"中国当代文学"找到了新的标高的地步。这种本着为中国当代叙事文学寻找榜样而去的研究动机,若是被从未读过莫言小说的读者读到,迫于莫言在当今文坛的地位,明智之举,恐怕也是先否定掉自己的判断。这里不掺杂任何偏见,只表明批评中的莫言小说形象,要远比莫言小说本身所呈现的形象清晰得多、好记得多。

如此现象,如果具有普遍性,是不是有一个悖论会马上浮出水面?要么莫言小说已经创造出的叙事经验,等于中国当代文学批评界始终在呼唤的"中国经验";要么经过茅盾文学奖、诺贝尔文学奖所首肯的"经验"不说等于，起码接近世界文学标准，而莫言的"中国经验"至少是其中重要一部分。显然，这里的"中国经验"是能与所谓"世界文学"相抗衡而独立存在的美学风范，莫言无疑是被遴选出来与之抗衡的杰出代表。细加思索，这里面肯定还包含"天才论""怪才论""鬼才论""通才论"的赋能，但更重要的是中国本土批评话语中的莫言文学思想，是不是可以拥有批评豁免权而得以自明。这就需要一点"客观"的参照来证明，哪怕这"客观"实际上并不客观，但总比没有参照让人信赖得多。

第一节　理解莫言，仍需从顾彬说起

从德国汉学家顾彬再来说莫言小说创作，不是说顾彬是批评莫言"最多的"。如果专挑批评莫言最多的并从批评中了解莫言小说思想，最省事的途径可能还不是顾彬对莫言的评论，而应该悉心研究中国文学批评家和中国现当代文学专业人士合力撰写的论文集《莫言批判》。这本 2013 年出版的书的确囊括论评了在此之前，莫言出版的几乎所有重要小说，它们包括长篇小说《红高粱家族》《檀香刑》《丰乳肥臀》《生死疲劳》《红蝗》《四十一炮》《蛙》，及其他个别中短篇小说。其批评内容从莫言小说中性、欲望、媚俗书写，一路细化，涉及莫言小说文化与审丑叙事态度、创作心态、感觉化语式等，收束于莫言文学观及其获诺贝尔文学奖，并波及该奖"蛊惑"而生的其他次贷反应和现象的探讨。单从批评理论角度看，因所录四十几位作者均采用了文本细读和实证分析方法，并无过分出格之处。当然从正面肯定莫言小说的阐释者角度看，如此考究翔实的质疑，于形象叙事而言，一些情节、细节的判断、勘察，也许存在吹毛求疵之嫌。

之所以提到这样一个例子，想说明，于我个人而言，怎样理解莫言小说，实在始终是个难题。这难题不包括读莫言二十世纪八十年代中期的成名作《透明的红萝卜》《红高粱家族》和 2020 年出版的《晚熟的人》。这些作品倒非常清晰而确定，哪怕从反讽、隐喻、象征、符号等几乎所有叙事文学的修辞手段去理解,至少叙事方向是坚实而饱满的。这么说,今天我重读莫言小说所遭遇的难题,说到底是原先读他小说时并未彻底释解的老问题,它们是疑云和困惑。十二部长篇(包括中短篇)逐字逐句读下来,相当费时间和精力。算上所做眉批、卡片、重点标注圈点和必要的统计归纳,断断续续有近半年之久。单以所花时间和精力计,在我,目前为止,在其他作家那里没这么费劲。阅读中的内心消耗就更不用说,读读停停,放过又捡回,几乎是在颓丧、费解、惊讶,却又想弄明白什么、想努力找寻理由不至让预期遭破产中而读,这复杂感受在其他作家中有,但占比不多,单是此种贯穿性的感受来说,在莫言这里也是绝无仅有。我必须实话实说,不放过,其主要诱惑,不能说与莫言已享有的盛名无关,也不能说与评论阐释文字远超其小说文本无关(尚未详细统计,然仅我收集阅读过的评论阐释少说也有千万字之巨)。阅读上不能一气呵成,不能让人爱不释手,不能引人入胜,不能从根本上完全彻底被燃烧进去。阅读之旅之所以阻碍重重,不是人为或其他工作打断,而是主动放弃,强迫高速运转的大脑停下来,做思考状、做冥想状,许多时候也是强制自己生在莫言那个时代,活动在莫言小说所叙高密东北乡的某个时间节点、某个情节情境中,以他人物的意识、立场、身份、社会关系,去琢磨人物的所思所想和行动。结果所得,多半仍是苦恼。这苦恼,一方面是不太明白他为什么非要如此折腾一个普普通通的民国或社会主义改造时期的农民;另一方面又不太理解或者根本不理解本来是一个完整故事,他为什么非得换着角色和身份,打断揉碎后反复去讲,反复讲就算是运用复调手段,但每次重述,又为何视野仅仅封锁在这个人自己身上呢?

仅这两点就已经够人受的了,可实际情况远不止于此。正像众多批评家、阐释者所异口同声发现的那样,莫言小说特别是长篇巨制,最匪夷所思超出常人想象的,还另有风景。不是冷不丁,而是不定时常规性发作的爱情或干脆说性事叙事。按常理常情,叫县太爷的时代,官民之间关系虽不至于剑拔弩张,但也绝不会比我们通过历代官方文献叙述想象的那么亲密无间。尽管如此,莫言也能让县太爷与地地道道的底层民女顺理成章私通款曲，并且还是民女翻墙越舍堂而皇之进入县太爷书房，县太爷也仿佛期待已久，丝毫不觉得突兀。至于另一民女情急之中当众称县太爷为"干爹"，谁都知道是老百姓被逼出来的诡诈而狡黠的土智慧，按说救完场子也就作罢，类似于"小民冤枉啊"，是一种缓兵之计。可莫言也仍能让他们之间发生惊天地泣鬼神的轰动性事来。非但如此，还要让这等事主宰几十万字故事的主要去向。另外，像众阐释者因此而致微言大义的"怪诞"情节、"巫幻"细节、"诡异"人物，俯拾即是，一经理论阐释，结论也相当吓人，总会找到莫言叙事包罗万千、纳百川于内的玄妙来。

阅读明显遭遇智力和情感上的障碍，但还要硬着头皮读完并企图探个究竟，怎么办？这个时候，捷径只能是求助于理论批评阐释。

前面绕一个大弯子，其原因之一也是想说明一点，迄今为止的莫言研究，其宏富和豪华程度，恐怕已经到了某种饱和状态。2012年莫言获得诺贝尔文学奖之前的单篇论文、专著不计在内，仅是获诺奖之后的研究，无论数量，还是团队规模及国家层面的重视程度，完全不是莫言同辈及其前辈任何一个小说家所能匹敌的。这种研究，按理会给出相对客观理性的评价，帮助读者更准确理解研究莫言小说。如果真能如此，其功劳当然不止于释疑解惑。鉴于这些新研究成果刚出炉，估计悉心阅读了的人还不会太多，因此先有必要做一简单介绍。

总题目"世界性与本土性交汇：莫言文学道路与中国文学的变革研究"，是全国哲学社会科学基金规划重大招标项目。据主持人张志忠介绍，归在该项目旗下子课题，所产生的阶段性成果就包括报刊发表论文四百余篇，出版学术论著十部，还有课堂及网络延伸，比如分别在多所大学开设"莫言小说专题研究"课程，并且在"中国大学慕课"开设"走进莫言的文学世界"和"莫言长篇小说研究"课程，在"五分钟课程网"开设"张志忠讲莫言"三十讲等。如此盛况，说"莫学"庶几全面铺开，应该不算高估。这在"鲁学"日渐式微的情境下，不啻是别有意味的一个创举。

张志忠该重大课题又被分解成四个子课题。子课题一"莫言文学创新之路研究",包括三部专著,分别是《莫言文学世界研究》(张志忠著),《神奇的蝶变——莫言小说人物从生活原型到艺术典型》(李晓燕著)和《莫言长篇小说研究》(丛新强著);子课题二"以莫言为中心的新时期文学变革研究",论著两部,它们是《从"平面市井"到"折叠都市"——新时期文学中的城市伦理研究》(江涛著)和《新世纪长篇小说叙事经验研究》(王春林著);子课题三"莫言及新时期文学变革与中外文化影响研究",论著四部,《莫言和新时期文学中的中外视野》(樊星主编),《莫言小说创作与中国口头文学传统》(张相宽著),《文学故乡的多维空间建构——福克纳与莫言的故乡书写比较研究》(李晓燕著),《海外翻译家怎样塑造莫言——〈丰乳肥臀〉英、俄译本对比研究》(李楠著);子课题四"从鲁迅到莫言:百年中国乡土文学叙事经验研究",专著一部,论文集一部,分别是专著《大地的招魂:莫言与中国百年乡土文学叙事新变》(张细珍著),论文集《百年乡土文学与中国经验》(张志忠编)。这部论文集还把相关作家都拉了进来,比如沈从文、萧红、汪曾祺、赵树理、浩然、陈忠实、贾平凹、路遥、张炜、刘震云、刘醒龙、李锐、迟子建、格非、葛水平等,波及的地域作家群有山西、陕西、河南、湖南、四川和东北等。按主持人的说法,"从不同角度对他们提供的文学经验予以深度剖析,并且朝着我们预设的建立乡土文学研究理论与叙事模型的方向做积极的推进"。莫言的乡土文学经验,就是其中之枢纽。认为在中国百年乡土文学变迁中,莫言所提供的叙事经验,起着承前启后的作用。对于以鲁迅为重要代表的现代时期,莫言是最理想的继承人;对于正在运行的当代,莫言已经创造的文学世界,起码是研究者眼里具有标杆性的代表。

还比如国家社科基金一般项目"莫言与现代主义文学的中国化研究",结题出版时分解成《精灵与鲸鱼:莫言与现代主义文学的中国化研究》(王洪岳、杨伟、余凡、杨春蕾著)和《莫言与当代文学批评理论》(张志忠、王洪岳主编)两部书。"现代主义文学"是怎样通过具体作家的叙事和人们的理论阐释,转化成"中国现代主义文学"的，是两部书开展论证的最终目标。有这样一个步骤，国外现代主义转成中国（现代）现代主义，中国（现代）现代主义转成中国当代现代主义，由当代再转成莫言的中国化现代主义。至此，"中国经验"得以建构。著者有这样的断语，"自莫言以降，现代主义在中国的面貌为之一变而为'中国现代主义'。莫言的文学世界与现代主义的关系，即为建构了中国现代主义；或曰，莫言有力地实现了现代主义文学中国化"。其核心理由是，莫言之前的现代主义专注于城市题材、城市市民和小资产阶级的路数，莫言的中国化现代主义重心在乡村社会，在底层农民身上，"创造了一种专属于自己的巫幻现实主义文学"。

无论标杆，还是中国化，支持这个终极结论的是一组文学史对比。他们认为近代以来中国新文学把农民作为领导力量来写，写得出离地"高大全"，缺乏真诚和真实性。此等罪责的渊薮在鲁迅。指出无论阿Q、闰土，还是祥林嫂，其蒙昧性并没有"真正揭示出乡村的破败和农民的精神痛苦"，甚至根本没有触及农民的精神世界。所谓"农民的精神世界"，其实专指莫言小说中的农村和农民状态，显然并不包括鲁迅发现的那个"蒙昧性"里面包含的东西。然而，仔细读研究者对《透明的红萝卜》中"意象"红萝卜，《红高粱家族》中"我爷爷"和"我奶奶"的"野合"，《天堂蒜薹之歌》里农民遭受的屈辱，《酒国》中"腐烂的酒文化"，以及《丰乳肥臀》《生死疲劳》《蛙》等主旨的分析，似乎除了写实、反讽、戏仿、元叙事及其屈辱、杀戮、饥饿、恐惧共性外，并无其他鲜明区别。为何如此，稍留待后面再详细分析。但由此推之，他们指出，胡风影响下路翎创作的《财主底儿女们》的笔墨"还是用在表现财主儿女们即知识分子方面"。到了延安时期，认为延安新文学中，《红旗谱》《创业史》《金光大道》，农民自然是乡村中革命、进步和正义的化身，甚或是"高大全"的标本；改革开放以来，认为朦胧诗、探索剧派、寻根派、现代派等一边推动文学多元化，一边也让文学带有浓厚的西方和拉美印记，自身也变得摇摆不定。最后，论者不惜以偏概全，一口气来了个乱点鸳鸯谱，刘索拉是"你别无选择"式的个人主义反叛，徐星是"无主题变奏"式的无政府主义"骚乱"，以及格非的个人无意识、苏童的人性黑洞、余华的冷漠剖析、残雪的黑暗呓语等，"往往都陷在对于孤立个体的叙述当中"。唯有莫言"把笔触一直放在乡村和农民身上，且把人物放在时代大背景下的错综复杂关系中加以表现，无论是当代乡村的巨变，还是作为主人公的农民命运和形象的蜕变，莫言都是将其放在一个大的系统中加以观照的，而不是抽象地、形而上学地表现所谓人性的本质"。

2012年无疑是莫言研究的分水岭。大致来说，前面属于在微观层面求证、阐释后面的终极结论，因此读前期研究文本，惊叹、新异、历史感觉化、现实心灵化等，构成了批评话语方式和价值推论的主体；后期的其他自由研究，无论采取个人化视角，还是叙事学方法、传记纪实笔法，其目的也还是奔向一个不言而喻的主题，批评话语和批评价值理念，也就多呈现为唯有面对经典时才有的沉思、积淀、图解和衍化、延伸、放大，甚至直接移植形而上术语概念的抽象特点。

实际上，近十年来，十二篇二十万字不到的中短篇小说集《晚熟的人》，才是莫言的小说新作。这说明如此庞大的规模、巨大的数量、拥挤的概念、稠密的重复，其工作对象只是莫言的过去文本，想想都非常吓人。不管怎样，从莫言的乡土文学经验到莫言的中国现代主义文学，或者从浓缩于莫言的乡土文学经验，到被莫言所"化"进而成为"中国经验"的中国现代主义文学，莫言小说创作走过的路，转化成了中国新文学自近代、现代到当代，径直成为"经典化"中国现代主义文学的路子。

在这个漫长曲折而又艰辛争议的路途中，频频出现的世界的和中国传统的关键词经常是福克纳、马尔克斯、布尔加科夫和蒲松龄、鲁迅、沈从文，以及齐文化、鲁文化和相关传奇、神话、野史、传说、秘籍、高密剪纸和泥塑等。莫言也像一个不知疲倦、永不衰竭逐日的夸父，他被塑造得既是这样又不是这样，既是那样又不是那样。总之，在寻根派、新感觉派、新历史主义、先锋派、现实主义和现代主义等重要思潮更迭变迁的半个世纪，莫言既是某一个又不限于某一个，其综合整饬能量超强无比，无疑是集大成者，所以他才配担大任。

此等研究，就方法选择看，有中西对比，有文本细读，有叙事学修辞学分析，更有文化诗学提炼；从空间布局看，正像承担国家社科重大招标、重点及一般项目的主持人得出的结论，批评界本来一般视莫言小说创作为乡土文学题材，可是他却又不满足于任何哪一类流派思潮，其创作方法、意识、心态、姿态的奇异，是现代意识的农村和农民，推进了传统现实主义的乡土文学经验现代主义化了，故而打破了现代主义只青睐城市知识分子、小资产阶级的疆界；从目标看，有明确的问题意识，指向中国化现代主义；理论预期更不用说，达到了建构"中国经验"的构想。

如果不涉及现代主义，不涉及"中国经验"，不涉及对鲁迅及其开创的启蒙现代性的超越，对于叙事文学，本来就包含见仁见智的个性化解读，如此阐释乃至于无限放大莫言小说能量，倘能恰到好处忽略一些大概念所指具体含义，则没有什么不可以接受的。问题在于，在一系列的研究中，唯独缺失了异质化或者更冷静的域外眼光。如果套用"他者"视角，那么，莫言小说究竟怎样的问题，还应该有个基本的起码的他者来确认。否则，按认同流程，未经第三者检验的确认，充其量算是自我确认。而自我确认，虽不能说就动摇其存在的合法性，但起码在合理性上是站不住脚的。

诚如被莫言的热情阐释者所致力于宣扬突出的那样，实际情况是，德国汉学家顾彬虽然不见得是对莫言批评最多的批评家，但顾彬的确对莫言小说（认真评论过的还有其他众多作家诗人）做过最为认真和严肃的判断，不妨看看他怎么说。

这里不再纠缠顾彬《二十世纪中国文学史》出版前，中国批评界针对顾彬率先发表的个别单篇文章的抵制与批判，因为那些所谓的"争论"太过立场化，加上媒体在一边煽风点火，顾彬对中国当代文学的完整论述直接被简化成"垃圾说"，中西对比参照很有可能擦出的真正思想火花，在激越情绪的裹挟中，沦落为一场中国批评界内部关于支持与不支持顾彬说法的无谓口水战。等到顾彬文学史著作被翻译到大陆，我的目力所及，目前为止，当这部以二十世纪为整体，以宏观的现代性思想而不是狭隘的民族主义、地方主义为诉求的史论，把莫言小说放在我们看来"很不恰当"的位置时，认真讨论的人反而不太多了。

在这部文学史中，讨论莫言等当下作家的文字集中在第三章《1949年后的中国文学：国家、个人和地域》第五节《展望：20世纪末中国文学的商业化》，总共不过二十四页的篇幅。按理说，莫言等作家二十世纪八十年代中后期已经成名了，第三章第四节《中华人民共和国文学》之第二部分《人道主义的文学（1979—1989）》就应该讨论，可是顾彬没有。这一部分后面对人道主义这个极富中国问题的文学思想论述，顾彬却留给了朦胧诗派、伤痕文学、反思文学、女性文学和改革文学。即使在隶属于该部分的"家乡，身份，先锋"题目下，讨论的仍是王蒙、高晓声、邓友梅、冯骥才、汪曾祺、阿城、杨炼、高行健、张贤亮、韩少功等作家。在他看来，这些作家作品虽然表面属于对家乡、对身份、对先锋的专注，但深层关联上，他们的叙事却是从不同侧面对特定时期必须通过人道主义，来凝聚中国问题的文学叙事的延伸和深入，思想上具有对鲁迅为代表的五四启蒙文学的"接着说"的气质。从选择思潮流派和具体作家看，顾彬的大跳跃、大跨度，可以说完全与通行的中国当代文学史不同，这是不是说明他戴着西方文化的有色眼镜在看待中国文学呢？显然不是。通读顾彬这部文学史，其价值支点不是以思潮罗列和流派勾连而生的历史或社会变迁史作基础，而是通过强调乃至于突出文学语言的变化，进而审视中国作家诗人的思想针对性问题。谈到思想针对性，在顾彬，当然有其坚实参照，这需要在他文学史的具体语境中慢慢体会，慢慢琢磨，也不是在这里三言两语能概括清楚的。但他所谓的思想针对性，之所以先于语言，并高于一时间突出而强势的思潮流派，就此可以有个基本认知。至少不单是中国批评通常指认的对人性劣根性的批判，对传统中人所共知的僵化、腐朽、败落的大环境的笼统隐射，甚至不主要是对个体具体道德状况的谴责。这些在顾彬看来，本来是文学叙事展开的基础，并不是文学叙事的终端。他的思想针对性，是一个连续性的，乃至于递进式的言说行为。这就不难理解，他为什么总是强调对"讲故事"的警惕了，哪怕在叙事手段上再怎么苦心经营"怎么讲"，他认为与文学所包含的内在思想"进步"，不具有直接的和必然的关系的原因。之所以"商业化"前面提出的"先锋"是高行健、阿城和韩少功等人，因为在这些作家的渐次更迭中，特别是韩少功的出现，其"对中国的执迷"，是把"童年"的挖掘当作艺术最高职责，童年也就是在中国的远古时期，"这涉及一种要去取代共产主义神话的反神话"，题中应有之义还包括寻求中国（叙事）传统以抵御西方影响的可贵努力。只是紧接着，当时更为轰动的新原始主义，一种被卡夫卡、马尔克斯、昆德拉、卡尔维诺等叙述技巧所刺激的"寻根"，连同韩少功及其追随者一起被裹挟进了"有限地回归到本土叙事方法"的大流中，"先锋"中的韩少功及其所宕开的视野，也就不知不觉模糊了。

　　这是顾彬"展望"二十世纪末中国文学的起点和出发点。不是"商业化"而多了一份"展望"的可能性，恰好因为"商业化"，许多时候当然是静悄悄的、不动声色进行的商业化，犹如忽忽悠悠人们都用上了手机乃至于不刷微信、不玩抖音竟反而觉得奇怪的氛围中，完全意识不到曾经不用它们的日子究竟是怎么过来的情况下，被推上新生事物的逻辑本身的。二十世纪末中国文学的商业化对于一直在中国生活的中国作家来说，正如微信、抖音的应运而生一样，也是不知不觉、倏忽而至的一种变化。其心态、心情，乃至整个人的状态、姿势、情绪、节奏、手段，包括终端产品的去处，如何发表、出版，有可能怎么转化，到底有什么效果或可能产生什么效果等等，已然不是听从单一的政治风向，其合辙押韵、起承转合都无须自己考虑市场程序的在摆布、在操控、在运作，也可以说作品只要脱手，背后自有操盘手。如此商业化对个体的改写能量不言而喻，那么，说它是文学生产的一种新的意识形态，恐怕也不过分。正奔赴在通往文学成功路上的写作者，其"奔赴"的具体情状，不能一概而论，不排除仅为"思想"而写的苦行僧。但对已经成名者，已经被市场盯上了的写作者，首先拼的就是速度，这也无须怀疑。"思想"可能会在速度中诞生,但持续的"思想"却无疑生成于长久的沉思,这恐怕也是常识。

从这个角度再体会顾彬对商业化的判断,也许不无偏颇,然而很难断言他动机不纯。说到底,他所谓商业化不过是对二十世纪末至今具体社会语境的分析。这种无形逻辑和力量,不是哪个强硬个体自身能够超脱的,除非写作只为自己,不公开发表。

在商业化中,文化文学场是个大熔炉,莫言就是这口炉里的一个菜,焉能不商业化!"什么都能提供一点",是顾彬对苏童的总体评论,这一点同样适合莫言。索性说,这一点是余华、格非、苏童和莫言等人的共性。具体到莫言,大体归纳一下,顾彬的评论如下。

首先,顾彬注意到了早期莫言小说即便极端,毕竟自觉意识到了通过改写或颠覆前辈作家,来表现他所理解的前辈作家叙述过的历史或现实的不彻底之处。作为叙事,这些地方隐藏着莫言不同于前辈作家的眼光,是莫言最值得进一步分析的思想部分。按照顾彬的话说就是,"除了一种暗藏的对于主流意识形态的批判外,通过重写艺术还得以重新返回到完整的故事",是莫言小说用力最多的地方,《透明的红萝卜》《红高粱家族》即是如此。这也是这些小说被归入"寻根"文学之列的原因。与中国的莫言阐释者不同,顾彬还是比较耿直,他直言不讳,认为莫言的那个"寻根",得益于马尔克斯的影响,有些地方甚至成段地挪用《百年孤独》神话,"将他的山东高密故乡'魔幻式'地拔高"所致。这里不去纠缠这些,只说顾彬眼里莫言因颠覆而铸就的批判性,这一点也可以说是莫言在模仿中找到的属于自己,也适合自己艺术气质的一个叙述视角。同样是重新叙述二十世纪三十年代,《透明的红萝卜》中莫言采用了一种"特别的程序",即把主流作家如赵树理或浩然的好的、进步的农民形象整个颠倒过来,"把农村构想成一场噩梦"。《红高粱家族》为了稀释或者故意搅浑这一过于明显而危险的主题叙事,在爱情、战争和痛饮烧酒的情节中,加入了大量爱国主义,作者从而完全站在了"公众意见"一边。至于暴力,顾彬认为那是从"寻根"到新写实主义过渡阶段一批作家的共性,是主动联系市场的产物,没必要大惊小怪。到了《酒国》,"血腥场面不是出于追求某种表达效果,而是要传递这样的消息,即中国可能在将自身毁灭"。

在顾彬看来,莫言批判思想的针对性之所以有分析价值,大概就在这里。但他又敏锐地指出,莫言毕竟是军人出身,又是共产党员,他不可能不明白如此叙事可能存在的风险,暴力叙事地慢慢植入,其实就是在制造某种阅读上的歧义,这是标志莫言转变或者说变得更圆滑的原因之一;另一方面也得益于彼时中国批评者越来越倾向于将莫言或者其他作家那里的过度暴力渲染,阐释为1949年以后中国道路的寓言或者是对中国传统的戏仿,从而把批判性转移到了叙事学研究。顺势而为,之后莫言的小说叙事也就更加自觉地往策略上靠了。久而久之,那种建立在中国现代乡村文学基础上的故事,其中被颠倒过来而可能产生的阅读附加值,一旦被他极其强烈的主体化想象和天马行空的主观化语言所激活和渲染,故事越来越脱轨,背景越来越虚化,本来有的一点意思,也便越来越变得极端而危机重重。再加上缺乏现代性思想的照射,"过去的故事"很难结构成当代的情感和价值模式。于是,只能选择"怎样讲故事"这个看起来与叙事学比较接近的路子。一边满足学院派知识分子的研究期待,一边故事越来越"跌宕",越拉越长不自觉走上商业消费的套路,一发而不可收拾。

尽管如此,从顾彬的论述中很清晰感知到,《酒国》之前的莫言,的确有他不可化约的文学思想特点。这些贡献,当然也不是一些研究者所致力的"新历史主义"容纳得下的。也许是用力太猛,在"新历史主义"的外衣下,莫言一下子走到了不得不及时调头回归的地步。也就是说,他意识到了他对中国现代乡土文学故事的处理已经走到极限边缘,可长期培植的世界观又几乎完全处理不了当下乡村——这在莫言,其实是面对当代中国问题时,他主动选择了放下这样的努力,退而求其次,开始大肆追求写法了,包括那些使他身价倍增的"修辞术"。这也可以看出,卷帙浩繁的中国莫言阐释,总想通过其小说技术来挖掘思想的做法,是多么错位了。

按照顾彬的史论逻辑和价值理念,接下来更加完整的家族故事的叙述者不是莫言,而是一些女性作家的自传性写作。这在他的史论中,已经不具有主流的位置了。在顾彬著作中,更主流写作潮的主角是余华、马原、格非等人。他们从西方后现代叙事那里,特别是从博尔赫斯以及他的镜子、迷宫和重影人的象征世界充分汲取了灵感,"叙事就成了一种无感情的解剖,没有任何内在的关联。不管是儿童被害还是女人被强奸,叙事者只是展示恐怖,而留给读者自己去设法判断,同时人们很容易获得这个印象,作者不愿去同日常政治作辩驳,因而回避了当下的社会问题。几乎不会有谁会因为他们对过去的诠释追究他们。特别是因为,不管对近代历史作了多少改写,他们常常能够全然政治性地站在可靠的方面"。作为商业化写作之一员,从《檀香刑》开始,之后莫言的大多数长篇,凡涉及此类情节,莫言或多或少都沾点边。只不过,相对来说,莫言此类叙事的确占比例并不比其他作家更大,可《檀香刑》则是例外。不管阐释者如何寻找角度,赋予该作批判性思想,细心读过的读者,恐怕很难从杀人的技术化、审美化中体悟到叙事者倾注于杀背后的微言大义。开头是震惊、恐惧,慢慢地,当杀贯穿通篇时,杀本身也就仅仅成为眼睛疲惫之后的期待——真像一场大戏,看客们只在期待结局。也许有人会说,把杀人技术化、审美化、职业化,本身是一种批判。问题是,当叙事者把杀人引向看的高潮、看的热血沸腾时,批判的是什么呢?充其量是一种高级的冷漠。

基于以上论证,顾彬快刀斩乱麻,"姑且确定"了莫言的影响因子。"莫言改头换面地继承了1949年前的现代中国文学,特别是沈从文和鲁迅。他另外还借鉴了中国传统和西方的(后)现代叙事技巧,"此外,"他似乎看过了大量的暴力电影或意大利式西部片",于是"我们在这里对什么都能看到一点,后果就是,在阅读中会禁不住涌上这样的印象,即好像是些任意的刺激,而没有深入地穿透材料"。

其次,顾彬由格非在政治上处理得面面俱到,而联系到莫言小说,认为"回到在政治的非正确性中同时做到政治正确性",也是莫言后来几乎所有作品的叙事倾向。显然,这一思想变化是莫言在现实中经历了某种"挫败",痛定思痛调整策略后的结果。顾彬的话说得有点绕,根据他给格非的评价,我们不难理解,所谓"在政治的非正确性中做到政治的正确性",其实指的是用个人化的日常情感生活,来解构经久不息的历史话语、政治话语所焊接的强势意识形态逻辑。所谓历史尽管被过去和当代的中国历史学家如此强有力地鼓吹,在爱情面前却黯然失色,正是如此。选择"爱情"作为杠杆,是进入日常常态生活的一条合法性渠道,看起来不过是个人意识的自觉,其实没那么简单——这一观念在"70后"那里才是堂而皇之、理直气壮的。但在格非及莫言,则完全不是甘心的。历史的负重及形成的惯性,使得他们并不相信单凭个人就能成为个体自身。他们更愿意并且按照他们的人生经历无法摈弃的是,对中国的执迷。同时他们又担心如此下去,很有可能意味着叙事的流产。权衡利弊,政治性正确虽然不是主要关切,但当叙事逻辑逼到政治的非正确性时,政治性正确便成了一种非如此不可的技巧。此间折射的,是他们所面临的出版或发表形势,也曲折地反映出他们在市场与思想表达上的窘境。

在这一点上,莫言早期的《天堂蒜薹之歌》已经摸索出的结构,几乎构成了他后来数部长篇的一个得意"装置"。如果仍在这之后的长篇中挖掘其思想针对性,连莫言自己恐怕都要笑话了。

顾彬说,该作题目"天堂"的地名本身就具有双重意义,隐喻不只是通向死亡,也通向生活。蒜薹销售出问题后,引起了大众大面积暴乱。这时候,小说中出现了一个共产党员,他在法庭上为破坏了公共秩序的暴乱者辩护。一番慷慨陈词,不外乎两种信息。一种是传达儒家传统"民为天"的真理性,一种是地方干部对党的基本宗旨的违背。最终弊端当然是被归结到个别官员的恶劣行为上,听众的掌声,也明白无误地说明了平时喜欢批评的大众是站在哪一边的。

莫言也知道,完全吻合党的政策和党的宗旨的叙事,讲得再怎么跌宕起伏,终归了无新意。所以,小说最后,出现了快板歌手。快板歌手自然不是随意那么一唱,他的叙事功能在于"点题"。其所唱，一大串唱词绕来绕去，最后都得要集中到他亲历的具体事件的评论上。"蒜薹事件"背后的原因，即是其所隐射。认为干部并无好与坏的区分，对他来说所有官员都一样坏。联系另一部长篇《红蝗》，作者在描述暴乱者时，不管他们是男是女，都极其夸张地施之以粗俗污秽的手段，倘把粪便、尿和臭屁读作隐喻象征，那么，其所指肯定不会是干部官员。延伸一下，比如《檀香刑》中最后该杀孙丙了，突然跑上来一帮戏子，本意是营救班主，结果演变成了唱猫腔，官方的预期落空，搅得官方只能草草收场，檀香刑的权力震慑性被迫中断;《丰乳肥臀》中上官鲁氏最后与西方传教士马洛亚"私通"而产一巨婴，该巨婴折腾半生，母亲死后他却又"回到"了一座巨乳的高峰中，犹如回到子宫，"太阳和月亮围绕着它团团旋转，宛若两只明亮的小甲虫"。仔细辨认分析，莫言其他小说，也或隐或现都有如此大同小异的设置。往深处联想，也许主题追问有细微不同。但明显感觉到莫言的思想瓶颈，一定程度已经受限于其故事性质，而故事的成色却又很难离开中国现代文学叙事母题向当代推进。导致他的叙事始终徘徊在旧式二元模式中，要么以不可靠叙述者或像顾彬指出的，他以自己的政治见解代表着受众的农民群众和头脑清醒的读者的"公众意见";要么借重后现代的"意识流"和"闪回"技术，叙事者从第三人称转换到第一人称，变得无所不知。究其实质却无法走出鲁迅或者柏杨早已使其变得闻名遐迩的主旨——丑陋的中国人和干部的腐败。

如此做，唯一的、有把握的结论或许是告知读者，叙事者、民众歌手和主人公之间在世界观上是有歧义的。即使是这样，又能怎么样，难道能说明这是一种新颖的思想指涉吗？肯定不能。

由此可推知，莫言对鲁迅的学习，学习的基本是鲁迅小说的手法和个别修辞，他并没有把鲁迅小说当作一个叙事的方法论来对待。最典型的莫过于前面提到的莫言的阐释者，为了突出莫言对农民精神痛苦深挖的超越性功劳，竟然否认阿Q、祥林嫂的蒙昧性不属于农民的精神苦痛。沈从文呢？莫言也似乎只是习得了沈从文站在底层民众写民众的视角，可他经常变换叙述视角的做法，底层民众意识和命运的完整性,也已被他超强的主体性所僭越。总是记挂政治性的正确,导致叙事上的碍手碍脚、王顾左右,又岂是淡定从容的沈从文叙事风格?

总之,重读顾彬文学史,重读顾彬对莫言的评论,也许改变不了中国文学批评界对莫言的根本态度,也改变不了中国文学批评界对莫言已经做出的"检验报告"。但是,作为一种视角、视野,乃至于思想期许,重温顾彬所看到的、所想到的,至少可以反过来成为莫言研究的内在参照。

开头我提到的我的阅读困惑,比如莫名其妙的性事叙事等,都将在这里得到或明或暗的提示。作为底层民女——在莫言是当作他所代言的"大众意见"来叙事的,这些人概念上其实是没有什么政治的非正确性和政治的正确性的。但大众确有大众的机智和奸诈,抑或有不能为外人道的复杂心理活动,当这些东西被认可,便会滋生出一种在政治看来是政治的非正确性的东西。就因为它是不能被预判的,从而就是不确定性本身。这对于具有明确的组织秩序的政治来说,形式上反而真正构成了政治的非正确性,或者至少是政治性的天然威胁。这时候,反过来再检索莫言的大多数阐释话语,好像也多少能理解他们的良苦用心了。只不过在莫言,诚如以上例子所显示的,这样的运用,并不是自觉为之。相反,他在他认为恰当的节点开始,不自觉通常是他的常态。既然如此,作为叙事,究其性质而言是不完全与其评论阐释相匹配的。

也许强制或部分的强制阐释所一再表明的是"历史有惊人的相似"或"历史的循环"论,不是也许,也可能就是这么认为的,因而这一前设构成了莫言阐释的基本前提。那么,我们就有底气判断,如此"理论先行"就更离谱了。顾彬的史论作为一个有力参照,在二十世纪中国文学的大坐标中,作为一个点,把莫言理解成一个承上启下的位置。无论他重述中国现代乡土文学故事,还是建构当下乡村现实故事,都不能很明确地得出历史具有往复性这一叙事暗示。非但如此,在当下乡村故事的处理上,他叙事的重要方面许多时候还是反历史往复论的,如果把插科打诨的次要叙事声音只当作策略选择的话。退一步，即使深入研究次要叙事声音，也因承担者一则属于不可靠叙述者，二则认知上仍然处在重复千百年来人们都知道的无好无坏的混沌状态，并没有更高的足以洞穿真相的东西，特别是在莫言创作高峰期人们对现代性的拥抱也基本上到了最热烈的时期，次要叙述者仍停留在原始的、经验论的、伪先知的预言水平，这是不能容忍的，更遑论用"虚无"来代言作者的思想了。

当然这一切，必须如顾彬史论的态度那样，先要以平常心看待莫言文学的非如此不可和不过如此才行。

第二节 "民间立场"的农民与当下"无声"的农村

农民就农民，怎么还有"民间立场"的农民？既有"民间立场"的农民，肯定也有庙堂之上的农民。不用仔细思量，就知道这样的概念有问题。然而，问题着实没有人们想象的那么简单。农民身份被"民间立场"一强调，实实在在提醒我们，当我们阅读小说叙事时，务必脑子要清醒，小说里的农民不是社会现实中的农民。小说作者在叙述或者塑造他的农民形象时，他也不是如摄影师般一五一十通过镜头捕捉此时此刻正在劳作着的农民，毋宁说他表现的是一种农民观念、农民文化。同理，读者阅读小说叙事，一定程度也仍需这样的清醒，不是用自己所理解的农民，来印证、求证小说家用其观念叙述的农民，而是多大程度认同小说家的农民观念，或者多大程度与小说家的农民观念相抵触、相冲突的关系。

同样的道理，即使经典现实主义创作原则下生产的农民形象，也绝无可能完全是那个语境下社会现实中的农民；坚持和拥抱经典现实主义精神的读者，如果他是不同于作者的一个个体，也不会百分之百首肯该原则下的小说农民。这不是宣扬认知上的虚无主义，也不是蛊惑理论上的相对主义，是再一次重申观念形态的个性化本质属性。

有了这样的基本前提，我们可以获得一个相对平和的心态来重新面对莫言关于文学叙事的农民观念，以及其小说叙述中的农民形象。更重要的是，即为观念生产，无论莫言乡土小说故事属于"讲述话语的时代"，还是"话语讲述的时代"，其农民观念和农民文化选择，毫无例外，都主要是当下的。这就意味着，尽管方法及理念、意识，可以相对地被归类成现实主义、现代主义、后现代主义，甚至魔幻（巫幻）、荒诞、意识流、先锋等，但其农民本质属性依然不该有本质性变化。只要那些农民，仍然以土地为重要生存依据，以农村为主要生活空间，乃至意识形态也主要是一般农民性的，那么，其所表现出的文化特征，一定意义上就仍然是莫言所持有，至少是他小说叙事所倾向的基本价值观。

以此基础，建立在文本细读原则之上，对莫言小说故事、情节关系、人事结构，包括专注于农民角色的分析，就叙事的内在含义来说实际上已经摆脱了小说本身的规定性，一变而构成了作家莫言、小说中农民与当下中国问题、中国农村现实问题之间的张力关系。农民所表现出来的和作家对农民的总体态度，已经包含了诸多思潮流派、各阶段社会历史制度的演变轨迹，在象征的层面上，分析该农民特有的文化特征及其所蕴涵的价值诉求，是对莫言思想成色的进一步审视。

如果我们把当代中国社会的分层现象，仍看作是一个短时期内无法消除的长期的社会现象，莫言专注于农民的叙事，不管他意欲释放农民的什么，也不管他如何把自己降低到"作为老百姓写作"，我们从其叙事中体验到的信息，应该说就是莫言对于中国问题及相关中国农村现实问题的思考。

下面我主要以莫言长篇小说为分析对象，看看莫言乡村小说叙事中表达了怎样的农民文化思想。为着更加清晰，按照这些长篇小说出版的先后顺序，不妨一五一十摘出一些富有代表性的农民，看看他们都有什么特征。

"我爷爷"余占鳌，是《红高粱家族》中的主人公。最初他是一个农民，后来成为土匪并且还当上了土匪头子、抗日游击队司令。少年时，与母亲相依为命，发现母亲与和尚偷情后，把和尚杀死了，可见他不是一般的少年，可谓有胆识，称得上桀骜不驯。成年后，爱上了戴凤莲,这人是小说中的"我奶奶",强行与之"野合",为了娶她,杀死了戴的丈夫及公爹单家父子,后来还在单家酒坊多次当众宣称自己的杀人行径。不止如此,当戴不理他时,他在酒坊撒泼、往酒里撒尿、又亲又抱戴。戴好不容易回趟娘家,他居然和戴的丫鬟恋儿偷情,事情闹得沸沸扬扬,他不但不羞愧,还十分自豪甚至有几分得意洋洋。以上是余的大致"情事",表达爱恨的方式就是粗暴简单的杀人。

　　作为土匪头子,杀人在他的"事业"上更是自然而然。先单枪匹马闯进土匪窝杀了匪首花脖子,后又孤身挑战黑帮老大黑眼,率领装备落后、人少体弱的游击队伏击日寇。伏击日寇时一个细节最有代表性,当一个行将死去的日寇战战兢兢掏出自己妻儿的照片向他求饶,他儿子豆官也抱他的胳膊阻止他,可他还是毅然决然杀了日寇,其匪气、江湖气及残忍程度可见一斑。山东高密东北乡也有众多地方势力,他们都曾伸出橄榄枝想拉拢余,余都一概拒绝。国民党的冷支队队长拉拢过,共产党的高大队队长江小脚也试图联合过,都无果。既为土匪头子,以土匪的方式处事,是他一贯的做法。不单对其他地方势力如此,对于在他地盘上的民众也一样。不仅私自发行货币以盘剥民众,对有恩于他的亲叔余大牙也绝不手软,就因余大牙强奸了民女曹玲子而被其枪决。他当然有机智聪明甚至"远见"的一面,一边能安全妥帖周旋于冷支队和高大队之间,一边还知道聘请有文化、懂军事的任副官训导他的队伍。他的名言是:"余某识不了二百个大字,要说杀人放火,我是行家里手;说起什么国家、什么党派,还不如宰了我痛快!"由此可见,他是一个什么样的人了。杀余大牙自然是迫于任副官立的"军纪",但内心里他对亲叔还是一副古道热肠。给叔送葬时,他"披麻戴孝,号啕大哭",回村的路上,为发泄对任副官的恨,瞄准任副官脑袋一枪,却并不打中,可谓一枪二鸟。另外,看着负伤痛不欲生的兄弟方七和"痨痨四",为着解脱,毅然补一枪,理由也相当感人肺腑,"你放心走吧,有我余占鳌吃的,就饿不着弟媳和大侄子。""你也一路去了吧,早死早投生,回来再跟这帮东洋杂种们干!"这样的农民,据说史无前例,还是小说概括得准确,"最英雄好汉最王八蛋"。

当然,吃苦耐劳一直是他作为农民的本分和本职,出甑是烧酒中最苦的活,他干得既扎实又巧妙;也有着农民该有的朴实重情,伏击日寇中,身边其他人都死了,但他却抱住了干儿子,非但如此,为了让干儿子今后能"立住",他身体力行教导干儿子:"就像老子一样用它(枪)。"

高羊是《天堂蒜薹之歌》中的主人公之一,农民,出生于地主家庭。

"运动"的年代,他历次挨批斗,还曾被贫农、生产队队长王泰所逼,喝过其尿,也被其所逼背过欺负女同学的黑锅,因此被学校开除;"文革"时,母亲去世无钱买骨灰盒,因土葬而被治保主任和黄书记以同样的方式侮辱过,他的选择是下跪求饶,座右铭是"忍着吧,忍过来是个人,忍不过来就是个鬼";改革开放了,有了自己的地,可是没想到祸又从天而降,小说中所谓的"蒜薹事件"即是。蒜薹大面积滞销,出于保护自身利益的本能,他忽忽悠悠被卷进了蒜民的暴乱中,并且还砸了县长办公室的窗玻璃。事情一闹大,他被捕入狱。当得知所砸为县长办公室的玻璃,他不禁心惊肉跳、悔恨不已。这样的人,接下来能做什么,大概不难想象了。先是出卖了一起逃跑的方四婶,再是向政府官员下跪求饶。求饶还不止,征得政府相信他是迷迷糊糊干的蠢事才是他心里的真实想法,"县长是一县之主,难道还让他给我卖蒜薹?即使把蒜薹都烂了,也不能让县长去卖蒜薹"。不仅对人,对牲畜也是如此。他与方四叔一起回家时,该上坡了,老牛喘气如患了严重气管炎的老人,他便跳下车不再坐车;可四叔依然坐在牛车上,任凭怀孕的老牛挣扎着爬坡,他心里有些凉,感觉四叔是个心肠很狠的人。

与高羊完全相反的一个人物是高马,退伍军人。当兵时,不畏强权,得罪了团长小姨子,不但没被提干,还背了个犯错误的罪名"被复员";"蒜薹事件"中,政府言而无信、蒜农被坑,他煽动蒜农奋起抗争,跳到车上还大喊"打倒贪官污吏""打倒官僚主义"等口号。与高羊不同的更重要一点是,他懂法也明白自己的过错,所以在法庭上，他仍会据理力争，面对审判长的质问，他毫不让步立刻反驳，"天下乌鸦一般黑"。感情上，他更是真诚、专一，并且识大体、明辨是非、有头脑、有主见。为了方金菊，宁可忍受方家二弟兄的拳脚相向，可是当金菊咒骂其兄为了换亲而毁了自己时，他仍能通情达理理解方兄的难处；方父是阻拦他们二人成亲最强硬的一个人，然而当方父因翻车而惨死，两个儿子受人劝诱不肯抬埋时，他却不计前嫌，主动去处理后事。高马及方金菊的结局非常悲惨。高羊在监狱里因懦弱未做任何反抗，可高马却在警察追捕过程中逃脱了。金菊未婚先孕，方四婶虽然同意其嫁给高马，但在逃的高马到哪里去兑现一万元钱？凄凉悲愤的方金菊便自杀了。没想到金菊尸体竟成了曾劝诱方家二兄弟的杨助理外甥的阴亲。方四婶因绝望而上吊，高马试图越狱为金菊报仇，结果被击毙。

　　以上两部小说及农民，就其故事背景而言，一个是"历史"，一个是"现实"，或可看出，此时的莫言注意力并不很集中，有东一榔头西一棒子之嫌。如何聚焦农民，还得进一步观察莫言自己"很看重"的三部中的农民。

　　第一部是《丰乳肥臀》，男性主人公之一上官金童，农民，是其母上官鲁氏经过艰苦卓绝、持之以恒所生的唯一儿子，他还有一个孪生姐姐叫上官玉女。这个农民身上有着太多太复杂怪癖，所有一切，可能都与母亲最初的孕育有关。他是母亲一路借种七次后，第八次与西方传教士马洛亚偷情所生，这种身世从开始就意味着他在小说中可能是作为一个象征或隐喻而存在。其一，他终生恋乳厌食。七岁还不能断奶，一旦断，不是吃别的食物呕吐，就是装死反抗或以死相逼；稍大点，碰到任何一个年轻女人，无法克制对乳的欲望，便想去摸、玩弄和吮吸；成人后，对女人的兴趣只停留在乳房上，在"雪集"上的经历证明，他能从女人乳房上获得艺术般的感受，不但以乳为性，还以乳为美；四十二岁刑满释放后大病垂危之际，依靠独乳老金哺乳才得以康复；"文革"结束后，接受了商人司马粮馈赠的众多美女，以过"奶子瘾"；即使与妻子汪氏的初夜，整夜也是吊在乳房上度过的，以致腮帮子又酸又麻又胀。其二，他小时候因恋乳而骄横、无赖，可成人后却一直懦弱窝囊，是"抹不上墙的狗屎，扶不上树的死猫"。小学时，被别人欺负，一路仰仗侄子辈的司马粮和沙枣花保护。中学毕业去农场劳动，因无法满足上司龙青萍的欲望，龙恼羞成怒自杀，他却反而因奸其尸被捕入狱十五年。刑满释放后，先是寄身在母亲辈的老情人独乳老金处，后无缘无故被炒鱿鱼；再是投身鹦鹉韩夫妇的"东方鸟类中心"当公关部经理，并在司马粮"独角兽乳罩大世界"任董事长，明知都在骗他，却仍听之任之，终致受骗，并被赶出家门，从此流落街头。他每次遭遇挫折，想到的不是自我振作以应对，而是钻进母亲的怀抱。正如其母所言，他的确是一个一辈子吊在女人乳头上的彻彻底底的窝囊废。这样的人，自然是自闭、冷漠的，除了母亲，无论是谁，即便他的哪个姐姐去世，都无半点悲伤，始终是旁观者的冷眼。

上官金童自然也有另一面，善良和孝顺。可这些概念在他那里却是另一番体现方式。龙活着的时候不能满足其性欲，等龙自杀后，却觉得龙实在可怜，趁龙身体尚温之时想给予满足，于是入狱；母亲去世后即刻土葬，但"公家人"逼他挖出火葬时，他不惜乞求、行贿"公家人"，他最坏的打算是，如果不让土葬，宁可背着母亲尸体一起跳进泥塘。

第二部是《生死疲劳》，其主要人物之一西门闹，高密东北乡西门屯的地主。小说由"驴折腾""牛犟劲""猪撒欢""狗精神""结局与开端"五部分组成。作为地主，西门闹虽有财富，但并无罪恶，因此"土改"运动中被枪决，他认为自己是冤枉的。死后也就不停地在阎王面前喊冤，阎王认为他也确实被冤枉了，便让他转世投胎。以上五个动物和最后的一个大头婴儿，即是西门闹转世投胎的结果。一投胎一世，六次投胎六世，是二十世纪五十、六十、七十至八十、九十年代和新世纪的2000年和2001年，分别对应着土地革命运动、人民公社和"文革"、拨乱反正、改革开放、商品经济及新世纪，蓝千岁是最后一次投胎的大头婴儿。

这样一个故事，别的作家完全可以讲出另一番景象，比如社会政治制度的变迁及变迁中的农民群体命运等，都是这一选题必然会触及的背景。可是莫言显得与众不同,"背景"反而被有意淡化,叙述的聚焦点只侧重在具体个体的身上。如此,要了解西门闹这个人,可分为他被枪毙前后两个方面来看。枪毙前,"运动"政策使然,他虽则一直很善良,无任何不良表现,但中共地下党员洪泰岳借土改之名,命佃农之子、民兵队长黄瞳一枪打爆了他的脑袋。他死的时间是1948年1月1日的某个时辰。家产、田地等均被充公,二姨太白迎春改嫁他的长工蓝脸,两个孩子随嫁过去,改姓蓝,西门金龙唤作蓝金龙,西门宝凤唤作蓝宝凤;三姨太吴秋香改嫁黄瞳,后又有其他子嗣,故事曲里拐弯。枪毙后一直喊冤,过两年,也就是1950年1月1日开始,他走上了漫长转世之路。因此自西门闹死后属于西门闹的叙述,均为所转世的动物口吻进行。这是很有意味的,因为它们都是动物们所关注和所看到想到的,不会是人的思想的波及和蔓延。为驴时,他牵挂着妻儿,在看到白氏受审时所经历的种种磨难,他大闹公堂跳高墙,想亲近妻子。为牛时,宁愿被折磨致死也不愿向紧跟洪泰岳执行洪政策的昔日儿子西门金龙屈服,当然他却又很识大体、懂大局,政策要求交出所有财宝,他无半点含糊,如数交出;当有机会用枪打死仇人洪泰岳及其随从时,他的认识很开明,认为是有钱人的厄运势,不关哪个个人的事。为猪时,奋力保护白氏,还一口咬掉了对白氏动手动脚的洪泰岳的睾丸。为狗时,他叫西门狗,目睹了黄瞳的子辈与蓝脸子辈的婚姻变故和官场、商场的失败,时间到了1998年中秋节,他被蓝脸带着到自己的一亩三分地,躺在墓里安然地死去。

  为什么要不停地转世,小说有一处重要对话可作提示。西门狗死后进入地府,阎王对他说:"我们不愿意让怀有仇恨的灵魂,再转生为人。"西门闹随即表示道:"我已经没有仇恨了,大王!"但阎王觉得西门闹的眼睛里还有一些仇恨的残渣在闪烁,于是,决定让他转世为一只猴子。事实也正是如此,西门闹的冗长故事,到了猴子这里,就算结束了。猴子开始,之后的故事,聚焦点更是直截了当转向了人物内心想当然的私欲了。当然,由这私欲逆向往前推,把其他五次繁复无比的转世叙事意图理解为为了消除内心的仇恨,也能说得过去。这表明，为了一个超主题刻意去讲一桩怪诞离奇故事——因为"生死疲劳"，所以要"六道轮回"，其实就是整个小说的题旨本身。这时候，当把中国当代农村社会漫长而曲折的过程，转换为一个人的爱恨情仇之时，社会史、政治史和经济史所内含的群体命运也就被轻轻地一笔勾销了。这为莫言之后通过单纯个人故事，探讨中西、中国内部文化之间的转化，必然导致失败，埋下了伏笔。前面第一节提到顾彬的史论中，并没有如中国文学批评界那样热烈地褒扬莫言如何会讲故事，原因恐怕也在这里。无论"讲好"中国故事，还是讲"好的"中国故事，侧重点都在讲故事上。而曲折、离奇、怪诞、反常态等，则无疑是一般"好故事"的基本元素，这就对集中精力叙述一个有价值的故事，构成了致命威胁，乃至于往往在怎样讲中消解、瓦解、取消了思想走向深入的可能性。

转世成为猴子是偶然，猴子落在了蓝家和黄家的孙辈、两个潦倒成耍猴人的西门欢和庞凤凰手里，由是西门闹见证了几个孙辈男女之间的乱伦，被蓝开放一枪击毙，结束了他在畜生道里的轮回。蓝开放是蓝解放的儿子，蓝解放是蓝脸和黄互助（黄瞳与西门闹三姨太吴秋香之女）所亲生，耍猴人之一的庞凤凰又是蓝解放同父异母的哥哥蓝金龙（西门金龙）的女儿。所谓乱伦，指的正是蓝开放与庞凤凰，这对同祖兄妹之间的恋情。他们虽未结婚，但当他们把恋爱关系告知其父母时，庞凤凰已身怀六甲。这便是西门闹的第七次轮回，这个婴儿正好降生在千禧年的第一年，故名曰蓝千岁。他"身体瘦小，脑袋奇大"，"生来就有怪病，动辄出血不止"，然而，他却保有前世的所有记忆，五岁生日那天，把父亲蓝解放叫到面前，摆开一副朗读长篇小说的架势，对蓝解放说："我的故事，从1950年1月1日那天讲起……"

总之，作为一个人，他的生命在1949年前就终止了；但作为一个象征符号，他一直活到千禧之年，甚至可能现在还活着；是人时，除了对自己的一亩三分地有着超乎常人的挚爱，乃至于延续到了他的长工蓝脸，就是坚持"单干"，对于其他的，则一概听从组织安排、听命于政策裁决，唯一放心不下的就是自己的三个女人的来龙去脉；

是动物时,眼里所见、心里所想,无不纠结于个人情感,乃至为了阻拦蓝解放夫妇对兄妹婚姻的妨碍,而终结了畜生道的轮回,换回的是畸形儿。

第三部是《蛙》,主人公是"姑姑",大名万心,是一位八路军医生的女儿,乡村妇科医生,行医五十多年。

这个人物看起来复杂,其实很是单纯。为了省点篇幅,现按廖四平的阅读概括拎出重点。简而言之就是,在五十至六十年代初,她与农村粗暴、野蛮、封建、落后的接生婆顽强斗争,接生并救活了无数婴儿,人们送她"活菩萨""送子娘娘"的称号。在人民公社乃至后来的很长一个时期,她坚决执行上级政策,铁面无情,成了计划生育政策的忠实执行者,她所到之处,孕妇及其家人可谓人仰马翻、无一幸免,人送外号"杀人魔王""活阎王"。就是这样一个人,晚年却成了一个"近乎病态的忏悔者"。为了留住她引流过的婴儿的形象,她嫁给了泥塑大师郝大手,用泥塑婴儿形象的方式释放心中的歉疚。同时她又自觉成为袁腮为代表的"代孕机构"的帮凶,非但如此,当生母陈眉声嘶力竭想要回自己代孕而生的婴儿时,她却又伙同他人使陈眉跌入了万劫不复的人间地狱。

所以,"姑姑"这个人说到底,仅仅是一个病态者、矛盾体。对于引流上万婴儿,她的解释只是执行国家政策而已,但对泥塑婴儿又似乎有着疯狂的痴爱。

以上这些农村题材长篇而外,《红高粱家族》《天堂蒜薹之歌》《十三步》《酒国》之后的《食草家族》,《丰乳肥臀》《红树林》《檀香刑》之后,《生死疲劳》之前的《四十一炮》也是。即是说,按照莫言农民出现的纵向时间序列,在余占鳌、高羊和高马之后有四老爷(《食草家族》),接续四老爷的乃是上官金童、西门闹(蓝千岁),西门闹之后是老兰(《四十一炮》),老兰之后才是"姑姑"。

余占鳌生在混乱年间,其性格另当别论。进入社会主义体制以来,莫言笔下中国的农民先是高羊和高马。他们两个其实是一个人的一体两面,即逆来顺受、懦弱、随波逐流、狭隘自私和大胆、勇敢、头脑清醒、光明磊落、吃苦耐劳。四老爷在二高之后,是什么样的人呢？根据小说情节可以归纳如下：能力强，族长任上家族大事小情玩于股掌之中；敏感多疑，通过蛛丝马迹便知他人奸情；性格怪癖，有怪诞嗜好，并长于捉奸；卑鄙、贪婪和迷信，偷情上只许州官放火不许百姓点灯，以修建寺庙为由敛财，面对蝗灾却乞求于神仙保佑。西门闹我们知道了，那么，他之后的老兰呢？老兰原名兰继祖，屠宰专业村村长。显然，他算一个基层乡村干部。因为家族势力和他自己善于权术，围绕在他周身的便主要是权力、财富和女人。作为基层农村干部，好的一面自不必多说，自己致富，也带领村民致富。坏的一面，也同样比较习见，表面圆滑、世故、玩心计、耍手腕，隐藏的却是邪恶、狭隘、阴险、残忍。给养殖户公然传授高压注水肉，加速乡风败坏；用计支走罗通霸占其妻，又故意放风借罗通之手灭其妻从而使罗身陷囹圄；善于拍上级马屁，也会利用威信威慑下级。在这个基本生活面下，照射老兰人性剖面的，按小说的叙事侧重点看，他之所以给罗挖坑，是因为在与罗吃辣椒比赛和争夺野骡子的爱情上，输给了罗，这是他内心深处的耻辱，因此一直伺机报复罗而拉开了一系列故事的内幕，这一点也基本贯通在他整个的人生中。与前面一批不同阶段农民形象对比，小说这样叙事，的确别有意味，也符合莫言的农民观。

至于《晚熟的人》（中短篇小说集）中所谓"晚熟的人""斗士""等待摩西""诗人金希普""表弟宁赛叶"等，有些读者即使没细读过，一看题目，也大致了解得差不多。一言以蔽之，就是通过"莫言"故乡行的切身感受和观察、认知为切入点，以纪实笔法，叙述故乡人物内心的"博大"想法和"传奇般"的所作所为，叙事终端一般指向荒诞和奇崛，给人一种山东高密东北乡总出奇人奇事，而且多数是从小时候就显端倪的印象。

2001年10月24日，莫言在苏州大学"小说家讲坛"上有一个专题演讲，题目叫《作为老百姓写作》。这一篇东西可以看作是莫言对自己多年来创作观念的最直接表达，2001年这个时间节点来这么一个题目，确具有承上启下功能。对于他之前创作，特别是其农村题材创作，是一个提炼和总结；对于后面的创作，诚如我们在他小说的叙事中所体验到的那样，是一种昭告和提醒。

首先，在意识深处，或者至少在理论的层面，莫言对他创作以来一系列重要思潮流派，还是做过较深的消化处理的，也许他早就自觉到理论批评所眷顾的某些重要概念，是对小说叙事有害的，主要体现在对读者的影响上。所以，他提出"作为老百姓写作"，究其实质，含有有意还读者一张白纸的想法。这当然不能贸然说，就等于他在《檀香刑》后记中曾说过的"大踏步撤退"——彻底退到民间原生态上去的意思。再次使用民间原生态概念，本身就是一种立场。他的"作为老百姓写作"实际上想去掉所有"意识"，特别是"功利意识"，因此，他强调的是不想用小说来揭露什么，来鞭挞什么，来提倡什么，来教化什么，非但如此，他进一步强调，作家不但不认为自己比读者高明，也不认为比自己作品中的人物高明。之所以如此，是因为在他看来，作家这样那样的姿态破坏了好作品的诞生，"无意识中得来的总是好东西，把赞歌唱成了挽歌，把仇恨写成了恋爱，就差不多是杰作了"。

提出这个概念，很显然，是对当下文学存在某种不接地气现象的一种积极应对，毋宁说更是对文学批评的一种批评。对于前者，我们的确能明显感受到此种现象的普遍严重性，第一是故事多为作者自我想象或自我营造，没有建构起相应的社会文化语境，与读者绝少共情；第二是情感模式太过私我化，深奥是够深奥，有些甚至直追所谓的形而上，但情感的载体——人，与当下一般个体的基本精神生活状态联系不深入、不一般化；第三是语言或话语方式多为静默型、冥想型，缺少行动的有力推动，这是与以上两个倾向密切相关的。对于后者，别的不去说，单是浏览莫言研究的时候，印象就很深刻，几乎莫言的每一部小说出来，都有无数论评及时跟进，可谓卷帙浩繁。但是把这些评论和阐释放在一起读，马上就现出了评论阐释的过剩甚至浪费，不光莫言小说中的任何修辞手段，都埋藏着微言大义，即使面对同一部小说的主旨，不管研究者身份阅历多么不同，研究来研究去，过来批判过去批判，左一个揭露右一个揭露，横一个隐喻象征竖一个隐喻象征，可是细究其具体针对对象，所谓体制机制、所谓人种退化、所谓人性劣根、所谓基层官场腐败等等，皆为放之四海而皆准之词。听起来振奋人心，不见得具有切实有效性。当然，我们必须警惕，如莫言所说，好作品诞生于无意识，这无疑是对天才论的蛊惑，无意识中强化了文学写人而不是人写文学的神秘论调，那么，又该怎样从机制上避免乃至杜绝主观臆猜和瞎编呢？

其次，在莫言的思维理念里，强调"作为老百姓写作"，就是突出"民间立场"。在作家身份的界定上，他说的是对的。他认为，作家需把自己确认为一个普普通通的老百姓，这样就可以避免僭越。"因为作家自身的局限，很可能变成为官员、为权贵的写作"。但是，他在阐释他的这个理由时，又说，"作为老百姓写作"的对立面是"为老百姓写作"，即是说要反对突出"为老百姓写作"姿态的知识分子的写作。为了放大此种写作的片面性和偏颇，他不惜把账算到了五四启蒙者头上。"从鲁迅他们开始，虽然写的也是乡土，但使用的是知识分子视角。鲁迅是启蒙者，之后扮演启蒙者的人越来越多。大家都在争先恐后地谴责落后，揭示国民性中的病态，这是一种典型的居高临下。其实，那些启蒙者身上的黑暗面，一点也不比别人少。所谓的民间写作，就要求你丢掉你的知识分子立场，你要用老百姓的思维来思维。否则，你写出来的民间就是粉刷过的民间，就是伪民间"。莫言的意思很明白，他不是反启蒙，他只是特别突出作家需不受任何束缚地想老百姓所想、行老百姓所行，从而呈现一个真实的民间罢了。但是不知出于什么原因，他总是潜意识里在释放某种反知识的信号，说完上面一段话后，他显然觉得还不够透，于是补充道，"'知识越多越反动'，从文学的角度上看，是有几分道理的"。随着社会各方面情境，尤其政治角色变化带来的知识者身份、心态的异化，导致启蒙变味，乃至于启蒙者普遍丧失了自我启蒙的自觉性是一个问题。但这些问题再严重，也不至于招致取消启蒙本身，这关涉到我们如何理解中国现代社会、中国现代文化、中国现代文学，是否已经完成现代性转型，从而进入中国当代社会、中国当代文化和中国当代文学，特别是人的现代化转型及其社会机制保障是否已经进入现代性的"自在"状态的大问题。如果不考虑这些整体的而又是核心的问题,那么,莫言所理解的发端于"民间立场"的农民个体性,如果不是弗洛伊德或荣格意义的潜意识挖掘,而是获得现代社会学的普遍支持的结果的话,便庶几与吉登斯论证的经过"脱域"再重新"嵌入"而成为的发展的个体化同步了,这显然不是中国当代农村社会和农民的事实。即使莫言并不是作为侧重点叙述的农村社会现实,读者也能感受到距离支持他叙述的农民个体的个体性,何止以道里计?

空对空推演,没有多少说服力。前面已重点罗列了一批莫言不同时期创作的不同的农民,我们不妨结合他的农民,再审视一遍"民间立场"的农民,探讨一下究竟传达了哪些思想信息,以及如此农民的农村社会到底处于什么状态。

在莫言"民间立场"的角度,余占鳌的确是个例外,延续这种思维的农民,除了稍后于余的罗小通,再往后,这条线似乎就断了。根据前面的梳理,余占鳌和罗小通的民间性,表现在作者不是站在二元对立的立场嘲笑、鄙视和企图遮蔽农民的所谓根性,而是正面地以肯定的态度表达它们叙述它们。这意味着事实上打破了民间必是有道德、有价值的老思维,恰到好处地消解了正统道德观。老思维的民间主要体现为,一种是占主流的中国特色的追逐现代化的生活形态,即传统农民勤俭发家的生活观念与商品经济发展后不道德追逐利润的资本观念的结合,通常是文学叙事该启蒙该批判的对象;另一种是不占主流的、在今天的生活潮流中被日益淘汰的生活形态,即那种对自然人性所体现出的感性的浪漫的今朝有酒今朝醉的浪子哲学和对财富对技术的过时的道德主义观念,在经典传统文化尺度中无疑是需要扔掉的糟粕,连转化的价值都没有。在这一意义上,无论余还是罗,无论是他们的快刀斩乱麻、快意恩仇以及直截了当、耍赖皮、玩心计,还是浪漫私奔、纵欲感官、技术至上和敬业精神,"恰恰是体现了农村知识者反正统生活观念的立场,也同样具有被社会习惯所遮蔽和压抑的自由自在的民间精神因素"。虽然都是知识者的视角所看到的,但相比鲁迅单一的知识分子启蒙叙事立场,莫言释放了民间的藏污纳垢,因此达到了叙述视角的多样性和叙事内涵的丰富性。

《天堂蒜薹之歌》中的二高和《蛙》中的"姑姑"，前者浸泡在切实社会现实问题"蒜薹事件"中，受制于传统农耕社会的超稳定与被释放的商品经济法则对接失败的语境，后者处在非人性的政治性与人道的人性严重错位的节点，也无法超出中国特有的计划生育政策而独立存在。诚如众多批评文章所指出的那样，它们都负责任地批判了该批判的，揭露了该揭露的，也不乏走向纵深。然究其实质，作为个体的农民，值得进一步生发的思想价值并不大。莫言也许有时苦恼于批评界的追问，想证明他对当下社会现实的关注，可实际上这并非他叙事的本意，尤其对晚年"姑姑"的"忏悔"，显然与他对余占鳌、罗小通的情感不一样，也多别扭、牵强、刻意，甚至不排除主观臆断、东拼西凑之嫌。

聚焦于上官金童、西门闹和老兰，看得出，是莫言企图找回当年对待余占鳌、罗小通那种感觉和想法的"自在性"写作，或者说是那种想法的延续。不幸的是，已然时过境迁。适合"混乱年代"的个体性，一旦遭遇市场经济（《丰乳肥臀》故事一直蔓延到改革开放的当下）和联产承包责任制（《生死疲劳》故事中"单干"后故事占有绝大篇幅），中间仅有半死不活封闭、静止的传统农耕文化秩序（《四十一炮》），是无法支起他的个体化成长大厦的。所以，通观来看，上官金童身上其实是两种思想的叠加，一种来自余和罗，可谓顺势而为；另一种只有中西杂交，农民个体性的主题也便从此转向——即多数批评家所着力发掘的"种的退化"，我认为，这恐怕不是莫言的主观所愿，更像是中途无法驾驭的只能如此。

大家是否认为上官金童和西门闹（蓝千岁）很像呢？没错。从作者的叙事倾向上看，他们两个不同源却同流。不同点是，上官金童系母亲上官鲁氏与西方传教士马洛亚偷情所生，蓝千岁系同祖异母的兄妹蓝开放和庞凤凰所生；上官金童出生以来几乎参与了中国当代的全部社会生活，蓝千岁虽生在改革开放时期，人生历程和社会生活根本没有实质性展开，但据小说叙述，他自己表明他的故事需从"1950年1月1日讲起"，意味着他不可能进入当下社会现实生活。

相同点是，蓝千岁虽不可能参与当下社会生活，但从他外形的奇异、行为的怪诞端倪推测，他与上官金童应属同一类个体性，即前面提到的所谓被压抑的自由自在的民间生活形态。从上官金童在社会生活中明知是欺骗却偏偏听之任之，和一路窝囊一路失败一路审美的怪异诡谲，亦可推知，蓝千岁生着当下的大脑袋，装置设备却活脱脱过去的陈谷子烂芝麻，是否变成一个成功人士很难说，但一定不会成为一个人生意义和价值的胜利者。

这里，如果把中西杂交、中国内部的近亲繁殖，看成是中西转化和宗法宗族内循环的同时失败，这无疑是小说的一个叙事重点。包含令人惊讶的文化指涉，隐射了小说主题中重要的思想倾向。虽然不能把它推到虚无主义一边，但是又的确没有坚实的细节来证明作者叙事意图，就是通过否定之否定，逻辑地导出以上两种视野之外的其他新的可能性。

面对如此农民，或许可以找出莫言之所以如此的众多原因，比如他总是写农村社会的负面，比如他的故事并没有正面介入当下，还比如他的聚焦点总是在农民个体的内心及内心中的情感领域等。正如读者所预料，正是这些东西，又反过来被批评家汇聚于莫言的"民间立场"，进而被"鉴定"为"中国经验"。

要追究实际的情况，不得不由莫言的农民个体返回到莫言的农村社会。因为，如果他的农村社会土壤不支持他如此的农民个体性，那么，则应该认定他所谓的"民间立场"的农民个体性，本来缺乏新颖思想的推动，而不能一味成为批评界为赋新词糊里糊涂的理论赋能。这不是他写了多少黑暗，或者如果多写点光明，就能简单解释清楚的。

借着匈牙利马克思主义理论家乔治·马尔库什的"文化现代性的构成"学说和眼光，以文化现代性去衡量，莫言所叙事的农村社会，其实是一个"无声"的农村。这有两层意思，一层是说从莫言的农民个体表面看，异常喧哗，异常吵闹，就像他自己总结《檀香刑》写作经验时说的那样，"当作戏来写"，老百姓也就成了戏台上个个能施展才艺的主体，自己是自己狂欢节的主人。但本质上如此多的个体性缺乏与类的统一,是机制缺席的噪音,充其量是自古有之的"个性"。这是不可能从积极意义上促进传统农村社会向现代社会转型的,其碎片化,弄不好还会反作用于"类"的形成。

另一层是莫言的农村社会,因为其关注点在个体"绝对自由"的一面,事实上这个倾向也就成了放纵私欲、为私欲而寻死觅活的堂皇理由,其所形成的农村只是自私自利个人主义的所在。按照阎云翔的研究,我们受用的这一点,实际是西欧国家早已摒弃的前现代的余渣,极易与传统宗法宗族文化起反应并结合。久而久之,该个体要么被同化,要么消失。总之,相对于成熟现代社会,莫言笔下的农村社会整体上处于现代性的静音或干脆"无声"状态。像他倾注心血塑造的上官金童和蓝千岁一样,关键时刻,不是一味恋母甚至一头栽进母亲怀抱哭哭啼啼,就是一开始便"怀旧"乃至于被历史的创痛深深淹没。眼里没有更深的东西,读者也体验不到更深的东西。

马尔库什实在没有多么令人震惊的发现,他只是把文化现代性的镜头推进到了微观日常生活的细密纹理罢了。文化、科学、社会三维构建的综合系统,是马尔库什论述当代启蒙现代性如何可能的基础和前提。得此启发,再回到莫言。

首先他站在"民间立场"并为"民间立场"才能看到的农民发声,创造出了如许农民个体性。然而,这些个体性怎样才能与类达成统一,在他则没有下文,因为他的小说并没有同时叙述社会对如此个体性的支持。一方面,他的故事流程中只有个人化的细节,而没有兼容完善不同个体性的系统;另一方面,他的小说又表明外部环境惯性力量异常强大,这反而极易塑造与他希望的个体性相反的群体性,差异性的个体的生长前景因此而变得非常渺茫、暗淡。

其次,莫言通过"民间立场"批判了五四启蒙的单一性,让我们看到了五四启蒙的局限。但他并未真正意识到在今天,表面看,像种种物质化迹象表明的那样,好像是反启蒙的。但实际上,由于科技和社会力量的持续深入,从农民的或"民间立场"看,走向文化社会已是必然趋势,科技思维、现代社会思维已经在深层次改变着他们的思想观念乃至生活方式。即是说,现代性是通过所有非物质化载体来体现的，而人的内心又是所有非物质化载体中最突出的物质化的非物质化载体。莫言的叙事尚未自觉意识到变化了的农民内心世界这一非物质化载体，所以，无论他农民的负面形象的多寡，还是正面形象的多寡，本质上都不能从其中看出孕育现代性的必然逻辑来。因此，无论农民个体的个体性上，还是个体性与类的统一上，都不具有从他笔下的农村社会过渡到现代性所需的文化农村社会的充分必要条件。

莫言文学中的这种错位，很大一部分也体现在他的论评、阐释文本结构中。关于他的相当一部分文学批评所使用的"批判""揭露""隐喻""象征"等，其合理性和学理性，只有当莫言叙事的农村世界与经过科技、社会、文化重新建构的农村世界分离时，才成立。因为它们同样没有看到被重新建构了的人们的意识和观念，即使这种意识和观念，很大程度的确还存在于"高雅文化"中，情况也基本如此。这种文学批评也就与它论评、阐释的文学对象一起，与意识被建构了的人和现实同时错位了。

这进一步表明，在分层社会读莫言小说，体验莫言笔下的农民和农村社会现状，如果上面分析大致不错，那么，从更远的预期重新审视，不妨下个结论。只能说莫言正走在完善现代性农民的路上，绝不能说他已经完成了现代性农民叙事；他的农村题材小说已经意识到了现代性农民与现代性农民个体性所呼唤的现代农村社会，但因中间还隔着中国前现代、现代及当代某些"反现代"的厚重隔板，他也是以这样的判断来对待他的农村故事背景的，也就不能算真正意义的现代主义农村题材小说。

这可真不是因为他用现代意识写了农民和农村，就必然导出他的农民和农村具有现代性和现代性特征那么简单。

第三节 结语

莫言自二十世纪八十年代中期首发小说以来，近四十年创作一直持续不断，大体保持在国内最前沿水平。再加之2012年荣获诺贝尔文学奖，其世界影响力也日隆，刺激国内的莫言研究异常繁荣，庶几成为"莫学"，一并带动了中国小说研究的向外输出频次。尽管批评话语生产中水分并不少，其对中国化小说批评理论的建构，依然功不可没。

莫言的创作量也异常丰富，十一部长篇、八部中短篇小说集，外加零零散散的散文、随笔、演讲、剧作等二十余部，共计千万言之巨，虽不是当代中国作家中数量最多的，也是最多的之一。面对如此体量的作家，这里所论，自然只一小角度而已。不是纵论，亦不是总论，充其量是一个视角的片面看法而已。

首先着眼于众多评论、阐释著作、论文中的大词、特大词，惊讶之余，想寻找别的参照，看看莫言的文学究竟处于什么位置。这便有了德国汉学家顾彬视野的介入，从他二十世纪中国文学的整体坐标上，我们找到了莫言，并且认为他的定位或可继续争论，但就他发现的中国文学整体的思想问题来说，对莫言篇幅不多的论评，至少引发了我们继续讨论莫言小说的兴趣，进而宕开了研究莫言的空间，得以更集中地去聚焦莫言的农村题材小说。其农民的个体性及农村社会的基本现状，都是检验文化现代性，或者反过来，用文化现代性来检验的比较理想的对象，这即是莫言文学的思想贡献。

其次着眼于分层社会，来看莫言农村题材小说，特别是他"作为老百姓写作"，以"民间立场"所发现的农民中富有个体性的一面，放在他的农民历史序列看，不由得引发了对农民上升渠道的兴趣。农民的上升渠道，不消说，就是使农民成为自己的价值诉求如何可能的问题。经过啰唆的然而又是片面的分析可知，莫言叙述的农民及农村社会，这里特指具有农民主体性的那一部分，距离他想要的那个形象、那个世界，其实还有很远的距离。原因是多方面的。一方面中国当代文学，特别是改革开放以来的当代文学，本来离不开外译文学而独立存在。这意味着，在很长时间作家必须耗费更多精力和智力，才能消除"影响的焦虑"，或者即使经过很长时间，不见得消除。非但如此，有时会把自己搅得永无安宁，甚至越来越依赖。这就造成了方法、技巧与经验、现实之间旷日持久的矛盾和错位，中西转化既困难，又头绪纷乱。

另一方面文学批评界与创作之间也存在诸多非真理非文学的因素，即是前文论及的，如何面对启蒙与事实的问题。具体到莫言农村题材小说，实际就是建构中国化现代主义文学批评理论与"民间立场"的叙事之间的矛盾。作为虚构文学，其叙事所寄予的农民文化，通过怎样的批评对话，才能有效地过渡到中国化理论批评，见仁见智，但肯定不是一味地图解和盖棺论定式的"史论"所能完成的。可事实上，莫言小说也许正在经历这样的一个阶段。

总之，说一千道一万，莫言小说既然发现了农民中独具特点的个体性，反着读，莫言小说也叙述了一种中国特色的农村社会，而且，这个发现，是以二十世纪中国文学史的纵向坐标为长度，这即是莫言的文学贡献。

第七章 阎连科小说叙述的城镇化与中国农村社会现代化难题

"十七年文学""新时期文学""九十年代文学"乃至"新世纪文学"等，是中国当代文学史通常命名、概括中国当代文学特征的典型阶段论。1949年后成名的作家中，除极个别人的文学创作诡异地横跨几乎所有阶段外，大多数作家也基本能被这些不同概念所吸纳、提炼，这些概念也就成了他们文学价值的终极评价。一旦超出了所属的时代阶段，也几乎无一例外，都将由其他另一批作家所代替，翻阅诸多流行当代文学史著述，这已成"常识"。可是，阎连科的小说创作似乎是个不多见的个案，他思维和思想的延长线并未停留在他所熟悉的文学阶段和社会现实。特别是在他的长篇小说中，那种富于历史的"连续性"恰好不是因为他现实主义地写了多么长的历史，而是他用他的方式特别典型地对接了典型历史阶段与当下一些突出现实背后的深层逻辑关系，形成了强烈的"历史"连续性。这些东西反映到小说叙事中可能是"文化"，但仅用"文化"来解释却是远远不够的。

经验表明，这样的小说家，一般偏重思想表达胜过偏重叙事艺术实验，偏重凝聚现实问题胜于偏重审美形式探索。当然，这一点也已被阎连科本人的文学观证实了。尽管如此，文学批评界对它的反应，并不总是与作家的思维同步。非但如此，许多时候，仔细辨析即便极力阐释阎连科文学追求的批评文本，也好像难免与阎连科本人的想法有不少出入。之所以如此，一方面固然因为研究者的纯文学、纯叙事、纯审美选择，不能纳入阎连科的"心中块垒"而终至分道扬镳；另一方面恐怕多少与时风有点关系，阎连科到底不是为了某个纯虚构而愿意耗尽才华的作家，审美批评所能穷尽的内容，并非真是阎连科小说创作的真正意图。为了探讨阎连科小说创作中的思想成色，一年多来我几乎翻遍了阎连科文学研究资料，大致可分为两类。一类是主流文学批评家的研究，先集中发表于文学理论批评核心刊物，后结集出版为《阎连科文学研究资料》；另一类是硕博学位论文，有百余篇之多挂在"知网"。从1991年张德祥《"瑶沟"世界及其他——评阎连科四部中篇小说》到2019年硕士学位论文《阎连科小说中的精神困境研究》，研究的焦点差不多都集中在中国当代乡土文化变迁及阎连科的乡村题材写作特点，中国当代知识分子知识、精神脉络梳理及阎连科知识分子问题审视两大方面。而在这两大领域中又多聚焦于叙事、主题和语言修辞研究上，与"思想"有关联的只有同是河南籍作者李丹梦的论文《全球化与当代文学的地方政治——以阎连科的创作阐释与文学活动为例》和梁鸿《新启蒙话语建构:〈受活〉与1990年代以来的文学和社会》一书中的很少一部分篇幅。当然，仔细分析，思想研究也会在叙事、主题、语言中有所体现，但毕竟，此思想研究并非我这里所说的思想，它们到底是两码事。对阎连科小说中的思想进行单独研究，不是说他的文学创作已经到了用思想来盖棺论定的时候，而是说他颇为"极端"的虚构想象，正是为了彰显他相当苦闷的认识。无论对于历史还是现实，无论面对知识分子还是面对农村社会及农民，其思想意识显然都不是单纯叙事形式与单纯审美感染力能够满足的，有必要启用别的视角来认真分析他揉搓进虚构世界的内涵。

第一节　阎连科小说叙述的城镇化及
对社会底层人群的精神分析

阎连科的小说故事并不能特别令人信服，但他的小说叙事却具有诱人深一步联想和思索的魅力。叙事能否提供真实性细节而给读者以真实感，考量的是小说细节、情节乃至故事脉络是否具有与真实社会现实物理时间、具象事件相匹配的品质问题，其重要衡量尺度在于小说经验是否来源于绝大多数读者普遍性经验共识。如果基本匹配或通过相关勾连而获得基本匹配，那么，小说便因获得了经验的普遍性而具有一定阅读体验的真实性。体验真实性其实是个不可通约的客观存在，即使多数时候体验真实性是以感觉真实或心灵真实的资质来实现的，那也得把无数个"我"的感受和想象打磨成"我们"的名义。像无数非文学读者对路遥三部曲长篇小说《平凡的世界》和方方的中篇小说《涂自强的个人悲伤》产生深度共鸣一样，首先缘于读者与小说中人物经历过和正在经历的社会现实具有高度同质性。因此，真实性和真实感说到底指向的是政治经济，至少是个体生活被最大限度社会化的元素。阎连科小说在真实性上要打点折扣，却又在引人深入思考上能起于"我"又不限于"我"的经验事实，以当今流行的纯粹个体内在性"经验"观之，好像有矛盾之处，其实不然。他在叙事中改造了传统现实主义文学对个体人物精雕细刻塑造的要求，变而为个体人物在社会洪流中所形成的集体无意识。个体人物在他的小说中，既是人物自己的意识和行动，同时也是普遍社会力量的推动者和制造者。至于一些被研究者重点分析、阐释的代表性角色，在文本中的确起着关键作用，是无数个体意识和行动的引爆者、诱导者，但他们本身并没有主体性。非但如此，他们对政治经济意识形态以及具体政策的领会与把握，也完全基于同样个人意识和利益的考虑。这样的一种认识，阎连科势必会淡化对个别人物艺术形象的完善，这是由他的叙事意图规定性所决定的。择其要者而言之，不管阎连科讲述什么故事，也不管他故事的时间是长是短，他的聚焦点始终是当下普遍而汹涌的社会无意识形成过程。截至《炸裂志》（2013），之前的一系列长篇小说叙事都没离开过底层社会群体的无意识分析，当这种无意识发展到《炸裂志》，叙事焦点终于得到了极端化却又是典型的凝聚，他着力处理的是经常被文学简化成伦理道德后果的城镇化现状，面对被无数文学叙述泾渭分明地划分成城与乡二重世界的关系，他索性避开伦理道德的纠缠，径直虚拟出一个"遗世独立"的村庄，然后根据里面人物的自在状态来呈现城镇化过程和无主体芸芸众生的精神萌动。

《受活》2004年由春风文艺出版社出版单行本，因叙事夹杂正文和脚注两套话语方式而引起批评界的热烈研讨，除一般性小说阐释而外，批评界还别出心裁发现了"索源体""恶魔性""怪诞美学"等异质因素，似乎盖过了之前阎连科其他长篇小说的影响。阎连科当然还出版过《情感狱》《日光流年》《坚硬如水》《风雅颂》《为人民服务》《四书》等多部长篇，但总体来说，他农村题材小说中所表达的农村思想是最为饱满也最值得进一步分析的。《受活》写受活村"入社退社"的故事，故事的时间起于中国现代革命起源前，止于市场经济时代；《丁庄梦》（2005）接续《受活》故事的尾巴，高潮止于经济社会发展的深水阶段——丁庄人全村由买卖血液发家致富终致走上被艾滋病毁灭的道路；《炸裂志》又接续了《丁庄梦》故事的余绪，炸裂村"志"显示，这个贫瘠的炸裂村创造了中国当代社会史的神话，几乎一夜之间完成了从村而镇、县、市、直辖市的变迁过程。

批评界格外看重《受活》的确有一定道理，其中暴露出来的有别于其他作家的地方，已经在《受活》之前的《日光流年》（1998）和《坚硬如水》（2001）叙事中有所体现，表明阎连科农村思想的不断完形过程。《日光流年》故事的开端就非常不可思议，三姓村在原始的生存状态和文明道德的隔绝背景中，开始了其漫长而艰难扭曲的生活。"活不过四十"是该村每个人都得面对的命运魔咒，这是彻底的自然主义宿命。为了反抗这个冥冥中的命运安排，几代村长可谓挖空心思。第一代村长号召女人像猪下崽一样拼命生育，以生的数量对抗死的速度；第二代村长听说吃油菜能延长生命，于是动员村人大量种植油菜，当然他为了保证油菜的种植竟饿死了自己的儿子，代价惨重；第三代村长据说深翻地可延寿，为了换取当权者的恩准，也牺牲了自己女儿的婚姻自由，把女儿送给了当权者；第四代村长司马蓝富于远见地"修渠引水"，此渠名为灵隐渠，为此浩大工程筹措资金可谓劳民伤财，女人卖肉、男人卖皮、老人卖自己寿材。不幸的是，发出巨大轰鸣之声的灵隐渠水，不是清水翻腾，而是臭水黑水，他大喜过望地死在情人的烂尸旁，也就成了真正的寓言。小说即以这样一个人物为主人公,全部叙事也因司马蓝诡异的一死而告终。单独看,这故事几乎接近于胡闹,没什么可信度,然而故事一旦冲着一个具体目标——"为活过四十"而去,荒诞性也就马上被现实性所取代了,这肯定不是人性问题,而是人的原始求生欲望在驱使。虽然故事的社会背景被作者有意淡化了,但读者还是会从农民被广泛动员进而"只争朝夕"的具象中强烈体验到如此亢奋如此紧迫"政治任务"的特殊历史阶段,它不单是个体诉求的问题,更是一种具体的意识形态需要。司马蓝的高亢激情,也就印证了特殊历史阶段对个体的深入改写,是那个时代最典型的一种集体无意识表征。

到了《坚硬如水》(2009),人们原始的生的欲望骤然升级,变成了形而上的"理想信念",人们也甘愿为此不顾一切。高爱军和夏红梅两个人物的意识和行动,就是在此基础上诞生的。与《日光流年》中的几代农民村长相比,高、夏总还念过书,甚至高还是复员军人,都不能算地道文盲农民。因此,在《坚硬如水》中,作者给他们来了一个"知识化"赋形,让他们在"革命+恋爱"中生长、发展、成功、失败。在高和夏的神经枢纽中,隔山打虎式的革命话语、铿锵嘹亮却不明原委的革命旋律和你死我活抢占地盘的残酷斗争,莫名其妙、毫无来由地成了他们两个个体相互确认身份、相互倾诉情感引为同道的知识源泉,他们的革命行动也就彻彻底底堕落成了动物性力比多的爆发,六亲不认,大逆不道,草菅人命,一直到占山为王或达到欲望的宣泄为止。因为故事发生在"两程故里",传统积重难返之故,也不像《日光流年》中的农民都有早夭的恐惧因而活过四十迅速构成了被动员起来的原动力,《坚硬如水》中的高爱军和夏红梅的"革命事业"则要难得多,群众无法被广泛动员,也无法广泛激发农民深入骨髓的潜能,因此在他们那里,"革命事业"反而变成了私人化的东西。也只有私人化,他人无法进入其内的阴谋计划,无法搬上台面去理解的私利目的,才好假借宗法宗族力量并以此向着家族、亲属、朋友,特别是老人和更弱小者开火。当然,这只是故事梗概,小说为了夯实体验的密度、信度,远不止这些。高爱军和夏红梅走得更绝的地方还在于超人的性冲动和性激情，凡墓穴、地道、草垛、沟渠、门洞……隐蔽处，都留下了他们拼命"干革命"的身影和汗水，他们的性激素不是爱和情的自然萌发，是《将革命进行到底》《打倒苏修美帝反动派》《控诉万恶旧社会》等或隐或显的旋律，是游行队伍的口号，是重要的革命领导人的讲话，是最新最高指示被播出来，听了这些令人"荡人心肠""动人心扉"，"令人激情满怀、坐卧不宁、血流加速、热血沸腾、手心出汗"。在他们的交合中，夏把高幻想为"镇长""县长""专员""省长""皇上""革命家""政治家"，而自己也仿佛已荣登上了皇后的宝座。很显然，当无意识发展到这个层面，已经不是两个人的问题了，支持其疯狂的合理性的是一种政治合法性、文化合理性和价值正当性，即是说，冒尖的是高、夏两个人，推动他们的却是主流社会力量。这种力量一旦被蛊惑和钦定，进而生成一种诡异"理想信念"，要扭转它可不是一朝一夕的工夫。

初读如此这般的疯人疯语疯行为，的确不太容易与过去不久的一段真实历史联系起来，因为今天的文学读者或者像丁帆批评的"新星"批评家那样，已经习惯了通过"百度"了解词条化了的历史知识，只要不符合自己"精致的利己主义"的另类生活想象，就被不假思索打入"猎奇"和每个非文盲都能"为不出版而胡写"的另册，前辈用血液与生命蹚过来的比艺术荒诞更荒诞的现实人生，自然无法进入经济主义强势话语反复打造的个人主义脑组织。他们更不能理解的是《日光流年》那样的"我们村里的事"和《坚硬如水》那样的青年"励志故事"，因为这两个故事都不是首先发端于个体内在性。个体内在性不讲逻辑也不讲历史，只讲个体本位的利益和趣味。消费的内在化或"内在化消费主义"，在哈维尔那里，指的是对人的能量的"内在化"开发。有两方面内容，着眼于经济发展来看，对个体消费欲望的刺激和对家庭消费潜能的拉动，也就是拉动内需，至少在一定程度上可以发展社会的物质财富；但从政治角度看，这种刺激经济发展仅仅是部分的原因，更主要的原因是把人们的注意力从政治社会问题那里转移开，即是说通过一系列措施、规划把人们对社会问题的注意力转向自身，使其脱离对社会的关怀，在把人变成初级消费品社会的各种观念的简单容器的同时，实现顺从操纵的目的。今天为数不少的文学读者和一些"新星"批评家，与阎连科小说叙事语境的错位，正是"内在化消费主义"打造的趣味与社会荒诞而真实的政治神经之间的错位，而后者恰是充分社会化了的"我们"曾经的故事。

阎连科讲的正是属于"我们"的集体记忆，《日光流年》里日常生活的疯狂和《坚硬如水》里癫狂的革命个人主义，早已成了我们意识里的一个核心组织，这才是理解《受活》的基础。这种意识的连续性，不会那么容易被我们用知识强行组织起来的"新启蒙""九十年代""新世纪"概念及其话语方式所能够打断。"入社"以来虽然有天灾却无人祸，外界"圆全人"视野里仿佛真不存在世界上还有一个受活庄，因此几无干扰。作者这样的预设，其实是在给受活庄的意识清零，让其归为本然状态。但"大灾年"降临一切都乱了，遭遇"圆全人"一拨一拨拿着盖有大红章证明书前来公然掠夺，受活庄人只能申请"退社"。然而，"退社"却旷日持久，由"社校娃"而"马克思主义者"而想当"土皇帝"的政治野心家的柳鹰雀县长，给受活庄人"退社"开出的条件是组建残疾人"绝术团"并赚够"购列款"，这就诞生了一个奇奇怪怪的出卖残疾的巡演队。购买列宁遗体作为拉动旅游的创意，工程自然浩大无比，"绝术团"的巡演也就跟着遥遥无期，直至几十年过去终于建成列宁纪念馆，又一场"圆全人"公然洗劫完"绝术团"并把残疾人打回原形为止。在这整个过程中，"圆全人"作为胁迫和诱因之外，"绝术团"巡演的花样百出、参与的踊跃程度和"创新"残疾演技的世所罕有，背后推动力实际是残疾人本身。"掳钱"是一个方面，关键是个个都开始生产自己的乌托邦美梦了——注意，这时候，并不是集体主义时期，即是说他们并不具备前次被广泛动员的充分必要条件，意识清零的彻底失效，唯一的解释是柳鹰雀所代表的那种中国特色的改造世界和改造人本身的方式方法。

柳鹰雀的工作自然是社会主义合法性谱系的一部分，这是不能以正确与错误付诸评价的，它当然也代表了中国经济社会发展最本质最富经验事实的一种方向。但正是这种价值取向，却产生了至少两个过程和一个后果。要么把城镇化过程迅速变成《丁庄梦》那样的场面，丁庄人的命运从卖血的富裕到艾滋病的吞噬，活着等死，看着死，每个人心里都掺杂着不同的想法，但怎样死却是不变的，用小说中的话说，每个人"自由得像草地上的蒲公英"；要么大道周天、一往无前创造像《炸裂志》那样的城镇化神话，朱、孔两家族因权力而冰释世仇走向联姻，炸裂村在村主任孔明亮和妻子朱颖的共同带领下，靠从路过的火车偷盗和全村年轻姑娘外出卖淫做娼发家致富、快速发展，由村变镇、由镇变县、由县变市、由市变超级大市，追求经济规模和GDP神话的"中国故事"遂成。一个后果是，无论前者还是后者，都加速了村庄从结构和文化上的毁灭。

到此为止，阎连科的叙事思想已经很清晰了。他的农村思想的确能在鲁迅那里找到许多精神元素，但可能都不是直接的和接续的，也就不能简单把他划到"启蒙"话语一系。他的小说叙事也因极端化而引起研究界广泛关注，但他被关注的"问题意识"，的确也不全能用解释赵树理的那一套话语和价值系统来看待，也就不属于简单农村问题小说脉络一系。叙事方法上，他倾向于像解剖麻雀那样的实证主义（现实主义），但他又十分在意虚构形式，自然也不能用传统现实主义理论来套他；异质性美学资源的征用上，像众多研究者达成共识的那样，荒诞、诡异、恶魔性不是他小说的手段而是小说的目的，可是他小说叙事的历史连续性，特别是基层社会无主体群体的集体无意识，一再表明他建构的是他自己的农村世界。既然是世界，他笔下的农村便是一个有相关性却最终独立的存在。所以，他要比别的乡土小说家更加了解中国的乡土社会文化结构，因此他通过受活庄"入社退社"深入尝试过的中国基层社会的结构性问题，比如农村"自治"，比如"熟人社会"（受活庄残疾人之间实际是没有任何血缘宗亲关系的）的被打破，事实证明，是与大家所知的梁漱溟、费孝通等依据传统儒家宗亲文化建立的人类社会学观点很不一样的。梁漱溟更加注重传统文化秩序的作用，因而"守成"中更加重视伦理道德的枢纽价值；费孝通"差序格局"的政治意义在于利用"熟人社会"而"自治"，因而一定程度抑制了现代化。阎连科虚构一个个"遗世独立"的村庄，是对前人思想的深层试错叙事。目前为止，他的叙事表明在政治现代化、社会现代化和文化现代化缺位的前提下，深度植入经济现代化，只能导致前几种现代化基础的动摇，是头重脚轻的做法，因此从文学叙事理念看，他的思想更加接近现代性。由此反观，《日光流年》《坚硬如水》等小说叙事中的思想才有了连贯性。前者的被动员，得益于血缘宗亲；后者把"革命"私利化，也因为坚固的血缘宗亲。其源头均能在《受活》"入社"阶段找到理论根据。"退社"的过程是"革命"暴力化的过程，但由"革命"暴力化而终致"意识"暴力化，《日光流年》和《坚硬如水》中早就有了苗头。虽然"意识"暴力化生成于"革命"暴力化，但随着语境的变迁，"意识"暴力化实际上成了独立于"革命"暴力化的一种文化存在，毋宁说它就是中国基层社会某种完全不同于传统，也不同于现代的一种新型文化类型。它与儒没有关系，与道也没有关系，只是钱的奴隶，这才是《丁庄梦》《炸裂志》生长的土壤。阎连科捕捉到了这种怪异文化意识，并聚焦于自然村进行典型化叙事，这是与鲁迅的浙东乡土、沈从文的湘西凤凰、赵树理的尉迟村，甚至与莫言的山东高密乡完全不同的存在。他当然也批判他之前现代作家乃至他的同代作家批判的东西，但他的注意力却在这种可以独立存在的农村文化形态上。

否定性叙事的目的在于解构，反讽、隐喻、颠覆是其主要的叙事手段，但成熟的否定性叙事必然建立在肯定性叙事的基础之上。阎连科农村小说叙事思想的肯定一面包含在否定一面之中，并被否定之否定所建构，这就有必要进一步探讨他农村思想中的现代性状况。

第二节 作为隐喻的"病残"与中国农村社会现代化难题

阎连科小说叙事的重点在农村，农村叙事的关键在农村文化的集体无意识和农民精神状态。当然，他的农村叙事毕竟是文学的而非历史的和非虚构的，所以，他所反抗的现实主义文学的典型论又反过来成了凝聚他农村思想的一个核心理念，瑶沟、耙耧、三姓村、受活庄、丁庄、炸裂村等，既清晰映射着历史的回声，也承担着历史遗留给它们的命运苦痛。从"革命"跨到"城镇化"的快车道，中间经历过的无数历史细节，都不是几个僵硬冷漠的词条所能道尽，其中对人的改造均以不可更改的观念形态保存到神经中枢了。这时候，感受阎连科的叙事，只能从阎连科开始，而不易启用文学史惯用的"从前"式或"谱系"式思维方式，盖因阎连科聚焦的农村社会现实，并不在正统的中国当代乡土文学史里，它在强势政治经济话语所构建的主流价值体系中，他叙事中的"连续性"集体无意识确凿无疑地证明了这一点。

叙事进入到这一层面，按理说，阎连科应该具有更自觉的文化现代性思想，可是，遍翻他的对话、创作谈、"文学理论"，他用得最多的的确不是现代性概念，而是用他的"神实主义"反抗现实主义。由此可见，这并非他的自我解构，恰好是他无意识状态下自觉而真诚的叙事状态。研究者正是抓住他的这种冥冥当中的又是"文学的""审美的"元素与泛苦难化做文章，有意无意忽略了他小说非常接近现代性叙事的一面，"疾病""残疾"叙事正是阎连科从深层以解构的方式触及农村社会现代化难题的一个视角，这是"疾病""残疾"叙事是其小说主体而非手段方法的重要原因。

当然，"疾病""残疾"叙事从最初对生命病态本身的思考，到进入"疾病隐喻"，可谓源远流长，贯穿古今中外文学史。《荷马史诗》所谓"疾病在夜以继日地流行"，《茶花女》《悲惨世界》等正面描述的肺病、艾滋病、癌症，以及《荀子·解蔽》"凡人之有鬼也，必以其感忽之间，疑玄之时正之"中无中生有的幻觉病症，一直到《金瓶梅》《红楼梦》等中国古典小说中各种与身体病态相关的疑难杂症出现，"疾病"叙事的广度和深度开始慢慢增加，有的甚至开始成了推动情节发展的道具，"疾病"叙事也就有了神秘色彩，成为映射人物性格和命运的隐喻情结。然而真正由隐喻修辞上升到思想潮流高度的，是启蒙视阈下中国现代小说和西方颓废派文学中的疾病隐喻，这两条线索分分合合，相互影响也相互解构。启蒙中国现代小说的前身当推清末新小说，它们与留日学者一起合力推进了隐喻话语的形成。1895年严复在《直报》发表《原强》，1896年梁启超在《时务报》上译发原刊《字西林报》英国人评甲午战争的文章，均不约而同以"病夫"喻中华民族，开启了"身体"与"国家"概念并置的先例。稍后，梁启超"国也者积民而成，国之民，犹身之有四肢五脏筋脉血轮也"，康有为《公民自治篇》"今中国变法，宜先立公民"等，"新民""公民"出现并变"身体"为"民"，遂使"国"与"民"紧密结合，个人由家族依附转向为国奉献。旨在"小说救国"的清末小说诸如《女娲石》《新法螺先生谭》《新中国》，作者的政治立场虽有别，但"换脏腑""洗脑""造人术"的理念均以西医为背景，不约而同弃绝了阴阳五行学说和"辨证施治"的"中医"的根底，并开始将西方作为"健康"的尺度，体现了怀疑精神与救世情结相与为一的价值取向。作为隐喻的"疾病"与"治疗"，对称性地驱迫着文学文本话语生产方式，向现实主义的身体国家化逻辑演变。正所谓中国的知识分子正在试图透过他们所能掌握的文化、符号和言谈资本，将国民的身体做一次根本的改革，使身体与国族的发展不再两不相干，"病"与"药"构成的现代民族国家隐喻话语体系得以初建，"身体国家化"的文化遂与日后政党伦理要求的"集体主义"取得了一致的可能性。

中国现代文学三十年（1919—1948）的文学史框架内，疾病隐喻的文本书写范式大致经历了三个阶段。1919—1928年为第一阶段，疾病隐喻主要在民族、国家意识启蒙下进行，这方面研究已经非常丰富，就不详述。简单说，代表性人物有魏源、林则徐、梁启超、陈独秀和鲁迅等，他们倡导民族、国家的概念，把"民""国"从君主"一姓之私业"的怀抱中解放出来，朝着民族现代化和人的现代化方向迈进。鲁迅《狂人日记》中狂人的精神分裂症，正是大众国家民族意识昏聩、王朝缺乏现代化国家管理制度和权力制度意识所致。《药》中革命者夏瑜就是想要把大众的王朝天下观念变为现代国家意识不得而被患有"疯病"，治疗方案是"朕即天下"观念培养起来的专制制度刽子手的"杀戮疗法"。身体得肺病的华小栓，思想上同时也得了"愚病"，相对应的药方是夏瑜的血和夏瑜的现代化民族、国家意识。除此之外，还有终日奔波在买卖人血馒头食物链上不觉悟的华家及康大叔、阿义等。鲁迅所建构的疾病隐喻话语系统表明，在国家、社会、个体的三维体系中，个体如果没有民族、国家的观念，个体就不会自觉为社会和国家努力，也不会有维护自身和他人权利的意识。1929—1938年为第二阶段，疾病隐喻主要在社会意识与时代使命启蒙下进行，是对第一个阶段个体的身体从宗法制牢笼解放出来的不满，表现出向更大范围更大空间敞开去追求自由的自由度和灵活性。丁玲《沙菲女士的日记》中莎菲患的便是大时代中叛逆女性心灵上苦闷创伤的病，隐喻的是个体自我力量对外在环境和秩序操控能力的丧失，以及对这种丧失的反抗。1939—1948年为第三阶段，疾病隐喻主要在个体存在价值启蒙意识视阈下进行。李建伟和杨金芳选取了张爱玲小说的确很有代表性，特别像《金锁记》中曹七巧一样的人物，他们所患不是别的，是自我意识过强从而遭致疾病的情况，"自我意识过于强大，会让他们疯狂地占有、攫取和毁灭，撕掉人性所有的光环，呈现出病态的本质"。无论个体意识匮乏造成的人性的软弱无力，还是个体意识过于强大而造成的人性的废墟，都隐喻的是中国几千年来狭隘、自私、软弱国民性的死穴。

　　相比较，西方颓废派文学中疾病的隐喻似乎更接近张爱玲的思想余绪，并把张爱玲的疾病隐喻未能完成的目标推到了极致。在十九世纪浪漫主义自由理念推动下"反自然""反道德"乃至"反常"的迷恋"疾病"的颓废者形象，他们没有过多启蒙民族、国家的沉重思想包袱，也没有过多身体受难的苦痛，更多的是对于自由的信念和行动。属于知识分子精英立场用"颓废病"隐喻并蔑视、疏离和反叛"自然的""道德的""正常的""健康的"却又是平庸化的布尔乔亚式优越地位。波德莱尔、于斯曼等颓废派作家在逾越常规的非理性生命状态中探索和创造崭新的美，带来了开启"反思"的"震惊"效应，由此彻底颠覆了古典主义的审美范式；他们将从浪漫派的"忧郁"发展而来的神经质的"怨怒"作为颓废主人公的情感底色，以精神分裂作为其常见的病理学症状，以"反自然"的行为与心理作为其唯一颓废生活的特征，精确地描绘出以啜饮自由感为唯一生存理想的颓废者形象。

中世纪时，古典浪漫主义主人的大小商人、手工匠人、靠租金遗产或其他闲钱而碌碌无为的阶层，迅速成为中产阶级的同义词。到了现代，布尔乔亚因是推翻封建秩序、为自由贸易革命的主力成了主要社会力量。到了十九世纪，贵族的权力和财富在欧洲消退，暴发的布尔乔亚群起而代之。启蒙运动以来建立的现代价值本来是为了保护人的基本权利，在立法的逐渐演变中也保护了布尔乔亚的利益。布尔乔亚成为现代社会实际的上层阶级。马克思将布尔乔亚纳入现代政治经济学分析的范畴，我们将其译为"资产阶级"。不过，在欧美通行的话语中，"布尔乔亚"保留了前现代的某些含义（如有闲钱也有闲暇的人），也指现代社会为数不少的中产阶级和他们的群体特征。在颓废派作家崛起的时代，布尔乔亚风气日盛，其贪婪、狭隘、庸俗、保守的恶质也显露出来，欧洲文学开始对布尔乔亚做审美的评判。莫里哀、波德莱尔、福楼拜等文学大师笔下的布尔乔亚，不仅庸俗、无知、贪婪，还言必称进步、科学、光明，给自己披上光荣的外衣，俨然现代的化身。而以美学判断审视之，布尔乔亚的光荣外衣立刻被脱掉了。美学判断因此填补了政治经济学对布尔乔亚分析的不足。福楼拜的《包法利夫人》对此解析得尤为深刻，影响尤为深远。其"大资"和"小资"，如郝麦、查理（Charles）、勒乐（Lheureux）、罗道夫（Rodolphe）、立昂（Léon）等等，或拿庸俗当光荣，或拿无能作专业，嘴脸市侩却招摇过市，话语无知却雄辩滔滔。爱玛·包法利（Emma Bovary）天性浪漫，不甘于布尔乔亚庸俗的生活圈，一心要超越之，无奈却将高尚与庸俗混淆，一次又一次被布尔乔亚欺骗，结果在布尔乔亚的世界里沉沦堕落。爱玛一心想超越布尔乔亚，反而沦陷于布尔乔亚，是《包法利夫人》这部小说最大的反讽。"爱玛·包法利，就是我"，福楼拜这句话和他的小说联系起来，意思是我剖析爱玛的浪漫错在何处，也是对我自己浪漫情感的反思和清理。《包法利夫人》之后，警惕浪漫之幼稚成为现代文学的重要特征之一,"福楼拜之后的小说"即成为现代小说的同义词。

现在清楚了,我们谈疾病的隐喻时言必谈苏珊·桑塔格《疾病的隐喻》的产生背景。其之所以是"针对泛滥成灾的疾病隐喻进行祛魅的奠基之作",是因为作者除了揭示在社会中结核病、癌症和艾滋病,逐渐被隐喻化因而主张消除隐喻的幻象,回到事实本身以外。该著还告诉人们,现代文明社会的基本要求不应是不断将新的"意义"附于现象之上,正像西方颓废派作家所隐喻的那样,把表面搬运启蒙话语骨子里却反启蒙精神的贪婪、狭隘、歧视、虚伪、庸俗、保守、恶质,当作现代文明社会普遍的文化痼疾解构掉。

有人统计过阎连科小说中各种奇谲怪诞的残病。《受活》中有失明症、肢体瘫痪、失聪症、侏儒症、小儿麻痹症;《日光流年》中有喉堵症、烧伤、妇女病;《黄金洞》中有痴呆症、迫害狂想症、肢体瘫痪;《炸裂志》中有精神病、心脏病、偏瘫症;《风雅颂》中有精神病、偏执狂、相思病、妇科病、臆想症;《坚硬如水》中有疯魔症、妄想症、精神病;《你好,金莲》中有肢体瘫痪、早泄症;《耙耧天歌》中有癫痫症、痴呆症;《丁庄梦》中有艾滋病;《艺妓芙蓉》中有肢体萎缩、肺病;《速求共眠》中有傻痴症、妇科病、瘸拐、恶绝症(癌症)、亢奋性精神欲望病等等。显而易见,这些名目繁多的残病基本上是无法治愈的,身体残缺者属于先天性疾病,心灵残缺者大多则属于前文所论在自然村特有的集体无意识文化氛围中致残致病情况。心灵残缺在大的隐喻背景看,既有点接近启蒙视阈下中国现代小说第一个阶段的情景,也有点接近十九世纪西方颓废派作家的隐喻所指。但绝不是两者相加或两者混合的产物,是两者经过中国当代社会巨变与主流政治经济话语反复挤压后深度异化变味的第三种形态。民族意识、国家意识的宏大视野已然消逝,但民族、国家意识中以此之整体取代彼之整体的诉求,却明明暗暗转换成了最后的堡垒——肉体这个剩余价值并以隐喻方式而存在。中国现代小说第二、三阶段疾病隐喻的社会语境和文化语境均因被打断而双双失灵,丁玲小说中疾病对个体自我命运操控力及其对应的丧失反抗力的隐喻，张爱玲小说中疾病对更高一级别人性固有劣疾的隐喻，统统被悬搁。至于十九世纪西方颓废派文学中"颓废病"的隐喻，自然又比张爱玲的疾病隐喻更高，肯定不在阎连科的疾病隐喻之内。按照阎连科小说中残病的叙事功能和比例，可归纳为个体失语隐喻和农村现代社会机制缺席导致的基层社会变形这个整体隐喻。前者比较单纯，能够通过阎连科本人反复强调的个体对城市、权力、金钱三种贪得无厌的欲望追逐解释清楚。后者比较复杂，既非启蒙视阈下中国现代小说中疾病隐喻所能解释，亦非十九世纪西方颓废派文学中"颓废病"隐喻所能分析，它是由历史中国逻辑地发展到当下中国农村社会现代化难题的隐喻性表达。

没有"革命者"高爱军与夏红梅（《坚硬如水》）"革命"疯魔症、妄想症、精神病的普遍隐喻，就没有三姓村（《日光流年》）中村民"喉堵症"的后果。"喉堵症"隐喻基层社会失语，个体为"活过四十"不得不被死死绑架到高爱军、夏红梅式的政治战车上，几代村长也就成了"革命"话语与"革命"价值的发展者、生产者和繁殖者。在国家、社会、个体的三维体系中，非但阻断了从个体而社会而国家的生成流程，而且只剩政治（权力）一维一枝独秀，个体、社会、国家三维悉数阙如，导致延长生命这样个体化的命题，只能一次次被政治（权力）一维以假启蒙之名包办代替，在这个宏大隐喻底下才不时暴露出个体疾病隐喻的主题。而许多研究者偏偏抓住的就是这个个体疾病隐喻，无疑是对阎连科疾病叙事的错位。因为阎连科的病残叙事是整体性的，阎连科也深知，他所面对的社会现实，早已不是五四启蒙时代，更不是西方颓废派文学生长的时代。在他的时代，个体疾病隐喻已经丧失了基本的话语能量，个体疾病隐喻也不可能有效指涉后集体时代基层社会。

《受活》究其实质，其叙事是对个体疾病隐喻的试探，结果失败了。他的叙事便转向了社会资本，受活庄残疾人"绝术团"巡演的前前后后几十年里，残疾人的合法性自国家话语退化成经济话语开始算起，经济话语以代理人的现代性的名义成为"民"与"国"之间的纽带，执行着现代革命史意义"国"对"民"的"启蒙"职责。

可是，这种代理性"启蒙"扬弃了真正的启蒙价值，纵容了人性恶并以"恶话语"来描绘愿景。看起来"退社"是为着残疾人个体负责，其实不然，被经济的循环逻辑操控的残疾必须为抽象的国家概念交付更加高昂的学费，以防脱轨于经济现代化。这时候，人的现代性已经被经济现代化所取代。同样是疾病隐喻，启蒙视阈下的中国现代小说中的"国"，是从君主"一姓之私业"的怀抱中解放出来还给大众的一个个人意义的礼物，对于大众来说，"国"与"民"的权利是等值的，大众不可能不充满期许。而受活庄的残疾人透支残缺肉体预支的完全是一个经济上的黑洞，巡演是为了筹集"购列款"，但"购列"能不能实现，即是说"民"与"国"之间兑换的价值是否等值，则一定不由残疾人决定，残疾人的主体性、主动性是被屏蔽了的。"绝术团"里的残疾演员能做的，只有一次比一次更深入地消费残缺，以至于心灵致残为止。整个过程中，看不到鲁迅疾病隐喻首先是个体启蒙的信息，非但如此，阎连科的残疾隐喻所表征的是个体地位一步步被取消、个体意识一次次被否弃的结论。与其说这是荒诞、诡异的审美震惊，不如说是经济话语强化到一定程度必然导致的人的异化后果。这就为后续发展埋下了深深隐患。虽然是极端化隐喻，然而阎连科能体察到经济高速运转中农民及农村社会资本结构性赤字这一点，正是他比同时代其他疾病隐喻叙事者更透彻的地方。

这一层面再体验《丁庄梦》《炸裂志》中的病残隐喻，的确不单是阎连科对荒诞、怪异、恶魔性一类审美形式以及索源体、絮语方式的迷恋，而是阎连科现实叙事逻辑的一个自然延伸，其病残隐喻也就有了更深入的思想针对性。

丁庄和炸裂村都是整体性病残隐喻。丁庄人因集体买卖血浆而整村沦陷于艾滋病，炸裂村在城镇化神话中不得不以卖皮卖肉卖血透支唯一的肉体这一经济资本而集体塌陷于精神病、心脏病、偏瘫症的精神深渊。两个村的奋斗目标不尽相同，前者为着致富，后者为了城镇化。但两个村的欲望驱动却惊人相同，都是以经济指标为终极引擎。《丁庄梦》的故事起因于一种朴素的对比，邻村人卖血致富了，丁庄人也是人岂能落后？丁庄人对卖血的犹豫也源于一般知识的匮乏，校长丁水阳说人的血就像水，是不断更新的，循环往复抽之不尽用之不竭，这就为血头丁辉带领村人买卖血浆赋予了一般知识合理性。这个逻辑中，显然没有科学思维，或者说科学思维服膺于经济思维和一般知识合理性了，为艾滋病的隐喻确立了方向。《炸裂志》的故事起因于炸裂村孔、朱两家族的权力斗争，故事发展遵循了因经济而权力，因权力而人伦崩塌的逻辑，最后以权力胜利者孔明亮变成真正的权力"空心人"、经济强势者朱颖变成真正的身份迷失者而告终。毋庸置疑，到了这一层，《受活》那里作为社会资本、经济资本的整体性病残隐喻，分解成了两支。一支隐喻健全人的经济主义后果，另一支隐喻健全人的权力主义后果。由村长而市长的"空心人"孔明亮，由孝顺体贴温柔善良而阴险奸诈身份合法性被人伦注销的朱颖，既表征了身份终结而权力照常运行，也印证了灵魂已死而肉身驱动的循环发展的经济体系依然如故。

  这不禁使人想起阎连科"反抗"的现实主义作家巴尔扎克小说中"人身羁押"的题外话。其杰作《幻灭》中发明家赛夏由于债务以及他的姻兄吕邦泼莱的伪证而陷于破产，成了库安泰兄弟的阴谋诡计的牺牲品，他们想要逼迫他说出他所发明的，可以给资本主义报业提供廉价纸张的秘方。按照当时的法律，要是债务人无法偿还债权人，他的身体就应该受到羁押。这种人身羁押旨在让债务人放弃他所拥有的一切资产。换言之，身体被认为是对不够数的物品的补充，而身体的羁押就是进行偿还的一种方式。《交际花盛衰记》也同样遭遇了更加极端的人身羁押，吕西安被指控敲诈而被捕，关押在附属监狱，他在那里把自己吊在单身牢房的窗户栅栏上，自杀身亡。吕西安的身体为它的违法付出的最后代价，也体现在《人间喜剧》的那些核心小说中，它始终是巴黎社会从最下层的女人、化名伏脱冷的罪魁祸首雅克·科兰乃至吕西安自己的欲望对象。"巴尔扎克对于法律体系所界定的身体的关注提供了进入现代身体观念的一个象征性的通道，在这种观念中，个人最终要为身体——并且，以身体——承担责任"。在这里，资本化的身体的矛盾清晰可见，它属于经济体系，而与此同时它又被视为个人自己的、最后的、也许是唯一的拥有。《交际花盛衰记》的女主角艾丝苔正好落入了这个矛盾之中，她到底有没有权利处置她自己的身体？她的"解答"是一个妥协，她将与银行家纽沁根上床一个小时，来偿清债务，而后自杀。

历史有时真是惊人地相似，十九世纪法国批判现实主义小说家、被誉为"资本主义社会的百科全书"的《人间喜剧》作者的所感所悟所见，居然与"反抗"现实主义并且以荒诞、怪异、恶魔性小说著称的二十一世纪社会主义中国的阎连科曲折委婉隐喻的认知，不约而同。

从政治经济学乃至社会变迁的角度看，丁庄与炸裂村的确发生了巨大变化；但从文化与价值的层面审视，病残隐喻指向的结果无一例外，都奔向了心灵与精神病残的方向，这是农村社会现代化的难题所在。看来，如何破解"人身羁押"，不仅是资本主义的问题，当身体资本化时，它亦是社会主义的瓶颈。而无论资本主义社会的文学，还是社会主义社会的文学，本质上也都不可能脱离具体社会现实而存在。同理，无论启蒙视阈下中国现代小说中的疾病隐喻、十九世纪西方颓废派文学中的"颓废病"隐喻，还是阎连科小说中整体性病残隐喻，其思想表达也不可能脱离具体时代价值趋向而存在，这就牵扯到阎连科的文学观问题了。

第三节 "神实主义"及其结语

许多成熟小说家都创作有相当数量的文学理论批评或创作谈一类文本，阎连科亦不例外。阅读他一系列直接或间接谈"主义"的著作，比如《我的现实，我的主义：阎连科文学对话录》《一派胡言：阎连科海外演讲集》《写作最难是糊涂》《巫婆的红筷子：阎连科、梁鸿对谈录》《阎连科文学年谱》《发现小说》等，其主要文学理论或批评观点，其实最后都凝聚到这样两个点上，其一是反抗现实主义文学，其二是建构"神实主义"。反抗是为了建构，一破一立，看起来具备了一定的理论自洽。当代中国作家"理论"谈创作感受、创作经验、解读经典的居多，直接以独立体系形式出示的似乎不多，据我所知，阎连科恐怕是唯一一个。非但如此，他的"神实主义"一经抛出，便引来了文学批评界的研究、阐释，不少中国当代文学方向硕士研究生也争相作为选题。既然如此，就有必要与其相关小说创作进行对照分析一番。

法国文学理论家阿尔贝·蒂博代在《批评生理学》一书中，把作家的批评称之为"大师的批评"。蒂博代"大师的批评"的灵感显然来自阅读雨果《论莎士比亚》，能体会得到，他对雨果这篇妙文的推崇简直到了无以复加的地步。顺着他的语气，什么是大师的批评，大概有至少两个重要特点。一是并非把自己置于一旦组成、实现和从作品中发掘出来的"清晰的概念"的立场上，而是要和这些观念的创造性潮流相吻合，和作品本身相吻合。而由于处境所致，和作品最为吻合的人乃是作者本身。二是在《论莎士比亚》里像在任何一本书和任何一幅画里一样，都有一种"偏见"。诚如雨果对偏见的表达，"'在谈论莎士比亚的时候，所有与艺术有关的问题都出现在他的思想里。'作为艺术家，他对艺术做出了解释；作为天才，他对天才做出了天才的解释；作为有偏见的人，他的解释也带有偏见"。阎连科是不是大师，不是本书要解决的问题。但通过对他农村题材小说中"连续性"农村社会结构形态、文化意识分析，和对他小说整体性病残隐喻的对照辨析可知，他的"神实主义"也许更适合于帮助读者欣赏某种别样风格的作品、辨别别样风格小说的创作方法和形式结构，但与他的小说——特别是他在自己"神实主义"指引下创作的《日光流年》《受活》《丁庄梦》《炸裂志》等对照，基本没有必然联系。那么，他以"神实主义"反抗现实主义文学，甚至自认是现实主义的"不孝之子"，简直是偏见。

为了更全面一些了解阎连科的"神实主义"，有必要粗略勾勒一下他对现实主义的批判。《发现小说》一书是他专门探讨这两个问题的一个研究成果，全书分六章，前五章批判现实主义，最后一章建构"神实主义"。在前五章里，他把现实主义的核心概念分解为"控购真实""世相真实""生命真实"和"灵魂深度真实"，相对应的因果关系是"零因果""全因果""半因果"和"内因果"。在分析解构每一种"真实"和每一种"因果"时，都列举了大量中外经典文学作品作为论据。应该说，这一部分内容非常精彩，他说出了人们对被称为现实主义文学的最一般也是最突出的平庸问题。比如"控购"是"控制"的订购和虚构；比如世相小说又分民间世相和社会世相。民间世相写的是人生经验之真实，属于"稳定型"，"慢热"反而容易"常热"；社会世相属于"快热型"因而"不稳定"，作家也就更容易产生趋之若鹜扎堆的现象。对其他几类"真实"的解释，也都有独到之处，往往给人耳目一新之感、发人深思。最重要的是他对几种"因果"的阐释，有必要大致捋一捋他的思路，因为对"因果"的解释直接导出了"神实主义"。按照阎连科的喜好程度，由强至弱，排序应该是内因果、半因果、零因果和全因果。不消说，全因果主要是现实主义文学，有两种，一种是"事物经过的因与果"，叫"外真实"；另一种是人物意识与行动的因与果，叫"内真实"。全因果小说的局限是所写为社会人，所用为集体经验。零因果小说主要指卡夫卡小说一类现代主义文学中的另类分子，经验很突兀，比如格里高尔毫无来由一夜之间就变成了甲壳虫，K毫无来由突然就不知道他去城堡干什么。阎连科最欣赏的是半因果，像马尔克斯与他的《百年孤独》，因果关系处理上处于全因果与零因果之间，经验上处于文学主义与历史主义之间。马尔克斯对卡夫卡"任意臆造""凭空想象"进行了怀疑，认为一切优秀的小说，都应该是现实的艺术再现。与全因果人物小于社会、历史，人物只能反抗历史与现实相比，半因果小说中作家透视社会、历史，社会、历史不大于人物，社会是人的社会，但人不一定是"社会的人"。当然，阎连科还有更细致的分类和分析、解释，也有更细微的作品辨析和感觉体验，恕不再罗列。

总之，他的"神实主义"的灵魂就在他的半因果与内真实分析过程中。不妨归纳几个特征以为对"神实主义"的界定。

首先，"神实主义"在处理人与社会的关系时，摒弃了十九世纪全因果"由社会去透视人"的方法，是二十世纪零因果、半因果"由人去透视社会"结合的产物。因此，从目的上说，"神实主义"不单是为了更深刻认识社会（荒谬、复杂的深层现实）；也不单是为了剖析更为复杂、荒谬的人的存在,而是更为渴望如现实一样,把人与世界视为不可分割、剥离的一体。"神实主义"的故事内驱力不能离开全因果、半因果、零因果的支持,但更多仰仗"内因果"的发酵与推进。"读者不再能从故事中看到或经历日常的生活逻辑,而是只可以用心灵感知和精神意会这种新的内在逻辑存在;不再能去用手脚捕捉和触摸那种故事的因果,更不能去行为的经历和实验,而只能去精神的参与和智慧的填补"。阎连科说,故事中内因果深层逻辑的确立,正是它在写作与荒诞派、后现代、超现实以及魔幻现实主义等西方现代写作在实践中的最大区别,是"神实主义"在整个中国文学乃至世界文学中赖以个性独立的根本所在。

其次,在叙事选择上,"神实主义"倾向于探索"不存在"的真实,"看不见"的真实,"被真实掩盖"的真实,它与现实的联系不是生活的直接因果,而更多是人的灵魂、精神和创作者在现实基础上的特殊臆测。所以,"神实主义"叙事没有从开头到结尾的逻辑,日常生活与社会现实土壤上的想象、寓言、神话、传说、梦境、幻想、魔变、移植等,都是"神实主义"通向真实和现实的手法与渠道。

以上"神实主义"的"理论",单独看肯定没有问题,但稍加勾连,他的许多称谓、概念,其实在经典叙事学理论如布斯的《小说修辞学》、巴赫金的"复调叙事"理论、热奈特的《叙事话语新叙事话语》等著作里,早就不是新鲜事了。阎连科"神实主义"的几个"因果"、几个"真实",无非强调"叙述距离"和"叙述视点",不可能超越于现代主义文学及其批评研究大厦而存在,布斯的叙事人称理论、巴赫金的"复调"理论,相关研究成果已经相当丰富,自不必多说。单是热奈特对"叙事时距"即参照点或"零点"的研究,便已经包含了阎连科"神实主义"几乎所有特点,从用到的《小径分叉的花园》、《追忆似水年华》、古希腊神话等例子来看,热奈特先把故事拆分成若干叙述段,用数字和字母标注清楚,然后列成数学公式般的时间表。这种对叙述段落的处理方式,即是出于尽可能地把文本还原到与叙述内容相对应的状态,也就是找到所谓"参照零度"或曰"等时叙事"的状态。因为无论是作者的写作过程,还是读者的阅读过程,都有对真实场景的回想或想象,而这种回忆是基于对真实的感受的。"零度"状态,在我看来是最接近真实(叙述内容)的叙述方式,也是所有时间倒错、时距长短等叙述状态变化的参照点。"参照零度"这一概念存在的必要性就在这里,这里面已经包含了"神实主义"几个"因果"和几个"真实",特别是"内真实"。

当然不能用理论的高度抽象性来要求小说家阎连科的感性认识,这是必须强调指出的一点。不过,阎连科的"神实主义"与其创作的深度错位不止于此,盖在他的感性认识之中。在建构他的"神实主义"时,巴西作家若昂吉·马朗埃斯·罗萨的短篇小说《河的第三条岸》起着至关重要的灵感推动作用,他不但极尽所能分析了该小说,还照录了该小说全文于其著作中。其实这篇小说只不过用意识流方式叙述了中年主人公既逃避婚姻又割舍不掉亲情父爱的故事,按照阎连科批判民间世相小说的说法,罗萨的真实属于普通人生经验之真,在阎连科所谓"全因果"范畴内,溢出全因果的是小说中父亲在河上不停漂泊半生却又不愿回家的情节,可以当作叙事方法来理解,上升不到整体叙事的"神实"层面。

由此联系到他几部重要长篇小说的具体创作实践来审视,如果彻底剥离现实主义文学中极具批判性和反讽性价值的疾病隐喻叙事,即是说剥离掉他建构"神实主义"的几个"因果"和相对应的几个"真实"来分析,那么《坚硬如水》《日光流年》《受活》《丁庄梦》《炸裂志》,一定是完全不同的另一副模样。

其一,高爱军与夏红梅的"革命疯魔症",就只是两个臭味相投个体基于畸形权力而生的私人欲望,两程故里这个村子作为一个整体,就没有必要为他们两个的疯狂、狂想、魔症承担价值后果。紧接着,那种意识暴力所形成的农村社会结构性文化形态就不可能具有"连续性"。这个逻辑起点一旦遭到自我颠覆,"个人"与"社会"的关系就成了虚无缥缈的存在,"历史"也便被虚无化。那么,后来三姓村(《日光流年》)为"活过四十"的集体性疯狂,受活庄(《受活》)为了"退社"残疾身体集体性地遭遇"人身羁押",以及丁庄(《丁庄梦》)在血头丁辉带领下集体走向经济的"胜利"却在社会机制上沦为废墟，炸裂村由权力攫取而对社会的"胜利"却在人伦和文化秩序上整体性毁灭的现实就不会发生。道理很简单，"神实主义"的核心在于叙事必须起于"内真实"而止于"内真实"，这种主要由"零因果""半因果"合成的叙事，不可能构建出坚实的历史与现实交织的思想大厦。它只会像《河的第三条岸》或《母亲的心》（民间故事，在《发现小说》中也作为作者核心论据被原文照录来分析的文本）那样，展开一个人或一件事的潜意识波动，一个人或一件事之外别无他物，也容不了他物。

其二，阎连科的重要长篇小说叙事，究其思想意图而言，主要指向半个多世纪中国现代革命史和农村社会变迁史，并在这两者之间探索文化的也是政治经济学强势话语控制下的农村真相、农民真相。其病残隐喻之所以以整体形式出现，而不是像启蒙视阈下中国现代文学和十九世纪颓废派文学中的个体、局部疾病隐喻出现，是因为他的叙事镜头创造性凝聚了不同于中国现代历史和现实，也不同于十九世纪西方历史和现实的新经验。就是说，阎连科叙事中的个体，既不在启蒙话语的框架内，也不在早于中国的资本市侩主义社会语境中，他们是被经济主义话语打碎的无主体芸芸众生。这种个体本质上代表特殊民族特殊时代特殊社会的特殊阶层性，是一个社会庞大基座的表征。

如果以"神实主义"——更适合制造审美陌生效应和彰显叙事手段的新异为旨归，所得只能是形式主义谈资，而不会是思想的启迪。

说到底，目前为止，尽管从想象的奇崛程度、视角的突兀选择和对象的怪异、变形、残忍感受体验，阎连科的小说叙事，似乎不同于通常我们习惯接受的现实主义文学，但他的小说创作思想仍属于地地道道的现实主义，充其量，像教科书界定巴尔扎克那样，给阎连科加上"批判"二字，变成批判现实主义小说。另外，依据其小说独特的整体性病残隐喻，将批判现实主义小说推进到现代文化和现代社会机制阙如的深层，接近追问人的现代化在哪里这个境界，他的小说或许叫"现代批判现实主义"更为合适。但无论如何，与他自己的"神实主义"似乎没有太多逻辑关系。

参考文献

一、中文著作

艾晓明、李银河编:《浪漫骑士——记忆王小波》,中国青年出版社1997年版。

白草:《张贤亮的文学世界》,作家出版社2018年版。

曹东勃:《现代性:西方经济理论传统的查审》,经济科学出版社2014年版。

曹文轩:《二十世纪末中国文学现象研究》,人民文学出版社2010年版。

曹文轩:《中国八十年代文学现象研究》,人民文学出版社2010年版。

查建英:《八十年代访谈录》,生活·读书·新知三联书店2006年版。

陈思和主编:《中国当代文学史教程》,复旦大学出版社1999年版。

陈思和主编:《中国当代文学史教程》,复旦大学出版社2005年版。

陈晓明:《中国当代文学主潮》,北京大学出版社2009年4月初版,2013年9月第2版。

程光炜、杨庆祥编:《重读路遥》,北京大学出版社2013年版。

崔志远:《现实主义的当代中国命运》,人民文学出版社2005年版。

邓晓芒:《文学与文化三论》,湖北人民出版社2005年版。

丁帆主编:《中国新文学史》(下册),高等教育出版社2013年年版。

董健、丁帆、王彬彬主编:《中国当代文学史新编》,人民文学出版社2005年版。

房伟:《革命星空下的"坏孩子"——王小波传》,生活·读书·新知三联书店2014年版。

盖生:《价值焦虑:新时期以来文学理论热点反思》,上海三联书店2008年版。

高嵩:《张贤亮小说论》,四川文艺出版社1986年版。

高宣扬:《鲁曼社会系统理论与现代性》(第2版),中国人民大学出版社2016年版。

郜元宝:《汉语别史:现代中国的语言体验》,山东教育出版社2010年版。

葛红兵、朱立冬编:《王朔研究资料》,天津人民出版社2005年版。

顾成敏:《公民社会与公民教育》,知识产权出版社2008年版。

桂琳:《拧巴的一代:成长视野中的王朔》,中国电影出版社2009年版。

韩雪临:《冲不出的藩篱——王朔小说的女性视野》,河南文艺出版社2002年版。

韩袁红:《批判与想象——王小波小说研究》,安徽文艺出版社2011年版。

韩袁红编:《王小波研究资料》(上),天津人民出版社2009年版。

韩袁红编:《王小波研究资料》(下),天津人民出版社2009年版。

航宇:《路遥的时间——见证路遥最后的日子》,人民文学出版社2019年版;

洪子诚:《中国当代文学史》,北京大学出版社1999年8月第1版,2007年6月修订版。

洪子诚:《中国当代文学史》,北京大学出版社1999年版。

厚夫:《路遥传:重新开启平凡的世界》,人民文学出版社2015年版。

欢乐宋、淮南合编:《王小波门下走狗》,文化艺术出版社2002年版。

欢乐宋编:《王小波门下走狗.第三波》,朝华出版社2005年版。

欢乐宋编:《王小波门下走狗.第四波》,知识出版社2006年版。

欢乐宋编:《王小波门下走狗.第五季》,太白文艺出版社2007年版。

欢乐宋编:《一群特立独行的狗——王小波门下走狗三十家》,陕西师范大学出版社2003年版。

黄金麟:《历史、身体、国家——近代中国的身体形成(1895—1937)》,新星出版社2006年版。

黄平:《反讽者说:当代文学的边缘作家与反讽传统》,上海文艺出版社2017年版。

季红真:《文明与愚昧的冲突》,华东师范大学出版社2014年版。

姜春:《莫言小说叙事研究》,上海三联书店2020年版。

蒋泥:《王朔密码——揭开王朔"成功"之谜》,中国三峡出版社2007年版。

孔范今、施战军主编,路晓冰编选:《莫言研究资料》,山东文艺出版社2006年版。

雷达:《雷达观潮》,人民文学出版社2018年版。

李斌、程桂婷编:《莫言批判》,北京理工大学出版社2013年版。

李春玲:《断裂与碎片:当代中国社会阶层分化实证分析》,社会科学文献出版社2005年版。

李茂增:《现代性与小说形式:以卢卡奇、本雅明和巴赫金为中心》,东方出版中心2008年版。

李强:《农民工与中国社会分层(第二版)》,社会科学文献出版社2012年版。

李银河编著:《王小波十年祭》,江苏美术出版社2007年版。

李泽厚:《中国现代思想史论》,生活·读书·新知三联书店2008年版。

梁鸿:《新启蒙话语建构:〈受活〉与1990年代以来的文学和社会》,中国社会科学出版社2012年版。

梁鸿编著:《阎连科文学年谱》,复旦大学出版社2015年版。

廖四平:《当代长篇小说的桂冠:莫言长篇小说研究》,中国社会科学出版社2019年版。

林河:《中国巫傩史》,花城出版社2001年版。

林建法主编:《阎连科文学研究资料》(Ⅰ、Ⅱ),云南出版集团公司云南人民出版社2013年版。

刘再复:《性格组合论》,中国人民大学出版社2010年版。

孟繁华、程光炜主编:《中国当代文学发展史》(修订本),北京大学出版社2011年版。

南帆:《后革命的转移》,北京大学出版社2005年版。

宁夏人民出版社编:《评〈男人的一半是女人〉》,宁夏人民出版社1988年版。

牛学智:《文化自觉与西部现代性》,社会科学文献出版社2021年版。

彭波:《潘晓讨论——一代中国青年的思想初恋》,南开大学出版社2000年版。

申沛昌主编:《路遥与延安大学》,新华出版社2019年版。

唐小兵编:《再解读:大众文艺与意识形态》,北京大学出版社2007年版。

唐小兵主编:《再解读:大众文艺与意识形态》(修订版),北京大学出版社2007年版。

王德威等著:《说莫言》,上海书店出版社2013年版。

王洪岳、杨伟、余凡、杨春蕾:《精灵与鲸鱼:莫言与现代主义文学的中国化研究》,山东大学出版社2020年版。

王西平、李星、李国平:《路遥评传》,太白文艺出版社1997年版。

王晓明:《所罗门的瓶子》,华东师范大学出版社2014年版。

王益:《卸下面具——王朔小说中的知识分子心态研究》,西南交通大学出版社2015年版。

王毅主编:《不再沉默——人文学者论王小波》,光明日报出版社1998年版。

温奉桥编:《生命与时代的交响:王蒙〈笑的风〉评论集》,作家出版社2021年版。

许纪霖、罗岗等著:《启蒙的自我瓦解:1990年代以来中国思想文化界重大论争研究》,吉林出版集团有限责任公司2007年版。

许子东:《重读20世纪中国小说Ⅱ》,上海三联书店2021年版。

阎连科、梁鸿:《巫婆的红筷子:阎连科、梁鸿对谈录》,漓江出版社2014年版。

阎连科、张学昕:《我的现实,我的主义:阎连科对话录》,中国人民大学出版社2011年版。

杨晓帆:《路遥论》,作家出版社2018年版。

杨杨编:《莫言研究资料》,天津人民出版社2005年版。

姚维荣:《路遥小说人物论》,新加坡文化艺术出版社2000年版。

叶开:《莫言评传》(修订版),河南文艺出版社2008年版。

余英时:《中国思想传统及其现代变迁》,广西师范大学出版社2004年版。

张闳:《莫言论》,作家出版社2021年版。

张明策划、李世涛主编:《知识分子立场:激进与保守之间的动荡》,时代文艺出版社2000年版。

张明策划、李世涛主编:《知识分子立场:自由主义之争与中国思想界的分化》,时代文艺出版社2000年版。

张雪飞:《个体生命视角下的莫言小说研究》,中国社会科学出版社2018年版。

张志忠、王洪岳主编:《莫言与当代文学批评理论》,浙江工商大学出版社2021年版。

张志忠:《莫言的文学世界研究》,作家出版社2021年版。

赵学勇:《早晨从中午开始——路遥的小说世界》,兰州大学出版社1995年版。

宗元:《魂断人生——路遥论》,上海文艺出版社2000年版。

二、中文论文

白描:《不要为我们的文学批评护短——也谈路遥研究"被夸大的悲情"》,《文学自由谈》2020年第6期。

白烨、王朔、吴滨、杨争光:《选择的自由和文化姿态》,《上海文学》1994年第4期。

才卓男:《反英雄视角下凯鲁亚克小说中"垮掉的一代"与王朔小说"顽主"之对比》,《文艺评论》2019年第6期。

陈桂兰:《严酷年代的贫荒原态,惨痛灵魂的理性悲歌——解读张贤亮〈我的菩提树〉》,《南京工业职业技术学院学报》2002年第3期。

陈国和:《1990年代以来乡村小说的生命寓言书写——以阎连科为例》,《山东社会科学》2008年第7期。

陈嘉明:《"现代性"与"现代化"》,《厦门大学学报(哲学社会科学版)》2003年第5期。

陈绪石:《王小波小说中的科学思想》,《宁波大学学报(人文科学版)》2005年第5期。

邓淯元:《"神实主义"视野下的乡土文学——以阎连科短篇小说为考察》,《阴山学刊》2019年第3期。

丁帆:《在"神实主义"与"荒诞批判现实主义"之间》,《当代作家评论》2016年第1期。

段晓琳:《白甜美的人物特殊性及〈笑的风〉的文学史意义——王蒙小说〈笑的风〉人物论之一》,《小说评论》2022年第2期。

郜元宝:《编年史和全景图——细读〈平凡的世界〉》,《小说评论》2019年第6期。

郜元宝:《论阎连科的"世界"》,《文学评论》2001年第1期。

郭继宁、郑丽丽:《"疾病"与"治疗"——对清末新小说中一对隐喻的考察》,《河北师范大学学报(哲学社会科学版)》2013年第4期。

韩金男:《从王朔的"顽主"形象看20世纪"零余者"形象的新变》,《兰州教育学院学报》2019年第4期。

韩袁红:《卡尔维诺与王小波小说世界中的童话追求》,《安徽大学学报(哲学社会科学版)》2006年第5期。

洪治纲:《乡村苦难的极致之旅》,《当代作家评论》2007年第5期。

胡健:《稀粥为什么坚硬?——重读王蒙〈坚硬的稀粥〉》,《盐城师范学院学报(人文社会科学版)》2017年第6期。

黄平:《从"黑铁公寓"到"全景敞视建筑"——王小波小说中的"福柯场景"》,《现代中文学刊》2012年第3期。

金仕霞:《论王小波小说中的"有趣"》,《西南民族大学学报(人文社会科学版)》2011年第8期。

李春玲:《当代中国社会的声望分层——职业声望与社会经济地位指数测量》,《社会学研究》2005年第2期。

李春玲:《中国社会分层与流动研究70年》,《社会学研究》2019年第6期。

李丹梦:《全球化与当代文学的地方政治——以阎连科的创作阐释与文学活动为例》,《扬子江评论》2016年第5期。

李建军:《"我不愿意再像你们一样"——重读〈人生〉》,《文艺争鸣》2020年第4期。

李建军:《哀矜的仁者与务实的改革者——论田福军》,《中国当代文学研究》2021年第6期。

李建军:《被命运之石覆压的蒲公英——论郝红梅》,《文艺争鸣》2021年第3期。

李建军:《不成器的人与精神寄居蟹——论孙玉亭》,《文艺争鸣》2022年第2期。

李建军:《大地上的苦难与阳光下的诗情——理解路遥的一个认知框架》,《中国当代文学研究》2022年第2期。

李建军:《论路遥与俄苏文学》,《文艺研究》2021年第5期。

李建军：《时代的辙迹与爱情的心迹——论路遥的短篇小说》，《粤港澳大湾区文学评论》2022年第1期。

李建伟、杨金芳：《启蒙视阈下中国现代小说中的疾病隐喻——以鲁迅、丁玲、张爱玲的小说为例》，《齐鲁学刊》2016年第5期。

李骏、顾燕峰：《中国劳动力市场中的户籍分层》，《社会学研究》2011年第2期。

李路路、朱斌：《当代中国的代际流动模式及其变迁》，《中国社会科学》2015年第5期。

李强：《我国社会结构、社会分层的新特征新趋势》，《北京日报》2016年5月30日。

李曙豪：《论王小波小说的黑色幽默人物》，《韶关学院学报·社会科学》2013年第9期。

李鞼：《从红小兵到顽主——重读王朔"顽主系列小说"》，《才智》2009年第17期。

李兴阳：《乡村伦理道德的失范与批判——新世纪乡土小说与农村变革研究》，《长江丛刊》（上旬）2020年第5期。

李雅萍：《浅析王朔小说叙述中的边缘化写作——以〈一半是火焰，一半是海水〉为例》，《昭通学院学报》2019年第4期。

梁启超：《新民说》，《新民丛报》1902年第1期。

梁向阳、梁爽：《路遥文学年谱》，《东吴学术》2019年第6期。

梁向阳：《路遥研究述评》，《延安大学学报》2003年第1期。

林舟：《乡土的歌哭与守望——读阎连科的乡土小说》，《当代文坛》1997年第5期。

陆学艺：《当代中国社会十大阶层分析》，《学习与实践》2002年第3期。

矛盾：《女作家丁玲》，《文艺月报》1933年第2期。

孟繁华：《体验自由——重读〈走向混沌〉〈我的菩提树〉》，《小说评论》1995年第6期。

孟隋：《思想改造与身体政治——纵论张贤亮三部"知识分子改造"小说》，《当代作家评论》2015年第1期。

莫言:《作为老百姓写作——在苏州大学"小说家讲坛"上的演讲》,原标题《文学创作的民间资源》载《当代作家评论》2002年第1期。

南帆:《反抗与悲剧——阎连科的〈日光流年〉》,《当代作家评论》1999年第4期。

钱滢:《超越世俗——论王朔前后期小说的转型》,《浙江万里学院学报》2021年第3期。

邱丽平:《论路遥文学作品中的道德批判意识——以小说〈人生〉为例》,《广东工业大学学报(社会科学版)》2007年第1期。

沈杏培:《从"政治人"到"自由人":王蒙小说中"人"的变迁及其危机》,《文艺理论研究》2022年第1期。

苏锦萍:《试论王小波小说的喜剧叙事艺术》,《湖北经济学院学报(人文社会科学版)》2014年第9期。

孙静波:《理性颓退和销铄的挽歌——〈我的菩提树〉的一种解读》,《伊犁师范学院学报》2004年第2期。

孙婷、陈波:《艰难的改革:从家庭到社会——重读〈坚硬的稀粥〉》,《名作欣赏》2019年第6期。

唐诗人:《王朔小说论争与商业时代的文学伦理》,《南方文坛》2021年第3期。

王蒙:《杂感》,《文艺争鸣》1994年第2期。

王朔:《王朔自白》,《文艺争鸣》1993年第1期。

王晓明、张宏、徐麟、张柠、崔宜明:《旷野上的废墟——文学和人文精神的危机》,《上海文学》1993年第6期。

王岩:《阎连科的"神实主义"书写》,《戏剧之家》2017年第17期。

王尧:《作为世界观和方法论的"神实主义"——〈发现小说〉与阎连科的小说创作》,《当代作家评论》2013年第6期。

王一川:《生死游戏仪式的复原——〈日光流年〉的索源体特征》,《当代作家评论》2001年第6期。

王长贵:《评说〈坚硬的稀粥〉》,《文艺理论与批评》1992年第

1 期。

王兆胜:《关于路遥研究的四个问题》,《小说评论》2020 年第 1 期。

王兆胜:《路遥小说的超越性境界及其文学史意义》,《文学评论》2018 年第 3 期。

王震:《玛格丽特·杜拉斯与王小波——论〈情人〉对王小波小说创作的影响》,《淮南师范学院学报》2009 年第 1 期。

韦纳斯:《向死而生——论王小波小说中的死亡意识》,《安徽文学》2015 年第 4 期。

仵从巨:《中国作家王小波的"西方资源"》,《文史哲》2005 年第 4 期。

谢冕等:《〈我的菩提树〉读法几种》,《小说评论》1996 年第 6 期。

许若文:《〈四书〉中的零因果与撕裂现实主义的文体》,《南方文坛》2012 年第 1 期。

闫慧玲:《路遥文学中的男权意识》,《运城学院学报》2006 年第 4 期。

阎纲:《中篇小说〈人生〉及其争鸣(下)》"专辑",《作品与争鸣》1983 年第 3 期。

杨晨洁:《叙事的分裂与焦虑的呈现——路遥创作中关于"知识"的体认》,《广播电视大学学报(哲学社会科学版)》2020 年第 2 期。

杨希、蒋承勇:《西方颓废派文学中"疾病"隐喻发微》,《外国文学研究》2019 年第 3 期。

姚晓雷:《走向民间苦难生存中的生命乌托邦祭》,《河南大学学报》2002 年第 1 期。

易启明、王伟力:《论王小波小说的反讽艺术》,《今日南国》2009 年第 7 期。

尹林:《〈当代〉与改革文学的发展历程——一个社会史的视角》,《文学评论》2022 年第 2 期。

余萃:《苦难生存中人性深层的探究——论阎连科"耙耧系列小说"》,《和田师范专科学校学报》2005 年第 5 期。

张德祥:《"瑶沟"世界及其他——评阎连科四部中篇小说》,《文论月刊》1991年第11期。

张红秋:《路遥:文学战场上的"红卫兵"》,《兰州大学学报(社会科学版)》2007年第2期。

张慧敏:《一个特殊的文化现象——王小波死后的追念和活着的作品》,《当代作家评论》2001年第3期。

张继红、郭富平:《张贤亮小说中的知识分子与民间》,《中国现代文学研究丛刊》2017年第12期。

张婧:《巴赫金的狂欢化诗学与王小波小说的狂欢叙事》,《社会科学动态》2020年第6期。

张楠:《遗忘与记忆中的存在之思——米兰·昆德拉与王小波小说比较》,《学术论坛》2020年第1期。

张汝伦、王晓明、朱学勤、陈思和:《人文精神:是否可能与如何可能》,《读书》1994年第3期。

张维时:《一场文明的祛魅行动——疾病隐喻理论及其对文学的影响》,《哈尔滨师范大学社会科学学报》2013年第4期。

张文宏:《改革开放四十年中国社会分层机制的变迁》,《浙江学刊》2018年第6期。

赵婉彤:《民族理性与本土文学的世界性——以路遥文学的海外传播为例》,《小说评论》2021年第3期。

赵勇:《王朔的流氓观与作家观——从"我是流氓我怕谁"的出处说开去》,《文艺报》2007年1月9日。

郑辉、李路路:《中国城市的精英代际转化与阶层再生产》,《社会学研究》2009年第6期;

卓成健:《〈坚硬的稀粥〉篇名符号的广义修辞学分析》,《常州工学院学报(社科版)》2021年第3期。

三、未刊学位论文

陈怡:《新世纪小说中的疾病与医疗书写(2000—2010)》,硕士学位论文，厦门大学，2017。

邓明华：《论王小波小说的施虐与受虐书写》，硕士学位论文，江西师范大学，2020。

高芳芳：《论阎连科小说的疾病书写》，硕士学位论文，河北师范大学，2013。

葛姝圆：《思、诗、史——米兰·昆德拉与王小波小说诗学比较》，硕士学位论文，安徽大学，2019。

蒋贺丽：《阎连科小说中的精神困境研究》，硕士学位论文，长春理工大学，2019。

齐慧：《阎连科的文学观研究》，硕士学位论文，东北师范大学，2015。

曲畅：《阎连科"神实主义"文学观研究》，硕士学位论文，辽宁师范大学，2016。

王阁娟：《阎连科的文学世界：以疾病为视角》，硕士学位论文，华东师范大学，2019。

辛兴：《路遥文学作品边缘特色初探》，硕士学位论文，西北大学，2012。

杨海慧：《后革命时代的"青年主体"建构——王朔作品研究》，硕士学位论文，华中科技大学，2019。

杨婷婷：《论阎连科小说中身体疾病与心灵残缺的书写》，硕士学位论文，安徽大学，2018。

张明：《论阎连科的"神实主义"与小说创作》，硕士学位论文，辽宁师范大学，2015。

张元：《阎连科小说的"神实主义"研究》，硕士学位论文，延边大学，2013。

四、文学著作

路遥：《平凡的世界》（第一部、第二部、第三部），北京出版集团公司北京十月文艺出版社2012年版。

路遥:《早晨从中午开始》,北京出版集团公司北京十月文艺出版社 2013 年版。

莫言:《丰乳肥臀》,浙江联合出版集团浙江文艺出版社 2017 年版。

莫言:《红高粱家族》,浙江联合出版集团浙江文艺出版社 2017 年版。

莫言:《红树林》,浙江联合出版集团浙江文艺出版社 2017 年版。

莫言:《酒国》,浙江联合出版集团浙江文艺出版社 2017 年版。

莫言:《莫言文集》,云南人民出版社 2012 年版。

莫言:《生死疲劳》,浙江联合出版集团浙江文艺出版社 2017 年版。

莫言:《十三步》,浙江联合出版集团浙江文艺出版社 2017 年版。

莫言:《食草家族》,浙江联合出版集团浙江文艺出版社 2017 年版。

莫言:《四十一炮》,浙江联合出版集团浙江文艺出版社 2017 年版。

莫言:《檀香刑》,浙江联合出版集团浙江文艺出版社 2017 年版。

莫言:《天堂蒜薹之歌》,浙江联合出版集团浙江文艺出版社 2017 年版。

莫言:《蛙》,浙江联合出版集团浙江文艺出版社 2017 年版。

莫言:《晚熟的人》,人民文学出版社 2020 年版。

王蒙:《青狐》,北京联合出版公司 2016 年版。

王蒙:《王蒙文集·半生多事(自传第一部)》,人民文学出版社 2014 年版。

王蒙:《王蒙文集·踌躇的季节》,人民文学出版社 2020 年版。

王蒙:《王蒙文集·大块文章(自传第二部)》,人民文学出版社 2014 年版。

王蒙:《王蒙文集·九命七羊(自传第三部)》,人民文学出版社 2014 年版。

王蒙:《王蒙文集·狂欢的季节》,人民文学出版社 2020 年版。

王蒙:《王蒙文集·恋爱的季节》,人民文学出版社 2020 年版。

王蒙:《王蒙文集·失态的季节》,人民文学出版社 2020 年版。

王蒙:《笑的风》,作家出版社 2020 年版。

王朔:《和我们的女儿谈话》,人民文学出版社 2008 年版。

王朔:《王朔文集》(14 卷本),北京十月文艺出版社 2012 年版。

王朔:《王朔文集》(15 卷本),北京出版集团公司北京十月文艺出版社 2016 年版。

王朔:《王朔最新作品集》,漓江出版社 2000 年版。

王朔:《王朔作品集》(6 卷本),北京十月文艺出版社 2015 年版。

王朔:《王朔作品文集》(9 卷本),天津人民出版社 2011 年版。

王朔:《知道分子》,北京出版集团公司北京十月文艺出版社 2016 年版。

王小波:《沉默的大多数》,译林出版社 2012 年版。

王小波:《青铜时代》,花城出版社 1997 年版。

王小波:《王小波全集》(10 卷),译林出版社 2012 年版。

王小波:《未来世界》,台北联经出版事业公司 1995 年版。

王小波:《我的精神家园》,译林出版社 2012 年版。

阎连科:《发现小说》,南开大学出版社 2011 年版。

阎连科:《坚硬如水》,云南出版集团公司云南人民出版社 2009 年版。

阎连科:《我的现实,我的主义》,中国人民大学出版社 2011 年版。

阎连科:《写作最难是糊涂》,中国人民大学出版社 2013 年版。

阎连科:《一派胡言:阎连科海外演讲集》,中信出版社 2012 年版。

张贤亮:《边缘小品》,陕西人民出版社 1995 年版。

张贤亮:《飞越欧罗巴》,百花文艺出版社 1995 年版。

张贤亮:《灵与肉》,北京十月文艺出版社 2020 年版。

张贤亮:《美丽》,贵州人民出版社 2013 年版。

张贤亮:《文人的另种活法》,时代文艺出版社 2013 年版。

张贤亮:《我的菩提树》,北京十月文艺出版社 2012 年版。
张贤亮:《我的倾诉》,上海人民出版社 2013 年版。
张贤亮:《小说编余》,宁夏人民出版社 1996 年版。
张贤亮:《小说中国》,贵州人民出版社 2013 年版。
张贤亮:《心安即福地》,贵州人民出版社 2013 年版。
张贤亮:《张贤亮集》(7 卷本),人民文学出版社 2007 年版。
张贤亮:《张贤亮集》(8 卷本),北京十月出版社 2012 年版。
张贤亮:《张贤亮近作》,文汇出版社 2006 年版。
张贤亮:《追求智慧》,中国华侨出版社 1998 年版。

五、中译著作

[美]阿尔贝·蒂博代:《批评生理学》,赵坚译,郭宏安校,商务印书馆 2015 年版。

[英]安东尼·吉登斯:《现代性与自我认同》,赵旭东、方文译,生活·读书·新知三联书店 1998 年版。

[美]彼得·布鲁克斯:《身体活——现代叙述中的欲望对象》,朱生坚译,新星出版社 2005 年版。

[俄]别尔嘉耶夫:《人的奴役与自由》,徐黎明译,贵州人民出版社 1994 年版。

[德]顾彬:《二十世纪中国文学史》,范劲等译,华东师范大学出版社 2008 年版。

[德]黑格尔:《美学》(第一卷),商务印书馆 1984 年版。

[法]米歇尔·福柯:《规训与惩罚》,刘北城、杨元婴译,生活·读书·新知三联书店 1999 年版。

[匈牙利]乔治·马尔库什:《文化、科学、社会——文化现代性的构成》,孙建茵、马建青等译,黑龙江大学出版社 2015 年版。

[法]热拉尔·热奈特:《叙事话语 新叙事话语》,王文融译,中国社会科学出版社 1990 年版。

[美]苏珊·桑塔格:《疾病的隐喻》,程巍译,上海译文出版社

2014年版。

[美]孙隆基:《中国文化的深层结构》,中信出版集团2015年版。

[美]童明:《现代性赋格——19世纪欧洲文学名著启示录》,生活·读书·新知三联书店2019年版,第75—76页。

[捷克]瓦茨拉夫·哈维尔:《哈维尔文集》,崔卫平编译,内部印制资料,2005。

[美]阎云翔:《中国社会的个体化》,陆洋等译,上海译文出版社2016年版。

后　记

对于作者而言，写每一本书都很辛苦，尤其学术研究恐怕更甚。这主要取决于学术研究，不是自己的经验和情感带进去越多就越好，恰恰相反，是看冷静和理性程度。这就使得学术研究似乎处在一个悖论之中。个人代入感太强，势必消解普遍性；刻意追求客观，又显得呆板僵化乃至于滑向"真理在握"都不自知的自恋和愚蠢境地。这么说，是不是表明我本人有某种相对主义或虚无主义嫌疑？完全不对。我实际强调的是一种显而易见的学术氛围和学术语境，这种东西以学术期刊为主要表征而被人所感知，相信多数学术作者或深或浅被裹挟其中，总有程度不同的体会。一是极端追求所谓的"学术规范"，哪怕论述过程和基本观点多有开掘，但运思话语和价值发现只要"出离"常规，则马上会被淘汰出局。二是一味追求所谓的"学术谱系"，即使所论出于该谱系之外，但结果却是对该谱系的有益补充、完善和扩展，多半也会被判为非学术写作。

之所以如此，原因也许很复杂。然而究其实质，我想，恐怕与当下普遍的项目化、课题化导向不无关系。沉浸于这两"化"的作者应该深有体会，学术的项目化、课题化，其实是深度定制使学术研究全过程不得不被程式化所摆布的一种写作模式。选题来自"指南"，"活页"论证有指定步骤，"研究内容和对象"得事先确定好，"研究方法"必须具体清楚，"研究目的和目标"不能有太大弹性，"创新亮点"应该生、冷、怪、偏、僻，"参考文献"要有代表性和权威性等。总之，展开研究之前，一切都得事先想清楚、设定好，研究过程最好别越雷池半步，因为这关系到结项时"活页"论证与"最终成果"之间是否存在较大出入的问题。由此可见，学术研究一旦被项目和课题所主宰,其实已经屏蔽了个体思想的自由生长,也已经取消了个性话语和差异化价值诞生的空间,剩下的只能是大同小异、四平八稳的流水线作业。

说这些,想要表达的是,在本书的写作过程中,我本人是有意绕开这些"行规"尽量另开小径前行的。无论在话语选择上,还是结构处理上,最大可能做到把理说透,并且言说要有分寸感,不妄自逞能做铁板钉钉子状,不以"我来说"自居而堕入自我中心主义泥淖。既然阅读无法取消自我经验烙印,那么合适的时候放进个人情感体悟,总体上就不会造成对理性呈现的完整性的损伤;既然实证分析就能解决问题,注意行文运思的逻辑性即可,没必要一味板着面孔面对对象。就是说,在这本书的写作过程中,我并没有因为保持所谓"学术规范"的整饬而断然割除下意识状态出现的"闲笔",亦并没有削尖脑袋要挤进本来已经十分孤家寡人的"学术谱系"而扭曲真实想法。这样做,说到底,是既把自己看作作者,同时更把自己视为当然读者的一种双重角色态度。因为,再有见地的观点,对于读者——尽量考虑到狭小的行业圈子之外的读者来说,能读进去、愿意读下去以及读了上篇还想接着读下篇,是最重要的。说好听点,倘若狭小圈子之外的读者,读此书觉得有些许共情,乃至共鸣,在我看来,这甚至比一两个或许与你根本没有任何共通性社会经验的评委,经过百般权衡、苦思冥想做出的最终认定有意义得多。

如此一来,这本书的写作过程,一定意义上说,其实具有某些明显的反流行文学批评文体的文学批评的倾向。在零零碎碎写作的三年时间里,一些章节处理成单篇论文形式投出去后,虽然遭到某些刊物的拒绝,好在,绝大多数篇章确也陆陆续续被发表出来。这从一个侧面又说明,当下的学术刊物趣味,也非铁板一块。

这些刊物是《南方文坛》《当代作家评论》《上海文化》《中国当代文学研究》等,在这里,我谨向以上刊物表示诚挚谢意,这些刊物的不弃,使我常常在寂寞中感到温暖。同时,我要把同样诚挚的谢意,送给每每给我雪中送炭的吴义勤先生,送给资助本书出版的宁夏哲学社会科学领域"领军人才"培养工程项目的评委们,以及送给我的单位宁夏社会科学院的领导。没有他们的关照、理解和提携，我也不可能静下心来完成这本书。

  王婆卖瓜的话说得再多，在专业编辑眼里，也存在诸多该修理的地方，也正是本书责编朱莲莲老师的认真细致而富有耐心的工作，终于让本书看上去显得不那么粗糙了。对于责编的敬业，是应该郑重致谢的。

2023.01.14 于银川

牛学智

图书在版编目（CIP）数据

社会分层与当代小说现代性/牛学智著．—北京：作家出版社，2023.9

（中国当代文学研究与批评书系）

ISBN 978-7-5212-2461-0

Ⅰ.①社… Ⅱ.①牛… Ⅲ.①小说评论—中国—当代—文集 Ⅳ.① I207.42-53

中国国家版本馆CIP数据核字（2023）第159317号

社会分层与当代小说现代性

作　　　者	牛学智
责任编辑	朱莲莲
封面设计	周思陶
出版发行	作家出版社有限公司
社　　　址	北京农展馆南里10号　邮　编：100125
电话传真	86-10-65067186（发行中心及邮购部）
	86-10-65004079（总编室）
E-mail	zuojia@zuojia.net.cn
http://www.zuojiachubanshe.com	
印　　　刷	三河市北燕印装有限公司
成品尺寸	152×230
字　　　数	259千
印　　　张	18.75
版　　　次	2023年9月第1版
印　　　次	2023年9月第1次印刷
ISBN 978-7-5212-2461-0	
定　　　价	52.00元

作家版图书，版权所有，侵权必究。

作家版图书，印装错误可随时退换。